KB269824

# 마녀와 전사

# 마녀와 전사

캐린 몽크 | 오현수 옮김

큰나무

오 현 수

한국외국어대학교를 졸업했다.
역서로『나에게 쓰는 영혼의 편지』,『아프로디테의 반지』,
『폭풍처럼 다가온 기사』,『달빛 소네트』,『청혼』,
『오직 당신 사랑만으로』,『황금빛 사막』,『미녀와 야수』등
다수의 책이 있으며 현재 전문 번역가로 활동중이다.


## 마녀와 전사

초판 인쇄 / 2001년 5월 30일
초판 발행 / 2001년 6월  5일

지은이 / 캐린 몽크
옮긴이 / 오현수
펴낸이 / 한익수
펴낸곳 / 도서출판 큰나무

등록 / 1993년 11월 30일(제5-396호)
주소 / 120-837 서울시 서대문구 충정로 3가 3-95 2층
전화 / 02) 365-1845 · 1846  팩스 / 02) 365-1847
통신 / 천리안 큰나무북  e-mail / BTREEPUB@chollian.net
홈페이지 / www.bigtreepub.co.kr

값 8,500원

ISBN 89-7891-117-X  03840

첫 문장부터 나를 사로잡은 책!
마법과 가슴 뛰는 긴장감, 사랑으로 짜여진 놀라운 작품!

── **Amazon.com** 독자평 중에서

 '미치광이 수장'이라고 불리는 알렉스 맥던. 그는 신에게 버림받은 남자이다. 죽지 못해 살아가는 그에게 삶은 온통 의무와 책임이 전부여서 버겁기만 하다. 하지만 유일하게 사랑하는 사람이 또 죽음과 직면하자 그는 진짜 미치광이가 되기로 결심, 위험한 도박을 강행한다.
 '마녀'라고 불리는 그웬돌린 맥스윈. 그녀는 인간에게 버림받은 여자이다. 죽음 따윈 두렵지 않고 삶은 지겹기만 하다. 하지만 유일하게 사랑하는 사람마저 잃자 그녀는 어떻게든 살아서 복수하기 위해 마녀가 되기로 결심한다.

 이런 줄거리라면 칙칙한 작품으로 단정짓기 쉽지만 역시 책은 표지만 보고 알 수 없듯이 웃음과 유머가 곁들여져 때로는 경쾌하게, 때로는 묵직하게 전개됩니다.
 남녀 주인공과 희극적인 등장인물들의 강약 대비가 절묘한 탓도 있지만 우리 인간은 선하게 태어났고 어떤 시련도 이겨낼 힘이 있다는 작가의 따뜻한 세계관에 힘입어 로맨스 소설로서는 다소 무거울 수도 있는 소재가 재미있는 이야기로 탄생된 게 아닌가 싶습니다.

 중세 가운데 중세라고 일컬어지는 12세기, 13세기 초를 배경으로 한 이 작품은 삼위일체의 종교관에 입각하여 기도하는 자, 싸우는 자, 일하는 자로 구성된 당시의 사회를 보여주고 있습니다. 역시 기독교와 봉건제가 시대의 두 축이었음을 실감케 해주죠.

그러나 성서가 사제 및 고위층의 전유물이었던 라틴어로만 보급되었기 때문에 일반 하층민이 신의 뜻에 접근하는 길은 매우 제한적이었고 신의 모습도 지금과는 상이했습니다. 우리가 볼 땐 무지몽매하다고 혀를 차게 되는 작품 속 여러 인물들의 종교관이 당시의 정설이요, 오히려 그웬돌린의 것이 이단에 가깝다고 여겨지므로 원서에선 똑같이 'God'이라 해도 문맥에 따라 특정 종교의 색채가 뚜렷한 '천주'와 자연발생적인 신의 의미가 강한 '하느님', 그리고 그 중간적인 '주님'으로 차별화했으니 양해를 부탁드립니다.

또한 남주인공인 알렉스가 만난 지 몇 시간도 안 된 그웬돌린에게 대뜸 '당신은 내 사람' 혹은 '나에게 속했다'고 선언하는 장면! 로맨스 소설에선 보기 드문 일도 아니지만, 여기선 남녀 관계의 오묘한 생리로 이해하기보다 봉건제의 주종 계약적인 측면으로 봐주세요.

왕권이 약하고 이민족의 침입이 성행했던 시대인지라 모두가 누군가에게 소속되어 그 보호를 받을 필요가 절실했습니다. 자유란 대단히 위험하고도 약한 위치와의 동의어였죠. 따라서 그웬돌린처럼 마녀라고 낙인찍혀 반사회적인 존재로 내몰린 입장에선 강한 일족의 수장이 보호를 제의하자 감지덕지해야 마땅한데 되려 반발했으니 알렉스가 화를 낸 것도 무리가 아닙니다.

저 개인적으로는 사람들의 오해와 편견에 상처받으면서도 '내 힘으로는 어쩔 수 없는 일'이라고 딱 접고 의연하게 대처하는 그웬돌린에게 많은 위안을 받았습니다. 남자로서 부끄러워할 줄 알고 명예를 지키려 노력하는 알렉스를 보며 남편을 남주인공의 모델로 삼는다는 작가가 부러워지기도 했구요. 부디 여러분에게도 위로와 재미를 주는 즐거운 작품이 되길 바랍니다.

오 현 수

# 1

1209년 여름


싸늘한 벽에 의지하여 위엄있게 천천히 자리에서 일어서느라 냉기로 등이 알알하게 시려왔다.

여자는 횃불의 가느다란 여린 빛조차 눈부셔 이맛살을 찡그리고 사내의 얼굴을 뚫어져라 응시했다. 심이 중책을 맡았구나. 두 명의 다른 남자들은 어둠에 가려져 누구인지 식별하기 어려웠다. 여자는 그들을 잠시 살핀 후에야 모난 돌멩이를 움켜쥐고 있던 손에서 스르르 힘을 뺐다.

로버트가 오지 않은 것이다.

"다들 기다리고 있어."

심이 선언했다. 그는 악취를 풍기는 시꺼먼 동굴 같은 입속까지 보이며 악랄한 기쁨에 젖어 히죽거렸다.

"날씨가 좋아. 밤바람도 그만이구."

그웬돌린은 저 밉상을 향해 달려들고픈 욕망과 싸우며 앞으로 나아 갔다.

심이 굵은 밧줄을 시험 삼아 팽팽하게 잡아당겼다.

"손 내밀어."

그녀는 포박을 당하는 동안 손가락을 굳게 오므려 서글프리 만큼 보잘것없는 무기를 감추었다. 죄인의 손목이 으스러질 만큼 꽁꽁 묶여지자 두 명의 사내들이 양쪽에서 팔뚝을 잡고 그녀를 어두컴컴한 복도로 끌고 나갔다. 불결한 체취, 썩은 음식내, 배설물 냄새가 감도는 속에서 군데군데 고인 오물 웅덩이를 철퍼덕거리며 끈끈한 바닥을 재빨리 가로지를 때 통통한 털뭉치 같은 것이 난데없이 튀어나와 쪼르르 굴러가자 그웬돌린은 놀란 숨과 함께 멈추어 섰다.

전사들이 웃음을 터뜨리며 한마디씩 던졌다.

"마녀가 생쥐를 무서워하잖아! 쥐 머리통을 깨물어 피를 내고 독약에 넣었던 주제에."

"네 불쌍한 아비에게 그랬던 것처럼 이 친구에게도 주문을 걸어 보지 그래?"

"댁에게 걸려고 힘을 모아두는 참이에요."

그웬돌린은 신랄하게 대답해 상대의 겁먹은 표정에서 쓰디쓴 즐거움을 맛보았다.

성(城)의 일층에 도착하자 지하 감옥의 불쾌한 악취 대신 음식과 술 냄새가 진동했다. 그녀의 죽음을 축하하는 주연에 맥스윈 일족 모두가 모인 것이다. 그웬돌린은 고기 굽는 구수한 냄새에 욕지기가 치밀어 입술을 꼭 깨물고 성문을 얼른 넘어 따뜻한 밤공기 속으로 나갔다.

"저기 온다!"

누군가 큰 소리로 외쳤다.

"이 마녀!"

눈매가 사나운 한 여인이 갓난아이를 가슴에 꼭 안고 비난했다.

"너 때문에 이 아이가 열병에 걸렸어!"

깡마른 소년은 삿대질을 했다.

"지난 달 우리 엄마를 죽인 게 너지, 못된 살인자야!"

"우리 불쌍한 아들에게는 저주를 걸어 나무에 깔리게 했어!"

비탄에 잠긴 중년 여자가 울부짖었다.

"내 아들을 다리 병신으로 만들어 놓은 사탄의 시녀!"

군중 모두가 제각기 욕설을 퍼부었다. 저 증오에 사무친 얼굴들과 폭력적인 몸짓에 질린 나머지 그웬돌린은 걸음을 떼지 못했다.

"빨리 와, 마녀. 어서 움직이라구."

처형 집행인이 윽박지르며 떠밀자 그녀는 비틀거렸다.

사람들이 기다렸다는 듯이 우우 몰려들어 마녀의 머리채를 휘어잡고 옷을 잡아당겼다.

"악마의 딸 같으니!"

"사탄의 추종자!"

"더러운 년!"

그웬돌린은 묶인 손을 들어 얼굴을 가렸지만 등과 어깨를 향해 마구 날아드는 일족의 주먹질을 피할 길이 없었다. 더 이상 참을 수 없어지자 그녀는 무릎을 꿇었다.

"그만하지 못해!"

천둥 같은 노성이 사람들 뒤편에서 일었다.

"당장 물러서지 않으면 너희들의 심장을 도려내겠다!"

폭도로 변했던 맥스윈 일족은 주춤거렸다. 그들은 선홍색과 황금색의 휘장이 드리워진 단상을 향해 의아하게 고개를 돌리고 수장 내외와 어린 후계자, 그리고 수장의 동생인 로버트를 살폈다.

"여기 맥던 일족의 수장께선 정의의 심판을 지켜볼 배짱이 없으신가 보다."

로버트가 메마른 어조로 넌지시 비꼬았다.

"그만하고 마녀를 끌고 가."

독단적으로 명령을 내린 동생 로버트를 감싸줄 요량으로 맥스윈 수장도 얼른 덧붙였다.

"어서 화형을 집행하라."

일족이 뒤로 물러서고 그웬돌린은 거칠게 끌려 일어났다. 그녀는 로버트가 흐뭇하게 지켜보고 있을 단상 쪽으로는 일별도 주지 않고 화형대에만 시선을 못박았다.

화형대는 마녀의 죽음을 일족 모두가 잘 구경할 수 있도록 장작더미가 얼기설기 높이 쌓아올려진 위에 나무기둥 하나가 우뚝 선 형상으로, 관례와 달리 외벽 근처의 마당 가장자리에 설치된 터였다. 마당 한가운데에서 화형이 집행되면 살 타는 역한 냄새가 성안을 가득 메워 귀부인들의 섬세한 감각을 며칠씩 고문할 거라는 수장 부인과 딸의 주장이 반영된 결과라고 로버트가 일찍이 그웬돌린에게 귀띔했었다. 덧붙여 처형 시간을 저녁으로 잡은 건 로버트 자신의 결정이었다. 무덥고 환한 낮보다 어슴푸레한 늦은 오후 쪽이 불꽃의 장엄함을 강조해 줄 뿐더러 마녀의 고통스러워하는 모습도 볼 수 있으니까.

그웬돌린은 화형대의 조잡한 계단을 하나씩 올라갔다. 죽음 자체는 두렵지 않았다. 하지만 죽는 방식은 두려웠다. 그녀에게 선택권이 있다면 산 채로 수장당하거나 참수되는 쪽을 선택했겠지만 마녀 처형은 전통적으로 화형이었다.

이토록 끔찍한 죽음을 앞두고 그녀가 공포에 질린 나머지 보물의 은닉처를 밝히길 로버트는 기대한 것이다.

하지만 그런 기대는 살고자 하는 의지가 강한 사람에게나 통한다. 따라서 그웬돌린에게는 통하지 않았다.

화형대의 나무기둥 앞에서 집행인들이 마녀의 결박을 일단 풀고 두 팔을 뒤로 모아 다시 묶었다. 그리고 새 밧줄로 몸까지 기둥에 고정했다. 불길이 높아졌을 때 희생양이 화염의 불꽃 속으로 고꾸라져 구경거리가 시시해지는 불상사를 막기 위해서다. 관객의 편의를 배려한 사려 깊은 조치였지만 그웬돌린에게는 다소의 품위있는 죽음조차 허락하지 않는 무자비한 조치였다.

이제 토머스 신부가 쿵쾅거리며 화형대로 올라왔다. 그는 모두 들을 수 있도록 쩌렁쩌렁한 목소리로 물었다.

"마녀여, 사탄을 섬긴 죄를 뉘우칠 준비가 되었느냐?"

그웬돌린은 에일 냄새가 밴 신부의 찝찔한 숨결을 피해 고개를 모로 돌렸다.

"난 사탄을 섬긴 적이 없어요."

"반성하지 않으면 지옥으로 가느니라. 어서 회개해라."

구경꾼 사이에서 성난 고함이 터져 나왔다.

"마녀에게 주님의 자비는 가당치 않다!"

"지옥에 떨어져야 마땅한 년이야!"

그웬돌린은 신부와 똑바로 시선을 맞추었다.

"회개하면 지상에서 일족의 자비를 받을 수 있나요?"

"너는 사람을 죽이고 흑마술을 사용했다. 그렇게 사악한 죄를 범한 자는 억겁의 지옥불 고문을 피하지 못하느니라."

군중들이 '옳소, 옳소!' 외치며 박수를 쳤다.

그웬돌린은 잠시 생각을 거듭했다.

"죽음을 피할 가망이 없다면 회개해야 할 이유도 없죠."

신부는 깜짝 놀랐지만 이내 평정을 되찾고 볼록 튀어나온 배 위에 두 손을 깍지낀 채 엄숙한 표정을 지었다.

"함부로 말하지 말아라. 주님이 다 듣고 계신다."

"난 양심에 거리낄 게 없어요. 오히려 신부님이나 회개하세요. 오늘 밤 가장 좋은 사제복을 차려입고 수장과 나란히 앉아 한 아이의 한 달치 양식을 축내면서 무고한 나를 죽음으로 몰아넣은 죄에 대하여. 그 벌로 음식이 목에 걸려 질식하지 않기만 기도하시죠."

토머스 신부의 둥그런 얼굴이 분노로 시뻘개졌다.

"감히 주님의 사람에게 그따위 말을 하다니!"

"진정한 주님의 사람이라면 나를 죽이는 대신 보호했어야죠."

"어허, 마녀의 입을 빌어 악귀들이 발악을 하는구나. 넌 어미가 화형당했을 때 어린애에 불과했지만 이미 사악함에 물들었던 게 틀림없어."

"우리 어머니도 마녀가 아니었어요!"

"네 육신은 불에 정화되고 네 사악한 영혼은 곧장 지옥으로 떨어져 그곳에 영원히 속하게 될 것이다."

그리고 성호를 그은 다음 뒤뚱거리며 화형대에서 내려갔다.

그웬돌린은 신부의 등을 향해 소리쳤다.

"당신의 천주께선 내 무고함을 알아주시고 오히려 당신을 지옥으로 보내실 거예요."

"저 년을 태워 죽여라!"

누군가 큰 소리로 외쳤다.

"우리 모두에게 저주를 내리기 전에 어서!"

구경꾼들이 웅성거리며 동의하고 입을 모아 합창하기 시작했다.

"화형, 화형, 화형!"

맥스윈 일족의 수장이 자리에서 일어나 양피지 두루마리를 조심스럽게 폈다.

"그웬돌린 맥스윈, 너는 열두 살 때 돌멩이에 주술을 걸어 날아가는 새를 맞추는 광경이 이웃 아이들에게 처음 목격된 이후, 같은 해 여름에는 우리의 사랑하는 일족 네 명의 죽음에 사악한 흑마술로 관여했다는 의혹이 있고……."

로버트는 형이 단조로운 목소리로 열거하는 마녀의 죄상을 초조하게 흘려들으며 그웬돌린과 멀리 시선을 맞추었다. 이 정의의 심판극을 멈추기에는 너무 늦었다. 단순히 그녀의 공포를 일으키기 위해 시작했던 일이 도를 넘어 그의 염원마저 물거품으로 만들었다.

그웬돌린은 의기양양한 승리의 미소를 단상 쪽으로 던졌다. 그리고 로버트의 가증스런 모습을 더 이상 볼 엄두가 나지 않아 눈을 다른 곳으로 돌렸다. 만일 불에 타죽은 후에 기적적으로 혼령이나마 남는 다면 저 남자가 무덤에 갈 때까지 괴롭혀 주리라.

그녀의 시선이 낯선 사람에게 꽂혔다. 영광스럽게 단상의 자리를 차지한 걸 보면 '미치광이 수장'이 분명하다. 로버트가 오늘 아침 마지막으로 지하 감옥으로 찾아와 말한 바에 따르면, 맥던 일족의 수장이 그웬돌린과의 만남을 원했고 처형 예정을 알자 그녀를 사겠다고 제의했다. 물론 그의 제의는 거절당했다. 하지만 먼길을 찾아온 손님이니만큼 화형 구경과 성대한 주연에 초대되었다고 한다. 그렇다면 아까 집단구타를 중단시킨 장본인이 저 남자로구나. 아마 불꽃의 화려한 장관을 일 초라도 빨리 관람하고 싶었나 보다.

미치광이라는 별명과 달리 겉모습은 멀쩡했다. 훤칠한 키에 체격도 좋아서, 가슴이 우람하고 어깨가 넓었으며 팔뚝은 근육질이라 허리춤에 묵직하게 늘어진 칼을 아주 쉽게 휘두름직했다. 어깨까지 오는 금발은 여자들의 부러움을 살 정도로 숱이 많고 윤기가 흘러 남성적인 체구와 불협화음을 이루었다. 이목구비가 어떻게 생겼는지는 알 수 없었다. 그녀의 화형이 임박한 이 끔찍한 때 그가 둔감하기 짝이 없게도 이미 보기 좋은 플래드의 주름 펴기에 몰두해 있었기 때문이다.

미치광이 수장은 노랑과 진녹색의 플래드를 꼼꼼하게 어루만지고 가죽 허리띠를 고쳐 맸다. 마침내 옷차림이 만족스럽게 고쳐지자 어깨걸이를 고정한 브로치에 관심을 돌려 그렇지 않아도 반짝거리는 은 장식품을 소맷자락으로 열심히 닦기 시작했다. 그 과정에서 고개가 올라가 강인한 턱선, 가운데가 쏙 들어간 턱, 높은 광대뼈가 드러났다. 준수하다는 표현이 어울리는 용모였다.

그는 심부름꾼 소년이 다과 쟁반을 가져왔을 때야 브로치를 휘황찬란하게 빛나도록 하리란 결사적인 목표를 마지못해 포기했다. 대신 쟁반 위를 한참 살핀 후 허리띠 안쪽에서 보석 박힌 단도를 꺼내 커다란 빨간 사과의 껍질을 공들여 깎았다. 헌데 속살이 드러난 과일에 흠이 있었는지 쟁반에 도로 놓고 다른 걸 골랐다. 이번에는 사과를 플래드에 싹싹 문질러 아삭 깨무는 순간, 마녀의 시선을 의식한 것처럼 갑자기 이쪽으로 고개를 돌렸다. 짜증이 날 정도로 무사태평한 표정이었다. 무엇에도 크게 신경 쓰지 않으며 살아왔고 그녀의 죽음이 자신의 외관이나 식욕에 비하면 하찮다는 표정.

"……등등의 <이단적인 행동>은 의심할 여지없이 악마의 영향을 받았다는 증거이고, 급기야 <친아비>를 죽여 <사탄의 불결한 창녀>만이 저지를 수 있는 존속살인의 <대역죄>를 범했으니……."

가능한 한 많은 단어에 힘이 실어진 극적인 어조로 마녀의 죄상이 낱낱이 공개되어 갔다.

미치광이 수장은 단도의 옆면에 사과를 얹고 하릴없이 빙빙 돌리며 이쪽을 뚫어지게 응시했다. 저 여자가 정말 이토록 많은 죄를 저질렀는지 머릿속으로 재는 눈치였다. 그웬돌린도 저 남자가 왜 마녀를 사겠다고 제의했는지 궁리하며 마주 응시했다. 그의 눈초리는 무심한 표정이나 얼빠진 행동거지와 어울리지 않게 아주 강렬해서, 마치 그녀가 스스로를 보호하기 위해 휘감은 분노의 갑옷을 뚫고 진정한 실체를 보는 듯했다. 느닷없이 그녀의 속에서 한 줄기 열기가 솟고 묘하게 숨이 막혀왔다. 하지만 미치광이 수장은 몇 초 더 살피다가 시선을 뚝 떨구고 사과를 우적우적 먹기 시작했다. 그녀에게 관심을 쏟는 건 시간낭비라는 식으로.

모멸감과 수치심에 싸여 그웬돌린은 고개를 홱 돌렸다.

이제 군중은 비상한 집중력을 다하여 수장의 낭독에 귀를 기울이며 때때로 마녀에게 욕설을 던졌다. 갓 태어난 아이부터 살 날이 얼마 남지 않은 노인에 이르기까지 맥스원 일족 모두가 그웬돌린의 죽음을 지켜보고자 성 앞마당에 빽빽하게 운집해 있었다. 제각기 다른 얼굴에 새겨진 저 동일한 표정으로 보아하건대 오늘 이 자리에서 주님의 뜻이 행해지고 있음을 확신하는 듯했다.

그웬돌린은 한줌의 연민이나 동정을 찾아 일족을 둘러보았다. 하지만 그녀는 어렸을 때부터 배척받고 경계당했기 때문에 친구라곤 한 명도 없었다. 비록 심정적으로나마 그녀를 편들어 주는 이는 보이지 않았지만 미치광이 수장과 같은 색조의 플래드를 걸친 이방인은 있었다.

어마어마한 체구에 머리와 수염은 선명한 빨강이라 불곰을 방불케 하는 사내가 덩치를 살려 인파 사이를 휘적휘적 가르고 화형대의 바로 옆까지 다가와선 에일을 통째로 마셨다. 흑맥주가 턱과 가슴으로 흘러내려 셔츠와 플래드를 적시고 땅바닥으로 똑똑 떨어졌다. 마침내 그가 술통에서 입을 뗐다. 그리고 '꺼어억' 하며 그웬돌린이 들어 본 중에서 가장 요란한 트림을 했다.

사람들이 웃음을 터뜨리자 맥스윈 수장은 어리둥절하여 낭독을 멈추었다.

"미안하게 됐수다. 술맛이 꿀맛이라서."

불곰전사가 사과하고 다시 술통을 들어 마시기 시작했다.

역겨워 그웬돌린은 고개를 돌렸다.

저기 또 다른 맥던 일족원. 이번 사내는 성의 이층 창문에 걸터앉아 있었는데 곰 같은 동족에 비하면 요정처럼 작고 가냘파 연갈색의 턱수염만 아니라면 소년으로 오해받기 딱 좋았다. 그는 특등석을 차지한 것과 달리 앞마당에서 펼쳐지는 드라마에는 흥미가 없는지 전심전력으로 나뭇가지를 칼로 다듬고 있었다.

세 번째 맥던 일족의 전사는 검은 머리에 턱수염을 깔끔하게 다듬은 미남자로서 외벽에 편히 기대어 이사벨라에게 노골적으로 집적거렸다. 그녀도 싫지 않은지 그가 딱 달라붙어 귓속말을 소곤거리자 예쁘게 키득거렸다. 맥스윈 수장의 딸 이사벨라는 어떤 드레스를 입을까, 수많은 구혼자들 가운데에서 어떤 남자를 선택할까 이 2가지 외에는 고민거리가 없는 처녀다.

그웬돌린은 이글거리는 분노에 휩싸였다. 미치광이 수장과 저 상스러운 전사들이 여자에게 수작을 걸고, 장난감을 만지작거리고, 인사불성이 되도록 술을 마시는 동안 그녀는 기둥에 묶여 불에 태워지길 기다려야 한다니!

"…이로써 한 영혼에 깃든 사탄을 유황불 지옥으로 돌려보내 마녀가 더 이상 우리 일족에게 죽음과 파멸을 가져오지 못하도록 해야 한다."

수장의 낭독이 끝나자 일족은 열렬하게 동의했다.

그웬돌린은 피에 굶주린 얼굴들을 둘러보며 어머니가 생애 마지막 순간에 느꼈을 극도의 절망감을 이해했다. 하지만 어머니의 절망이 훨씬 컸으리라. 남편과 어린 자식을 남겨두고 화형당해야 하는 심정이 오죽하셨으랴. 적어도 그런 면에서 그웬돌린은 홀가분했다. 아버지마저 돌아가셔서 이제는 혈혈단신이 되었으니까. 그나마 불행 중 다행이라고 스스로를 위로하며 그녀는 북받치는 눈물과 싸웠다.

"불을 붙여라."

수장의 명령에 군중은 만세를 부르며 환호했다.

집행인 두 명이 횃불을 들고 앞으로 나왔다. 그웬돌린의 호흡이 가빠졌다. 그녀는 나무기둥에 대고 억지로 자세를 바로잡았다

*하느님, 제발 살이 타기 전에 기절하게 해주세요.*

그녀는 증오에 찬 시선을 로버트에게 던졌다. 그는 느긋하니 단상 위의 의자 등받이에 기대앉아 승리감에 찬 표정을 짓고 있었다. 하지만 그의 승리가 공허하다는 건 본인도 알고 그녀도 안다.

*보석의 힘은 영원히 손에 넣지 못할걸, 이 나쁜 자식.*

집행인이 횃불을 장작과 마른 풀에 가까이 갖다댔다. 그웬돌린은

공포에 사로잡혔지만 어금니를 악물어 울부짖음을 참았다. 집행인이 마지막 욕설을 뱉으려고 입을 열더니…… 돌연, 숨 넘어가는 신음과 함께 횃불을 장작 위에 떨구고 앞으로 쓰러졌다. 그의 등에 박힌 단도의 손잡이에서 보석들이 현란하게 반짝거렸다.

다른 집행인이 죽은 동료를 놀란 눈으로 응시한 다음 마녀의 발치를 향해 횃불을 던졌다.

전광석화처럼 빨강 머리의 불곰전사가 술통을 기울여 그 횃불을 껐다. 그리고는 빈 술통을 집행인의 머리에 내리치고 엉덩이를 차서 경악한 구경꾼들 사이로 날려버렸다.

"막아!"

로버트가 고함을 질렀다. 그는 의자를 뒤로 넘어뜨리며 자리에서 일어나, 어느 틈에 말을 집어타고 화형대를 향해 달려가는 미치광이 수장을 손가락질했다.

"맥던 수장을 막아!"

첫번째 횃불에서 일어난 불꽃이 무서운 기세로 날름거려 이제는 그웬돌린의 치맛단 근처까지 퍼졌다.

불곰전사가 화형대로 뛰어올라가 결박을 푸는 동안 미치광이 수장은 거대한 장검을 높이 들고 사람들 사이를 갈랐다. 놀란 맥스윈 일족은 저 수장이 정말 미쳤거나 마녀의 사악한 주술에 걸렸다고 확신하며 순순히 길을 터주었다. 밧줄을 전부 끊은 불곰전사는 힘없이 주저앉으려는 마녀를 번쩍 들어 화형대에 도착한 수장의 말에 태웠다.

"꽉 잡으시오!"

미치광이 수장이 명령했다.

로버트의 전사 한 명이 칼을 뽑은 채 달려들었다.

"쉽게 빠져나가진 못한다, 맥던."

그때 화살이 공중을 가르고 그 전사의 등에 정확하게 꽂혔다. 그웬돌린은 고개를 돌렸다. 요정전사가 여전히 성의 창턱에 앉아 다른 화살을 또 활에 재는 중이었다.

미치광이 수장은 접근하는 적들을 사납게 위협하며 성문 쪽으로 말을 몰았다. 그웬돌린은 그에게 힘껏 매달렸다. 수장이 팔을 휘두를 때마다 근육이 꿈틀거리고 힘이 발산되었다. 천 아래로 느낄 수 있는 그의 몸은 바위처럼 단단했다.

누군가 그녀의 다리를 잡아당기기 시작했다. 그웬돌린은 비명을 질렀다.

"맥던 수장님!"

미치광이 수장은 몸을 비틀어 그 자의 가슴에 장검을 깊이 쑤셔넣는가 싶더니 비호같이 칼을 빼서 도끼로 그의 노출된 옆구리를 노리는 다른 적에게 휘둘렀다. 도끼를 든 전사가 말(馬)을 치며 쓰러지는 통에 군마가 히힝거리며 앞다리를 높이 치켜올렸다. 그웬돌린은 뒤로 미끄러지기 시작했다. 수장이 그녀의 팔을 아프도록 잡아당겨 그의 복부에 대고 누르는 한편, 다른 손으로는 가까이 다가오는 적들을 처리했다.

"꽉 잡으라니까!"

바로 그 순간, 그웬돌린은 미치광이 수장을 향해 활시위를 당기려는 궁수를 발견했다. 그녀는 내내 손에 쥐고 있던 돌멩이의 존재를 퍼뜩 떠올리고 힘차게 던졌다. 궁수가 비명과 함께 활을 떨구고 찢어진 이마에서 피를 닦았다.

"이런, 이런……."

맥던 수장이 중얼거렸다. 그웬돌린의 돌팔매질에 굉장히 감명받은 눈치였지만 더 이상 아무 소리 없이 내쳐 말을 몰았다.

"문!"

로버트가 말 달려 그들을 추적하며 부하들에게 명령했다.

"저 망할 문을 닫아!"

맥스윈 일족이 우르르 성채 입구로 달려들어 자기들끼리 걸려 넘어지고 욕하고 몸싸움을 벌였다. 그웬돌린은 곁눈질로 불곰전사와 요정 전사가 이미 말을 타고 이쪽으로 돌진해 오는 모습을 포착했다. 그녀는 맥던 수장의 따뜻한 등에 얼굴을 파묻었다.

*하느님 감사합니다.*

그 순간 성채의 격자문이 쿵 하며 땅에 내려앉았다.

미치광이 수장은 충돌을 피해 급히 말고삐를 잡아당겼다. 군마가 또 히힝거리며 뒷다리로만 섰다.

로버트가 비난했다.

"미친 게 틀림없구나, 맥던 수장, 이렇게 무모한 짓을 저지르다니."

"죄송해요."

그웬돌린은 떨리는 목소리로 미치광이 수장에게 말했다.

"저 때문에 당신들 모두 죽게 되었군요."

그리고 말에서 내려 운명을 맞이하려 했다.

미치광이 수장이 그녀의 손목을 세게 움켜쥐었다. 그는 로버트를 무시한 채 단상 쪽을 향해 입을 열었다.

"문을 열고 우리를 보내주십시오, 맥스윈 수장."

맥스윈 수장이 애매하게 동생의 눈치만 살피는 가운데 로버트가 말꼬리를 질질 늘여 비아냥거렸다.

"아직 상황을 이해하지 못한 모양인데 내가 기꺼이 일깨워 주마. 너는 우리에게 포위되었다."

미치광이 수장은 짐짓 놀란 것처럼 눈썹을 치켜세웠다.

"여기 수장은 네 형님이 아니던가?"

"그러나 군사권은 나에게 있어. 너희 세 명이 우리 몇백 명을 이길 수 있을 것 같나?"

"불가능하겠지."

태평스런 어조였다.

"그러니 우리를 고이 보내주지 않으면 여자를 죽이는 수밖에."

그웬돌린은 숨을 급히 들이키고 그에게 잡힌 손목을 빼려 했지만 미치광이 수장이 그녀를 더 세게 잡았다.

로버트는 불신에 찬 표정이 되었다. 이어 고개를 뒤로 젖히고 웃음을 터뜨렸다.

"그걸 협박이라고 하는 거냐? 완전히 돌았구나. 어서 여자를 죽여라. 내 수고를 덜어줘."

"정말? 이보다는 여자를 아끼는 줄 알았는데."

로버트의 흥겨움이 배가되었다.

"그 여자는 나에게 아무것도 아냐. 네 마음대로 해."

미치광이 수장은 재보는 척한 다음 어깨를 으쓱거렸다.

"알았다. 여자를 죽여, 브로딕."

그웬돌린이 도망치려 버둥거렸지만 수장의 강철같은 손아귀에서 벗어날 수 없었다.

"아빠!"

모든 이가 고개를 돌리고 경악을 금치 못했다. 이사벨라가 조금 전 그녀에게 숨막히는 정열을 일으켜 놓았던 그 맥던 일족의 전사와 한 말에 타고 있었던 것이다. 그녀는 아까보다 더 숨막혀하는 기색이었지만 정열과는 무관해 보였다. 이번에는 목덜미에 겨누어진 단검 때문이 아닌가 싶었다.

수장 부인이 비명을 지르며 풀썩 기절했다.

"여자의 목을 꼭 따야 합니까, 수장님?"

브로딕이라는 미남전사가 싱긋 웃어가며 미치광이 수장에게 확인을 구했다.

"이렇게 예쁜 아가씨인데도?"

"난 싫지만 로버트가 그녀의 목을 원하는군. 질녀에 대한 애정이라곤 조금도 없는 삼촌이야."

"내 조카를 놔주지 못해!"

"로버트, 이랬다저랬다 하지 말고 마음을 정해. 방금 그녀를 죽이랬
잖아."

"이사벨라를 놓고 한 말이 아냐!"

"그럼 나보고 어떤 여자를 죽이라는 거지?"

미치광이 수장이 인내심을 발휘한다는 식으로 따져 묻자 이사벨라
가 냉큼 우는소리로 외쳤다.

"아빠, 어떻게 좀 해주세요!"

맥스윈 수장은 어떻게 좀 해보려고 입을 열었지만 동생보다 한 발
늦었다. 로버트는 이성적으로 설득하기 시작했다.

"우리 일족의 사람을 납치하면 전쟁을 피하지 못해."

"난 미치광이다. 미친 사람은 미친 짓을 하지. 게다가……."

그는 활활 타오르고 있는 화형대를 고갯짓으로 가리켰다.

"당신네는 이 여자에게 손 털었고."

"마녀에 살인자를 데려가면 너희 일족은 망한다."

"걱정해 주어서 고맙다. 자, 이제 성문이나 열어. 그렇지 않으면 네
질녀의 목숨은 없어."

로버트는 망설였다.

"아빠, 어서 문을 열라고 하세요!"

맥스윈 수장이 드디어 자리를 박차고 일어났다.

"그대가 연약한 처녀를 죽일 만큼 냉혹한 사람은 아니라고 믿소, 맥
던 수장."

미치광이 수장은 감정에 호소하는 중년의 수장을 물끄러미 응시했
다. 그리고 한숨을 내리쉬었다.

"예, 난 연약한 처녀를 못 죽입니다."

로버트가 승리를 예감하고 씨익 미소지었다.

미치광이 수장이 뒷말을 이었다.

"그러나 저 친구는 할 수 있죠. 안 그런가, 브로딕?"

“명령만 내리십시오.”

흑발의 미남전사가 인질을 약간 더 힘주어 껴안았다.

이사벨라가 훌쩍훌쩍 울기 시작했다.

즉각 맥스윈 수장의 명령이 떨어졌다.

“성문을 올려라.”

그웬돌린은 로버트가 좌절감과 싸우는 모습을 지켜보았다. 그는 성난 몸짓으로 검을 칼집에 도로 꽂았다.

“현명한 결정에 탄복했습니다, 맥스윈 수장님.”

미치광이 수장이 칭찬으로 말문을 뗐다.

“이제 우리가 성문을 통과할 수 있도록 일족 모두에게 물러서라고 명령해 주십시오. 만일 한 사람이라도 우리를 공격하거나 오늘밤 추적해 오면 당신의 어여쁜 따님은 끝입니다. 하지만 인내심과 자제력을 발휘해 주시면 이사벨라는 내일 아침 무사히 풀려날 겁니다.”

“내 딸에게 해를 끼치지 않겠다고 맹세해 주게.”

“맹세합니다.”

“미치광이의 맹세가 무슨 소용이 있습니까, 형님!”

로버트가 화를 내며 반박했다.

그 미치광이는 휘하 부하들이 성문을 빠져나가는 동안 플래드의 주름을 고치며 명랑하게 수긍했다.

“자네가 절대적으로 옳아, 로버트.”

그리고 불꽃에 휩싸인 화형대를 마지막으로 돌아보았다.

“진짜 장관이군.”

그는 로버트에게 한 눈을 찡긋거린 다음 아연실색한 맥스윈 일족이 지켜보는 가운데 어둠 속으로 돌진했다.

# 2

그녀는 또 잡힌 몸이 되었다.

맥던 수장과 그의 전사들은 여러 시간에 걸쳐 한 마디도 하지 않고 달리기만 했다. 그웬돌린에게는 힘에 부치는 강행군이었지만 마침내 자유를 되찾은 희열에 젖어 피로를 잊었다. 그녀는 바람을 향하여 얼굴을 들었다. 미풍이 연기와 죽음과 증오의 냄새를 씻어주고 성의 지하 감옥에서 위축되었던 감각마저 정화시켜 자유만을 느끼게 해주었다. 그녀는 수장의 허리를 부둥켜안았다. 삶을 되돌려준 이 멋진 미치광이 수장에게 어떻게든 보답하리라 맹세하면서.

하지만 그 멋진 미치광이 수장이 그녀를 말에서 끌어내려 이사벨라와 함께 나무에 묶어버렸다. 망할 미치광이 같으니.

이사벨라가 버둥거리며 항의했다.

"난 맥스원 수장의 딸이야! 사악한 마녀와 한데 묶어둘 순 없어!"

"젠장, 브로딕, 저 시끄러운 여자의 입을 꿰매 버려."

맥던 수장이 투덜거렸다.

미남전사 브로딕은 안장 가방에서 커다란 귀리 비스킷을 꺼내 포로들에게 다가갔다. 그는 다정하게 입을 열었다.

"피곤하고 배고프지, 이사벨라?"

"말도 걸지 마! 이 야만스런 짐승!"

브로딕의 얼굴에 상처받은 표정이 떠올랐다.

"내 마음을 찢어놓는군. 난 당신에게 해코지할 생각이라곤 일절 없어."

"거짓말! 저 미치광이 수장이 한 마디만 하면 내 모가지를 쫘악 가를 거면서."

"무슨 소리! 당신 목은 흉터를 남기기엔 너무 예뻐. 자, 화는 그만 내고 이것 좀 먹어 봐."

"너같이 야비한 무뢰한에게 뭘 받아먹느니 이 세상에서 가장 쓰고 강한 독약을 마시겠어."

이사벨라는 오만하게 코를 쳐들고 뒷말을 이었다.

"우리 전사들이 네 배때기를 갈라 창자가 차가운 땅바닥에서 김이 모락모락 나고 피 묻은 채 나뒹굴게 할 거야."

"와, 당신이 이렇게 독창적인 줄은 미처 몰랐어. 그런 광경을 보기라도 한 거야?"

"밥먹듯이 봤지! 우리 전사들은 네 껍질마저 벗기고 조각조각 잘라 늑대들에게 던져줄 거야!"

"그건 좀 말이 안 되는걸. 왜 당신네 전사들이 사람 한 명을 죽이는데 그토록 많은 수고를 들이겠어?"

"나더러 보고 즐기라고!"

맥던 수장은 여자의 앙칼진 목소리 때문에 도끼로 쪼개지는 것처럼 머리가 지끈거렸다.

"브로딕, 빨리 해. 도저히 못 참겠다."

미남전사는 한층 다정다감하게 이사벨라를 구슬렸다.

"이 비스킷을 먹도록 해. 허기가 가시면 기분이 좋아질 거야."

"싫다니까! 그걸 먹느니 차라리……."

"독약을 마시겠지."

브로딕이 그녀의 입에 비스킷 조각을 쑤셔넣어 효율적으로 임무를 완수했다.

수장은 나직하게 중얼거렸다.

"독약이 없는 게 천추의 한이야."

이사벨라가 빡빡한 비스킷을 너무 커서 뱉어내지도 못한 채 입안 가득히 물고 씹느라 악전고투를 벌이자, 미남전사는 만족스럽게 고개를 끄덕거리고 다른 포로에게 갔다.

"당신도 요기를 해야죠, 그웬돌린 아가씨."

그녀는 흑발의 미남을 노려보았다.

그가 남은 비스킷을 그녀의 입에 댔다.

"많지는 않지만 빈속보다는 나아요."

"저리 치워요. 그렇지 않으면 주문을 외워 당신의 가장 소중한 신체 부위를 오그라들게 해주겠어요."

브로딕의 눈이 휘둥그레졌다. 그는 수장과 동료들의 곁으로 부랴부랴 돌아갔다.

"네가 여자에게 딱지를 맞다니!"

불곰전사 카메론이 친구의 어깨를 탁 치며 껄껄거렸다.

"그것도 하룻밤에 두 번씩이나! 오래 살고 볼 일이야."

"둘 다 나무에 묶여 신경질이 나서 그래. 수장님, 꼭 저럴 필요까지야……."

"도망친 여자들을 찾아 밤새도록 숲속을 뒤지고 싶나? 그냥 놔둬."

브로딕은 입을 다물었다.

식사를 마친 후 맥던 수장은 칼집을 풀고 바닥에 누울 준비를 했다.

"카메론과 네드가 먼저 보초를 선다. 맥스윈 수장이 딸을 위해 내일 아침에나 부하들을 보내주었으면 좋겠군.”

그웬돌린이 한마디 했다.

“헛된 희망이에요.”

“맞아!”

이사벨라가 드디어 비스킷을 다 씹어 삼키고 열렬하게 동의했다.

“우리 전사들이 곧 이곳에 들이닥쳐 너희들의 살을 바르고 그걸 창자에 채워 넣어 통구이를 할 거야!”

“맙소사, 피에 굶주린 여자로구먼!”

불곰전사 카메론이 흥에 겨워 감탄을 연발했다.

“우유처럼 순한 아비 밑에서 어떻게 저리 독살스런 딸이 태어났지?”

“감히 우리 아버지를 모욕하다니! 그분은 맥스윈 일족의 수장이시고…….”

“저 여자에게서 벗어날 때가 손꼽아 기다려져.”

미치광이 수장이 투덜거렸다.

“맥스윈 일족은 내일 아침 저 여자를 찾으면 더 이상 우리를 추적하지 않겠지. 어차피 죽을 운명이었던 마녀 때문에 목숨 걸 사람은 없을 테고.”

그웬돌린이 반박했다.

“로버트가 이사벨라의 안전한 귀가만으로 만족할 리 없어요.”

“당신을 되찾기 위해 쫓아오리란 뜻이오?”

그녀는 아무 말도 하지 않았다.

맥던 수장이 내처 캐물었다.

“왜 그가 당신을 되찾기 위해 더 이상의 인명 피해를 감수하리라는 거지?”

“로버트는 나를 없애려고 작정했어요.”

진실의 일부만 밝혔다.

"내 죽음을 볼 때까지는 포기하지 않아요."

저 미치광이 수장은 보석에 대해 아무것도 모르는구나, 그웬돌린은 속으로 안도의 한숨을 내쉬었다. 그녀를 구한 동기가 무엇인지는 모르겠지만 보석의 힘과는 무관하다.

"마녀는 반드시 불에 태워 죽여야 하기 때문이죠."

이사벨라가 상당히 누그러진 어조로 부연설명을 했다.

"얘가 우리 일족에게 끼친 끔찍한 피해를 당신들도 들었잖아요. 심지어 친아버지까지 죽였다구요."

"어떻게?"

미남전사 브로딕이 묻자 이사벨라는 엄숙하게 말했다.

"주술을 걸었어요."

"무슨 주술?"

맥던 수장이 마녀를 찬찬히 살피며 캐물었다. 마녀의 사악한 힘을 두려워하긴커녕 호기심만 고조된 눈치였다.

이사벨라는 그렇게 당연한 것도 모르느냐는 식으로 초조하게 대답했다.

"그야 물론 죽음의 주술이죠."

브로딕이 실망한 표정으로 반문했다.

"살이 썩거나, 해괴한 질병으로 심하게 앓거나, 별다른 이유도 없이 말라죽은 게 아니라? 그냥 <죽음의 주술>이 전부야?"

"얘의 아버지는 아주아주 고통스러워하며 죽었어요."

이사벨라는 그녀가 의도했던 효과가 나타나지 않자 좀더 박진감 넘치게 설명했다.

"아파서 가슴을 쥐어뜯고 떼굴떼굴 구르며 딸에게 제발 멈추라고 간청했대요. 로버트 삼촌이 그랬어요."

"로버트는 그걸 어떻게 알았지?"

맥던 수장은 마녀에게 눈을 떼지 않았다.

“그 자리에 있었으니까요. 우리 삼촌이 두 눈으로 똑똑히 목격했기에 망정이지, 그렇지 않았다면 애가 친아버지의 비참한 죽음에 책임이 있다는 걸 아무도 몰랐을 거예요.”

그웬돌린은 분노와 절망감을 가까스로 억눌렀다. 그녀는 터무니없는 중상 모략에 긍정도 부정도 하지 않은 채 수장의 예리한 시선을 차분하게 받아넘겼다. 저 미치광이 수장이 왜 그녀를 살렸는지는 의문이지만 이렇게 결박한 것으로 미루어 보아 동정심이나 기사도에 의거한 구조는 아니다. 그렇다면 마녀의 사악한 능력에 대한 공포를 조성하는 편이 유리하다.

이때 요정전사 네드가 망을 보던 나무에서 내려와 수장의 귀에 대고 속닥거렸다. 수장이 손짓을 하자 전사들이 일제히 칼을 뽑아들고 어두운 숲속으로 사라졌다. 수장 자신은 서둘러 그웬돌린과 이사벨라에게 다가왔다.

“손님이 찾아왔소.”

그는 밧줄을 끊으며 나직하게 설명했다.

“용감무쌍한 맥스윈 일족이 이사벨라 당신을 구하러 온 것일 수도 있고…….”

이사벨라의 얼굴이 대번에 밝아졌다.

“…아니면 만취한 산적들이어서 당신을 몇 번이고 강간한 다음 죽일지도 모르지.”

두 여자의 손목을 하나로 모아 묶으며 뒷말을 이었다.

“나무 뒤에 조용히 숨어 있어. 만일 어리석게 도망치면 숲을 헤매다 늑대밥이 되거나 내 손에 요절날 줄 아시오.”

이 어조로 판단컨대 차라리 늑대밥이 되는 편이 나을 성 싶었다.

그웬돌린이 어둠 속으로 사라지는 미치광이 수장의 뒷모습을 응시하는 동안 이사벨라가 신경질적으로 소곤거렸다.

“이러고 있을 순 없어. 어서 도망가야…….”

숲의 어딘가에서 목 졸려 캑캑거리는 소음이 밤공기를 갈랐다. 그리고 로버트의 성난 고함이 이어졌다.

"비겁한 자식들아! 모습을 드러내고 전사답게 싸워라!"

"삼촌, 나 여기 있어……."

"입 다물어, 이사벨라."

그웬돌린이 야무지게 쏘아붙였다.

"한 번만 더 소리를 내면 너를 생쥐로 변신시키겠어. 알아들었니?"

이사벨라는 훌쩍거리며 고개를 끄덕거렸다.


알렉스 맥던은 죽은 자의 몸에서 장검을 빼고 휙 돌아서 다른 공격을 막았다. 이번 적수는 만만치 않게 덤비는 통에 펄쩍 뛰어 뒤로 물러섰지만 적의 칼끝이 셔츠 앞판을 파고들었다. 미치광이 수장은 따끔하는 감각을 느끼며 장검을 휘둘러 적의 복부에 깊이 꽂았다.

"빌어먹을…… 마녀와 결탁한 놈."

적이 욕설을 내뱉고 픽 고꾸라졌다.

가슴에서 피가 흘러내려 셔츠를 축축하게 적셨지만 알렉스 맥던은 고통을 무시해 버렸다. 쨍강쨍강, 칼이 맞부딪치는 소리가 사방에서 들려왔다. 카메론과 브로딕이 잘 싸우고 있구나.

갑자기 거대한 형상이 나무 뒤에서 튀어나왔다. 도끼를 내리꽂으려다 말고 그 자가 '으윽' 하며 맥없이 쓰러졌다. 화살 한 대가 그의 등에 박힌 채 바르르 떨리고 있었다. 알렉스는 고개를 들었다. 네드가 요정처럼 가볍게 나무의 굵은 가지에 걸터앉아 이미 팽팽하게 활시위를 당겨 다른 목표를 겨냥하고 있었다. 알렉스는 화살촉이 겨누는 방향을 눈으로 따라갔다. 저만치에서 로버트가 활의 표적이 된 줄도 모르고 이쪽으로 살금살금 접근하는 중이었다.

알렉스 맥던은 손을 들어 네드에게 기다리라고 지시했다. 그는 쾌활하게 말문을 열었다.

"좋은 밤이야, 로버트. 서둘러 따라왔군."

"너희같이 치사한 적에게는 기습 공격이 최고니까."

로버트가 윽박지르자 알렉스는 깜짝 놀라는 척했다.

"적? 슬픈 노릇이로군. 몇 시간 전만 해도 우리는 장엄한 화형식에 서로를 초대하고 초대받던 사이였잖나."

미치광이 수장은 친구끼리 대화하듯 칼끝을 땅에 박고 장검을 세워 편히 기대었다.

"맥스윈 일족의 성대한 주연에 대한 기대가 아주 컸었는데."

"집어치워! 미친 소리만 지껄여대는 미치광이로서는 우리의 추적도 예상하지 못했겠지."

"예상했고 말고. 그웬돌린이 예견해 주었거든. 그 마녀, 앞날을 맞추는 실력이 대단한걸. 백발백중이야."

로버트는 거리를 좁히다 말고 우뚝 섰다. 그의 얼굴에 불안이 스치고 지나갔다.

"그 년이 또 무슨 말을 했지?"

"전부 털어놓더군."

알렉스는 천연덕스럽게 플래드의 주름을 바로잡으며 거짓말을 늘어놓았다.

"사실 우리는 길고 긴 대화를 나누었다네. 참 흥미로운 아가씨야. 자네가 도로 데려가고 싶어하는 것도 무리가 아니지."

"난 정의를 실현하고자 그 년을 원하는 거야. 마녀에 살인자는 죽여야 해."

"아, 그 존속살인 이야기? 자네가 사건 현장을 목격했다며?"

"딴 소리 말아라. 계집은 지금 어디에 있나?"

"글쎄…… 저기 어디쯤 있겠지."

"그 년을 당장 데려와. 그렇지 않으면 너를 박살내 주겠다."

"사랑하는 질녀의 안부는 묻지도 않나? 이사벨라라는 그 아가씨,

정말 매력이 넘치던걸. 정 떨어지는 입버릇만 빼고. 그건 아무래도 자네에게 물려받은 거겠지?"

"그웬돌린을 데려오라니까, 이 미친 녀석아! 아니면 너를 생선처럼 발라내서……."

"역시 내 짐작이 맞았군. 그 삼촌에 그 질녀야."

"죽고 싶어서 환장을 했구나."

로버트가 칼을 높이 들며 으르렁거렸다.

알렉스는 장검이 지팡이인 양 편안하게 기댄 자세를 풀지 않았다.

"흥분하면 몸에 좋지 않아. 안 그런가, 네드?"

"그럼요."

요정전사 네드가 무성한 나뭇잎들 사이에서 씩씩하게 대답했다.

깜짝 놀란 로버트가 나무를 올려다보았다.

미치광이 수장이 조언을 한마디 했다.

"화살이 가슴을 관통하면 굉장히 아프다네."

"칼에 배가 갈려도 아파."

불곰전사 카메론이 수풀 속에서 불쑥 나타났다.

미남전사도 동료를 따라나오며 덧붙였다.

"단도로 눈이 도려져도 아프지."

로버트는 잠시 망설였다. 하지만 선택의 여지가 없음을 깨닫고 칼을 땅에 버렸다.

"단도도 던져주면 고맙겠네."

알렉스가 말했다.

"내 단도는 화형 집행인의 등에 꽂혀 있거든."

로버트는 얼굴을 일그러뜨리고 허리춤에서 단도를 뽑아 칼 옆으로 내던졌다.

"좋았어, 로버트. 이제 자네는 무기도 없고 데려온 부하들도 다 죽었으니……."

"전부 죽었을 리 없어!"

"내 손에 두 명이 죽은 건 확실해. 브로딕, 자네는?"

"둘입니다."

"거기에 셋을 더하십시오."

불곰전사 카메론이 적의 등뒤에 서며 말을 이었다.

"넌 어때, 네드?"

"셋."

알렉스는 손가락을 꼽았다.

"전부 다해서 열이군. 부하를 몇이나 데려왔나, 로버트?"

"수장만 미친 게 아니라 일족 전체가 제정신이 아니구나! 이젠 전면전이다!"

"쯧쯧, 너무 자책하지 말게."

알렉스가 위로하는 척하며 염장을 질렀다.

"무엇보다 11명 대 4명의 대결이었잖나. 자네들 입장에서 보면 아주 고된 하루였고. 하룻밤 푹 쉬면 더 잘 싸울 수 있겠지."

"네 녀석들을 죽일 때까지는 절대로 쉬지 않겠다! 난 포로일지언정……."

카메론이 칼자루로 머리를 내려치자 로버트가 이상한 신음과 함께 털퍼덕 쓰러졌다. 불곰전사가 미치광이 수장에게 장담했다.

"이 녀석, 갓난아기처럼 곤히 잘 겁니다."

"좋아. 하지만 예상보다 일찍 일어날 경우를 대비해서 나무에 묶어둬."

알렉스 맥던은 야영지로 되돌아가기 시작했다.

"이제야 우리도 눈을 붙일 수 있겠군."


그웬돌린은 이사벨라와 손목이 함께 묶인 채 도망칠 가능성이 얼마나 될지 따져보며 주위를 두리번거렸다. 싸움은 끝난 것 같았지만 어느 쪽이 승리했는지는 점칠 수 없었다. 그때, 훤칠한 형상이 숲에서 나왔다. 달빛 속에서 뚜벅뚜벅 야영지로 향하는 저 모습은 의심할 여지없이 미치광이 수장.

그의 셔츠가 피로 물들어 있었다.

"다쳤군요."

그녀는 이사벨라를 끌고 은닉처에서 뛰어나갔다. 걱정이 앞선 그웬돌린과 달리 이사벨라는 만족감을 숨기지 않았다.

"거봐, 우리 전사들이 당신의 배때기를 갈라놓을 거랬지? 이제 뼈에서 살을 발라……."

"브로딕, 이사벨라만 이리 데려와."

알렉스가 무뚝뚝하게 명령했다.

이사벨라가 몸을 굳히고 조심스럽게 물었다.

"…왜요?"

"당신 아버지의 전사들이 나에게 입힌 상처는 당신이 치료해."

"싫어!"

잘생긴 브로딕은 두 여자의 손목이 연결된 밧줄을 끊고 이사벨라를 야영지로 질질 끌고 가며 충고했다.

"이런 말해서 미안하지만, 상냥한 이사벨라, 현명하게 우리 수장님의 명령에 따르도록 해. 그리고 내 팔뚝도 봐주었으면 좋겠어."

빨강 머리의 곰 같은 카메론이 덧붙였다.

"내 이마도."

"싫어!"

이사벨라가 화를 내며 펄펄 뛰었다.

"당신들처럼 비열하고 천박하고 못된 패거리는 죽을 때까지 피를 흘려야 해!"

수장이 셔츠를 벗어 가슴 윗부분에 길게 난 상처를 드러냈다.

"치료해. 지금 당장."

이사벨라는 피로 얼룩진 남자의 상반신을 보자마자 기절했다.

불곰전사 카메론이 허벅지를 치며 웃음을 터뜨렸다.

"비위보다 혀가 더 강한 아가씨로구먼!"

"지쳐서 그래."

미남 브로딕이 축 늘어진 이사벨라를 보듬어 안으며 변명했다. 그는 야영지를 가로질러 이끼가 소복하게 깔린 마른 자리에 그녀를 살살 내려놓았다.

알렉스 맥던 수장이 넌더리를 내며 고개를 설레설레 저었다. 이어 그웬돌린에게 시선을 꽂았다.

"마녀, 이번 기회에 그 특별한 치유력을 과시해 봐."

그웬돌린은 앞으로 나가며 재빨리 머리를 굴렸다. 저 미치광이 수장이 어디에서 그녀의 치유력에 대한 말을 들었을까? 그웬돌린의 아버지는 아내가 뛰어난 치료사였기 때문에 마녀로 몰려 화형을 당했던지라 딸에게 의술을 배우지 못하게 했다. 아버지의 그런 심정을 십분 이해하면서도 그웬돌린은 어머니가 남기신 기록들을 몰래 공부하고 암기했다. 하지만 실습은 한 번도 해본 적이 없었다. 대체 칼에 찔린 상처는 어떻게 고쳐야 하지?

"그런 속도로 다가오면 당신이 여기에 도착했을 때 난 죽어 있을 거요."

맥던 수장이 건조한 어조로 비꼬았다.

그웬돌린의 걸음이 빨라졌다.

"미안해요."

그녀는 그의 옆에 살포시 앉아 상처를 살폈다. 그리고 저도 모르게 아랫입술을 깨물었다. 탄탄한 윗가슴의 손바닥만한 자상(刺傷)에서 피가 철철 흐르고 있었다.

"겉보기처럼 심하진 않을 거예요, 아마."

그웬돌린의 중얼거림은 환자보다 그녀 자신에게 하는 위안에 가까웠다. 그녀는 상처의 깊이를 가늠하려고 찢어진 살 부위를 조심스럽게 눌렀다. 피가 촥 분출했다. 그녀는 화들짝 손을 뗐다.

"아무래도 꿰매야 되겠지?"

맥던 수장이 물었다.

그웬돌린은 멍하니 고개를 끄덕거렸다.

수장이 기대에 찬 표정으로 재촉했다.

"어서 시작하시오."

그웬돌린은 기억력을 총동원하여 어머니의 기록에서 봉합술에 대한 내용을 찾았다. 그녀는 천조각을 꿰매어 본 것이 전부였지만 바느질이나 봉합술이나 그 원리는 똑같다. 후자가 섬뜩하다는 점만 빼고.

"어두운 곳에서는 상처를 봉합할 수 없어요."

그녀는 수장의 찢어지고 피 묻은 셔츠로 상처 주위를 톡톡 닦았다.

"모닥불을 피워도 될까요?"

"로버트의 부하들이 몰살당했으니 이제는 괜찮소."

맥던 수장이 손짓을 하자 요정전사 네드가 즉시 잔가지를 모아 모닥불을 피우기 시작했다.

"로버트도 죽었나요?"

"아니."

알렉스 맥던은 그 평이한 질문에 깔린 염원을 민감하게 알아차리고 왠지 자신이 그녀를 실망시킨 듯한 자괴감에 사로잡혔다. 그는 마녀를 위로하는 뜻에서 덧붙였다.

"당신은 안전하오. 이제 내 사람이니까. 난 나에게 속한 건 뭐든 지켜."

그의 표정은 진지하기 이를 데 없었다. 피를 흘리며 누워 있는 이 순간에조차 강력한 힘을 발산했고 허튼 말을 하는 사람도 아니기에 그웬돌린은 수장의 장담을 믿고 싶었다. 하지만 모닥불의 열기가 화형대에서 느꼈던 극도의 절망감을 일깨웠다. 그래, 로버트가 살아 있는 한 그녀에게 안전은 없다. 더불어 자신은 이 남자의 포로일지언정 소유물은 아니고.

"난 누구에게도 속하지 않았어요."

"잘못 알았소."

그웬돌린은 눈을 내리깔고 화제를 바꾸었다.

"바늘과 실과 물이 필요해요."

"찾아와, 카메론."

그녀는 수장의 셔츠를 차곡차곡 접어 상처에 대주었다. 뜨거운 피가 금방 여러 겹의 천으로 스며들어 제일 윗장까지 빨갛게 물들었다. 그녀는 어머니의 기록을 다시 떠올렸다. 상대적으로 경미한 상처도 처음에는 출혈이 심할 수 있는데 그럴 때는 상처 주변을 세게 눌러주라고 했다. 그웬돌린은 있는 힘을 다하여 상처에 댄 천을 내리눌렀다.

"망할, 지금 뭐 하는 거요?"

알렉스 맥던이 그녀의 손목을 거칠게 움켜잡았다.

그웬돌린은 기겁을 했다.

"미안해요. 아프게 할 뜻은 없었어요."

알렉스도 적잖이 놀랐다. 회색 눈을 커다랗게 뜨고 그를 걱정하는 이 아가씨의 모습은 일족에게 못된 심술을 부리고 친아버지를 죽인 마녀의 이미지와 부합되지 않았다. 그녀의 손목은 가늘었으며, 살결은 장미꽃잎처럼 부드러웠다.

그는 발작적으로 그녀에게서 손을 뗐다.

"여기 다 가져왔습니다."

불곰전사 카메론이 가죽 수통과 뭉툭한 바늘을 내밀었다.

그웬돌린은 고개를 갸웃거렸다.

"실은요?"

"암만 찾아도 없어서요."

그녀는 잠시 생각을 가다듬었다. 어머니의 기록에 의하면 긴급 상황에선 머리카락이 실의 대용품이 될 수 있다고 했다. 그녀는 자신의 긴 검정색 머리칼을 몇 가닥 뽑아 바늘귀에 꿰었다. 이어 상처 주변을 물로 살살 씻고 호호 불어 물기를 말린 다음 마른침을 꿀꺽 삼키며 바늘을 들었다. 그리고…… 얼어붙었다.

맥던 수장이 초조하게 다그쳤다.

"또 뭐가 문제요?"

"어, 어떤 식으로 봉합할지 구상하는 중이에요."

그웬돌린은 더 이상 지체하면 의심을 받을까 봐 용기를 불러모아 살에 바늘을 찔러넣었다.

맥던 수장은 비명을 지르지도, 움츠러들지도 않았다.

여기에 실낱만큼 고무되어 그웬돌린은 얼른 바늘땀을 한 번 뜨고 환자에게 사과의 시선을 던졌다. 미치광이 수장은 마치 그녀의 솜씨를 평가하는 것처럼 강렬한 푸른 눈으로 침착하게 구경하고 있었다. 어디를 보나 극심한 고통에 시달리는 사람 같지 않았다. 그웬돌린은 마음이 놓여 참았던 숨을 몰아쉬고 다시 일을 시작했다.

알렉스는 조심스럽게 상처를 봉합하는 마녀를 살폈다. 애잔한 분위기를 풍기는 여자였다. 반듯한 이마와 초생달 같은 눈썹에, 집중하느라 지그시 깨물고 있는 입술은 버찌처럼 붉고, 큼지막한 회색 눈은 굉장히 심각해서 즐거운 빛이 감돌면 어떻게 보일지 궁금하게 했다. 까마귀의 가슴털처럼 새까맣고 윤이 나는 머리칼은 묵직한 망토인 양 길게 드리워진 터였다.

마녀 같지 않은 마녀.

알렉스는 맥스원 일족의 마녀를 만나야 한다는 일념 하나로 길을 나섰는데, 그의 지식 범위에서 마녀란 누런 치아와 갈고리 같은 손을 한 주름살투성이의 추한 노파를 가리켰다. 그럼에도 불구하고 화형장으로 끌려나온 창백한 아가씨를 처음 보자마자 그는 저 아름다움이 지상의 것이 아님을 대번에 알아차렸다. 악마의 딸이 아닌 이상 이목구비가 저토록 완벽할 순 없다. 눈빛과 머리색과 혈색의 대비가 저토록 강렬할 수도 없다. 몸매도 저토록 매혹적으로 들어갈 부분은 들어가고 나올 부분은 나올 수 없다.

한 번의 눈짓으로 남자의 욕망을 일으킬 수 있는 그런 여자.

심지어 이런 상황에서도 알렉스는 찢어진 살에 가볍게 닿는 그녀의 차가운 손길에, 긴 머리칼을 걷어올리며 살며시 내뱉는 숨결에, 드레스에 밴 연기내와 섞인 달콤한 히스 향기에 압도당했다. 아마 그의 저주받은 건강함과 좀처럼 부상을 입지 않았던 불운으로 말미암아 수년 동안 여성의 치료를 받아보지 못했기 때문에 이렇게 반응하는 것이리라. 그래서 그의 오감이 예민해지고 피가 끓어올라 저 먹물 같은 머리채를 휘어잡고 마녀를 부둥켜안고 싶어진 거다. 그게 틀림없다.

"다 끝났어요."

그웬돌린이 손등으로 이마의 진땀을 닦았다.

"봉한 자리가 터지지 않도록 심하게 움직이지 마세요. 이제 붕대만 감으면 돼요."

"내 셔츠를 붕대 대신 이용하시오."

알렉스는 치료가 너무 빨리 끝났다고 속으로 투덜거리며 실망감을 달랬다.

그웬돌린은 비판적인 눈으로 셔츠를 응시했다.

"이건 쓸 수 없어요. 피에 흠뻑 젖었잖아요."

그녀는 어떻게 해야 하나 잠시 궁리한 다음 자신의 드레스 어깨 솔기를 북 잡아당겨 소매를 떼어냈다. 그리고 단호하게 다른 쪽 소매도 마저 뗐다.

"그 드레스를 손수 만들었소?"

알렉스가 소매를 길고 가늘게 찢어 다시 하나로 연결하고 있는 마녀에게 물었다.

"예. 왜요?"

"솔기가 너무 쉽게 뜯어진다 싶어서."

그녀는 미치광이 수장의 눈치를 살폈다. 방금 농담한 걸까? 그의 표정은 엄숙했지만 눈빛에 희미한 웃음기가 어려 있었다.

"봉합된 부위는 쉽게 터지지 않아요, 당신만 조심하면."

그웬돌린은 방어적으로 말하고 그의 가슴에 붕대를 감으며 덧붙였다.

"앞으로 며칠간은 되도록 검을 쓰지 마세요."

"그렇다면 한동안은 추적자들이 없기를 바라야겠군."

"당신이 이사벨라를 놓아주지 않으면 맥스윈 수장이 가만히 있지 않을 거예요."

"이사벨라는 고이 풀려날 거요. 그렇게 내가 맹세했으니까. 게다가 그녀는 무용지물이기도 하고. 브로딕!"

그웬돌린이 그럼 나는 어떻게 할 거냐고 묻기도 전에 수장이 흑발의 미남전사를 불렀다.

"이리 와서 마녀의 치료를 받아."

브로딕이 그녀를 힐끔거렸다.

"괜찮습니다."

"빨리 오라니까."

"찰과상에 불과합니다."

잘생긴 청년은 후다닥 소맷자락을 내려 상처를 감추었다.

"하나도 안 아파요."

"아랫도리에 주문을 걸겠다는 마녀의 위협에 겁먹었군!"

불곰전사 카메론이 박장대소를 했다.

맥던 수장은 경고가 담긴 시선을 그웬돌린에게 던졌다.

"상처만 고치시오. 알았소?"

그녀는 고개를 끄덕거렸다.

"이제 와도 괜찮아, 브로딕."

수장의 명령에 브로딕이 내키지 않는 걸음으로 어기적거리며 다가왔다. 미남전사의 뒤에서 카메론이 계속 놀렸다.

"마녀의 비위를 잘 맞춰! 그렇지 않으면 실망할 아가씨들이 한둘이 아닐걸."

"다음은 자네 차례야, 카메론."

수장이 지시하자 불곰전사의 얼굴이 굳어졌다. 그는 이마의 상처에서 묻은 피로 더 선명해진 붉은 앞머리를 만지작거렸다.

"살짝 긁혔는데 치료까지야……."

"아내를 실망시키게 될까 봐 무서운 거지?"

브로딕이 냉큼 보복하자 불곰전사가 무섭게 인상을 썼다.

"마법으로 고쳐보는 게 어떻소?"

맥던 수장은 미남전사의 상처를 물로 씻는 마녀를 지켜보다 툭 말을 던졌다.

그웬돌린은 어리둥절하여 고개를 들었다.

수장이 재차 권유했다.

"당신에게는 특별한 힘이 있잖소. 어디 좀 봅시다."

단순한 호기심으로 받아들이기에는 너무 끈질겨 강요에 가까웠다. 푸른 눈동자의 깊은 곳에서 들끓고 있는, 뭐라 표현할 수 없는 강한 감정도 예사롭지 않았다.

"수장님만 괜찮으시다면,"

브로딕이 잘생긴 이목구비를 신경질적으로 경직시킨 채 조심스럽게 의사를 표현했다.

"저는 보통 치료로 만족하고 싶은데요."

미치광이 수장은 부하의 말을 묵살했다.

"당신에겐 특별한 힘이 있어, 그렇지?"

푸른 눈동자의 표면으로 떠올라 번쩍거린 저 빛. 전광석화처럼 빠르게 나타났다 사라졌지만 놓칠래야 놓칠 수 없는 감정의 빛.

그건 열망이었다.

마녀의 특별한 힘 때문에 미치광이 수장이 그녀의 생명을 구한 것이다. 보석에 대해서는 아무것도 모르지만 마녀의 특별한 힘을 손에 넣고자 맥스윈 일족을 찾아왔고, 그녀를 사겠다는 제의까지 했으며, 그 제의가 거절당하자 구출극을 벌였던 것이다.

"물론 위대한 능력이 있고 말구요."

그웬돌린은 거짓말을 했다. 이 사기극에 그녀의 생명이 걸려 있다. 만일 미치광이 수장이 진실을 안다면 그녀를 직접 죽이거나 고향으로 되돌려 보내리라.

"난 마녀니까요."

맥던 수장은 만족스럽게 고개를 주억거렸다.

"좋았어. 쓸모없는 여자 때문에 수십 명을 죽이고 전쟁을 불러일으켰다는 건 말이 안 되지."

"내가 화형당할 처지였다는 건 하등의 문제가 안 되나요?"

"당신은 여러 건의 중죄로 고발당했잖소. 그리고 다른 일족의 내정 개입은 전쟁 포고나 마찬가지요."

그녀는 역심이 나 비꼬았다.

"오늘은 웬일로 어마어마한 위험을 감수하셨군요. 놀라워라."

"당신에게서 그 보답을 받아낼 작정이오. 전쟁도 불사할 만큼의 어마어마한 혜택을."

그웬돌린은 따귀를 올려붙이려다가 간신히 참았다. 이 수장도 로버트처럼 특별한 힘을 손에 넣으려는 가증스런 인간이다. 그런데 왜 로버트처럼 이기적인 악당만은 아니라고 여겨질까?

"그럼 특별한 치유력도 지녔겠지?"

수장이 초조하게 다그쳤다.

그웬돌린은 거짓말이 들통나지 않도록 신중하게 대답했다.

"치유력도 있지만 범위가 한정되어 있어요. 예를 들어, 찢어진 살을 손대지 않고 감쪽같이 붙이진 못해요. 그게 가능하다면 당신에게 벌써 썼죠.”

그녀는 머리칼을 몇 가닥 더 뽑아 바늘귀에 꿰었다.

“하지만 봉합된 상처에 주술을 걸어 통증을 조절할 순 있어요.”

“정말이오?”

수장의 눈이 번쩍 뜨였다.

미남전사는 상황이 이상하게 돌아가는 낌새를 알아차리고 화살처럼 빠르게 자리에서 뛰어 일어났다.

“팔이 다 나았나 봐요. 하나도 안 아프네.”

맥던 수장은 미남전사를 도로 끌어 앉히고 마녀에게 명령했다.

“이 친구에게 한번 써보시오.”

“당신에게는요?”

“난 구경만 해도 괜찮소.”

“지금 당장은 안 돼요.”

그녀는 ‘마법 시범’이 불가능한 변명을 늘어놓았다.

“주술을 걸려면 이것저것 많이 필요한데 여기에는 아무것도 없잖아요.”

“뭐가 필요하지? 말만 하시오. 당신이 브로딕과 카메론의 상처를 꿰매는 동안 네드에게 구해오도록 하겠소.”

그웬돌린은 한참을 생각한 다음 천천히 입을 열었다.

“돌멩이 다섯 개가 필요해요. 정확하게 내 손바닥만한 것으로 깨지거나 각진 면이 없이 매끄럽고 둥글어야 해요. 그리고 새매의 완벽한 깃털 하나, 진초록의 보송보송한 이끼 한 무더기, 소나무 껍질 약간, 솔잎 열두 장, 피 여섯 방울, 흙 한 줌, 갓 잡은 물고기 한 마리…….”

“맙소사, 한밤중에 어떻게 물고기를 잡아오라는 거요?”

“하나라도 빠지면 주술을 걸 수 없어요. 갓 잡아서 펄떡펄떡 뛰는 물고기가 꼬옥 있어야 해요.”

그웬돌린은 단정적으로 못박았다. 그리고 차분하게 브로딕의 상처를 꿰매기 시작했다.

맥던 수장이 험한 말을 입속으로 중얼거린 다음 소리내어 말했다.

"또 뭐가 필요하지?"

"그게 전부예요."

"재주껏 찾아와, 네드."

요정전사가 어깨에 활을 둘러메고 숲으로 사라졌다.

브로딕의 부상은 수장에 비해 경미했다. 불곰전사의 찢어진 이마까지 다 치료했을 즈음 그웬돌린은 자신의 봉합술에 자신감이 생겼다.

"이제 끝났어요."

그녀는 마지막 바늘땀에서 실을 대신했던 머리카락을 끊었다.

"청결을 유지하면 빨리 나을 거예요."

"고맙습니다, 아가씨."

불곰전사 카메론이 자리에서 일어났다.

"머리에 구멍이 생긴 채로 돌아갔다가는 우리 집사람의 잔소리를 고스란히 당해야 하거든요. 내 몸에 조금이라도 이상이 생기면 난리법석이에요, 그 여편네는."

걸걸한 말투였지만 아내에 대한 애정이 흠뻑 묻어났다.

그웬돌린은 요정전사가 주술 재료를 찾아올 리 없다고 확신한 채 주섬주섬 치료 도구를 정리하기 시작했다. 바로 그때 문제의 요정전사가 숲에서 나왔다. 네드는 곧장 그녀에게 다가와 자루를 내밀었다.

"서두르십쇼, 물고기가 죽기 전에."

그녀는 무거운 심정으로 자루의 끈을 풀러 내용물을 꺼내면서 어떻게든 흠을 잡으려고 물건 하나하나를 철저하게 살폈다.

"피 여섯 방울이 빠졌어요."

네드가 손을 내밀었다.

"내 피를 쓰시죠."

“음…… 다시 생각해 보니까 피는 없어도 될 것 같아요.”

멀쩡한 생살을 찢어 피를 낸다는 생각에 위축되어 얼른 둘러댄 변명이었다.

그녀는 다섯 개의 돌멩이를 모닥불 주변에 빙 둘러놓았다. 가끔 하늘을 올려다보아 달과 별자리에 맞추어 돌멩이를 배치한다는 식의 분위기를 풍기며 아주 세심하고 엄숙하게 일거일동을 놀렸다. 그리고 다섯 조각으로 찢은 이끼를 각각 돌멩이 밑에 놓고 그 위에 흙을 솔솔 뿌렸다. 더 이상 꾸물거릴 소재가 떨어지자, 그웬돌린은 다섯 개의 돌멩이들 가운데 하나의 앞에 서서 이제 죽어버린 물고기와 깃털을 발치에 나란히 놓았다. 마지막으로 소나무 껍질을 십자로 포개어 내려놓았다. 이어 낮고 엄중한 목소리로 전사들에게 지시를 내렸다.

“솔잎을 정확하게 넉 장씩 들고 돌 앞에 서세요.”

브로딕과 카메론과 네드는 서로 눈치만 살폈다.

“저는 다치지 않았는데요.”

요정전사 네드가 꽁무니를 뺐다.

“그래도 모두 참가해야 해요. 수장님만 구경할 수 있어요.”

세 명의 전사들은 죽을 상이 되어 뭉그적뭉그적 각자 돌멩이 앞에 섰다.

“한 자리가 남습니다!”

미남 브로딕이 남은 돌멩이를 가리키며 꼬투리를 잡았다.

그웬돌린은 재빨리 꾸며 붙였다.

“거긴 천지신령님을 위한 자리예요. 이제 엄지와 검지손가락으로 천천히 솔잎을 비벼 숲의 예스럽고 신선한 정수를 해방시키세요. 그 청아한 향이 밴 손을 코에 갖다대고 눈을 감은 채 숨을 깊이 들이쉬는 거예요.”

전사들이 어째 수상하다는 표정으로 그녀를 대했다.

그웬돌린은 강경한 어조로 권위를 세웠다.

“내 말에 따르지 않으면 주술이 듣지 않아요.”

전사들은 떨떠름하게 마녀의 지시에 따랐다.

“잘 했어요. 이제는 기다려야 해요. 곧 하늘과 땅의 신성한 정령들이 깨어날 거예요.”

그 말이 끝나기가 무섭게 이사벨라가 의식을 되찾았다. 그녀는 마법 시범 장면을 대하자마자 ‘꺄악’ 비명을 질렀다. 놀란 박쥐들이 날카로운 울음과 함께 푸드득거리며 떼를 지어 날아올라 먹구름처럼 야영지를 가로질렀다. 한바탕 소동을 피우고 이사벨라는 제 역할을 다 했다는 듯이 또 기절해 버렸다.

“도대체 저 아가씨는 왜 저 모양이지?”

불곰전사 카메론이 박쥐를 쫓으며 투덜거렸다.

그웬돌린은 여전히 눈을 감은 채 엄숙하게 선언했다.

“정숙! 정령들이 깨어나 여기 오셨어요.”

브로딕이 한쪽 눈을 살짝 떴다.

“눈 감아요, 브로딕!”

미남전사는 마녀가 눈을 감고 있으면서 어떻게 알았는지 속으로 의아해하며 순순히 지시에 따랐다.

“밤의 위대한 정령들이시여,”

그웬돌린은 모닥불 위에서 양손을 휘저으며 읊조리기 시작했다.

“이 무지몽매하고 허약한 미물들의 고통을 덜어주십사 하여 이렇게 초대했나이다.”

“우리보고 허약한 미물이라구?”

불곰전사 카메론이 벌컥 성질을 냈다.

브로딕도 눈을 떴다.

“네드를 가리킨 말이겠지.”

요정전사가 발끈했다.

“뭐?”

카메론이 인상을 북 썼다.

"누가 들어도 너야. 틀림없어."

"내 귀에도 그렇게 들렸어."

브로딕이 동의하자 네드가 영리하게 쏘아붙였다.

"그럼 무지몽매한 미물은 너희들이야."

참다 못해 그웬돌린이 눈을 뜨고 손으로 허리를 짚었다.

"지금 주술을 걸라는 거예요, 말라는 거예요? 밤의 정령들이 화가 나서 떠나도 난 책임 안 져요."

전사들이 시무룩한 표정을 교환한 후 다시 눈을 꼭 감았다.

그웬돌린도 눈을 감았다. 그녀는 불 위에서 양손으로 천천히 원을 그렸다.

"위대한 정령들이시여, 이 전사들의 보잘것없는 육신에서 독기와 병마와 고통을 가져가고 원기를 불어넣어 주십시오."

말이 이어질수록 목소리가 점점 높아졌다.

"이들을 불쌍히 여기시어 오늘밤 편히 쉴 수 있도록 아픔을 한 꺼풀 벗기시고 일출과 더불어 가뿐하게 해주십시오!"

꽈르르 꽝, 천둥소리가 정적을 갈랐다. 이어서 번개가 번쩍하며 은빛으로 천지를 가르더니 삽시간에 먹구름이 몰려와 밤하늘을 뒤덮고 한 줄기 강풍이 숲을 뒤흔들었다.

"세상에……."

카메론이 입을 다물지 못했다. 그의 붉은 머리칼이 올올이 곤두서 있었다.

"저 아가씨가 진짜로 정령들을 깨웠잖아!"

"그보다 정령들의 성질을 건드린 것 같은데."

미남 브로딕이 음산해진 주변을 두리번거리며 회의적으로 말한 반면, 네드는 긍정적으로 추측했다.

"정령들은 원래 불퉁스럽게 반응하나 보지."

천둥번개가 연속적으로 쳤다.

"이게 정상인가요, 아가씨?"

카메론이 윙윙거리는 바람 소리에 묻히지 않도록 악을 썼다.

그웬돌린은 황당하게 하늘을 올려다보았다. 이토록 급작스런 기상 변화는 생전 처음이었다. 하지만 큰 소리로 자신만만하게 전사들을 안심시켰다.

"모든 게 순조롭게 돌아가고 있어요. 정령들이 내 청을 받아주신 거예요."

일동은 모닥불을 중심으로 동그랗게 서서 하늘이 열리는 광경을 지켜보았다. 세찬 빗방울이 시원한 폭포처럼 그들의 머리와 옷을 적셔놓고 감쪽같이 뚝 그쳤다. 강풍도 힘없이 죽고 먹구름마저 쓱 물러가고 고고한 달과 별들을 드러냈다.

"세상에, 이럴 수가!"

불곰전사 카메론이 희열에 젖어 잘생긴 친구의 등을 탁 쳤다.

"너도 이런 광경은 생전 처음이지?"

브로딕은 다친 팔을 시험 삼아 휙휙 돌리더니 찜찜한 표정으로 입을 열었다.

"팔이 한결 좋아진 것 같아."

"내 이마에선 아픔이 싹 가셨어! 넌 어때, 네드?"

"난 원래 다친 데가 없었다구. 그런데…… 이상한걸."

요정전사가 고개를 양옆으로 돌려보았다.

"일주일째 목이 뻐근하고 아팠는데 갑자기 말짱해졌어."

그웬돌린은 무한한 안도감을 감추며 의기양양하게 가슴에 팔짱을 끼었다. 그녀의 의도가 들어맞았다. 전사들이 자기 암시에 걸려 몸이 좋아졌다고 느낀 것이다. 하늘의 도우심으로 날씨가 때맞추어 그녀의 연극을 멋지게 마무리해 준 덕분이다.

카메론이 흥분을 감추지 못하며 물었다.

"모두에게 이 주술을 걸 수 있나요, 아가씨?"

"어…… 모두에게는 아니에요."

"그게 무슨 뜻이오?"

맥던 수장이 내내 다물고 있던 말문을 뗐다.

그웬돌린은 수장에게 마녀의 특별한 힘을 믿게는 하되 몇 마디 주문으로 적군을 물리치라는 등의 터무니없는 요구는 하지 않도록 에둘러 대답했다.

"주술의 성공 여부는 여러 요소에 달렸어요. 그래서 모든 사람에게 걸리진 않아요."

"모두에게 듣든 말든 상관없소. 한 사람에게만 통하면 돼."

수장은 험악한 표정으로 선언한 다음 전사들에게 명령을 내렸다.

"카메론이 맨 처음 보초를 선다. 나머지는 쉬도록. 동트자마자 출발한다."

미남 브로딕은 말안장에서 여분의 플래드를 걷어 이사벨라에게 꼼꼼히 덮어주고 몇 발자국 떨어진 곳에 자리를 잡았다. 네드와 수장도 각자의 플래드로 몸을 감싼 채 길게 누웠다.

"당신은 서서 자오?"

맥던 수장이 시비조로 그웬돌린에게 물었다.

"아뇨."

"그럼 누워요. 앞으로 갈 길이 많이 남았소."

그웬돌린은 다시 나무에 묶이지 않은 걸 다행스럽게 여기며 조심스럽게 맨땅에 누웠다. 결박당하진 않았지만 카메론이 보초를 서고 있으므로 도망가긴 틀렸다.

내일 기회를 노리기로 하자.

협소한 야영지는 가끔 모닥불의 잔가지들이 탁탁 타오르는 소리만이 일 뿐 침묵이 짙게 내리깔렸다. 이렇게 불편한 환경 속에서 쉽게 잠드는 전사들의 능력이 신통할 정도였다. 모닥불은 금방 죽고 땅바닥에서 축축한 한기가 올라왔다. 그웬돌린은 최대한 몸을 말았다. 하지만 시간이 갈수록 체온이 낮아져 결국에는 주체하지 못할 만큼 몸이 떨려왔다.

"그웬돌린, 이리 와요."

맥던 수장의 나직한 저음이었다.

그녀는 벌떡 일어나 그가 있는 쪽의 어둠을 응시했다.

"왜요?"

"당신의 이 부딪치는 소리 때문에 당최 잠을 잘 수 없으니까. 내 옆에 누우시오. 내 플래드를 나누어 덮읍시다."

"괘, 괜찮아요."

"이리 오래두."

"싫어요."

그웬돌린은 겁에 질려 고개를 저었다.

"당신의 잠자리 수발은 들지 않겠어요."

그녀는 그의 반박을 기다렸다. 하지만 미치광이 수장은 나직하게 혼잣말을 중얼거리더니 플래드를 당겨 덮고 말았다. 그녀는 작지만 결정적인 싸움에서의 승리를 자축하며 싸늘한 맨팔을 열심히 문지르고 다시 땅바닥에 누웠다.

이내 어금니를 아무리 힘주어 깨물어도 이가 딱딱 소리를 내며 부딪쳤다.

"망할!"

맥던 수장의 욕설이 났다 싶은 다음 순간 그가 그웬돌린의 옆에 누워 플래드로 두 사람의 몸을 감싸고 있었다.

그녀는 옆으로 굴렀다.

"나에게 손대지 마세요!"

알렉스 맥던이 마녀를 잡고 따뜻한 모직의 고치 안으로 끌어당겼다. 그는 초조하게 명령했다.

“가만히 있어!”

“내가 가만히 있을 줄 알아요, 이 미치광이 색정광 같으니!”

마구 욕을 하며 힘껏 그의 정강이를 걷어찼다.

“아얏!”

그웬돌린은 기회를 놓치지 않고 벗어나려 했지만 미치광이 수장이 즉각적으로 팔에 힘을 주었다. 그녀가 비명을 지르려 하자 수장의 손이 그녀의 입을 단단히 막았다.

“잘 들어!”

언성을 높이지 않으려고 자제하는 어조였다.

“당신과 몸을 섞을 생각은 추호도 없소.”

그웬돌린의 젖가슴이 급하게 오르내려 붕대로 감겨진 남자의 가슴과 만났다.

“미치광이라고 손가락질은 당해 봤지만, 내가 아는 한 색정광이라는 소리는 없었소.”

두 사람의 시선이 얽혔다. 저 새파란 눈동자에서 그녀는 거짓을 찾으려 했지만 거기에는 묘하게 지친 분노만이 존재했다.

“당신을 데려가기 위해 정도 이상의 위험을 감수했는데 차가운 밤공기를 쏘여 병들게 할 순 없소.”

알렉스는 자신의 말이 그녀의 공포를 뚫고 전달되기를 기다린 다음 천천히 그녀의 입에서 손을 뗐다.

“당신 체온을 유지시켜 주려는 것뿐이오.”

“…나를 건드리지 않겠다고 맹세해요? 전사의 명예를 걸고?”

“맹세하오.”

그웬돌린은 천천히 모로 누웠다. 그가 플래드의 절반을 그녀에게 덮어주고 허리를 당겨 안았다. 그녀는 거의 숨조차 쉬지 못하고 몸을 딱딱하게 굳힌 채 미치광이 수장이 맹세를 깨길 기다렸다.

맹세를 깨긴커녕 그는 코를 골기 시작했다.

그녀의 싸늘했던 몸이 조금씩 훈훈해졌다. 왠지 사람의 체온이 부드러운 모직보다 한결 따뜻하게 느껴져 그웬돌린은 수장의 단단한 가슴에 등을 바짝 붙였다. 코 고는 소리가 요란해질수록 알렉스 맥던의 강한 육체가 위협이 아니라 아늑함으로 다가왔다.

이 순간까지 그웬돌린은 신체적인 접촉에 무지했다. 아주 어렸을 때 어머니를 잃었고 아버지는 자상하긴 하셨지만 좀처럼 드러내놓고 애정을 표현하지 않았다. 그래서인지 한 남자의 체온과 힘에 폭 싸여 보호받는 낯선 느낌이 상상을 초월할 정도로 기분 좋게 다가왔다. 그녀는 이 남자의 포로에 불과하고, 이 남자는 그녀의 특별한 힘을 원하기 때문에 목숨을 살려주었을 뿐이다. 그럼에도 불구하고 마침내 안전한 집으로 돌아온 기분이었다.

'당신은 이제 내 사람이오. 난 나에게 속한 건 뭐든 지켜.'

난 누구의 사람도 아니라고 그웬돌린은 꾸벅꾸벅 졸며 생각했다. 어떤 누구도 그녀를 로버트와 같은 무리에게서, 사람들의 공포와 배척에서 보호해 주진 못한다. 내일이 되면 도망가야지. 내일이 되면 고향으로 돌아가 로버트를 죽여야지. 그 인간은 죽어 마땅하다. 아버지를 살해하고 그녀의 삶을 망쳐놓았으니까.

하지만 이 용감하고 정신 나간 전사에게 안겨 잠으로 빠져드는 지금은 내일이 멀고 아득하게만 보였다.

# 3

아버지가 불가에 앉아 즐거운 표정으로 그녀의 책 읽는 소리에 귀를 기울인다.

존 맥스윈은 글을 깨친 딸이 여간 대견한 게 아니었지만 똑똑한 자식 자랑은 삼갔다. 일족 여자들은 모두 문맹이었다. 여성을 경시하거나 휘두르기 쉽도록 문맹을 장려하는 건 아니었다. 그저 중요한 전갈을 주고받고 동맹 및 조약을 체결하는 건 남자의 몫이기 때문에 여자는 글을 배울 필요가 없었다. 생선 손질, 실 잣기, 닭털 뽑기처럼 유용한 일을 놔두고 어린 소녀들이 왜 양피지를 빽빽하게 메운 그림을 해석하느라 소중한 시간을 허비하겠는가?

반면 그웬돌린의 아버지는 여기 고지대 일족들보다 개방적이고 유연한 저지대에서 오래 지냈는지라 처음에는 아내에게, 다음에는 딸에게 글을 가르쳤다. 하지만 딸자식이 경원받고 배척당할 또 다른 이유를 제공하지 않으려고 집에서만 부녀끼리 독서의 즐거움을 누렸다.

"내가 떠난 뒤에도 책이 너의 좋은 벗이 되어줄 게다, 딸아."

그녀는 책에서 고개를 든다.

"아빠가 어디를 가시든 저도 따라갈 거예요."

서글픈 미소에 젖은 아버지의 얼굴이 점점 투명해진다.

냉기가 그웬돌린의 구석구석으로 파고들었다. 그녀는 몸을 한층 동그랗게 말고 아버지를 의자에 잡아두려 발버둥쳤다. 하지만 사랑하는 아버지의 모습은 완전히 사라지고…… 진저리를 치며 그녀는 밤새 기대었던 따뜻한 벽을 찾아 뒤로 꼼지락거렸다.

따뜻한 벽이 없어졌다.

상실감에 사로잡혀 그웬돌린은 눈을 떴다. 그녀는 일어나 앉아 맨팔을 문질렀다. 맞아, 아버지는 돌아가셨다. 이제는 화롯가에서 아버지에게 책을 읽어드리거나 아버지의 재미있는 이야기를 들으며 긴긴 밤을 보낼 수 없다.

맥던 수장과 전사들은 벌써 길 떠날 채비를 하고 있었다. 미남 브로딕이 작은 모닥불에서 간소한 식사를 준비하는 동안 다른 남자들은 말을 돌보았다. 한편, 이사벨라는 브로딕의 플래드에 감싸인 채 새근새근 자고 있었다.

"일어났군요, 그웬돌린 아가씨."

카메론이 쾌활하게 인사했다.

"날씨 참 좋죠? 난 오늘 머리가 유난히 맑아서 기분 최고예요. 다 아가씨의 정령 친구들 덕분입니다."

"자, 잘 됐네요."

"브로딕의 솜씨인 귀리 비스킷과 구운 생선을 드셔 보세요. 네드가 갓 잡아온 물고기라 맛이 기가 막혀요."

그웬돌린은 고개를 저었다. 아버지를 잃은 아픔이 새로워 식욕이 없었다.

"배고프지 않아요."

"그래도 먹어야 해."

맥던 수장이 이쪽은 돌아보지도 않고 안장의 뱃대끈을 조절하며 말했다.

그웬돌린은 고집스럽게 반복했다.

"배고프지 않다니까요."

"당신 몸은 영양 공급이 필요하오. 어제는 하루 종일 굶었고 지하 감옥에서는 식사가 부실했겠지. 삐쩍 말라서 비실거리는 모습은 보기에도 안 좋소."

"난 비실거린 적 없어요."

그녀는 반박했지만, 사흘 전 아버지가 돌아가신 이래 급격하게 마르긴 말랐다.

알렉스 맥던이 비판적으로 그녀를 아래위로 훑어보았다.

"튼튼한 여자라면 어젯밤 그 정도로 심하게 추위를 타진 않았을 거요. 당신, 열이 펄펄 끓고 내일 아침에는 송장이 되어 있지 않으면 다행이오."

그웬돌린은 멀거니 그를 바라보았다. 왜 마녀의 건강을 걱정할까?

"죽긴 누가 죽는다고……."

"당신 생명은 이제 내 것이니, 내가 먹으라고 하면 먹어야 해."

그녀가 다시 반박하기도 전에 잘생긴 브로딕이 경계하는 걸음으로 접시를 가져왔다.

"좀 드세요, 아가씨. 지금 먹어두지 않으면 언제 또 따뜻한 음식을 먹게 될지 모릅니다."

물고기 장작 구이의 구수한 냄새가 허기를 일깨웠다. 그녀는 자존심을 내세워 마지못해 응하는 척했다.

"조금만 먹어 보죠. 하지만 당신이 명령했기 때문은 아니에요, 수장님."

알렉스가 떡 벌어진 어깨를 으쓱거렸다.

"먹는다는 게 중요하지."

"나 배고파요."

이사벨라가 늘어지게 기지개를 켜며 졸린 목소리로 투정했다.

미남 브로딕이 자상하게 말을 걸었다.

"좋은 아침이야, 이사벨라. 편히 잤어?"

"편히 자요? 딱딱한 바닥에 배겨 온몸이 멍투성이예요. 이 지저분하고 조잡한 플래드에 살이 다 긁혔다구요."

브로딕이 부리나케 음식을 챙겨 달려갔다.

"배고프다며? 어서 먹어."

"어휴, 탄 냄새!"

"미안해. 하지만 이게 그나마 덜 탄 거야."

이사벨라는 불평과 달리 구운 생선에 달려들었다. 그녀는 먹성 좋게 음식을 오물거리며 즐거운 하루의 전망을 늘어놓았다.

"우리 전사들이 곧 들이닥치겠죠. 그래서 당신들 사지를 힘센 말 두 필에 각각 매달고 찢어 죽일 거예요."

카메론이 거대한 덩치만큼이나 호탕한 웃음을 터뜨렸다.

"나중에 저 아가씨의 협박이 그리워서 어쩌나."

"난 아냐."

맥던 수장은 말에 훌쩍 올라타 명령했다.

"출발하자. 네드, 오늘은 자네가 마녀를 뒤에 태워. 둘 다 가벼우니까 우리와 어렵지 않게 보조를 맞출 수 있어."

그는 완벽하게 이성적인 결정이라고 자위하며 마녀가 요정전사의 말에 타는 모습을 지켜보았다. 그녀는 다소 놀란 표정인 반면, 네드는 수장의 명령을 이상하게 여기지 않는 눈치였다.

사실 알렉스는 마녀의 작고 부드러운 감촉을 더 이상 참을 수 없었다. 뜬눈으로 밤을 새운 터였다. 여자와 나란히 누워 잠자는 게 뭐 그리 대수냐는 처음 생각과 달리 그녀의 호흡 한 번, 작은 뒤척임 한 번에조차 신경이 팽팽하게 곤두섰지만 겁탈하지 않겠다는 그의 맹세를 마녀가 믿지 않음을 감지하고 잠든 척했다. 그러나 파리한 새벽빛이 나뭇잎 사이로 새어들기 오래 전부터 과연 스스로에게 명예를 존중하고 맹세를 지킬 힘이 있는지 자신이 없어졌다. 이 창백한 여자가 이미 죽어버린 줄 알았던 그의 욕망과 열기를 되살려 놓은 것이다. 알렉스는 불에 활활 타오르는 것처럼 몸이 뜨겁게 달아오르고 하반신은 아프도록 단단해졌다.

그래서 간담이 서늘해지기도 했다.

"난 아직 준비가 안 되었어요."

이사벨라는 모두 말을 타고 떠나려 하는데도 서두르는 기색 없이 귀리 비스킷을 야금야금 먹고 있었다.

"식사를 마치고 냇가에 가서 몸단장을 하려면 시간이 필요해요. 몇 분만 더 기다리세요."

브로딕이 말을 몰아갔다. 그는 허리를 숙여 그녀의 어깨에서 플래드를 걷은 다음 돌돌 말아 안장 뒤에 내려놓았다.

"사랑스런 이사벨라, 이제 작별인사를 해야 할 때가 되었어."

그녀가 불신에 찬 표정으로 그를 올려다보았다.

"나를 버리고 가겠다는 거예요?"

미치광이 수장이 대신 대답했다.

"당신을 아침에 풀어주겠다고 맹세했소. 여기에는 음식과 물과 모닥불이 있소. 그리고 로버트가 저 숲에서 의식을 회복하는 즉시 당신을 찾아올 거요."

"하지만 나를 풀어주면 안 돼요. 왜냐하면, 왜냐하면…… 우리 아버지가 먼저 약속을 깨고 어젯밤에 추적자를 보냈잖아요. 그러니까 여러분께서도 나를 데려가야 옳아요."

브로딕이 기대에 찬 표정으로 수장의 눈치를 살폈다.

맥던 수장의 입에서 무뚝뚝한 결정이 흘러나왔다.

"저 아가씨는 골칫덩어리, 그 이상도 그 이하도 아냐. 수장의 딸을 완전히 납치하여 맥스윈 일족의 분노에 불을 한층 더 지펴놓을 순 없어. 그녀는 여기에 두고 간다.”

그리고 달리기 시작했다.

“안 돼!”

이사벨라가 브로딕의 앞을 가로막았다.

“못 가요! 나를 두고 혼자 가면 안 돼요!”

“미안해. 나로선 어쩔 수가 없어. 잘 있어, 이사벨라. 당신을 영원히 잊지 못할 거야.”

그는 고개를 숙여 목례하고 말머리를 돌려 달렸다. 그 뒤를 카메론과 네드가 따라갔다.

“이대로 끝날 줄 알면 오산이야!”

이사벨라가 악을 썼다.

“우리 전사들에게 당신을 잡아오게 해서 뼈마디를 박살내 주겠어! 그리고 눈알을 뽑아 잘게 다져…….”

“저 아가씨, 실연의 아픔이 대단하군.”

불곰전사 카메론이 혀를 찼다.

“…그 다음에는 오장육부를 토막내어…….”

이사벨라의 악다구니가 계속 이어지자 요정전사 네드가 고개를 휘휘 내둘렀다.

“실연한 게 저 정도면 성난 모습은 보고 싶지도 않아.”

“…이 야비하고 인정머리 없고 못된 자식아!”

“곧 극복할 거야.”

브로딕의 장담에 카메론이 껄껄 웃었다.

“맞아. 여자들이란 다 그래.”


땅에 내려앉은 이슬이 햇살에 증발되며 보랏빛 꽃망울을 터뜨린 히스의 향기가 감도는 대기에 촉촉한 흙내음을 더했다. 하지만 그웬돌

린은 현재의 처지를 따져보느라 들판과 숲의 경치를 감상할 여유가
없었다.

미치광이 수장이 그녀를 원하는 이유는 자명하다. 마녀의 특별한
힘을 이용하여 백전백승을 올리거나 벼락부자가 되려는 거다. 비록
어젯밤의 '마법 시범'에는 행운이 따라 마녀로서의 초자연적인 능력
이 유감없이 증명되었지만 허튼 주문 몇 마디로 누가 죽고 금덩어리
가 하늘에서 떨어질 리 만무하다. 그웬돌린이 실패하는 순간, 맥던 수
장은 한낱 여자의 농간에 속아넘어갔음을 깨닫고 잔인하게 체벌을 가
한 후 일족 전쟁을 막기 위해 그녀를 로버트에게 넘기리라. 그 다음에
는 수감과 화형이 기다릴 테고.

*어떻게 해서든 도망가야 해.*

이제 맥던 수장이 입을 뗐다.

"말이 지치기 시작했어. 저 냇가에서 잠시 쉬어간다."

그웬돌린은 지친 숨을 남몰래 내뱉었다. 그녀는 뻣뻣해진 팔과 뻐
근한 전신을 조심스럽게 놀려 네드의 안장에서 내리려 했지만 쿵 하
며 땅에 떨어지고 말았다.

"아니나 다를까 병에 걸렸군!"

알렉스 맥던이 허둥지둥 달려왔다. 그는 땅에 주저앉아 거친 손으
로 그녀의 이마를 짚었다.

"열이 심하오?"

"난 괜찮아요. 장거리 승마에 익숙하지 않아 다리가 굳었을 뿐이에
요."

그는 그녀의 말을 곧이 듣지 않고 이마와 뺨의 체온을 손수 쟀다.
정상임이 확인되자 다음에는 그녀를 호되게 나무랐다.

"힘들면 힘들다고 말을 했어야지!"

"포로 주제에요? 더군다나 길을 서두르는 게 역력했고……."

"당신은 나에게 형용할 수 없이 중요한 포로요. 앞으로는 아프거나

피곤하면 반드시 말하시오. 알았소?"

이런 극진한 걱정은 마녀의 특별한 힘에 대한 탐욕에서 비롯된 거라고 그웬돌린은 스스로를 일깨웠다. 아픈 마녀는 쓸모 없다고 수장 본인이 말하지 않았던가. 하지만 그녀를 일으키는 그의 몸짓은 한없이 다정했다.

알렉스는 그녀를 부축하여 나무 아래로 데려갔다.

"다리에 피가 통하도록 약간 걸어야 하오. 좀 풀리는 것 같소?"

"어, 예."

그웬돌린은 남자의 단단한 감촉과 다정한 몸짓에 얼이 빠진 나머지 말을 더듬었다. 그녀는 서둘러 수장에게 벗어나 혼자 걸음을 옮겼다.

그는 마음이 안 놓인다는 듯이 그녀를 한참 지켜보고 돌아서 말을 냇가로 이끌었다. 카메론과 네드가 나머지 말들을 데리고 따라갔다.

그웬돌린은 미남전사가 식사 준비를 하는 곳으로 갔다.

"수장님이 항상 저렇게 병에 대해 과민 반응을 보이나요?"

"전에는 안 그랬지만 질병이 얼마나 난공불락의 적이 될 수 있는지 배운 후로 그렇게 되셨죠."

"어디 아프세요?"

맥던 수장이 고질병에 시달리는 모습은 상상조차 되지 않았다.

브로딕이 고개를 저었다.

"우리 수장님의 건강은 예나 지금이나 최상이에요."

"그렇다면 누구 아픈 사람이 있나요?"

"난 이러쿵저러쿵 말할 입장이 못 됩니다. 수장님에게 직접 물어보세요."

그웬돌린은 상관하지 말자고 다짐했다. 맥던 수장에게 어떤 문제가 있든 그건 그의 일이다. 그녀의 일은 탈출이고, 수장을 비롯하여 카메론과 네드까지 냇가로 간 지금처럼 좋은 기회는 다시 없다. 저 울창한 숲까지만 가면 숨을 곳을 찾을 수 있으리라. 그웬돌린은 짐짓 기지개

켜는 시늉을 하고 숲으로 향하기 시작했다.

"어디 가는 겁니까?"

브로딕의 질문에 그녀는 어깨 너머로 대답했다.

"용무를 보러요."

"수장님이 돌아오실 때까지 기다리세요. 아가씨 혼자 돌아다니면 좋아하지 않으실 테니."

"굉장히 급한데……. 걱정 말아요, 브로딕, 멀리 가지 않을게요."

그러면서 숲속으로 미끄러지듯이 들어가 나무 뒤에 살짝 숨었다. 그웬돌린은 브로딕의 반응을 살폈다. 흑발의 잘생긴 청년은 마녀를 쫓아갈까 말까 갈등하는 것처럼 이쪽을 바라보더니 결국 고개를 숙이고 안장가방에서 요리 재료를 꺼냈다.

그웬돌린은 치맛자락을 모아 쥐고 되도록 소리를 죽여 빠르게 달렸다. 일분 일초가 소중했다. 곧 브로딕이 의심하고 동료들을 모아 추적할 때까지 가능한 거리를 벌려야 한다. 벌써 숨이 차올랐지만 그녀는 얼굴을 때리는 키 작은 묘목의 가지들 사이를 가로질러 태고의 정적이 감도는 초록의 성역 심장부를 향해 쉬지 않고 뛰었다.

"그웬돌린 아가씨! 어디 있어요?"

브로딕의 목소리가 비교적 가까이에서 들려왔다.

그녀는 쉴 때가 아니라는 걸 알면서도 심장이 터질 것만 같아 나무에 기대어 숨을 탐욕스럽게 들이켰다.

"그웬돌린! 당장 나오지 못해!"

맥던 수장의 사나운 고함.

이어 카메론의 달래는 소리가 울려 퍼졌다.

"아가씨, 그만 나오세요. 숲에서 혼자 밤을 보내기는 무리예요."

그녀는 치맛자락을 걷어올리고 다시 뛰기 시작했다. 불곰전사의 목소리에서 전사들이 엉뚱한 방향을 뒤지고 있음을 깨닫고 용기가 난 것이다. 얼마 지나지 않아 또 숨이 차고 심장이 쿵쾅거렸다. 그래도 달렸다. 맥던 수장과 그의 이기적인 욕심에서 벗어나 로버트의 가슴에 비수를 꽂아야 한다는 목표 하나로.

돌연 지축이 흔들리기 시작했다. 그웬돌린은 더 속력을 올렸지만 말발굽 소리와 땅의 진동이 점점 가까워졌다. 절망감이 솟아올랐다. 그녀는 탈출이 실패로 끝났음을 깨닫고 돌아섰다.

미치광이 수장이 활시위를 팽팽하게 당긴 채 전속력으로 달려오고 있었다. 분노로 일그러진 얼굴은 섬뜩한 가면과도 같았다. 그웬돌린은 두려움으로 심장이 얼어붙었다. 그가 무기를 내려놓는 대신 그녀를 향해 활을 쏘는 게 아닌가!

*저 남자, 정말 미쳤구나.*

그녀는 생애 마지막 비명을 지르려고 입을 벌렸지만 가느다란 신음밖에 나오지 않았다. 그런데도 돼지 멱따는 단말마가 숲의 정적을 깼다.

얼떨떨한 기분으로 그녀는 뒤를 돌아보았다.

커다란 멧돼지가 옆구리에 화살이 박힌 채 쓰러져 있었다. 그 육중한 짐승이 피를 철철 흘리면서도 일어나려고 버둥거리자 다시 화살한 대가 공기를 가르고 멧돼지의 생명을 깨끗하게 거두었다. 그녀는 죽은 짐승을 망연자실하게 응시했다. 하마터면 자신이 멧돼지에게 죽을 뻔한 것이다.

알렉스 맥던이 말에서 내려 저벅저벅 다가왔다.

“당신이 얼마나 죽음에 가까이 갔었는지 알기나 아오?”

그는 마녀의 무사함을 확인해야 할 필요에서 가냘픈 어깨를 움켜잡았다. 억센 손가락이 살에 아프게 파고들었지만 그녀는 감히 불평하지 못했다.

“내가 조금만 늦었더라면 당신은 전신의 뼈가 으스러질 때까지 멧돼지에게 짓밟혔을 거요. 그리고 난 당신의 죽음을 지켜봐야만 했겠지, 손쓸 도리가 없음을 절감하며. 속수무책으로.”

무력한 처지가 되는 것. 그처럼 알렉스를 신물나게 하는 건 없었다. 그가 보호해 주겠다고 맹세했건만 이 여자는 어리석은 경거망동으로 죽음을 향해 곧장 걸어들어갔고 뉘우치는 기색도 없다. 알렉스는 그녀를 혼내주고 싶었다. 자기 목숨이라고 아무렇게나 생명을 가지고 장난치면 안 된다는 교훈을 심어 주고 싶었다.

그래서 고개를 숙여 그녀의 입술을 짓눌렀다.

그웬돌린은 혼비백산했다. 첫키스였다. 남녀관계에 대해선 무지했지만 지금 입술을 찍어누르는 이런 키스가 노여움의 표출이라는 건 느껴졌다. 그럼에도 그녀의 속에서 불꽃의 심지가 당겨져 손끝발끝까지 달아오르고 기분이 아주…… 야릇해졌다.

그녀는 살며시 입을 벌렸다. 다물어진 입술 사이를 파고들려고 끈질기게 압력을 가하던 뜨거운 혀가 즉시 안으로 들어와 맹렬하게 그녀를 탐했다. 환희의 물결이 전신을 휩쓸고 나직한 탄성이 절로 흘러나왔다.

알렉스는 달콤한 마녀에게서 입술을 뗄 수 없었다. 어느덧 두 손이 그녀의 여린 등줄기를, 새틴 같은 감촉의 맨팔을, 봉긋하게 부푼 엉덩이를 정신없이 배회하다가 젖가슴을 한 움큼 쥐었다.

그는 신음을 내뱉었다. 4년 동안 꿈쩍도 하지 않던 욕망이 갑자기 용트림을 하며 날카로운 비수인 양 그의 존재 전부를 후벼팠다. 머릿속이 하얀 공백으로 변하고 세상이 멀어졌다. 그를 삼키려는 이 세찬 불길, 그를 흔들어 놓을 수 있는 이 신비한 여인만이 존재했다. 플로라에게도 이토록 압도적인 욕구를 느꼈었던가? 이끼 침대 위에 담요를 깔고 황금빛 햇살 속에서 그녀를 헤아릴 수 없이 많이 가졌던 때도 이랬었던가? 기억이 나지 않았다. 플로라의 우윳빛 가슴에 얼굴을 묻고 오직 당신만을 사랑하겠다고 마음과 영혼을 다하여 맹세했던 때가 전생의 일처럼 아득하기만 했다.

순간, 수치심이 번개처럼 그를 갈랐다. 욕망의 불꽃이 싸늘하게 꺼

졌다. 알렉스는 포옹을 풀고 뒤로 물러났다. 자신이 추잡하게 느껴져
한없이 부끄러웠다.

"용서하시오."

그는 잠긴 목소리로 중얼거렸다. 누구에게 용서를 비는 건지 자신
도 알 수 없었다. 이 여자에게? 아니면 플로라에게?

그웬돌린은 혼란스러웠다. 조금 전 자신만만하게 그녀의 정열을 일
깨웠던 강력하고 절대적이며 정열적인 그 남자는 어디로 갔을까? 지
금 눈앞에 있는 남자는 초연했다. 아니, 슬퍼 보였다. 그리고 화가 난
것 같았지만 그녀를 향한 분노는 아닌 듯했다.

"수장님!"

브로딕의 목소리가 멀리서 들려왔다.

"아가씨를 찾으셨습니까?"

"그래, 우리는 여기 있다. 네드에게 와서 마녀를 말에 태우라고 해."

알렉스는 여자에게 시선을 떼지 않았다. 태양의 빛과 그림자가 장
난스럽게 교차하는 지금 그녀의 회색 눈동자는 어느 때보다 어둡게
가라앉고 두 뺨과 입술은 키스의 열기로 붉게 물들어 있었다. 숲의 초
록과 햇살의 금빛 속에서 그녀는 살과 피로 이루어진 여자가 아니라
신화 속의 존재로 보였다.

"도망갈 생각은 버리시오."

거친 위협이었다. 그는 마녀의 상기된 얼굴을 만지고픈 충동에 저
항하여 주먹을 꽉 쥐고 돌아서 말을 탔다. 저 여자에게서 벗어나야 한
다는 생각뿐이었다.

"또 도망가면, 로버트에게 잡히든 산짐승에게 당하든 놔두겠소."

그리고 마녀를 죽은 짐승과 남겨둔 채 전속력으로 말을 몰았다.


*미안해, 여보.*

알렉스는 별들이 은실로 화려하게 수놓여진 까만 망토 같은 밤하늘

을 올려다보았다. 바닥은 축축하고 공기는 이례적으로 차가워, 육체적인 안락함이나 불편함 따위에 개의치 않는 그조차 여느 때라면 투덜거릴 만했지만 지금은 머릿속이 복잡해 다른 데 신경 쓸 여유가 없었다.

오늘밤에는 유난히 그 별이 초라하고 슬퍼 보였다. 너무 작아서 처음에는 찾지도 못했다. 플로라가 그의 배신에 상처를 받았다는 뜻일까? 그럴 만도 하다. 하지만 모두가 잠들고 야영지에 정적이 내려앉은 지 한참이 되자 저 멀리 하늘의 끄트머리에서 그 별이 힘없이 반짝거리며 제 존재를 알렸다.

*제발 용서해 줘. 아까 그 일은 아무것도 아니었어.*

플로라는 이 고백을 믿으리라. 세상에서 가장 마음씨가 곱고 남편을 철석같이 믿는 여자니까. 그럼에도 불구하고 알렉스의 수치는 사라지지 않았다. 사랑하는 아내를 배신한 이 죄를 어떻게 씻어야 할지 실마리조차 잡히지 않았다.

4년. 그건 오랜 시간이 아니다. 시간의 바다 속으로 흘러들어간 한 방울의 물에 불과해서 그의 치열한 고통을 무디게 해주지 못했다. 주님에 향한 분노와 원망도 식혀 주지 못했다. 어떻게 되어먹은 신이 그에게는 마르지 않는 활력과 건강을 허락하고 착한 아내의 생명은 천천히 거둔단 말인가? 한 송이 꽃처럼 어여쁘고 순수한 플로라에게 무슨 죄가 있기에?

그들이 매클린 일족의 영지에서 처음 만났을 때 플로라 매클린은 알렉스가 다른 일족의 수장임을 알지 못했다. 눈에는 웃음이 담뿍 담기고 불꽃같은 머리칼에 장미꽃처럼 싱싱했던 그녀는 세련된 재치로 그의 오만한 접근을 일축해 버렸다. 알렉스는 자진하여 몸을 던져오는 여자들과 다른 플로라에게 완전히 반했다. 그는 전에 없던 결의와 인내를 다하여 구애해 마침내 그녀의 사랑을 쟁취했고 신부와 함께 고향으로 돌아가 더 바랄 나위 없이 행복한 나날을 만끽했다.

하지만 오 년도 채 지나지 않아 서서히 불행의 그림자가 드리워졌다. 플로라가 연거푸 사산한 다음부터 안색이 나빠지고 기운이 떨어지기 시작한 것이다. 그녀는 극심한 통증을 호소하더니 급기야는 침대에서 일어나지 못했다. 알렉스는 스코틀랜드의 방방곡곡에서 병을 잘 고치기로 소문난 치료사들을 수소문하고 불러모았지만 아무 소용도 없었다. 불쌍한 플로라는 고문에 가까운 갖가지 치료를 군소리 없이 견디었지만 밤에는 남편이 잠들었다고 믿고 남몰래 눈물을 흘렸다. 그는 아내에게 이토록 끔찍한 치료를 강요하는 자신의 사랑이 가혹하고 이기적인 건 아닌지 종종 자문하면서도 한 줄기 희망에 맹목적으로 매달렸다. 어느 날 아침 플로라가 병을 훌훌 털고 방긋 웃으며 일어나리란 희망에.

헛된 희망이었다.

아름다운 아내는 건강해지긴커녕 그가 일족에게 자랑스럽게 소개했던 생기에 찬 아가씨의 면모를 잃고 나날이 수척해졌다. 플로라는 회복될 가능성이 없어지자 남편의 앞날을 걱정하기 시작했다. 입만 열면 자기가 죽은 다음에 다른 여자를 만나 새출발하겠다는 약속을 해달라고 졸랐다. 그때마다 알렉스는 아내의 차가운 손을 꼭 잡고서 오히려 간청했다.

"여보, 그런 무리한 부탁은 하지 말아 줘. 나에게는 오직 당신뿐이야. 당신 이외의 어떤 여자도 사랑하지 않을 거야."

시시각각 생명이 꺼져가는 아내를 그에게 묶어놓고 절대로 그의 곁을 떠나지 못하게 하기 위한 맹세였다. 알렉스는 자신이 어떤 죄를 지었길래 이토록 가혹한 처벌을 받아야 하는지 상상조차 할 수 없었다. 아무리 기억을 헤집어 봐도 이런 고통을 당해 마땅한 잘못은 저지른 적이 없었다. 하지만 주님의 생각은 다르신 모양이다, 그를 또 심판의 저울에 올려놓고 무자비하게 고문하시는 걸 보면.

이제 알렉스는 꺼진 모닥불 너머에서 여분의 플래드를 덮고 동그마니 누워 있는 형상을 향해 시선을 던졌다.

그웬돌린. 그의 마지막 희망.

사악한 마녀이자 살인자에게 그가 가장 사랑하는 사람의 생명을 맡겨야 한다는 이 어처구니없는 상황에 실소가 터져 나왔다. 하지만 신앙도 의술도 도움이 안 되는 지금 유일하게 기댈 수 있는 건 흑마술뿐이었다.

비록 맥스윈 일족의 마녀에 대한 소문은 여러 해에 걸쳐 바람을 타고 들려왔지만 알렉스는 한 귀로 듣고 흘려버렸다. 그러나 상황이 급박해지자 그는 현자 모랙에게 달려가 더 이상 무엇을 어떻게 해야 하는지 알려달라고 매달렸다. 그 대답이 바로 맥스윈 일족의 마녀를 찾아 데려오라는 것이었다.

처음에는 그 마녀를 전임 치료사로 고용할 생각이었다. 하지만 그녀의 화형 예정을 알고 돈으로 사려 했는데 줏대 없는 맥스윈 수장이 어떻게 된 일인지 일언지하에 딱 잘라 거절했다. 일족 전체가 마녀를 죽이기로 똘똘 뭉쳐 있었던 것이다. 그래서 알렉스는 수백 명에 달하는 맥스윈 일족이 보는 앞에서 마녀를 납치했다.

미치광이다운 짓이었다.

그는 화형장으로 끌려나온 그웬돌린을 봤을 때 뼛속까지 충격을 받았다. 저 아름다운 아가씨가 살인귀 마녀라니! 도저히 믿어지지가 않아 그녀를 구타하는 성난 군중들에게 달려들 뻔했다. 그리고 위엄있게 화형대로 향하는 그녀의 모습을 지켜보며 그는 추악한 범죄 혐의를 잊었다. 자신이 왜 맥스윈 일족을 찾아왔는지조차 잊었다. 어떤 대가를 치르든 저 무력하지만 당당한 여인을 잔인한 세상으로부터 지켜야 한다는 결의뿐이었다.

그 치열한 결의를 오늘 숲에서 다시 맛보았다.

멧돼지가 사람 등뒤로 달려드는 광경에 누군들 두려움을 느끼지 않았겠느냐고 알렉스는 스스로에게 변명했다. 특히 마녀에게 마지막 기대를 걸고 있는 그로서는 공포에 사로잡혔던 게 당연하다고 변명했다. 그래서 숨도 쉬지 못한 채 그웬돌린을 구하기 위해 전속력으로 달려 갔고, 맹목적인 분노에 몰려 그녀를 와락 껴안았던 거다. 입술을 맞추 고 날씬한 몸을 어루만졌던 건 탈출 시도에 대한 일종의 처벌이었다.

"수장님……."

알렉스는 깜짝 놀라 고개를 돌렸다. 마녀가 추워서 벌벌 떨며 앉아 이쪽을 응시하고 있었다. 그도 천천히 자리에서 일어났다.

"무슨 일이오?"

"맥던 일족의 영역까지 앞으로 며칠이나 더 가야 하죠?"

"왜? 또 도망칠 계획을 짜려고?"

그웬돌린은 가만히 고개를 저었다. 도망칠 각오는 변하지 않았지만 수장과 세 명의 전사들을 따돌릴 방법이 없는 만큼 나중에 기회를 노 리기로 미루었다.

"수장님의 땅이 우리 고향에서 얼마나 먼지 궁금해서요."

"고향 사람들의 추적이 그렇게 무섭소?"

알렉스는 허리를 굽혀 모닥불의 불씨를 후후 불어 살리고 마른 잔 가지를 던졌다.

"맥스윈 수장은 어리석은 사람이 아니오. 어차피 화형당할 신세였 고, 게다가 미치광이에게 납치된 마녀 한 명 때문에 전쟁을 일으켜 더 이상의 전사들을 희생시킬 리 없소."

"당신은 그를 모욕하고 일족의 명예를 짓밟았어요."

"그렇지 않아도 편지와 금화를 보내어 공식적으로 사과할 생각이 오. 그 정도라면 짓밟힌 명예가 회복되그 나에게 입은 손해도 보상되 겠지."

"로버트는 쉽게 앙심을 풀지 않을 거예요."

"그 친구, 당신에 대한 집착이 여간 아니더군. 이유가 뭐지?"

"마녀는 반드시 죽여야 한다고 믿으니까요."

논리적인 대답이지만 아귀가 딱 들어맞진 않았다. 알렉스는 어젯밤의 결전을 상기했다. 로버트는 질녀 이사벨라의 안부조차 묻지 않고 오직 그웬돌린만 되찾기 위해 혈안이 되어 있었는데 그건 정의의 심판이나 일족의 명예 때문만은 아닌 듯했다.

"로버트가 다시 쫓아와도,"

알렉스가 단호하게 선언했다.

"내가 당신을 지켜주겠소. 우리 일족을 총동원하여."

"수장님의 사람들이 일개 마녀 때문에 생명을 걸려고 할까요?"

"우리 일족은 내 결정에 따를 거요."

그는 굵은 장작을 두어 개쯤 모닥불에 얹었다. 가늘었던 불길이 확 일어나 마른 나무를 게걸스럽게 사르기 시작했다.

"당신이 마녀이든 살인자이든 나에 대한 우리 일족의 충성심은 흔들리지 않소. 자, 이리 와서 불을 쬐도록 하시오. 한기가 들어 병나기 전에."

그리고 뒤로 물러나 자리에 누웠다.

그웬돌린은 자신을 위해 수장이 모닥불을 되살렸음을 뒤늦게 알아차렸다. 그녀는 기세 좋게 빛과 열을 내뿜는 모닥불로 가까이 다가가 몸을 녹인 다음 브로딕의 플래드를 둘둘 말고 누워 눈을 감았다. 저 남자는 단지 마녀의 특별한 힘을 이용하고 싶어서 그녀의 건강을 걱정하는 거라고 되뇌면서.

그녀의 정체가 탄로나 평범한 여자임이 드러나면 미치광이 수장은 그녀가 죽든 살든 상관하지 않으리라.

# 4

"이 나라에서 여기보다 산 좋고 물 맑은 곳이 또 있을까."

카메론이 곰처럼 넓은 가슴을 들썩거려 공기를 맛있게 들이키며 흐뭇하게 감탄사를 연발했다.

알렉스 맥던은 수목의 초록과 히스의 보랏빛으로 단장한 산 중턱에 깔끔한 흰색의 가옥들이 옹기종기 모여 있는 마을을 덤덤하게 바라보았다. 너른 초지에 살찐 소들과 통통한 거위들이 방목된 사이를 사과처럼 볼이 빨간 아이들이 맨발로 뛰어다니며 놀고 있었다. 그는 산 정상의 잿빛 성으로 시선을 들었다. 플로라를 아내로 맞이하여 이곳으로 데려온 날 그는 저 우람한 성채의 실용성, 방어력, 군사 장비 등등의 장점을 허풍스레 늘어놓았다. 하지만 이제 저곳은…….

사랑하는 사람이 죽어가는 곳에 불과했다.

"수장님이다! 수장님이 돌아오셨다!"

아이들이 손을 흔들며 인사했다.

잘생긴 브로딕이 싱긋 웃었다.

"저 밝은 모습들을 보니 별일 없었나 봅니다."

알렉스는 고개를 끄덕거렸다. 그가 자리를 비운 동안 초상이 났다면 마을 분위기가 우울하게 가라앉았을 텐데 모두 거리로 나와 낙천적인 표정으로 반갑게 손을 흔들고 있었다. 수장이 마녀를 찾아와 만사가 순탄하게 풀리기를 기대하는 눈치였다.

그는 갑자기 조바심이 났다.

"성으로 가자."

그웬돌린은 네드에게 매달려 수장의 환영인파를 빠르게 스쳐갔다. 사람들의 시선이 그녀에게 닿는 순간 미소가 경계심과 두려움으로 흐려졌다. 그웬돌린은 익히 잘 아는 그 표정을 무시하고 거대한 성채를 살폈다.

시꺼먼 바위산의 정상에서 불쑥 튀어나온 성채는 하늘을 향해 도전하듯 네 개의 탑을 솟아올려 의압적인 분위기를 풍겼다. 외적인 아름다움이나 우아함이라곤 찾아볼 수 없었고 집이라기보다 감옥처럼 보였다. 그리고 감옥처럼 모든 창문이 꼭꼭 닫혀져 있었다. 오늘처럼 화창하고 무더운 날씨에 왜 문을 닫아놓았을까?

수장 일행이 주철 내리닫이 성채문을 넘어 안마당에 들어서자, 성에서 남녀들이 한 덩어리가 되어 플래드와 드레스 매무새를 바삐 고치며 밖으로 뛰어나왔다. 찬란한 햇살 속으로 나오자 그들은 순간적으로 앞이 보이지 않는지 이맛살을 찌푸리며 눈을 가늘게 떴다. 숨을 게걸스럽게 들이키기도 했다. 성 안에는 빛과 공기가 희박한 걸까?

"안녕히 다녀오셨어요, 수장님?"

마구간지기인 듯한 소년이 뛰어와 수장의 말고삐를 잡았다.

알렉스는 말에서 내렸다.

"너도 잘 있었니? 오늘은 말들에게 각별히 신경 쓰거라, 에릭. 며칠씩 변변히 쉬지도 못하고 달려온 녀석들이야."

"예, 저에게 맡겨두세요."

소년은 진지하게 대답하고 그웬돌린을 한번 힐끔거린 다음 말을 데 려갔다.

그웬돌린은 네드의 안장에서 내렸다. 그녀에게 시선을 못박은 모든 이의 표정은 막연한 두려움부터 노골적인 공포로 한정되어 있었다. 그녀는 아픈 속내를 드러내지 않고 흔들리지 않는 고요함으로 맥던 일족의 시선을 받아넘겼다. 사악하며 위험한 존재로 대접받아 온 지 난 세월들은 그녀의 감정을 무디게 해주진 못했지만 두려움과 수치심 을 감추는 법은 익히게 했다. 이곳까지 오는 동안 잠시나마 그녀는 맥 던 일족이 자발적으로 마녀를 찾았으니 고향 사람들과는 다를 거라고 생각했다.

한참 빗나간 착각이었다.

그웬돌린은 천천히 수장의 뒤를 따라갔다. 사람들이 쫙 갈라져 널 찍하게 길을 내주었다. 일족의 이런 반응도 눈치채지 못하고 수장은 성으로 바삐 걸음을 옮겼지만 브로딕과 카메론은 그녀를 양옆에서, 네드는 뒤에서 호위했다. 이 마녀는 포로에 불과하니 두려워할 필요 가 없다고 일족에게 알리는 몸짓이었다. 그녀는 고개를 꼿꼿이 들었 다. 약한 모습은 멸시와 박해만 부를 뿐이다.

성문은 석조 아치형의 골조에 튼튼한 떡갈나무 문짝으로 이루어졌 는데 마가목 가지와 열매가 화환처럼 길게 늘어지고 불룩한 주머니가 문에 박혀 있는 대문 장식이 이색적이었다.

찌푸린 얼굴로 알렉스는 천주머니를 잡아뗐다. 역한 냄새가 확 풍 겨 코를 찔렀다. 그는 움찔하여 주머니에서 고개를 돌리고 사람들에 게 물었다.

"젠장, 왜 이런 걸 붙여놨소?"

아무도 선뜻 대답하려 하지 않았다.

"악령을 쫓는 부적이에요."

그웬돌린이 침착하게 설명했다.

"주머니의 붉은 모직줄과 못은 마녀의 저주를 막아주고 마가목 화환은 부정한 존재의 출입을 방지해 주죠."

알렉스가 놀란 눈으로 그녀를 새삼스럽게 봤다.

"당신은 이걸 본 적이 있군?"

"물론이죠. 우리 고향…… 아니, 맥스윈 일족은 부적에 대한 지식과 제조술이 뛰어났어요."

그녀의 목소리는 단조롭고 표정은 평이했다. 이런 적대적인 환영을 예상했다는 식이었다. 하지만 알렉스는 무의식적으로 잿빛 드레스 자락을 움켜쥔 그녀의 손을 포착했다. 순간, 이 가냘픈 여자에 대한 연민과 잔인한 사람들에 대한 분노가 끓어올랐다. 그는 마가목 화환을 낚아채 던져버렸다.

"여러분, 그웬돌린 맥스윈을 환영해 주길 바라는 바요. 차후에는 우리를 방문한 손님으로서 정중히 대하길 기대하겠소."

맥던 일족은 서로 애매한 시선을 교환했다. 그리고 누군가 마지못한 어조로 말했다.

"환영합니다, 아가씨."

이어 몇몇의 무성의한 환영사가 뒤따랐다.

알렉스는 일족의 반응이 성에 차지 않았지만 그만하면 됐다 싶어 문을 열고 안으로 들어갔다.

"망할!"

그밖의 유사한 다른 표현들이 떠올랐지만 알렉스는 머릿속에만 담아둘 수밖에 없었다. 왜냐하면 실내에 들어선 순간 자극적인 연기가 뭉게구름처럼 그를 덮쳐 재채기가 연속적으로 튀어나왔기 때문이다.

그웬돌린은 수장의 예를 보고는 숨을 참고 성 안으로 들어간지라 재채기는 면했다. 그러나 자욱한 연기가 앞을 가려 한참 눈을 깜박거려야 했다.

넓은 홀은 어두컴컴한 유황 동굴이나 다름없었다. 횃불이 여러 개

있긴 있었지만 빛보다 연기를 더 많이 냈다. 홀 양쪽의 벽난로에 걸린 솥에서는 까만 액체가 보글보글 끓으며 지독한 김을 피워 올렸고, 벽을 따라 쭉 늘어선 식사용 탁자들 위의 갖가지 크기와 용도의 식기에서는 독한 악취가 풍겼다. 천장과 벽에 줄줄이 걸린 마른 약초와 마가목과 부적 향낭, 바닥에 깔린 썩은 골풀의 악취도 한몫을 톡톡히 했다. 다양한 재료가 뿜어내는 연기와 악취가 유독성 안개인 양 휘몰아치는 속에서 난데없이 백발노인이 나타났다.

"자자, 숨을 쉬게나, 수장."

노인은 알렉스 맥던의 등을 탁탁 두들겼다.

"곧 익숙해질 거야."

"도대체 이게 다 뭡니까?"

"그야 물론 마녀 퇴치용이지. 빌어먹게 불쾌하고 우라지게 끔찍하지만 꼭 필요한 준비야. 이런, 아가씨가 있었잖아."

뒤늦게 그웬돌린의 존재를 알아차리고 노인이 사과했다.

"용서하구려. 전사가 세월과 더불어 무르익으면 아가씨에 대한 예의마저 가끔 망각하거든. 아, 통탄스런 노릇이야. 그런데 나로 말할 것 같으면 오웬 맥던이라 한다오."

그는 관절이 굳은 목을 아주 천천히 숙여 나름대로 정중한 목례와 함께 아가씨의 손등에 입을 맞추었다. 그리고는 자애로운 미소를 지으며 그녀를 요리조리 살폈다.

"오호, 자태가 참으로 곱구려. 브로딕을 따라왔소?"

"아녜요."

브로딕이 다른 전사들과 홀에 들어서며 직접 대답했다.

"캑캑, 동티 날 냄새잖아!"

"이놈아, 말 조심해!"

백발노인은 잘생긴 청년에게 굽은 손가락 하나를 흔들어 보이며 야단쳤다.

"아가씨 앞에서는 언행을 삼가야지. 너도 이제 나이가 찼으니 건들 건들 돌아다니지 말고 참한 처자와 정착할 생각을 해."

그리고는 그웬돌린에게 변명조로 덧붙였다.

"이 청년은 얼굴이 너무 잘난 게 탈이라오. 헌데 브로딕이 아니라면 아가씨가 누구를 따라왔을꼬? 아내가 새파랗게 눈을 뜨고 감시하는 카메론은 아닐 테고."

노인의 푸른 눈이 돌연 휘둥그레졌다.

"그렇다면 설마……."

그웬돌린은 긴장했다.

"…네드의 사람? 경사로다!"

그녀는 난감한 표정으로 수장에게 도움을 청했다.

"이 아가씨는 네드의 사람이 아닙니다."

알렉스 맥던은 원로의 오해에 공연히 짜증이 나서 무뚝뚝하게 말을 이었다.

"여기가 왜 이런지 설명이나 마저 해주십시오, 오웬 영감님."

"마녀를 퇴치하기 위한 준비라니까."

백발노인이 그웬돌린의 손등을 다독거렸다.

"홀이 지저분하고 냄새가 지독하지? 미안하게 됐소. 하지만 쭈그렁 바가지 마녀의 심술을 앉아서 당할 순 없지 않겠소? 우리 맥던 일족 에게는 사악한 주술이 안 통한다는 걸 보여주어야지. 내 소싯적에 한 마녀가 와서 우리 수장을 염소로 둔갑시키려고 했다오. 변신 주문이 실패하긴 했지만 그 후로 수장에게는 음식을 하염없이 씹는 버릇이 붙어 버렸어. 한 끼를 다 먹는 데 일년이 걸릴 정도였다니까. 자네도 기억나지, 알렉스 수장?"

"그때 저는 태어나지도 않았습니다."

오웬은 눈썹을 찌푸리고 수장 이하 전사들을 돌아보았다.

"음, 그때 그 일은 다 모르겠구먼. 하지만 괜찮네."

"이번에는 성공이야!"

그웬돌린은 홀의 내실 입구로 고개를 돌렸다. 작달막하고 깡마른 남자가 은잔을 신주단지처럼 소중하게 받쳐들고 이쪽으로 다가왔다. 그는 오웬 노인과 비슷한 연배로 보였지만 하얗게 센 머리가 듬성듬성한 대머리였고 얼굴은 하도 인상을 많이 써서 언제나 찡그린 가면으로 굳어져 버렸다.

그 대머리 노인이 초록색 액체와 거품으로 뒤덮인 잔을 수장에게 내밀었다.

"지금 당장 이 음료수를 마녀에게 먹이게."

"그 <음료수>가 뭔지 여쭈어 봐도 되겠습니까, 래클런 영감님?"

래클런은 의심스런 표정으로 그웬돌린을 힐끔거렸다. 이 낯선 여자 앞에서 말해도 될지 재는 눈치였다. 결국 그녀를 믿을 만한 사람으로 결정하고 대머리 노인은 소리를 낮추어 의기양양하게 설명했다.

"내가 조제한 탕약이야. 이걸 마시면 마녀인지 아닌지 판가름이 난다네. 진짜 마녀라면 사악한 힘의 보호를 받아 멀쩡할 거야."

"마녀가 아니면요?"

"엉? 무슨 질문이 그런가?"

"진짜 마녀가 아니면 영감님의 탕약을 먹고 어떻게 되느냐는 질문입니다."

래클런은 대머리를 긁적거리다가 방어적으로 지적했다.

"이보게 수장, <마녀>를 찾아오겠다고 말한 사람은 자네가 아닌가. <마녀일지도 모르는 여자>를 찾아온다고는 안 했어. <마녀>와 <마녀일지도 모르는 여자> 사이에는 엄청난 차이가 있네."

백발노인 오웬이 고개를 끄덕거렸다.

"그렇지. 옳은 논리야."

"못 참아!"

분개한 고함이 성 안을 흔들어 놓았다.

“끝장을 내야 해!”

그웬돌린이 고개를 돌린 순간 새로운 노인이 홀에 들어섰다.

“아, 수장, 때맞추어 잘 돌아왔어. 저 영감태기 2인조가 주도하는 엉망진창 대소동을 말려 주게. 걸음을 옮길 때마다 찍찍 미끄러지고 문이란 문은 죄다 닫아놓아 지옥굴이 따로 없어. 오늘 아침에는 내 방에 어찌나 연기가 자욱한지 훈제실에서 벌거벗고 잠든 줄 알았다니까! 성 전체에 썩은 청어 냄새가 진동한다구. 사람 미치고 환장할 지경이야!”

다른 두 원로의 눈이 왕방울만해졌다.

펄펄 뛰며 불평을 늘어놓던 노인이 얼른 말을 번복했다.

“수장, 오해는 말게. 미치고 환장하겠다는 건 그저 수사학적인 표현이었네.”

“압니다, 레지널드 영감님.”

백발노인 오웬이 어색해진 분위기를 바꾸기 위해 나섰다. 그는 주위를 두리번거리며 기대에 찬 목소리로 물었다.

“모든 준비가 끝났는데 마녀는 어디에 있나? 설마…… 빈손으로 돌아오진 않았겠지, 수장?”

“데려왔습니다.”

“그나마 감사할 일이야.”

마지막으로 나타났던 열혈노인 레지널드가 중얼거렸다.

“헛고생은 억울해서 못 참아.”

래클런이 초록색 액체가 넘치지 않도록 조심스럽게 술잔을 다시 내밀었다.

“그 쭈그렁바가지 마녀에게 이걸 빨리 먹여. 식으면 효과가 없어.”

“마녀를 눈앞에 두고도 뜻 알아보는 소경들.”

가늘지만 음절마다 똑똑 부러지는 명료한 비아냥거림이었다.

쥐 죽은 듯한 정적이 흐르는 가운데 유령처럼 허여멀건한 형상이 짙게 휘몰아치는 연기 사이에서 천천히 빠져나왔다. 하지만 유령은 아니었다. 걸음을 옮길 때마다 흰 머리가 기다란 은빛 베일인 양 흔들리고, 선홍색 견직의 장엄한 로브 차림에 우아하게 조각된 까만 지팡이를 짚은 노파에 불과했다. 비록 허리는 굽고 체구는 연약했지만 범상치 않은 힘이 풍겨 그녀가 지나간 자리에는 연기마저 걷히는 듯했다. 주름진 피부는 고령답지 않게 촉촉하고 윤기가 흘렀다.

이 비범한 존재가 그웬돌린 앞에서 행진을 멈추었다. 노파는 지팡이에 의지하여 아주 오랫동안 젊은 아가씨를 살폈다. 그웬돌린도 침착하게 상대를 관찰했다. 노파의 눈은 순수하고 진한 녹색에, 호기심과 지혜와 활력으로 반짝거렸다. 살아오면서 원하는 것 이상을 목격했지만 그래도 삶의 의지와 기쁨을 잃지 않은 사람의 눈망울.

"잘 해냈어, 수장."

노파가 침묵을 깼다.

"위대한 능력자를 찾아왔군. 그러나 조심하게. 이 마녀는 강하지만 상처를 많이 입었어."

그웬돌린은 입매에 힘을 주고 미소를 참았다. 이 할머니가 맥던 일족에게 얼마나 많은 엉터리 예지와 예시를 해왔을까? 아무튼 그웬돌린에게는 고마운 존재다. 수장의 경건한 태도로 미루어 보건대 사깃꾼 현자의 의견을 높이 존중하여 자신이 진짜 마녀를 찾아왔다고 확신하는 것 같았으니까. 하지만 그웬돌린은 현자의 착각을 하나쯤 바로잡아야 할 필요를 느꼈다.

"저에게는 상처가 없는데요."

"어떤 상처는 살보다 깊은 곳에 나는 법."

오웬과 래클런과 레지널드, 이 3인조 원로들은 이제 입을 떡 벌리고 그웬돌린을 뚫어지게 응시했다.

"이 고운 아가씨가 마녀라구?"

백발노인 오웬이 침을 튀겨가며 반문했다.

"솜털이 보송보송한 이 어린애가?"

열혈노인 레지널드가 현자에게 핀잔을 주었다.

"모랙, 당신이 잘못 본 거야. 하긴 이 연기 속에서 뭘 제대로 볼 수 있을라구."

래클런이 미소를 지으며 은잔을 그웬돌린의 코 아래에 바짝 들이댔다.

"긴긴 여행길에 목이 많이 탈 텐데 이 음료수를 쭉 들이키구려."

수장이 잔을 빼앗아 그 내용물을 벽난로 속으로 뿌렸다. 갑자기 펑하는 소음과 함께 불길이 확 치솟으며 독한 연기를 내뿜는 바람에 모두 눈을 가리고 뒤로 물러서야 했다.

현자 모랙이 호통을 쳤다.

"래클런, 독극물 제조는 그만두라니까! 그러다가 당신부터 제 명대로 못 살아."

"마녀에게는 위험하지 않은 음료수라구!"

"그건 좀 아닌 것 같아. 저 독약은 빌어먹게 강력해 보였어."

백발노인 오웬이 말했다.

레지널드도 질세라 소견을 제시했다.

"저 아가씨가 우리에게 주술을 건 게 틀림없어. 실은 흉측한 쭈그렁 바가지 할멈인데 우리 눈에만 저렇게 곱고 예뻐 보이는 주술. 아, 그렇다고 여자가 늙으면 전부 흉측해진다는 뜻은 아냐."

"지금 나 들으라고 한 말은 아니겠지?"

현자 모랙이 발끈했다.

"난 늙지 않았어."

수장은 그웬돌린에게 시선을 던졌다. 그녀는 화형을 아슬아슬하게 모면하여 이제는 자신을 질식사시키고 독살하려는 음모와 당면했음에도 불구하고 이례적으로 침착했다. 이 가당치 않은 환영이 흥미진진한 듯이 혹은 자신이 더 연장자라는 듯이, 열띤 설전을 벌이는 네 명의 노인들을 관조적으로 지켜보았다.

하지만 손으로는 또다시 치맛자락을 움켜쥐고 있었다.

알렉스 맥던은 그녀의 옆으로 가서 섰다.

"이 아가씨는 맥스윈 일족에서 온 손님 그웬돌린입니다. 그 마녀이기도 하구요. 우리 일행이 맥스윈 일족을 찾아갔을 때 그웬돌린은 흑마술을 사용한 죄목으로 화형을 선고받은 다음이었죠."

그녀의 존속살인 혐의는 의도적으로 생략했다. 이 이상 사람들의 경계심을 유발시켜 좋을 거 하나 없다.

"이 아가씨를 사겠다는 제의가 거절당하자 저로서는 강경한 수단을 쓰지 않을 수 없었고 그 과정에서 맥스윈 일족의 분노를 일으켰습니다. 향후 우리와 그쪽의 마찰이 예상됩니다."

"전쟁이 일어날 거라는 소리인가?"

오웬 노인의 표정은 자신의 귀를 의심하는 그것이었다.

래클런이 그웬돌린을 독살스럽게 노려보았다.

"이 예쁜 마녀 때문에?"

알렉스는 고개를 끄덕거렸다.

원로들은 충격에 찬 침묵 속에서 그 정보를 씹어 소화했다. 현자 모락만 태평했다.

"경사로다!"

백발노인 오웬이 뜬금없이 활짝 웃으며 선언했다.

"우리 일족이 전쟁다운 전쟁을 해보는 게 이 얼마만이야!"

래클런이 투덜거렸다.

"경사 좋아하네. 우리는 전부 배가 갈리고 선 자리에서 화살꽂이가 될 거야."

"내 얼른 검과 방패를 가져옴세."

호전적인 레지널드가 서둘렀다.

"저 교활한 맥스윈 녀석들이 언제 쳐들어올지 몰라."

"오늘 당장은 괜찮습니다."

알렉스는 좌중의 흥분을 진정시켰다.

"우리가 집으로 돌아오는 길에 벌어진 작은 접전에서 승리했거든요. 적들이 전열을 가다듬어 공격해 오려면 시간이 좀 걸릴 겁니다. 맥스윈 수장이 전쟁을 선택할지 어떨지도 아직 모르구요."

"염려하지 말게, 수장. 전쟁은 꼭 일어나."

오웬 노인이 호언장담을 했다.

"이건 한 일족의 명예가 달린 문제야. 자기네 마녀를 빼앗기고도 가만히 있으면 맥스윈 일족이 어떻게 이 나라에서 얼굴을 들고 다니겠나?"

래클런은 손수 제조한 독약을 삼킨 것처럼 얼굴을 잔뜩 찌푸리고 그웬돌린을 뜯어보았다.

"어째 수상해. 이 아가씨는 악령을 쫓는 연기에 아무 반응도 없잖아. 진짜 마녀가 맞아, 모랙?"

"카메론과 브로딕과 네드에게 확인해 봐. 저 젊은이들이 그녀의 힘을 목격했을지도 모르지."

불곰전사 카메론이 기다렸다는 듯이 신나게 증언했다.

"실은 저 마녀가 정령을 깨우는 광경을 봤습니다. 옛날 이야기에 나오는 것과 똑같았어요."

"아, 그런 광경은 난생 처음이었어요."

브로딕이 덧붙였다.

"난데없이 태풍이 불었다가 뚝 그치더군요."

"정말? 아가씨, 우리에게도 보여줄 수 있겠소?"

오웬 노인은 크게 감명받은 표정으로 청했지만 독약애호가 래클런이 반대했다.

"이 화창하고 좋은 날씨에 태풍을 일으켜서 뭐 해?"

"보기 재미있잖아요."

한 여자가 홀에 들어서며 대답했다. 그녀는 생글생글 웃고 있었지만 그웬돌린을 보자마자 신 과일을 깨문 것처럼 입술을 일그러뜨렸다가 서둘러 입꼬리를 치켜올렸다. 매력적인 여자였다. 꿀빛이 도는 머리를 길게 늘어뜨리고 풍만한 굴곡의 몸매를 결코 천박하지 않게 살랑살랑 흔들며 다가오는 걸음걸이는 본인도 자신의 매력을 알고 사람들의 관심을 한껏 즐기는 듯했다.

"잘 돌아오셨어요, 알렉스. 당신이 돌아오실 날만 손꼽아 기다렸답니다……. 우리 모두가요."

그녀는 속삭임처럼 은밀하게 인사한 다음 수장의 가슴에 감겨진 지저분한 붕대를 향해 예쁘게 눈살을 찌푸렸다.

"많이 다쳤어요?"

"찰과상이야, 로베나."

그웬돌린의 시선이 저도 모르게 로베나의 옷차림에 집중되었다. 목선이 깊이 파이고 가슴께의 천이 울 정도로 꽉 끼는 드레스였다. 하지만 바래거나 해어지지 않은 점으로 미루어 보아 일부러 몇 치수 작게 재단된 게 틀림없었다.

"이쪽이 그 마녀로군요."

로베나는 수장의 붕대가 어디에서 나왔는지 알아차린 것처럼 마녀의 맨팔을 유심히 응시하며 계속 방실거렸다. 그러나 눈까지 미치지 못하는 미소였다. 그웬돌린도 상대를 자세히 살펴 서른에 가까운 나이를 말해 주는 눈가의 희미한 잔주름을 간신히 찾아냈다.

"쯧쯧, 불쌍해라. 심하게 굶주린 모습이네요. 알렉스, 이 아이의 식사를 제대로 챙겨주지 않았군요?"

가볍게 꾸짖는 어조였지만 그웬돌린은 그녀의 외모 어느 부분이 로베나의 신경을 건드렸음을 예리하게 감지했다.

"이제부터 챙겨 먹일 거야."

알렉스가 대답했다.

"그런데 환자는?"

침묵의 장막이 홀 안에 내려앉았다. 현자 모랙을 제외하고 다른 사람들은 눈을 어디에 두어야 할지 몰라하며 안절부절못했다.

로베나가 용감하게 모두를 대표했다.

"차도가 없어요. 어젯밤 몇 수저 떴지만 전부 게워내더군요. 엘스페스는 몸 속에 나쁜 게 쌓였기 때문이라면서 어젯밤과 오늘 아침 두 차례에 걸쳐 피를 뽑았어요. 지금은 자기 방에서 쉬고 있어요."

"내가 올라가 봐야겠소."

그는 홀 끄트머리의 계단으로 향하며 어깨 너머로 말을 이었다.

"여러분은 이곳을 정리할 방안을 모색해 주시기 바랍니다. 가급적이면 집다운 집에서 살고 싶군요."

로베나가 재깍 치맛자락을 들고 수장의 뒤를 따랐다. 알렉스는 갑자기 걸음을 멈추고 그웬돌린에게 초조하게 윽박질렀다.

"따라오지 않고 뭘 하는 거요?"

그들은 계단을 올라가 어두운 복도를 가로질렀다. 갈수록 공기가 탁해지고 연기가 짙어져 어느 방 앞에 도착했을 즈음 그웬돌린은 숨이 막혀왔다. 알렉스는 방문의 손잡이를 잡고 가만히 있었다. 그는 마치 문 너머의 광경에 대비하여 마음을 단단히 먹는 것처럼 잠시 머뭇거린 다음 안으로 들어갔다.

침실은 어둡고, 무덥고, 답답했다. 그렇지 않아도 더운 여름날에 창문을 꼭꼭 닫아놓고 벽난로에 불을 땐 결과였다. 게다가 눈 닿는 곳마다 보이는 향로(香爐)의 자극적인 향과 연기에 구토물의 시큼한 냄새도 어렴풋이 났다. 두 자루의 가느다란 초가 초라한 빛을 던져 여러 장의 이불과 털가죽이 첩첩이 쌓아올려진 침대를 비추었는데 중년의 깡마른 여인이 그 위에 또 다른 담요를 꼼꼼하게 펼쳐놓고 있었다. 그녀는 수장을 보자 공손하게 절했다.

"어서 오세요. 저 여자가…… 그 마녀인가요?"

"그렇소, 엘스페스."

중년 여인의 얼굴이 굳어졌다. 엘스페스는 할 말이 많지만 일단 가슴속에 담아두겠다는 듯이 입을 앙다물고 그웬돌린에게 적의 어린 시선을 던진 다음 조용히 침대에서 물러났다.

알렉스는 이루 말할 수 없이 무거운 심정으로 방을 가로질렀다. 침대가에서 그는 용기를 불러모아 환자의 작고 수척한 얼굴을 내려다보았다.

*데이비드…… 내 아들.*

이 아이가 쉬고 있다는 로베나의 보고를 앞서 듣지 않았더라면 이미 죽어버렸다고 생각했으리라. 데이비드의 피부는 핏기 없이 창백했고 뺨은 푹 꺼졌으며 눈꺼풀은 양피지보다 더 얇아 보였다. 알렉스는 솟구치는 절망감을 가까스로 삼켰다. 처음에는 플로라가 병마에 쓰러지더니 이제는 하나밖에 없는 아들마저. 대체 그가 무슨 짓을 저질렀기에 이렇게까지 주님의 눈밖에 났단 말인가. 시체처럼 누워 있는 아들의 모습에 절망한 그는 그웬돌린을 바라보며 말없이 도움을 청했다.

그웬돌린은 맥던 수장을 응시했다. 처음 보는 이방인을 대하는 기분이었다. 미치광이 수장, 강한 전사, 거칠 것 없는 남자의 면모는 사라지고 격렬한 고뇌에 몸부림치는 한 인간이 보였다.

그녀는 시선을 침대로 떨구었다. 거기에는 소년이 미동도 하지 않고 누워 있었다. 병들어 신체 발육이 나쁜 점을 감안해도 열 살은 넘지 않았고 많이 잡아야 여덟, 아홉으로 보였다. 아이는 하얗고 매끄러운 새알처럼 섬세해 잘못 건드리면 깨질 듯한 인상이었다. 숨결은 쉬는 둥 마는 둥 미약했다. 하긴 이런 방에서는 정상적인 호흡이 오히려 놀랄 일이다.

"아이가 숨을 제대로 쉬지 못하고 있어요. 창문을 열면 안 될까요?"

로베나가 즉각 반대하고 나섰다.

"안 돼요. 외풍을 쏘이면 큰일나요."

"아이를 따뜻하게 해주어야 해요."

엘스페스가 단호하게 덧붙였다.

"고뿔이라도 걸리면 금방 죽습니다."

그웬돌린은 벽난로에서 장작이 타고 있고 이렇게 많은 이불까지 덮은 아이가 어떻게 고뿔에 걸릴 수 있겠냐는 반박을 지그시 참았다. 대신 소년의 이마를 짚어 보았다. 이 높은 체온이 병으로 인한 것일까, 아니면 후텁지근한 환경 탓일까?

그때 아이가 힘없이 눈을 떴다. 소년은 그녀의 존재를 알고 있는 것 같은데 도무지 기억이 나지 않는다는 듯이 말끄러미 응시했다. 그러다가 눈을 커다랗게 뜨고 떨기 시작했다. 추워서가 아니라 두려워서.

"아줌마, 마녀죠?"

"난 그웬돌린이라고 한단다."

아이는 그 대답을 마녀라는 인정으로 받아들였다.

"아줌마는 나쁜 사람이에요. 엘스페스가 그랬어요."

"엘스페스는 전에 나를 보지도 못했는데 어떻게 그런 걸 알겠니?"

소년은 골똘히 생각하더니 알렉스를 바라보며 호소했다.

"아버지, 마녀가 내 옆에 오지 못하도록 해주세요."

"넌 이 여자의 치료를 받아야 한다, 데이비드."

데이비드는 벌써 힘이 빠졌는지 맥없이 눈을 감았다.

그웬돌린은 맥던 수장에게 나무라는 시선을 던졌다. 이 아이는 몸이 좋지 않고, 엘스페스라는 저 중년 여자를 비롯하여 필시 다른 사람들에게도 마녀에 대한 무서운 이야기를 주워들어 잔뜩 겁먹었다. 이런 상태에서 아버지의 무뚝뚝한 태도는 아들의 공포에 기름을 붓는 격이다.

"그리고 그웬돌린, 당신은 내 아들의 병을 고쳐놓으시오."

알렉스의 명령이 이어졌다.

그의 목소리는 중환자를 완쾌시키는 일이 식은 죽 먹기라는 듯이 단조롭고 무미건조했지만 그웬돌린은 수장의 담담한 태도에 속지 않았다. 아까 목격했던 비통한 눈빛에서 애틋한 부성애를 이미 알아차렸기 때문이다. 그래, 이게 바로 그녀를 이곳까지 데려온 이유였다. 마녀의 특별한 힘을 이용하여 다른 일족을 궤멸시키거나 벼락부자가 되기 위해서가 아니었다. 죽어가는 아들을 소생시킬 기적을 갈망하며 그녀를 찾으러 왔던 것이다.

그리고 그녀는 저런 무언중의 갈망에 맞추어 마녀 행세를 함으로써 기적이 가능하다는 믿음을 심어 주었다.

그웬돌린은 죄책감에 눈을 내리깔았다.

알렉스는 마녀의 침묵에 가슴이 덜컹 내려앉아 사납게 다그쳤다.

"내 아들을 고칠 수 있겠지?"

땀방울이 뺨을 타고 주르르 흘러내리자 그웬돌린은 이 방의 찌는 더위를 한층 의식했다. 눈앞이 빙빙 돌고 숨은 가빠졌다.

"다른 곳에 가서 이야기 좀 합시다."

알렉스가 말을 툭 던지고 밖으로 나가버렸다.

열린 문으로 실낱만큼 조금 더 신선한 공기가 들어왔다.

"나갈 때 문 닫는 거 잊지 말아요."

로베나가 그웬돌린에게 미리 잔소리를 해두었다.

죽다 살아난 심정으로 그웬돌린은 찜통 같은 방에서 서둘러 빠져나갔다. 불쌍한 어린애를 로베나와 엘스페스에게 내팽개치고 도망가는 듯한 묘한 죄책감에 시달리며.


"치료할 수 있소, 없소?"

수장의 언행은 평온했다. 좀전에 아들을 향한 애절한 표정을 보지 못했더라면 그녀가 최악의 대답을 해도 수장이 상관하지 않을 거라고 착각할 정도였다.

이곳은 성 중심에서 뚝 떨어진 탑의 꼭대기 방이었다. 그녀를 이곳으로 데려온 이유가 일족을 보호하려는 조치인지, 그녀 자신의 안전을 위한 배려인지는 확실치 않았다. 성의 다른 곳처럼 이 방도 어둡고 답답했으며 두 개의 향로에서 피어오르는 연기로 꽉 차 있었다. 그웬돌린은 속이 메슥거려, 서둘러 창문을 활짝 열고 신선한 공기를 가슴 깊이 들이마셨다. 욕지기와 현기증이 가라앉자 그녀는 맥던 수장에게 돌아섰다.

“여기가 내 방인가요?”

그가 고개를 끄덕거렸다.

그웬돌린은 탁자에서 향로를 집어 둘 다 창밖으로 던졌다.

“여기 사람들은 노골적으로 나를 싫어해요. 하지만 내가 그들의 신뢰를 살 수 있다면…….”

“아얏!”

놀람과 아픔에 찬 고함이 창 너머의 아래쪽에서 들려왔다.

“거기 나를 죽이려는 놈이 누구야? 상판대기 좀 보자!”

그웬돌린은 깜짝 놀라 창을 내다보았다. 땅딸막한 남자가 머리를 문지르며 위를 올려다보고 있었다.

“미안해요, 사람이 있는 줄 몰랐어요.”

남자의 잔뜩 찌푸려진 얼굴이 두려움으로 더 일그러졌다. 그는 비칠비칠 옆으로 게걸음을 옮기며 비명을 질렀다.

“마……녀! 사람 살려! 마녀가 나에게 죽음의 표식을 찍었다!”

그리고는 연거푸 비명을 지르며 도망갔다.

“이것으로 당신이 우리 일족의 신뢰를 살 가능성은 물 건너갔소.”

알렉스가 건조하게 단정 내렸다.

“그리고 당신이 우리 일족과 친해지든 말든 난 관심도 없소. 내가 당신을 이곳에 데려온 이유는 마녀의 특별한 힘 때문이었으니까. 자, 대답해 보시오. 내 아들을 고칠 수 있소, 없소?”

그웬돌린은 수장을 잠자코 응시했다. 그 소년은 중환자이니 노련한 치료사들을 여럿 거쳤으리라.

"병든 지 얼마나 되었죠?"

그는 미미하게 어깨를 으쓱거렸다.

"태어났을 때부터 건강한 아이가 아니었소. 죽은 내 아내의 생김새와 약한 체질을 모두 빼닮았소."

"하지만 노상 저랬을 리는 없어요."

"실은 넉 달 전부터 본격적으로 앓기 시작했소. 처음에는 단순한 배앓이 같았소. 음식을 소화시키지 못하고 뭐든 먹기만 하면 고통을 호소하더군. 그러다가 점점 식욕을 잃었소. 체중도 빠지고 기력도 없어졌지."

목소리의 높낮이가 없는 어조로 뒷말이 이어졌다.

"엘스페스는 실력있는 치료사이지만 내 아들을 고치지 못하길래 스콘1)에서 두 명의 치료사를 초빙해 왔소. 그들은 저 불쌍한 아이의 병을 고친답시고 고문에 가까운 방법을 동원했소. 육신을 망쳐 병마를 몰아낼 기세더군. 결국 내가 아이의 비명을 참지 못하고 그들을 쫓아냈소. 그 후 엘스페스가 로베나의 도움을 받아 아이를 보살펴 왔지만 회복될 조짐조차 보이지 않던 차에 현자 모랙이 맥스윈 일족의 마녀를 데려오랬소. 그래, 내 아들을 고칠 수 있겠소?"

그웬돌린은 대답을 망설였다. 그녀에게는 특별한 힘이 없고 어머니의 기록을 공부한 것 이외에 치료사로서의 경험도 없다. 게다가 아이는 오늘내일 죽는 날만 기다리는 것처럼 보이고. 하지만 곧이곧대로 사실을 말하면 수장은 그녀를 맥스윈 일족에게 넘길 것이다.

"저 아이의 병은 위중해요. 지금까지 몸에 맞지 않는 치료만 받아왔구요. 그러므로 자신있게 고친다고는 못하지만…… 최선은 다하겠어요."

---

1) 9세기부터 11세기까지 왕국의 수도였던 곳.

맥던 수장은 기쁜 빛을 보이지 않았다. 희망을 품었다가 실망한 적이 많았는지 그저 고개만 끄덕이고 말았다.

"그렇다면 내 아들을 당신에게 맡기겠소. 이곳에 머무르는 동안 성 안에서는 마음대로 오가도 좋지만 내 허락 없이 외출하는 건 금지요. 만일 병이 악화되거나, 내 아들이 죽거나, 당신이 탈출을 시도했다 잡히면 처벌을 각오하시오."

"만일 병이 낫는다면?"

"내 아들이 살면 당신도 사는 거지."

"자유롭게?"

"당신은 이곳에 머무르며 앞으로 발생할 다른 환자들을 치료해야 하오."

"불공평한 거래예요. 내가 아드님의 생명을 구해 주는 대가로 자유를 주세요."

"생명에는 생명, 이보다 더 공정한 거래는 없소. 난 이미 당신을 세 번씩이나 구해 주었소. 맥스윈 일족으로부터 두 번, 멧돼지에게서 한 번. 당신은 나에게 목숨을 빚졌으니 내 아들의 생명으로 갚아야 하오."

"차라리 나를 이 자리에서 죽이세요."

그웬돌린은 화를 내며 휙 돌아섰다.

"난 포로로 살고 싶지 않아요."

수장이 그녀의 팔을 낚아채 돌려세웠다. 그녀가 성난 숨을 헐떡거리며 팔을 빼려 하자 그는 다른 손으로 그녀의 턱마저 잡고 억지로 눈을 맞추었다. 반항적인 태도는 용서하지 않겠다는 무언의 선언이었다.

"당신에게는 선택의 여지가 없소, 그웬돌린."

"선택의 여지가 없는 쪽은 수장님이에요."

성난 잿빛 눈이 순은(純銀)처럼 반짝거렸다.

"나에게 자유를 약속하시지 않으면 아드님을 잃을 테니까."

알렉스는 그녀의 팔을 우악스럽게 움켜잡았다. 자신의 손아귀 안에서 여자의 고운 피부가 농염한 과실처럼 멍드는 게 느껴질 정도로 세게. 그러다 돌연 가느다란 팔의 연약함을 의식했다. 맨살의 부드러움도 의식했다. 그녀가 거친 숨을 들썩거릴 때마다 그의 맨가슴에 닿는 봉긋한 젖가슴도 의식했다. 그들 사이를 가로막는 유일한 장벽은 드레스 한 겹이 전부라는 사실도.

욕망이 파도처럼 일어났다. 거대한 파도, 뜨거운 파도, 맹렬한 파도였다. 플로라조차 이렇게 그의 생각을 마비시키진 못했다. 플로라조차 이렇게 그의 호흡을 정지시키진 못했다. 플로라조차 이렇게 그 자신의 존재마저 망각할 만큼 그의 피를 뜨겁게 달구어 놓진 못했다. 플로라조차…….

*난 플로라의 남편이야.*

그는 불에 덴 듯 여자를 놓고 뒤로 물러섰다. 어쩌면 마녀의 주술에 걸렸을지도 모른다는 생각이 얼핏 뇌리를 스쳤다. 위안을 주는 가능성이었다. 그것으로써 이 여자를 향한 압도적인 욕망이 정당화되진 않지만 적어도 설명은 되니까. 하지만 마녀는 눈을 휘둥그렇게 뜨고 희미하게 떨며 그를 올려다보고 있었다. 방금 그들 사이에 오간 강렬한 전류를 이해할 수 없다는 표정으로.

"좋소."

알렉스가 말했다. 이상하게 텅 빈 목소리였다.

"내 아들의 병을 고쳐주면 자유를 주겠소."

그녀는 아무 말도 하지 않았다.

그는 마녀의 침묵을 합의하겠다는 뜻으로 해석하고 말을 이었다.

"저녁 식사는 홀에서 우리 일족과 들도록 하시오. 독살 시도는 더 이상 없을 거요."

공간이 비좁아지고 그녀는 커진 것 같았다. 알렉스는 거리를 두어야 할 필요에 몰려 황급히 문으로 향했다.

"난 당신 일족과 식사를 함께 하고 싶지 않아요."

그웬돌린은 떨리는 목소리로 선언했다. 그녀는 고개까지 내저으며 강조했다.

"홀에는 내려가지 않겠어요."

알렉스는 방문을 열었다.

"그럼 사람을 시켜 끌고 내려오게 하겠소."

찬란한 아지랑이인 양 어른거리는 금싸라기 햇살 속에서 그녀의 가날픈 선이 또렷하게 도드라지고 까만 머리칼은 윤기가 흘렀다. 여자다운 여자. 볼품없는 드레스도 그녀의 고운 자태를 가리지 못했다. 알렉스는 마녀의 아름다움을 아프도록 의식하는 동시에 또 넘실거리는 욕망의 파도에 시달렸다.

"다른 옷이 있어야겠군."

허스키한 중얼거림을 남기고 그는 등뒤로 문을 꽝 닫았다.


"…향로가 포물선을 그리면서 날아오다가 글쎄, 공중에 둥실둥실 떠 있지 뭡니까. 눈에 보이지 않는 사악하고 불경스런 존재의 손에 쥐어진 것처럼요."

먼로가 살집이 많은 손으로 뭔가를 움켜잡는 흉내를 내며 그 장면을 실감나게 묘사했다.

두려움에 찬 속삭임이 웅성웅성 홀에 퍼져나갔다.

레지널드 노인이 공격적이며 급한 성격에 뒷이야기를 재촉했다.

"그래서?"

"저는 자리에 서서 올려다보았어요. 두 다리가 돌기둥으로 변해 버리고 입을 벌렸지만 소리도 나오지 않데요. 마녀의 주술에 걸렸던 거죠."

"그래서?"

"향로가 공중에 걸려 아주 커다랗게 시꺼먼 그림자를 드리우는 동안 저는 오금이 저려 움직이지 못한 채 뼛속까지 엄습하는 한기를 느꼈죠. 더 이상은 못 참겠다고 생각한 순간 향로가 슈웅 떨어지지 뭡니까. 산토끼를 향해 하강하는 독수리는 저리 가라였어요. 저는 향로에 머리를 정통으로 맞고 귀청이 떨어져라 비명을 질렀습니다."

그리고 고개를 숙여 달걀만한 혹을 보여주었다.

일족 여자들이 공포에 질린 숨을 들이켰다.

"그건 좀 앞뒤가 맞지 않는걸."

백발노인 오웬이 지적했다.

"자네는 주술에 걸려 소리를 지를 수 없었다며?"

"말하자면 침묵의 비명을 질렀다 이거죠. 머릿속이 터져 나갈 만큼 크게."

레지널드 노인도 의문을 제기했다.

"하지만 왜 마녀가 하필이면 자네를 골랐지? 자네는 그녀에게 나쁜 짓도 하지 않았잖아."

"먼로는 시작에 불과해요."

치료사 엘스페스가 음침하게 경고했다.

"마녀가 심술을 부리는데는 달리 이유가 있어서가 아니라구요."

오웬은 하얀 수염을 쓰다듬으며 고개를 절래절래 혼들었다.

"이거 참……. 그 아가씨는 첫인상이 좋던데. 아주 착해 보였어."

"흥, 착한 아가씨라면 내 탕약을 마셨어야지. 예의 바르게."

"이봐 래클런, 자네의 독약은 마녀가 아니라 무쇠도 녹일 정도였다구!"

레지널드의 호된 반박에 래클런은 면목없는 표정으로 대머리를 긁적거렸다. 하지만 이내 자신만만하게 작은 술잔을 가리켰다.

"처음 건 독했을지 몰라도 이번에는 달라. 재료를 세심하게 대중했거든."

"그녀가 진짜 마녀라면 최강의 마녀예요. 홀의 부적과 액막이용 향로에도 꿈쩍하지 않잖아요."

나이 지긋한 여자가 식탁에 고기 접시를 내려놓으며 끼어들었다. 다같이 고생해서 준비한 마녀 퇴치법이 허사로 돌아가자 실망을 금치 못하는 표정이었다.

"홀에서는 마녀가 용을 써서 저항했기 때문이에요."

치료사가 다른 여자를 위로했다.

"하지만 아이의 침실에서는 괴로워했어요. 홀에서 전력을 다하느라 방어력이 떨어진 거죠."

열혈노인 레지널드가 시비를 걸 듯 호전적으로 쏘아붙였다.

"그게 뭐 어쨌다는 거야? 당신네 여자들이 방방마다 피워 놓은 그 지독한 냄새 때문에 나도 괴로웠어. 하지만 난 마법사가 아니라구!"

"영감님의 고통과 마녀의 고통은 차원이 달라욧!"

"아, 부적과 액막이용 향로도 통하지 않으니 우리는 이제 어떻게 해야 하죠?"

로베나가 한탄했다.

"알렉스는 아들을 마녀에게 맡기기로 결심했나 봐요. 불쌍한 데이비드……."

"그 아이는 죽은 목숨이에요."

치료사 엘스페스가 예견했다.

"주술 때문이 아니라면 무지 때문에. 아까만 해도, 그 마녀가 침실의 창문을 열자는 무식한 소리를 하더라구요."

"그렇게 위험천만한 제의를!"

백발노인이 경악한 나머지 입을 다물지 못했다.

시름에 잠겨 엘스페스의 표정이 한층 우울해졌다.

"수장님께서 생각을 바꾸도록 누군가 말씀드려야 할 텐데."

"수장은 듣지 않을걸."

래클런 노인이 비관적으로 전망했다.

"아들 문제라면 이성을 잃잖아. 플로라가 죽은 후 예전 같지 않아."

"맞아요, 예전보다 훨씬 사람이 나아졌죠."

로베나의 새침한 대꾸였다.

"그러니까 마녀의 본색을 제대로 보도록 우리가 설득하여……."

"어서 오구려!"

백발노인 오웬이 반갑게 손을 흔들며 소리쳤다.

"그렇지 않아도 지금 아가씨 이야기를 하던 참이었다오."

홀 안의 모두가 깜짝 놀라 일제히 고개를 돌리고 겁에 질린 표정으로 그웬돌린을 바라보았다.

괜히 왔다고 그웬돌린은 비참하게 뇌까렸다. 침실에서 끌어내겠다는 수장의 위협을 무시하지 못하고 억지로 내려온 길이었다. 그리고 맛있는 음식 냄새도 무시할 수 없었다. 그녀는 아버지를 급작스럽게 여읜 상실감으로 지난 며칠 동안 육체적인 욕구를 잊고 살았지만 이성의 침실에서 석양을 바라보는 동안 문득 허기를 느꼈고, 아래층에서 풍겨오는 냄새는 굶주림을 가속화시켜 속이 할퀴어지는 것처럼 배고픈 지경에 이르렀다. 이 즈음 두 명의 남자들이 찾아와 '수장님의 배려'라면서 침실에 욕조를 내려놓고 더운물을 부은 다음 달아났다.

그웬돌린이 목욕을 마쳤을 때 또 누군가가 방문을 두들겼다. 이번에는 심부름꾼 소녀가 '수장님의 선물'인 아름다운 드레스를 내동댕이치다시피 건네고 휑하니 도망갔다. 그웬돌린은 소녀를 불러 수장의 선물을 돌려주려 했다. 하지만 데운 포도주처럼 가볍고 폭신폭신한 감촉의 적자주색 모직에 목선과 소맷단을 금사로 정교하게 수놓은 드레스는 거부하기에는 너무나 아름다운 유혹이었다. 그녀는 옷을 손수 지어 입어왔지만 어렸을 때 어머니를 잃고 여자친구도 없어 바느질 솜씨가 항상 초보적인 수준을 면하지 못했다. 그런데 수장의 선물을 받자 자신의 회색 옷이 더욱 조잡하고 엉성해 보였다. 그웬돌린은 한참 갈등하다가 이 드레스는 받아도 되는 선물이라고 결정했다. 맥던 일족과 홀에서 함께 식사를 해야 한다면 누더기보다는 좋은 옷을 입는 편이 나으리라.

이제 그웬돌린은 맥던 일족의 경계하는 시선을 한몸에 받으며 수장의 위협, 허기, 여성으로서의 허영심에 굴복한 자신을 탓했다. 하지만 후회해 봤자 늦었다. 그녀는 어렸을 때부터 몸에 익힌 초연함으로 사람들의 침묵에 찬 적대감을 받아넘기며 천천히 걸음을 옮겼다.

하지만 몇 발자국을 떼기도 전에 자신의 식탁이 어디인지 모른다는 사실을 깨달았다.

아까 만났던 3인조 원로들과 현자 모랙은 홀 중앙의 높은 단 위에 위치한 수장의 식탁에 앉아 있었다. 오웬 노인이 명랑하게 손을 흔들어 그녀를 불렀지만 래클런에게 옆구리를 찔리고 슬그머니 손을 내렸다. 다른 사람들은 양쪽 벽을 따라 길게 놓여진 식탁에 빽빽하니 앉아 있었다. 그중 빈 자리를 하나 발견하고 그웬돌린은 그쪽으로 향했다. 그 식탁의 맥던 일족은 마녀의 의도를 알아차리자 한마음 한뜻으로 일사불란하게 앉은 자세를 고쳐 긴의자의 빈 자리를 메웠다. 그웬돌린은 걸음을 멈추었다. 그녀는 등을 꼿꼿하게 세우고 방향을 바꾸었다. 하지만 그쪽 사람들은 얼음처럼 차가운 눈으로 그녀를 노려보아 접근조차 허락하지 않았다.

수치심에 사로잡혀 그웬돌린은 허기를 잊고 서둘러 아치형 입구 쪽으로 향했다. 막 문지방을 넘으려는 찰나, 맥던 수장이 브로딕과 카메론을 대동하고 들어섰다.

"어디를 이리 급하게 가는 거요?"

"치, 침실로 돌아가는 거예요."

"방향 감각이 나쁘군요."

불곰전사 카메론이 싱글거리며 입을 열었다.

"아가씨 침실은 저쪽 입구로 가야 합니다."

알렉스 맥턴은 마녀를 잠시 살폈다. 자신이 보낸 드레스의 강렬한 색조가 그녀의 투명한 피부와 먹물처럼 까만 머리칼을 돋보이게 해주었지만 품이 맞지 않아 허리와 엉덩이 부분이 헐렁했다.

"뭘 좀 먹었소?"

"배고프지 않아요."

"어디 아프오?"

그녀의 식욕 부진이 신경에 거슬려 뜻하지 않게 날카로운 목소리가 나왔다.

그웬돌린은 눈을 내리깔고 고개를 저었다.

"그럼 여기에 남아 요기를 하시오. 당신이 굶어죽도록 놔두진 않겠소."

"방으로 돌아가게 해주세요……. 제발 부탁이에요."

끊어질 듯 말 듯 애처로운 목소리였다.

알렉스는 미간을 찌푸렸다. 마녀에게 두 번 다시 손대지 않겠다고 결심했음에도 불구하고 그는 어느새 그웬돌린의 턱을 잡아 고개를 들어올렸다. 처연한 눈빛과 간청하는 표정. 완연하게 드러나는 그녀의 상심에 놀라 알렉스는 질문하듯 일족을 둘러보았다. 저 죄책감 어린 얼굴들은 누가 그녀에게 상처를 입혔는지 의심할 여지가 없는 대답이었다. 그는 끓어오르는 분노와 동시에 이 가녀린 여자를 품에 안고 상처 입은 영혼을 달래주고픈 압도적인 보호욕을 느꼈다.

"늦게 와서 미안하오. 제발 마음을 풀고 나와 함께 식사해 주기 바라오."

그웬돌린은 어리둥절했다. 수장의 얼굴에는 놀리는 기색이 없었다. 대신 그녀가 그의 지각에 발끈하여 홀에서 나가려 했다는 듯이 손님을 방치해 둔 무례함에 대한 사죄의 뜻이 담겨 있었다. 공개적인 사과와 공손한 식사 제의, 이 전부가 일족 앞에서 그녀의 자존심을 살려주기 위한 배려인 것이다.

그 자상함에 감동하여 그웬돌린은 수장의 팔에 손을 얹었다.

알렉스는 조용한 홀을 가로질러 그녀를 자신의 식탁으로 이끈 다음 의자를 빼주고 일족에게 엄중히 알렸다.

"그웬돌린 맥스윈은 우리의 손님이오. 차후에는 그녀를 명예롭게 대하고 내 아들을 돌보는 데 필요한 지원을 하시오."

어떤 누구도 이의를 제기하지 않았다.

알렉스는 자신의 기대치를 명확하게 밝힌 데 만족해하며 자리에 앉아 그녀의 접시에 음식을 푸짐하게 덜어주었다.

그웬돌린은 예상치 못한 수장의 도움에 든든해졌다. 그러나 홀에서 휘몰아치는 적의를 놓치지 않았다. 수장의 명령 한마디로 마녀를 향한 일족의 생각과 태도가 바뀌기에는 적대감과 두려움의 뿌리가 너무나도 깊었다.

백발노인 오웬이 불편한 정적을 갈랐다.

"아가씨, 마녀 페넬라를 알고 있소?"

그웬돌린은 고개를 가로저었다.

노인이 다시 물었다.

"이름은 들어 봤겠지? 추한 할망구였지만 위대한 마력의 소유자였으니까. 내 소싯적에 친구 한 녀석이 마녀의 등뒤에서 그녀를 우스꽝스럽게 흉내냈다가 주술에 걸려 귀와 코가 비정상적으로 늘어났다오. 그 녀석은 아무 곳에서나 까불면 안 된다는 교훈을 얻었지. 이제 마녀 페넬라에 대한 기억이 나오?"

"기억날 턱이 없잖아."

래클런이 맹독처럼 호되게 쏘아붙였다.

"마녀 페넬라는 우리 소싯적에 이미 바위만큼 나이를 먹었었다구. 이 아가씨가 태어나기 오래 전에 죽었어."

"이 마녀가 몇 살을 먹었는지 자네가 어떻게 안다고 나서는 거야? 마력을 써서 젊음을 유지하는 건지도 몰라. 여기 모택을 좀 보라구.

여든이 가깝지만 예순아홉밖에 안 되어 보이잖아."

현자의 뺨이 발그스름하게 상기되었다.

"칭찬 고맙구려, 오웬. 하지만 내가 젊음을 유지하는 비결은 마법이 아니라 특수 구리무에 있어."

레지널드 노인이 호기심 어린 목소리로 물었다.

"젊어 보이도록 마력을 쓰는 거 맞소, 아가씨?"

그웬돌린은 고개를 양옆으로 저었다.

백발노인 오웬이 실망감을 감추지 못했다.

"그렇다면 마녀 페넬라를 정말 모르겠군. 하지만 괜찮아."

"자, 이 감칠맛 나는 포도주를 마셔 봐요."

래클런이 만면에 미소를 짓고 그녀에게 작은 술잔을 권하자 수장이 원로를 찌릿 째려보았다. 늙은 독극물 애호가는 헛기침으로 좌절감을 숨기며 술잔을 내려놓았다.

"수장의 말에 의하면 아가씨는 화형을 선고받았다면서……?"

레지널드가 대화조로 말문을 열었다. 호전적인 성격과 어울리는 화제 선택이었다.

그웬돌린은 고개를 끄덕거렸다.

"화형이라, 사람 죽이는 방법치곤 아주 고약하지. 나라면 전사답게 칼에 찔려 죽는 편을 선택하겠어."

그리고는 단도를 휘둘러 구운 고깃덩어리를 단칼에 잘랐다.

"이렇게 깨끗하고 간단하게."

"흥, 배가 갈려 창자를 다 쏟아내고 맞는 죽음이 깨끗하기도 하겠다."

"래클런 자네가 기둥에 꽁꽁 묶여 타 죽는 입장이 되면 생각이 바뀔걸."

오웬이 넌지시 한마디했다. 그는 연어 접시를 향해 손을 뻗다 그만 친구의 작은 술잔을 쳐서 넘어뜨렸다. 그러자 걸쭉한 갈색 액체가 쏟아진 식탁보에 커다란 구멍이 뻥 뚫렸다.

현자 모랙이 최고 연장자답게 호통을 쳤다.

"독약이라면 앞뒤 분간을 못하는군! 래클런, 나잇값을 해!"

"그냥 연습 삼아 만들어 본 건데……."

독극물 애호가 노인이 수장의 눈치를 살피며 변명했다.

알렉스는 인내심을 발휘하려고 애쓰며 점잖게 말했다.

"영감님에게 나쁜 뜻이 없었다는 건 다 압니다. 하지만 그웬돌린이 머무는 동안에는 그녀를 위한 음료수 제조는 삼가주시면 고맙겠습니다."

래클런은 시무룩하게 눈을 내리깔았다. 노인의 낙담이 어찌나 큰지 그웬돌린은 딱한 마음까지 들었다.

식사는 어색한 침묵 속에서 계속 이어졌다. 그웬돌린은 수장이 듬뿍 덜어준 음식을 먹었지만 가까스로 넘긴 한 입 한 입이 속에 더부룩하게 얹혔다. 더 이상 긴장된 분위기를 참을 수 없어 그녀는 자리에서 일어났다.

"이만 실례하겠습니다, 피곤해서요."

수장의 허락을 기다리지 않고 그웬돌린은 참담한 기분과 달리 냉정한 외관을 유지한 채 천천히 홀을 가로질렀다.

*아이가 죽기 전에 도망가야 해.*

그웬돌린은 창가의 침대에 누워 어두운 밤하늘을 올려다보았다. 데이비드라는 소년의 죽음은 기정사실이다. 치료사도 마녀도 아닌 그녀가 병명조차 밝혀지지 않은 환자를 고칠 리 만무하다. 아니, 잘못 건드려 병을 악화시킬 소지가 더 높다. 병이 악화되거나 소년이 죽으면 그녀를 처벌하겠다고 수장이 경고하지 않았던가. 어떤 처벌인지는 모르겠지만 알고 싶지도 않았다. 저녁 식사 때의 살벌한 분위기로 미루어 보아 맥던 일족도 화형을 언도하리라.

그녀는 화형대에서의 경험을 떠올리고 진저리를 쳤다.

내일 밤 맥던 일족이 잠든 사이에 성을 빠져나가 말을 훔쳐 도망가자. 다음 순서는 고향으로 돌아가 보석을 회수하고 로버트를 죽이는 것이다. 원수를 처단한다는 생각에 바닥까지 떨어졌던 기운이 조금 고양되었다. 로버트의 가슴에 비수를 꽂는 순간 그의 경악한 표정을 상상하는 것만으로도 속이 후련했다.

그렇게 아버지의 복수를 하고 고향에서 멀리 떨어진 곳으로 가리라. 그녀를 두려워하거나 배척하는 사람이 없는 곳에서 젖소도 기르고 닭도 몇 마리 치며 혼자 평화롭게 살자. 땅을 사고, 오두막을 짓고, 가축을 키우려면 상당한 돈이 필요할 테니 그웬돌린은 저녁을 먹으면서 봤던 수장의 은식기와 보석 박힌 술잔을 몇 점 가져가기로 정했다.

수장의 귀중품 생각은 그의 아들을 위해 최선을 다하겠다는 자신의 약속으로 이어지고 죄책감이 솟았다. 세 번씩이나 목숨을 구해 준 은인과의 약속을 깨는 짓은 인간의 도리를 저버린 배신이다. 하지만 이곳에 남아 병을 고칠 수 있는 척하며 중환자를 죽음으로 몰아넣는 것보다는 낫다고 자위하며 그녀는 침대가의 촛불을 불어 껐다.

하지만 소년의 창백한 얼굴이 자꾸 눈에 밟혔다. 산더미 같은 이불에 파묻혀 땀을 비오듯 흘리고 악취 나는 찜통 같은 방에서 고된 숨을 쉬던 모습이 잊혀지질 않았다. 그웬돌린은 그 고통받는 아이 때문에 밤이 깊도록 뒤척거리다 가까스로 수면의 망각 속으로 도망쳤다.

# 5

한 줄기 햇살이 헝클어진 이불 사이를 파고들어 맨살을 달구어 놓았다.

그웬돌린은 한숨을 쉬며 이불을 얼굴 위로 끌어당겼다. 조금만 더 자자. 아주 조금만 더. 그리고 일어나 아버지의 진지를 차려드려야지.

헌데 이게 웬 빵 굽는 냄새일까?

의아해서 그웬돌린은 눈을 떴다. 그 순간 절망감이 차갑고 어두운 물결처럼 밀려와 수면 뒤의 기분 좋은 나른함을 집어삼켰다. 그렇다, 아버지는 돌아가셨다. 두 번 다시 그분의 걸걸한 목소리를 듣거나 수염난 뺨에 입을 맞추거나 자애스런 존재에서 위안을 얻을 수 없다. 아버지가 없는 이 세상에 그녀는 철저하게 혼자다. 고향 사람들에게 추방당하고 마녀에 살인자라는 낙인까지 찍힌 외톨이. 그 고독과 아버지를 여읜 상실감으로 일순 못 참도록 아프게 가슴이 조여들었다.

그웬돌린은 눈을 꽉 감고 몸을 동그랗게 말았다. 이대로 잠들고만 싶었다. 다시 잠에서 깨어나 이 고달픈 삶이 전부 악몽이었음을 발견한다면 얼마나 좋을까.

하지만 의식을 되찾은 몸과 마음이 수면으로의 도피를 허락하지 않았다. 강해지는 수밖에 없다고 그웬돌린은 혼잣말을 했다. 이대로 주저앉으면 로버트에게 복수하지 못한다. 그녀는 단호하게 이불을 젖히고 침대에서 나왔다.

여느 때의 아침처럼 찬물로 세수한 다음 회색 드레스를 걸쳤다. 오늘밤 탈출할 때까지는 현 상황과 타협한 듯한 인상을 풍길 필요가 있으므로 수장 아들의 치료사로서 의무를 다해야 한다. 이 옷은 소매도 없고 낡았지만 아직 입을 만한데다 화려한 새 옷보다 아픈 아이를 치료하는 일에 적합하다. 그웬돌린은 침대 발치의 옷궤에서 이 빠진 빗을 찾아내어 헝클어진 머리를 정리했지만 리본은 고사하고 천조각 하나 없었기 때문에 그냥 내려뜨려야 했다.

그리고 어린 데이비드가 밤새 죽지 않았기를 기도하며 성탑의 좁은 계단을 내려갔다. 아이의 방에 가까워질수록 약초 태우는 냄새가 강해지고 공기가 후텁지근해졌다. 그웬돌린은 방문 앞에서 잠시 망설였다. 치료사 엘스페스와 마주칠 일이 끔찍했다. 그러나 수장의 명령에 의하여 이제 자신이 전담 치료사가 되었음을 스스로에게 상기시키고 방 안으로 들어갔다.

침실은 어제와 똑같았다. 장작이 활활 타오르는 벽난로, 독한 냄새와 연기를 뿜어내는 향로, 숨막히도록 답답한 공기. 하지만 엘스페스는 없었다. 아이 혼자 이불과 털가죽에 깔리다시피 무력하게 누워 발작적으로 기침을 하고 있었다.

그웬돌린은 머리끝까지 화가 나 자신의 우울함마저 까맣게 잊었다. 치료사로서 경험이 없긴 하지만 저 아이가 왜 고통스러워하는지는 너무도 자명했다. 그녀는 자극적인 연기에 눈을 깜박거리며 가까스로 미소를 지었다.

"안녕, 데이비드?"

그웬돌린은 창문으로 곧장 향하며 명랑하게 인사했다.

"방 안에 연기가 대단하구나. 누가 보면 불 난 줄 알겠다. 사람들이 물동이를 들고 달려오기 전에 연기 좀 뺄까?"

창문 세 개가 차례대로 활짝 열리고 찬란한 햇빛과 신선한 공기가 들어와 음침했던 방을 밝히며 연기를 몰아냈다. 그웬돌린은 부지깽이로 벽난로 속의 굵은 장작 몇 개를 불길에서 치워 화력을 줄였다.

데이비드가 겁먹은 눈을 동그랗게 떴다.

"엘스페스와 로베나 아줌마가 좋아하지 않을 텐데……."

"넌 어떠니? 하루 종일 어두컴컴한 곳에 누워 지독한 공기를 마시고 싶어? 나라면 싫을 거야."

소년은 어떻게 대답해야 할지 몰라 쭈뼛거렸다.

"하지만…… 그러는 게 나에게 좋다고 엘스페스 아줌마가 그랬어요. 난 그 아줌마의 치료를 받아야 한다고 아버지가 그러셨구요."

말을 마치자마자 아이가 다시 쿨럭거리며 기침을 했다.

"엘스페스의 방법이 그렇게 좋다면 네 병이 다 나았어야지. 그런데 넌 아직도 아프잖니."

"그건 주님이 나를 원래 허약하게 만드셨기 때문이에요, 우리 어머니처럼."

아이의 단조로운 어조에서 분노나 자기 연민의 흔적은 찾을 수 없었다. 병을 포함한 모든 것이 주님의 의지이고 허약 체질 때문이라는 식의 설명을 아주 어렸을 때부터 들어와 당연하게 받아들인 모양이다.

"허약 체질이라 병이 들었다, 이거지? 그럼 튼튼해지면 병이 낫겠구나. 하지만 장정 전사들도 쓰러뜨릴 이런 나쁜 공기를 마시고 어두운 곳에 누워 있으면서 튼튼해질 수 있을까?"

그녀는 향로를 하나씩 복도에 내다놓았다. 마지막 향로가 치워졌을 즈음 여름날의 미풍이 방을 완전히 환기시켰고 데이비드의 기침도 현저히 줄어들었다.

“엘스페스 아줌마가 화낼 거예요.”

“그렇겠지.”

그웬돌린은 아이에게 상큼한 미소를 지어 보였다.

“하지만 난 수장님에게 너를 고쳐달라는 부탁을 받았고 내 치료법은 엘스페스의 것과 달라.”

소년의 얼굴이 하얗게 질렸다.

“나, 나에게…… 나쁜 주술을 걸 건가요?”

“별 엉뚱한 소리를 다 하는구나.”

그녀는 부드럽게 나무랐다. 오늘 하루만이라도 이 아이를 맡아야 한다면 환자의 신뢰를 사는 게 중요하다.

“난 나쁜 주술 같은 건 걸지 않아, 데이비드. 네 병을 낫게 해주고 싶을 뿐이야.”

아이는 믿어야 할지 말아야 할지 망설이는 표정으로 그녀를 응시했다. 방 안의 온도가 꽤 낮아졌지만 소년은 아직 땀을 뻘뻘 흘렸고 베갯잇은 축축하게 젖어 있었다. 그웬돌린은 아이의 이마를 짚어 본 다음 환자를 무겁게 내리누르고 있는 여러 겹의 이불을 향해 미간을 찌푸렸다.

“너 춥니? 아니라면 이불을 몇 장 걷자.”

소년은 깜짝 놀란 얼굴이 되었다가 순순히 고백했다.

“덥긴 덥지만…… 로베나 아줌마가 이불을 차버리지 말랬어요.”

“로베나는 나에게 맡겨.”

그웬돌린은 자신만만하게 아이를 안심시키고 두꺼운 털가죽과 담요를 젖혔다. 여러 주일 햇빛에 말리지 않았는지 침구에서 연기와 땀과 토사물 냄새가 풀풀 풍겼기 때문에 처음 생각과 달리 이불을 전부 벗겨버리고 그중 청결한 것 두 장을 골랐다. 부드러운 모직 담요를 데이비드에게 꼼꼼히 덮어주는 사이에 그녀의 시선이 꼬챙이 같은 아이의 팔에 닿았다. 한쪽 팔에는 핏방울로 얼룩진 붕대가 감겨 있는 반면,

다른 팔은 이미 아물었거나 딱지가 앉아 있는 작은 흉터로 얼룩져 있었다. 피 뽑은 자국들. 그웬돌린은 바로 어제 아침과 그젯밤에도 피를 뽑았다던 로베나의 보고를 떠올렸다.

"자, 이제 어떠니? 추워?"

아이는 고개를 가로저었다.

"그럼 됐어. 아침은 먹었니?"

"배고프지 않아요."

소년의 수척한 얼굴과 바짝 마른 몸은 상당히 오랫동안 제대로 식사를 못했음을 암시했다. 수장의 말에 따르면 이 아이가 처음에 음식을 소화시키지 못하면서 앓기 시작했다고 그랬다.

"먹지 않으면 튼튼해질 수 없어."

그웬돌린은 의자를 침대 옆으로 끌어와 앉았다.

"튼튼해지려면 많이 먹어야 해."

아이는 같은 소리를 너무 많이 들어 이력이 났는지 심드렁하게 대꾸했다.

"먹으면 토하는 걸요."

"배가 아프니?"

"자주."

"지금도 아파?"

"아뇨."

"다른 데 또 어디가 아프니?"

소년은 여윈 어깨를 으쓱거렸다.

"몸 전체가 다 아파요."

"으음…… 화살에 맞은 것처럼 아프니, 아니면 콕콕 쑤시니?"

"콕콕 쑤셔요."

"지금은?"

"콕콕거려요."

“그럼 피를 뽑은 다음에는 몸이 덜 쑤시니?”

아이는 단박에 울상이 되어 징징거렸다.

“피 뽑지 마세요. 오늘은 싫어요.”

“알았어, 안 뽑을게. 그냥 궁금해서 물어보는 거야.”

“칼로 생살을 벨 때도 아프지만 피를 뽑고 나면 더 아파지는 거 같아요. 하지만 피 뽑은 효과가 당장 나타나는 건 아니라고 엘스페스 아줌마가 그랬어요. 그리고 관장보다는 피 뽑기가 낫구요. 관장은 정말, 저엉말 끔찍해요.”

데이비드가 코를 찡그리며 넌더리를 쳤다.

그웬돌린은 잠시 생각을 거듭했다. 방혈(防血)과 관장은 널리 행하여지는 보편적인 치료법이지만 그녀는 둘 다 처치해 본 적이 없는데다가, 이 아이는 팔의 흉터로 보아 피를 뽑힌 적이 많음에도 불구하고 병이 낫기는커녕 더 심해지는 기분이었다고 했다. 이런데도 그 치료를 계속 해야 할 필요가 있을까?

“피 뽑기는 당분간 하지 말자.”

그녀는 결정했다.

“하지만 식사를 하지 않으면 몸이 좋아질 수 없어. 억지로라도 먹어야 해.”

“나는 먹으면 몸이 더 나빠진단 말이에요.”

“결국에는 좋아지게 되어 있어. 이 음식을 먹으면 토할 거라든가 속이 나빠질 거라든가 그런 걱정은 하지 말고 가급적이면 즐거운 생각만 하면서 식사를 해봐. 예를 들어…… 수영이나 승마했을 때, 또는 산으로 소풍갔던 기억을 떠올리는 거야.”

“난 그런 거 해본 적 없어요.”

“정말이니? 왜?”

“지치면 안 되니까요.”

“왜 안 되지?”

“허약 체질이기 때문이에요, 우리 어머니처럼.”

“그렇구나.”

입으로는 수긍하는 척했지만 도무지 이해가 되지 않았다. 그웬돌린은 어렸을 때부터 야외 생활을 즐겨왔다. 소나무 숲의 청아한 향기, 산에서 불어오는 상쾌한 바람처럼 자연의 소소하지만 풍요로운 아름다움을 알고 즐기도록 아버지가 옆에서 이끌어 주신 결과였다. 아마 딸이 나이가 차도 일족 사이에서 친구를 만들지 못할 걸 앞질러 보고 자연을 벗삼도록 유도하셨으리라.

“그럼, 데이비드, 너는 뭘 좋아하니?”

소년은 한참을 곰곰이 생각했다.

“…옛날 이야기요.”

“나도 좋아해, 옛날 이야기는.”

그웬돌린은 아이와 공통점이 생기자 기뻐하며 열렬하게 말을 이었다.

“우리 아버지의 이야기 보따리에는 끝이 없었어. 난 어렸을 때 불가에 앉아서 심술궂은 용과 포악한 전사 이야기를 많이 들었단다. 넌 어떠니?”

“우리 아버지는 수장인 걸요.”

그녀는 어리둥절했다. 이 일족에는 아버지가 수장이면 자식들에게 옛날 이야기를 해선 안 된다는 관례라도 있는 걸까?

데이비드가 설명했다.

“수장은 일족을 위해 일을 많이 해야 해요. 그래서 옛날 이야기를 해줄 시간이 없어요.”

하긴 그럴 수도 있으리라.

“그렇다면 넌 누구에게 이야기를 듣니?”

“우리 어머니가 해주셨어요. 아파서 하늘 나라에 가시기 전에는. 그리고 엘스페스 아줌마도 가끔 해주긴 하지만…… 재미없어요.”

흥, 오죽하랴.

"데이비드 너만 좋다면 내가 옛날 이야기를 해줄게, 이곳에 머무르는 동안에는."

아이의 눈이 좋아서 초롱초롱해졌다.

"정말요?"

"내 이야기는 좀 무서운데 그래도 괜찮겠니?"

"나 무서운 이야기, 굉장히 좋아해요."

"너 같은 아이에게는 너무 무서울지도 몰라. 음, 차라리 아름다운 공주님이 나오는 이야기가 어떨까? 그 공주님은 예쁜 핑크색 꽃봉오리 속에 살았는데……."

"피, 그건 계집아이들 얘기잖아요."

"애, 단정짓지 마. 그 공주님이 커다란 쥐에게 먹혀 잘근잘근 씹혔는데도?"

의외의 이야기 전개에 소년이 솔깃했다.

"그래서 공주가 죽었어요?"

"물론 안 죽었지. 공주님들은 절대로 죽지 않아. 그게 이야기의 법칙이거든."

"그러니까 계집아이들 얘기죠. 아님 갓난쟁이 얘기거나."

"너 보기보다 까다롭구나. 그럼 어떤 이야기를 듣고 싶니?"

"괴물이 나오는 이야기요."

"좋아."

그웬돌린은 기억을 더듬었다.

"우리 아버지가 해주셨던 이야기들 가운데 엄청나게 무서운 괴물이 나오는 게 있어. 그 괴물의 몸집은 이 성보다 크고 이빨은 천 개의 칼을 박아놓은 것처럼 날카로워서……."

"지금 뭐 하는 짓거리예요!"

격분한 고함에 깜짝 놀라 그웬돌린은 고개를 돌렸다. 엘스페스가 음식 쟁반을 들고 얼굴을 일그러뜨린 채 문가에 서 있었다.

"어떻게 창문을 열어놓을 수가! 아이를 죽이려고 작정했어요? 당장 닫아욧!"

그웬돌린은 계속 앉아 차분하지만 단호한 어조로 말했다.

"식사를 가져다 줘서 고마워요. 거기 탁자에 놓고 가세요."

중년의 치료사는 순간적으로 말문을 잃었다. 하지만 곧 정신을 수습하고 음식 쟁반을 탁자에 탕 내려놓은 다음 창문으로 향했다.

"저 아이가 너 같은 마녀의 손에 죽도록 내가 가만히 있을 것 같아? 이렇게 바깥 공기를 쐬면 아이가……."

"당신은 이 아이의 병을 고치는 데 실패했어요."

그웬돌린은 자리에서 일어나 맞섰다. 그녀가 치료 경험이 없는 건 사실이지만 어머니의 기록을 철저히 공부하지 않았던가. 어머니는 경험이 풍부하며 유능한 치료사셨고, 어떤 질환에든 후텁지근하고 탁한 공기를 처치했다는 기록 따윈 한 줄도 없었다.

"데이비드의 치료사는 이제 나예요. 그러니 앞으로는 이 방에 통풍과 채광이 잘 되도록 유념하세요. 향로도 일절 들여놓지 말구요."

가령 아이를 알몸으로 우물 속에 빠뜨리라고 지시했다 해도 엘스페스가 지금보다 더 경악하진 못했으리라.

"수장님에게 말씀드릴 테니 각오해, 이 마녀야!"

"어서 해보시죠."

그웬돌린은 당당한 외관과 달리 속으로는 불안했다. 수장이 그녀의 치료법에 의문을 품고 엘스페스의 편을 들지도 모른다. 하지만 지금은 약한 모습이나 주눅든 속내를 드러낼 때가 아니었다.

중년의 치료사는 작고 까만 눈을 좁혀 떴다.

"어디 두고 보자."

한마디 위협을 남기고 황급히 밖으로 나갔다.

그웬돌린은 억지 미소와 함께 데이비드에게 돌아섰다. 소년은 무한

한 존경심이 어린 얼굴로 그녀를 올려다보고 있었다.

"우와, 엘스페스 아줌마가 저렇게 화난 건 처음 봐요."

그녀는 어깨를 으쓱거렸다. 사람들의 미움을 받는 역할에는 익숙하고 이제 와서 엘스페스의 적개심 때문에 고민할 생각은 추호도 없다.

"자, 내 이야기를 들으면서 아침을 먹는 게 어떠니?"

아이는 벌써 지친 듯 눈을 감았다.

"배고프지 않아요."

그웬돌린은 음식 쟁반을 놔두고 침대로 돌아갔다. 소년은 여전히 창백하고 수척해 보였지만 기침도 가라앉고 땀도 흘리지 않았다. 그녀는 아이의 이마에서 축축한 머리칼을 넘겨주었다. 체온은 높은 편이나 어제처럼 펄펄 끓진 않았다.

병세가 다소 호전된 것에 고무되어 그웬돌린은 잠든 환자를 지켜볼 요량으로 의자에 앉았다. 어떠한 일이 있어도 이 무력한 아이를 보호해 주고 싶은 기분에 휩싸인 채.


"아이 잡을 여자입니다!"

"악마의 하수인이 틀림없어요!"

"저 마녀를 몰아내야 해요!"

알렉스는 지끈거리는 관자놀이를 지그시 누르며 한숨을 내쉬었다.

하루의 태반을 군사 훈련과 시찰로 보낸 뒤였다. 맥스윈 일족이 언제 어느 때 쳐들어올지 모르고 그에게는 수장으로서 일족의 생명과 재산을 보호해야 할 의무가 있기 때문이다.

일족의 장정들에게 고된 군사훈련을 한 차례 시킨 다음 알렉스는 여러 시간에 걸쳐 맥던 일족의 영역을 돌아보았다. 이건 부분적으로 아들의 비관적인 전망과 그 아이를 생각할 때마다 치솟는 무력감에서 도망치기 위한 몸부림의 일환이었다. 그는 플로라가 살아생전 가장 좋아했던 장소를 찾았다. 히스가 만발한 산 정상에 이르렀을 때는 험하게 말 달렸던 탓에 숨이 끊어질 듯 가빴고 절망감은 거의 최고 수위까지 올라 있었다. 가까스로 감정을 다스리고 알렉스는 반듯하게 누워 하늘을 올려다보며 플로라의 존재에서 위안을 구했다.

아내의 영혼은 언제나 가까이에서 그를 지켜보고 있다. 그녀 없이 껍데기만 남은 인간으로 삶을 연명할 수밖에 없는 불쌍한 남편을.

시든 꽃처럼 애처로웠던 아내가 마침내 숨을 거둔 밤, 알렉스는 앞마당으로 나와 자신의 생명보다 더 소중한 여인을 앗아가신 주님을 목이 터져라 원망했다. 광인처럼 울부짖는 수장을 말리려는 일족들 사이에서 그는 영혼을 가르는 이 고통으로 제발 심장이 멈추기를 기도하며 분노와 절망감으로 날뛰었다. 그러기를 몇 날 며칠이나 했을까. 어느 날 우연히 별 하나를 발견했다. 지금까지 보지 못했던 새 별이었다. 그는 깜짝 놀라 현자 모랙에게 달려가 그 별의 의미를 물었고, 현자는 그게 플로라가 하늘 나라에서 남편을 지켜보는 증거라고 딱 부러지게 대답했다.

그날부터 알렉스는 밤하늘에서 '플로라의 별'을 찾은 다음에야 잠자리에 들었다. 얼마 후에는 아내와 대화를 나누게 되었다. 물론 그녀는 침묵할 따름이었지만 그래도 대화한 다음이면 마음이 가라앉고 플로라가 옆에 있다는 느낌이 강해졌다.

푸르렀던 하늘이 흐린 주황색으로 물들기 시작할 무렵 그는 보랏빛 히스꽃으로 뒤덮인 산 정상에서 내려와 집이라고 불리는 암울한 성으로 향했다. 평정이 흐트러짐을 감지하고 한층 가혹하게 말을 몰았다. 성에 도착하면 곧장 침실로 물러가 곯아떨어질 만큼 지치기 위해서.

그 시도는 성공을 거두어 알렉스는 기진맥진했다. 하지만 침실로 물러가는 대신, 그웬돌린을 규탄하기 위해 수장의 귀가만 목놓고 기다리고 있던 일족 사람들의 열광적인 불평불만을 들어주어야 하는 입장이 되었다.

"마녀가 손을 흔드니까 창문이 전부 활짝 열리고 찬 바람이 몰아쳤어요.”

엘스페스는 손을 크게 휘저어, 경악한 청중들에게 그 장면을 시연해 보였다.

“그리고 벽난로를 향해 숨을 가볍게 불자 활활 타오르던 불이 대번에 죽어버리더군요, 이렇게……”

여기에선 손가락을 딱 튕겨 효과음을 냄으로써 모두를 놀라게 했다.

“나는 무릎을 꿇고 제발 멈추라고 간청했어요.”

엘스페스의 목소리가 몇 곡조 높아져 비명에 가까워졌다. 그녀는 무릎을 꿇진 않았지만 뼈마디가 앙상한 양손을 맞잡고 당시 자신이 어떻게 애원했는지 보여주었다.

“저 허약한 아이의 죄 없는 영혼이 불쌍하지도 않느냐, 어찌 이토록 무정하게 아이를 얼려 죽이려 하느냐고 했죠. 그러자 마녀 왈…… 당장 나가지 않으면 나까지 죽이겠다는 거예요!”

그러면서 목을 탁 자르는 시늉을 곁들였다.

알렉스는 의자 등받이에 기대어 앉아 관자놀이를 계속 문질렀다. 벌써 두개골이 빠개질 것 같은데 이보다 더 심해질 불길한 조짐이 보였다.

이제 로베나가 마녀 규탄에 나섰다.

“데이비드의 이불을 전부 걷어내 그 아이가 알몸으로 덜덜 떨게 만들었다는 것도 빼놓아선 안 돼요.”

“게다가 마법을 부려 향로까지 창밖으로 내버렸죠, 아무 방해도 받지 않고 사악한 짓을 하기 위해!”

“난 그녀의 소행을 듣고 마녀와 담판을 지을까 하여 위층으로 올라갔어.”

늙은 독약애호가의 경험담이 이어졌다.

“그런데 천 명의 영혼이 고통받으며 신음하는 듯한 무시무시한 소리가 방 안에서 들려오지 뭔가.”

오웬 노인이 산신령처럼 하얀 눈썹을 치켜올렸다.

“왜 갑자기 말이 틀려졌지, 래클렌? 아까는 방 안에서 무슨 소리가 나는 걸 들었지만 뭔지 알아들을 수 없댔잖아.”

“그거야 자네 때문이지! 내가 곧이곧대로 말했다면 자네는 아마 비명을 지르며 십리 밖으로 도망쳤을걸.”

“이 늙은이가 사람을 어찌 보고! 나같이 원숙한 전사는 유령 소리 따위에 놀라지 않아! 나라면 검을 휘두르며 마녀에게 돼먹지 못한 짓을 당장 그만두어라, 그렇지 않으면 산산조각을 내버리겠다고 말해 주었을 거야.”

“칼로는 마녀를 죽일 수 없어.”

레지널드가 지적했다.

“마녀의 몸은 무쇠처럼 단단하다구. 바늘로 찔러도 피 한 방울 나오지 않는 게 마녀야.”

“피는 나와요, 악마가 자신의 추종자라고 표식을 남긴 부분을 찌르면.”

가장 나이 어린 전사가 감히 연장자의 말에 토를 달았다. 개릭은 소리를 낮추어 뒷말을 이었다.

“하지만 그 표식은 아주 은밀한 부위에 찍혀진 경우가 태반이라 온몸을 다 찔러봐야 알 수 있어요.”

“다 소용없어. 마녀를 죽이는 가장 확실한 길은 화형뿐이야.”

이완이 반박했다. 그는 개릭보다 고작 한두 살 연상이었지만 이번에 결혼하여 자식까지 본 어엿한 가장인지라 요즘 들어 부쩍 노숙한 척, 세상사에 통달한 척했다.

백발노인 오웬은 서글프게 고개를 흔들었다.

“그리 아리따운 아가씨를 화형시키다니…… 통탄할 노릇이야.”

레지널드가 좀더 건설적인 방안을 제시했다.

"맥스윈 일족에 돌려보내면 돼. 그쪽에서 태워 죽이도록."

"이봐, 아직 내 이야기가 끝나지 않았어!"

래클런 노인이 투덜거렸다.

수장은 땅이 꺼져라 한숨을 내쉬었다.

늙은 독약애호가는 이맛살을 찌푸려 기억을 모았다.

"어디까지 말했더라…… 아, 그래, 천 명의 고통받는 영혼의 울부짖음! 그리고 마녀가 중얼거리며 주술을 외우기 시작했어. 원래와 생판 다른 음산하고 나직한 목소리로. 그때서야 난 그녀가 악마에게 씌웠음을 깨닫고 나까지 귀신들리기 전에 얼른 물러나왔지."

맥던 일족은 일제히 고개를 주억거려 원로가 옳은 행동을 취했다고 소리 없이 동의했다.

알렉스는 이 황당무계한 규탄을 어느 선까지 믿어야 할지 궁리하며 점잖게 물었다.

"이제 이야기가 다 끝나셨습니까, 래클런 영감님?"

"아직 안 끝났어요."

로베나가 걱정스럽게 손수건을 쥐어짰다.

"방금 전에 그웬돌린이 아래층으로 내려와 욕조와 목욕물을 데이비드의 방으로 올려보내라고 지시했어요. 여기 개릭과 이완은 마녀의 비위를 거슬렀다가 무슨 화를 당할지 몰라 어쩔 수 없이 지시에 따랐어요."

알렉스는 갑자기 걱정이 되어 앉은 자세를 고쳤다.

"내 아들에게 목욕이 얼마나 위험할 수 있는지를 그녀가 모른단 말이오?"

치료사 엘스페스가 변명처럼 대답했다.

"아이를 찬물에 집어넣으면 죽을 거라고 반대했지만…… 그 여자는 아이를 구워먹든 삶아먹든 자기 마음대로 할 수 있는 권한을 수장님에게 부여받았다면서 야비하게 웃었어요."

알렉스는 폭풍처럼 홀을 가로질렀다. 머릿속에서 큰북이 치는 것처럼 지끈거렸지만 마녀가 아들에게 무슨 짓을 하는지 직접 봐야겠다는 생각뿐이었다.

“…어둠의 위대한 지배자시여, 이 죄 없는 영혼을 제물로 바치오니 저에게 당신의 전지전능한 힘을 주시고…….”

알렉스는 분노에 사로잡혀 장검을 뽑아들고 방으로 쳐들어갔다.

그웬돌린과 데이비드가 기절초풍하는 얼굴로 수장을 응시했다. 그웬돌린은 미친 듯이 뛰는 심장을 달래며 간신히 입을 열었다.

“무슨 이, 일이라도?”

알렉스는 눈앞에 펼쳐진 광경을 멀거니 바라보았다.

마녀는 욕조 옆에 무릎을 꿇고 데이비드의 머리에 비누 거품을 내며 감기다가 우뚝 정지했고, 아이는 수척한 얼굴을 발그스름하게 물들인 채 그 어느 때보다 눈을 또릿또릿하게 빛내고 있었다. 열린 창문으로 여름날의 후텁지근한 바람이 들어왔지만 데이비드가 자칫 한기가 들지 않도록 욕조가 벽난로 앞에 놓여 있었다. 질병과 고통의 찌든 내에 절어 있던 방은 이제 놀랄 만큼 청결하며 신선한 냄새를 풍겼다. 눈 닿는 곳마다 반들반들 빛났고 작은 화병들로 장식되어 형형색색의 꽃들이 달콤한 향을 뿜어냈으며 침대는 창가의 벽으로 옮겨져 있었다.

알렉스는 얼간이가 된 기분이었다. 그는 어색하게 더듬더듬 말문을 열었다.

“에…… 별일 없는지 보러 왔소.”

데이비드가 욕조 속에 숨어 눈만 가장자리 밖으로 내밀고 보고했다.

“못된 마법사에 대한 이야기를 듣고 있었어요. 그 마법사는 용으로 변신해 왕국을 불태우려 했대요.”

“그래?”

알렉스는 장검을 칼집에 넣고 겸연쩍게 마녀의 눈치를 살폈다. 저 싸늘한 표정을 보아하건대 그가 왜 미치광이처럼 칼을 휘두르며 쳐들어왔는지 알아차린 모양이다.

그녀는 정중하게 물었다.

"수장님께서도 이야기의 끝을 들어 보시겠어요?"

알렉스는 망설였다. 방 안에는 마치 그가 마녀와 아들이 구축한 안전한 세상의 껍질을 깨고 두 사람을 살얼음판으로 끄집어낸 것처럼 어색한 분위기가 감돌았다. 그는 침입자였다. 게다가 아들 양육에 적극적으로 관여해 본 적도 없었다. 목욕처럼 사적이고 친밀한 일은 더더군다나. 그리고 옛날 이야기는 여자와 아이들의 오락거리이지, 일족 전체의 복지를 어깨에 짊어진 '수장'이 함직한 일이 아니라고 알렉스는 초조하게 자신을 일깨웠다.

"다른 중요한 업무가 있소. 난 그저 내 아들이 잘 있는지 잠시 보러 온 거요."

그웬돌린은 고개를 끄덕거렸다. 아래층에서 맴던 수장이 무슨 소리를 들었을지 짐작이 가고도 남았다. 아까 그의 표정은 아들이 반쯤 죽었으리라 예상한 사람의 것이었다.

"저기, 내가 누워서 별을 볼 수 있도록 침대를 창가로 옮겼어요."

데이비드가 불편한 침묵을 깨고 재잘거렸다.

"별들에게는 특별한 치유력이 있어서 내 병을 빨리 고쳐줄 거래요. 그리고 우리 어머니가 저곳에서 잠든 나를 지켜주신대요."

알렉스는 소스라치게 놀랐다. 그가 매일 밤하늘을 올려다보며 '플로라의 별'을 찾는다는 걸 저 마녀가 알까? 아내의 영혼이 가까이에서 그를 지켜본다는 믿음에 자신이 절망적으로 매달리고 있다는 사실도 알까?

마녀는 무슨 생각을 하는지 알 수 없는 잿빛 눈으로 차분하게 그의 시선을 되돌렸다.

그는 퉁명스럽게 입을 열었다. 왠지 켕기는 기분이었다.

"목욕이 너무 긴 것 아니오? 저러다 감기 들겠소."

"이제 그만할래, 데이비드?"

"예."

"자, 그럼 이리 와. 머리를 헹구자."

알렉스는 그의 아들이 순순히 마녀의 한쪽 팔에 기대어 고개를 뒤로 젖히는 모습을 지켜보았다. 그녀는 아이를 다정하게 안고 비눗물이 눈에 들어가지 않도록 깨끗한 물로 머리를 헹군 다음 밖으로 나오게 했다. 그리고 꼬챙이처럼 마른 소년의 몸에 수건을 둘러주었다. 아이는 그녀의 부축 없이는 서지도 못했다.

수장의 가슴이 메어졌다.

"할 말이 있으니 내 방으로 오시오, 그웬돌린. 아이를 말리고 자리에 눕힌 다음에."

"알겠습니다."

그웬돌린은 무성의하게 대답하며 두 번째 수건을 소년의 머리에 덮어 완전히 천에 가려지게 했다. 그리고는 짐짓 어리둥절한 목소리를 내며 이리저리 찾는 시늉을 했다.

"어머, 얘가 갑자기 어디 갔지? 참 이상하네. 방금 전만 해도 여기에 분명히 있었는데. 데이비드를 보셨어요, 수장님?"

알렉스는 미간을 찌푸렸다. 그는 아이들 놀이에 문외한이라 어떻게 대답을 해야 할지 망설였다.

"데이비드, 너 정말 짓궂구나."

그웬돌린이 꾸짖는 척했다.

"어서 나오지 못하겠니! 대체 어디에 있는 거야?"

킥킥, 숨죽인 웃음이 유령처럼 흰 천을 뒤집어쓴 작은 형상에서 흘러나왔다.

그 해맑은 웃음소리에 알렉스는 왈칵 눈물이 치솟아 얼른 밖으로 나갔다. 이미 오래 전에 웃음을 잃어버린 아들의 즐거워하는 소리를 다시 들을 날이 올 줄이야.

그웬돌린은 일순 머뭇거리다가 방문을 두들겼다.
"들어오시오."
큰 숨을 들이쉬고 그녀는 문을 안으로 밀었다.
침실은 수장이라는 지위에 걸맞는 넓이였지만 의외로 소박해 이곳의 주인이 금욕주의자거나 주변 환경에 그다지 관심이 없음을 알려주었다. 가구라고는 5점이 전부였다. 맥던 수장의 이례적인 신장에 맞추어 제작된 듯한 거대한 침대, 촛대가 놓여진 협탁, 침대 발치의 옷궤, 방 중심의 좀더 큰 탁자와 왕좌 같은 의자. 수장 자신은 뒷짐을 진 채 벽난로 속의 약한 불길을 들여다보고 있었다.
"하실 말씀이라는 게 뭐죠?"
"몇몇 사람들이 당신의 치료법에…… 의문을 제기해 왔소."
"수장님 생각은요? 내가 나쁜 마음을 먹고 아드님에게 신선한 공기와 햇빛을 처방했다고 믿으시나요?"
"나쁜 마음에서는 아니었겠지. 내 아들의 회복 여부에 당신의 자유가 달려 있으니까. 하지만 데이비드는 극도로 연약하오. 지금까지 치료사들은 그 아이가 외부 공기를 감당할 수 없다고 입을 모아 단언하면서 틈새바람까지 차단하기 위해 전력투구를 해왔소."
"하지만 아드님의 병을 고치진 못했어요."
"죽을 병이라는 진단에도 불구하고 아이의 목숨은 이어놓았소."
"혹은 아드님이 그런 치료에도 불구하고 살아남은 건지도 모르죠."
알렉스는 처음으로 마녀를 향해 고개를 돌렸다. 그 역시 같은 생각을 자주 해왔지만 한 번도 소리내어 말하진 못했다.
"정말 그렇게 생각하오?"
"아드님 침실의 공기는 탁하고 나빴어요. 그 아이보다 튼튼한 사람들조차 견디기 힘들 정도로. 그리고 난 지하 감옥에서 빛과의 단절이 한 사람의 육신과 영혼을 얼마나 빨리 망가뜨리는지 배웠어요.”

그는 눈앞에 서 있는 여자를 가만히 살폈다. 육체적으로든 심적으로든 망가진 듯한 흔적은 찾을 수 없었다. 낡은 회색 드레스는 헐렁하게 늘어져 몸매를 가렸지만 아이를 목욕시키면서 흠뻑 젖어 젖가슴의 여성적인 곡선을 보여주기도 했다. 머리칼은 흑단으로 깎아 놓은 잔물결인 양 여린 어깨와 맨팔을 따라 흘러내렸다. 저 머리카락으로 그의 찢어진 살이 꿰매어졌고, 저 팔을 가리웠던 소매가 그의 붕대로 쓰였다. 하나 아낌없이. 전혀 서슴지 않고. 그녀는 남을 돌보는 데는 헌신적이지만 자신에게는 무관심해, 저렇게 바짝 말랐는데도 식사조차 잘 챙겨 먹으려 하지 않는다. 예전부터 저런 체형이었을까, 아니면 아버지의 죽음과 그 뒤의 시련으로 살이 급작스럽게 빠진 걸까? 원인이 무엇이든 간에 마녀는 매서운 북풍 앞에서 두 동강이 날 것처럼 가녀렸다. 그러나 어마어마한 힘을 뿜어냈다. 그건…… 용기와 의지의 힘이었다. 그를 매료시키는 동시에 흥분시키는 정신적인 강함이었다.

정염, 갈망에 찬 그 불붙은 욕망으로 이성이 흐려지고 생각이 멈추었다.

알렉스는 저 여자를 어루만지고 싶었다. 동시에 아까 그의 아들처럼 여인의 다정한 손길을 느끼고 싶었다. 알렉스는 저 여자를 안고 싶었다. 동시에 아까 그의 아들처럼 포근하게 안기고 싶었다. 지금 이 방에는 단 두 사람뿐, 마음만 먹으면 그녀를 쉽게 가질 수 있다. 그녀는 그의 포로이니까. 그가 살려주었기 때문에 지금 살아 숨쉬고 있으니까. 그보다 그녀를 가질 권리가 더 많은 사람은 없으니까. 또한 저 여자에게 그를 원하게 만들 능력도 있었다. 숲에서 키스했던 경험으로, 둘 사이의 부인하지 못할 끌림을 통하여 그녀도 이 허기진 욕망을 느끼고 있음을 아니까.

그웬돌린은 수장의 강렬한 시선에 사로잡혀 있었다. 지금 그의 표정은 본 적이 있는 그것, 그녀의 기억에 각인된 그것이었다. 갑자기 호흡이 빨라지고 피가 뜨겁게 달아올랐다. 말을 하든 움직이든 뭔가를 해서 이 묵직한 긴장감을 깨야 할 것 같은 충동이 희미하게 솟았지만 목이 메말라 소리가 나오지 않고 몸이 굳어 움직여지지가 않았다. 이대로 휩쓸려 들어가면 안 된다는 생각이 퍼뜩 들었다. 이건 그른 일이라고도 생각했다. 그녀는 그의 포로, 그는 미치광이 수장이라는 생각도 했다. 하지만 태고부터 면면히 이어 내려온 여자의 본능은 다른 말을 했다. 그렇다, 그녀는 분명 이 수장의 포로다. 그러나 서로의 품에서는 이 수장도 그녀의 포로다. 그의 손길에서 그녀는 자신을 원하고 싶지 않으면서도 원할 수밖에 없는 절망적인 갈망을 느꼈으니까.

알렉스는 느리지만 확고한 걸음으로 다가갔다.

그웬돌린은 몸을 떨었다. 두려움 때문이 아니라 벽처럼 단단한 그의 가슴에 안기는 느낌이 떠올라서.

알렉스는 그녀의 어깨, 그 차가운 맨살에 손을 얹었다.

그웬돌린은 그의 눈, 정염으로 아프도록 이글거리는 시선만을 응시했다.

알렉스는 손바닥으로 주르르 매끄러운 팔을 쓸고 내려가 그녀의 가냘픈 손목을 움켜잡았다. 벽난로불의 금빛 펄럭거림으로 사내다운 얼굴이 빛과 그림자로 얼룩져 강인한 선의 조각이 되고 머리칼은 순금처럼 반짝거리면서.

그웬돌린은 그의 아름다움에 매혹당했다. 마치 지상으로 추방당한 이교도의 신(神)을 대하는 것 같았다. 그녀가 금방이라도 달아날까 두려운 듯이 손목을 꽉 잡은 사내의 힘에 통증이 일었지만 그웬돌린은 아주 가만히 그를 응시했다. 그리고 기다렸다…….

"수장님!"

여자의 날카로운 목소리와 함께 쾅쾅 문을 두들기는 소리가 요란하게 울려 퍼졌다.

알렉스는 펄쩍 뛰어 뒤로 물러났다.

"무슨 일이오, 엘스페스?"

"아이가, 데이비드가 큰일났어요! 마녀의 저주에 걸려 다 죽어가고 있어요!"

알렉스의 푸른 눈에 어려 있던 탁한 나른함이 얼어붙었다. 그는 방문을 향해 돌진했다.


그웬돌린이 수장과 치료사의 뒤를 따라 황급히 들어섰을 때 아이는 격렬하게 구역질을 하고 있었다. 저런 증상이 예고도 없이 갑작스럽게 시작되었다는 증거로 저녁상이 이불보와 침실 바닥에 나뒹굴었다. 부랴부랴 창문을 닫는 로베나의 민첩함에 힘입어 토사물의 역한 냄새가 빠르게 방 안의 구석구석까지 배어들었다.

엘스페스가 돌아서 앙칼지게 욕설을 퍼부었다.

"아이를 저렇게 만들어 놓고 이제 속이 시원하냐, 이 못된 마녀야? 네 치료법이 틀렸다고 말했잖아!"

그웬돌린은 모골이 송연해진 속에서 아이를 주시했다. 바로 몇 분 전 이 방에서 나갈 때만 해도 데이비드는 약하고 지쳐 있긴 했으나 비교적 상태가 좋았다. 하지만 지금은 발작적으로 몸을 떨며 신물까지 토해내고 있다. 이렇게 갑작스런 토사곽란이 왜 일어났을까? 신선한 공기와 따뜻한 목욕이 아이의 허약해진 몸에 충격을 주었기 때문에? 그웬돌린은 죄책감에 빠졌다. 자신의 미숙한 처치가 데이비드를 저 지경으로 몰아넣었다면 이 자리에서 치료사로서의 무지를 고백하고 모든 책임을 반려해야 한다. 아이가 죽을 경우 그녀에게 떨어질 수장의 처벌이 두려워서가 아니었다. 소년의 고통에 책임이 있다는 사실 자체를 참을 수 없었다.

"저 마녀가 사악한 주술로 아이를 얼마나 오염시켜 놨는지는 오직 주님만이 아실 거야."

엘스페스는 계속 비난하며 데이비드의 침대 밑에서 나무 상자를 꺼냈다. 오랜 세월에 걸쳐 자주 사용해 왔는지 상자 표면은 손때가 묻어 반질거렸고 홈집투성이였다. 중년의 치료사는 그 상자를 열어 작은 물체 하나를 꺼냈다. 검붉은 핏자국으로 얼룩진 칼.

그웬돌린은 피 뽑기를 막고 싶었지만 어떻게 막아야 할지 엄두가 나지 않았다. 다들 그녀가 일부러 소년의 고통을 유발했다고 믿지만 이런 발작이 정말 처음일까? 음식을 소화하지 못하는 증상, 바로 그게 아이가 쇠약해지기 시작한 이유가 아니었던가. 그렇다면 저 토사곽란이 그녀의 처치 때문이 아니라 질병과 직결되었을 가능성이 농후하다. 엘스페스의 비난처럼 그녀가 어떤 마법으로 아이를 오염시켰다는 건 있을 수 없는 소리고, 저렇게 허약한 아이의 피를 뽑는 치료는 환자 자신의 고백과 지금까지의 결과에 비추어 볼 때 백해무익하다. 데이비드의 불필요한 고통을 막아야 한다는 결의로 그웬돌린은 한 걸음 나아가 단호하게 외쳤다.

"아이에게 손대지 말아요, 엘스페스."

중년의 치료사는 흠칫 동작을 중단하고 이쪽을 노려보았다.

"감히 너 따위가 나에게 명령하다니! 이 아이가 죽도록 나보고 지켜보라구?"

그웬돌린은 천 갈래 만 갈래 흩어진 자신감을 긁어모아 야무지게 세숫대야에서 물수건을 만들어선 침대로 향했다.

엘스페스가 치를 떨었다.

"두 번 다시 아이에게 접근하지 마! 사악한 짓거리는 그만하면 충분해!"

"이 방에서 나가주세요, 그웬돌린."

로베나가 침대에서 멀찌감치 떨어진 창가의 자리를 고수한 채 마녀를 싸늘하게 노려보았다.

기죽지 않으려 애쓰며 그웬돌린은 로베나를 무시하고 치료사의 적의 어린 시선을 똑바로 응시했다. 그녀는 놀랄 만큼 차분하게 입을 열었다.

"수장님, 아드님의 병을 치료해 달라고 나를 이곳에 데려온 게 아니었던가요?"

팽팽한 침묵이 내려앉은 가운데 데이비드의 힘 빠진 웩웩거림이 간헐적으로 이어졌다.

알렉스가 무겁게 대답했다.

"맞소."

"그렇다면 내가 내 일을 하도록 저 여자들에게 물러서라고 하세요."

시간이 얼어붙어 길게 연장된 듯한 순간, 엘스페스와 로베나는 기대에 찬 표정으로 수장을 대했다. 그가 그웬돌린을 방에서 내쫓아 일을 올바로 처리할 거라고 단단히 믿는 눈치들이었다. 사실 알렉스도 그쪽으로 상당히 기울었다.

금방이라도 숨 넘어갈 것 같은 아들을 보고 이게 그웬돌린의 잘못이라는 생각이 맹목적인 분노와 함께 제일 먼저 떠올랐다. 하지만 잿빛 눈을 동그랗게 뜨고 경악을 금치 못하는 그녀의 모습은 죄 없는 어린것을 이유 없이 괴롭히는 마녀처럼 보이진 않았다. 게다가 지난 여러 달 동안 이와 비슷한 증상이 빈번했었다는 기억도 뒤늦게 알렉스의 뇌리를 스쳤다. 아들의 가느다란 팔뚝에 난 흉터가 그 증거인 만큼 그웬돌린의 희한한 치료법은 이 토사곽란과 무관할지도 모른다.

이제 데이비드는 속을 전부 비워내고 축 늘어졌다. 갓 목욕하여 깨끗하고 발그스름하게 상기되었던 소년의 모습은 온데간데없이 사라지고 그 자리에는 베갯잇보다 창백한 병자가 있었다. 아이는 생존에 필요한 최소의 공기 이상을 들이쉬는 것조차 벅차다는 듯 가늘게 헐떡거렸다. 오늘밤을 넘기긴 틀린 것처럼 보였다.

*내 아들이 죽으면 내 삶도 끝이야.*

알렉스는 그웬돌린에게 시선을 돌렸다. 그녀의 표정은 고요했지만 속이 편해서가 아니라 남에게 감정을 감추기 위한 위장처럼 보였다. 일족원 몇몇이 방 밖에 모여서 있었다. 그들은 왜 수장이 당연한 결정을 놓고 망설이는지, 혹시 광기가 도진 건 아닌지 의아해하며 묵묵히 기다리고 있었다.

*이 여자는 마녀에 살인자야. 내 아들의 목숨에 아무 의미도 두고 있지 않아. 아이의 죽음이 자신에게 득이 된다면 서슴없이 죽일 거야.*

하지만 데이비드를 다정하게 보듬어 안던 모습, 아이에게 장난을 걸던 가볍고 부드러운 목소리, 화병이나 침대 배치 등에 깃들인 사려 깊은 마음씀씀이가 잊혀지질 않았다.

알렉스는 아들의 하얀 팔을 겨누고 있는 작은 칼을 응시하며 스스로에게 결단을 촉구했다. 하지만 그는 전사요 수장이다. 치료사가 아니다. 신선한 공기와 목욕이 아들에게 좋은지, 후텁지근하고 탁한 공기와 끝없는 방혈이 이로운지 알 도리가 없었다.

그가 아는 것이라곤 단 하나였다. 아들이 죽어가고 있고 지금까지 어느 누구도 병을 고치지 못했다는 것.

"뒤로 물러서시오."

알렉스는 자신이 옳은 결정을 내렸기를 주님에게 기도하며 명령했다.

"엘스페스와 로베나, 둘 다."

모두 입을 떡 벌리고 그를 응시했다. 심지어 그웬돌린마저 놀란 기색이었다.

치료사가 간청했다.

"이렇게 빌겠어요, 수장님, 제발 저 마녀에게 아이를 맡기지 마세요."

"알렉스, 그건 이성적인 결정이 아니에요."

"내 명령에 대한 도전은 용납할 수 없어, 로베나. 아무리 오랜 친구래도.”

로베나는 반박하려고 입을 열었지만 중간에 생각을 고쳐먹고 그냥 다물었다. 하지만 엘스페스는 칼을 상자에 도로 넣고 서둘러 문 쪽으로 향했다.

“마녀의 불경한 짓거리에 공모할 순 없어요. 저 가엾은 아이의 영혼에 주님의 가호가 함께 하길.”

“로베나 당신은? 이곳에 남아 그웬돌린을 돕겠어, 나가겠어?”

수장이 다그쳤다.

로베나는 망설이지 않았다. 일족이 보는 앞에서 공개적으로 수장에게 면박을 당하자 그녀는 치맛자락을 들고 밖으로 나갔다.

곧장 그웬돌린은 침대로 가 물수건으로 아이의 얼굴을 닦아주고 토사물이 묻은 이불을 벗겼다.

“자, 데이비드, 옷 갈아입자. 힘들겠지만 잠깐 일어날래?”

소년은 희미하게 신음했다. 그웬돌린은 아이를 부축해 침대에 앉히고 옷을 벗기기 시작했다. 그러다가 갑자기 손을 멈추었다. 그녀는 사람들이 모여 있는 문가를 돌아보았다.

“아드님을 위해 사람들의 이목을 물리쳐 주셨으면 합니다, 수장님.”

알렉스는 적잖이 놀랐다. 어떤 치료사도 소년의 나신을 사람들에게 드러내는 것에 대해 두 번 생각하지 않았다. 하지만 데이비드는 10살이나 먹었다. 너무 아픈 나머지 반대할 힘은 없다 해도 구경꾼 앞에서 알몸이 되길 꺼리고 창피함을 느낄 나이다.

“모두 각자의 소임으로 돌아가시오.”

그 자신도 밖으로 향했다.

“내 아들의 건강 상태에 변화가 생기면 곧 알려주겠소.”

사람들이 노골적으로 못마땅해하며 뿔뿔이 흩어졌다. 수장은 침대 쪽을 마지막으로 돌아보았다. 마침 마녀가 아이의 셔츠를 벗겨 앙상한 어깻죽지와 툭툭 불거진 갈비뼈가 적나라하게 드러났다. 저 아이는 병 때문이 아니라면 영양실조로 곧 죽으리라. 그 전망에 마음이 찢어져 알렉스는 얼른 고개를 돌리고 밖으로 나갔다.

잠시 후 소년은 청결한 옷과 이불에 감싸여 편히 누워 있었다. 그웬돌린은 아이에게 입을 헹구게 한 다음 벽난로에 장작을 넣고 창문을 하나만 열어 환기시켰다.

"이제 기분이 어떠니, 데이비드?"

대답이 나오지 않았다. 이미 아이는 핏기 없는 얼굴을 베개에 묻고 곤히 잠들어 있었다. 그웬돌린은 붉은색 고수머리를 아이의 얼굴에서 걷어 주었다. 체온은 정상, 피부는 보송보송했다. 그렇다면 고열 때문에 탈이 난 게 아니라는 뜻이다. 수분 보충은 옆에서 지켜보다가 아이가 깨어나면 물을 먹이기로 했다. 다시 상태가 나빠질까 걱정되기도 했지만 그보다 엘스페스가 몰래 돌아와 잠든 아이의 피를 뽑을까 봐 마음이 조마조마했다. 그런 사태만큼은 막겠다는 각오로 그웬돌린은 의자에 앉아 소년의 가느다란 손을 꼭 잡고 불침번을 섰다.


알렉스는 아들의 방으로 갔다. 복도에는 횃불 하나만이 타오르며 주홍빛의 웅덩이를 돌바닥에 드리우고 있었다. 주위에는 아무도 없었다. 당연하다. 그가 다들 물러가라고 명령을 내렸고, 일족은 수장의 정신상태에 회의를 품었을지는 모르지만 아직 명령에 복종할 만큼은 존경하니까.

하지만 데이비드가 죽는다면 그는 완전히 제정신을 잃고 일족의 존경도 받지 못하리라.

그는 방으로 들어가기에 앞서 아들을 보는 데 필요한 용기를 불러 모았다. 플로라 때에도 이랬었다. 매번 아내를 찾을 때마다 그는 병실 앞에서 머뭇거리며 자신이 없는 동안 아내에게 병마를 이길 힘이 기적적으로 생겼기를 주님께 기도했다. 플로라는 반드시 살아야 하는 사람이었다. 오직 그녀만이 두려움이나 조건 없이 남을 사랑할 수 있는 여자였고 알렉스는 아들에게 그런 절대적인 사랑을 맛보게 해주고 싶었다. 하지만 주님은 그의 청을 외면하셨다. 플로라의 방으로 들어설 때마다 그는 더 약해지고 더 생기를 잃은 아내를 발견했다. 어두워지기 직전 한낮의 기억을 아스라이 간직한 빛의 잔영처럼 그렇게 플로라는 조금씩 죽어갔다.

이처럼 모순적인 일이 또 있을까, 아들은 용감하게 질병의 고통과 싸우는데 아비라는 사람은 고생하는 아들을 볼 용기마저 없어 방 앞에서 머뭇거리다니. 네가 얼마나 자랑스러운지 모르겠다는 말이 가끔 혀끝까지 올라왔다. 하지만 그 말을 내뱉으면 종국에는 무너져 오열을 터뜨릴 것 같았다.

차라리 침묵을 지키면 적어도 강한 아비로서의 외관은 산다.

알렉스는 문고리를 잡고 천천히 방문을 열었다. 병마의 향기가 사라지고 ·대신 비에 씻겨진 청결한 공기가 감돌았다. 알렉스는 떼어지지 않는 발걸음을 억지로 놀려 침대로 다가갔다. 아이의 작은 몸이 깔끔하게 여며진 이불 아래에서 장례를 기다리는 시신처럼 미동도, 신음도, 호흡도 하지 않았다.

미동도 신음도 호흡도 불가능할 수밖에. 이미 죽었으니까.

알렉스의 가슴속에서 통한이 북받쳤다. 아내를 잃고 그의 정신이 마른 가지처럼 부러지는 듯했을 때의 그 절절한 슬픔이 또 다시 노도처럼 밀려왔다. 플로라와의 마지막 끈인 이 아이를 잃다니 도저히 참을 수가 없었다. 감상적이며 남자답지 못하다고 비난받을 일이다. 인생은 치열한 격전의 연속이고 많은 남자들이 최악의 끔찍한 아픔과 상실을 겪으면서도 삶을 이럭저럭 이어나가니까. 하지만 그들은 플로라 같은 여자와 삶을 공유하는 것이 어떤지를 모른다. 그녀의 죽음이 남긴 상처의 크기를 모른다. 시간이 갈수록 그 상처가 벌어져 이미 균열이 간 정신을 한데 붙잡으려는 투쟁마저 집어삼킨다는 걸 모른다.

마녀는 환자가 이승에서 떠났음을 알지 못한 채 아이의 손을 꼭 잡고 의자에서 새우잠을 자고 있었다. 알렉스는 그녀를 멍하니 응시했다. 분노도, 책임 추궁을 해야 할 의욕도 느껴지지 않았다. 이 마녀는 최선을 다했다. 시간이 좀더 주어졌더라면 그녀의 파격적인 치료법이 효과를 거두었을지도 모른다. 여기에서 잘못한 사람을 굳이 가리자면 너무 늦게 마녀를 데려온 그 자신이다.

그때 여리디 여린 한숨이 들려왔다.

깜짝 놀라 알렉스는 시선을 돌렸다. 아들이 빛 잃은 눈으로 그를 올려다보았다. 손가락 하나 움직이지 못할 만큼 탈진했지만 분명 살아 있었다.

"데이비드……?"

아이는 여기가 어디인지, 왜 아버지가 한밤중에 자신의 침대가에 있는지 혼란스런 표정이었다. 하지만 그런 의문을 느끼는 것조차 힘에 버거운지 맥없이 눈을 감았다.

희망이 화살처럼 절망의 장막을 찢었다. 알렉스는 숨을 크게 들이키고 하마터면 압도당할 뻔했던 두려움을 내뱉었다. 아들만 살아 있으면 그도 살아갈 수 있다.

수장은 어떻게든 아들의 회복을 돕고 싶어 주위를 두리번거리며 할 일을 찾았다. 벽난로의 불이 너무 약한 듯하여 장작 몇 개를 조용히 넣어 화력을 높이고 만족해하며 그는 잠든 아이를 다시 한 번 볼 요량으로 침대로 다가가다 마녀의 상태를 처음으로 알아차렸다.

그녀는 한 팔을 뻗어 아이의 손을 잡고 다른 팔로는 추위를 막으려는 듯이 가슴을 감싸안고 의자에 웅크린 터였다. 아이만큼이나 백랍 같은 안색에, 자면서도 진정한 휴식을 얻지 못했는지 미간에는 걱정으로 인한 주름이 깊이 잡혀 있었다.

가녀리지만 든든한 동지 같은 마녀.

알렉스는 데이비드의 침대 발치에서 접힌 담요를 집어 그녀에게 덮어주었다. 순간 여름날의 달콤한 체취가 확 풍겨왔다. 야영지에서의 첫날밤처럼 마녀를 품에 안고 이대로 침실 바닥에서 자고 싶었다. 그녀의 벨벳 같은 감촉, 달콤하고 따뜻한 입술, 목 깊은 곳에서 나는 유혹적인 신음이 주마등처럼 뇌리를 스치고 그의 몸이 단단해졌다.

죽어가는 아들 앞에서 음탕한 생각에 빠지다니! 알렉스는 스스로에게 학을 떼고 홱 돌아서 밖으로 나갔다. 이미 자각하고 있는 것보다 자신의 광기가 심각한 건 아닌지 궁리하며.

# 6

누군가 그녀의 손을 마주 잡고 있었다.

그웬돌린은 눈을 떴다. 아이는 평화롭게 자고 있었다. 호흡과 체온 모두가 정상. 그녀는 이 회복이 전적으로 하늘의 도우심임을 알고 있었으므로 짧게 감사기도를 올렸다.

하루의 첫 빛이 어슴푸레하게 방을 밝히고 빗방울이 후드득 내리꽂혀 대기에는 신선한 흙과 풀내음이 강하게 어려 있었다. 침실에 습기가 찰까 그웬돌린은 얼른 일어나다가 어깨에서 바닥으로 떨어진 담요를 보고 고개를 갸웃거렸다. 잠들기 전에 이걸 두른 기억이 없는데 어찌된 영문일까? 아마 무의식적으로 찾아 덮었나 보다. 그녀는 아이가 깨지 않도록 그 담요를 한 겹 더 덮어준 다음 벽난로에 장작을 넣고 조용히 방을 나섰다.

괴괴한 정적이 감도는 복도를 가로질러 탑의 계단을 올랐다. 그웬돌린은 아침에 일찍 일어나 헝클어진 매무새를 남에게 들키지 않아 다행스러웠다. 어깨를 아무렇게나 덮은 머리칼로 미루어 볼 때 머리

전체가 짚더미를 쑤셔놓은 형상일 테고 낡은 드레스는 비누 거품의
얼룩과 주름으로 형편없었다. 다른 옷이라곤 진홍색 드레스 한 벌뿐
이니 환자 간호에 어울리지 않아도 그걸 입는 수밖에.

매캐한 냄새가 침실 밖에까지 감돌고 문을 열자 자욱한 연기가 방
에 가득 차 앞이 안 보였다. 그웬돌린은 지친 한숨을 내리쉬며 창문을
활짝 열었다. 그리고 마녀 퇴치용 향로를 찾았다. 하지만 연기의 진원
지는 벽난로였다. 누가 그녀를 위해 이렇게 이른 아침부터 불을 지펴
놓았을까? 자세히 들여다보니 장작 위에는 한 뭉치의 천이 놓여 있었
는데 대부분은 시꺼멓게 타버리고 금실 수놓인 선홍색의 자투리 천이
어찌어찌 불꽃과 열을 피해 남아 있었다.

그녀는 분노에 휩싸였다. 맥던 일족이 감히 이 방에 들어와 그녀의
귀한 사유물, 그것도 자기네 수장의 선물을 태워버리다니! 도저히 간
과할 수 없는 악랄한 소행이다. 그녀는 당장 수장에게 말하려고 문 쪽
으로 홱 돌아섰다.

하지만 순간 얼어붙고 말았다. 베개 위에 놓인 양피지 조각이 눈에
들어왔기 때문이다.

그웬돌린은 조심스럽게 침대로 다가갔다. 분노는 이미 경계로 바뀌
었다. 그녀는 양피지를 들어 조잡한 필체와 짧지만 노골적인 내용의
글을 읽었다.


당장 꺼져, 마녀.
이 옷처럼 불행한 최후를 맞기 싫으면.


양피지 조각과 선홍색의 자투리 천이 바닥에 떨어졌다. 그웬돌린의
가슴속에서 공포가 차올랐다. 이건 속 빈 공갈이 아니다. 그녀가 보고,
듣고, 깨달은 바에 의하면 이 일족의 마녀 혐오증은 고향 사람들의 것
보다 강하다. 현재와 미래의 수장 모두의 안위가 걸려 있는 만큼 이들

은 여차하면 한 치의 망설임 없이 그녀를 기둥에 묶어 불붙일 것이다. 오히려 이렇게 사전 경고를 했다는 게 놀라울 지경이다.

*도망가야 해. 지금, 오늘 아침 당장.*

맥던 수장은 그녀를 지켜주겠다고 약속했지만 수장 혼자 일족 전체의 두려움을 감당하진 못한다. 누구든 마음만 먹으면 감쪽같이 이 방을 드나들거나 어두컴컴한 복도에서 공격하거나 음식에 독을 탈 수 있다. 마녀 하나쯤 처치할 방법은 무궁무진하다.

"주술 걸 준비를 하고 있는 건가요?"

수줍어하는 목소리가 조심스럽게 물었다.

그웬돌린은 놀란 숨을 들이쉬며 뛰는 가슴을 진정시켰다. 암갈색 머리칼의 젊은 여자가 동산만한 배 앞으로 팔을 한껏 뻗어 음식 쟁반을 들고 문가에 서 있었다. 임신하여 놀랄 만큼 부풀어오른 몸과 달리 팔은 가늘어서 이 여자가 쌍둥이를 가졌거나 산달이 다 되었음을 짐작케 했다.

"시장하죠?"

"아뇨."

그웬돌린의 어조는 매몰찼다. 이게 독살 시도일까? 아니면 수면 효과가 강한 약초를 써서 그녀를 잠재운 다음 죽이려는 음모?

"그럼 음식을 여기에 놓고 갈게요. 나중에 시장기가 돌면 드세요."

젊은 임산부는 뒤뚱뒤뚱 방으로 들어와 쟁반을 탁자에 내려놓았다. 그녀는 쑤시는 허리를 톡톡 치다가 문득 벽난로 속을 보고 고개를 갸웃거렸다.

"예쁜 드레스를 왜 태웠어요? 그것도 주술의 일부예요?"

"모르는 척하지 말아요!"

임산부는 영문을 모르는 표정으로 마녀를 바라보았다. 이어 바닥에 떨어진 양피지 조각을 눈가로 발견하고 '영차' 하며 힘들게 허리를 숙여 그걸 줍고 쓱 훑어보았다.

"어머……."

"당신네 맥던 일족은 나를 원하지 않는다는 의사를 똑똑히 전달했어요. 축하해요."

젊은 산부는 대수롭지 않게 인정했다.

"일족 대부분은 당신이 어린 데이비드에게 나쁜 짓을 할까 봐 두려워해요. 그리고 우리 일족은 허튼 수작을 결코 용납하는 사람들이 아니구요. 하지만 난 아이에 대한 당신의 참뜻을 믿어요."

"…진심인가요?"

그웬돌린은 의심을 완전히 풀지 않았다.

임산부는 솔직히 고백했다.

"실은 나도 다른 사람들과 다를 바 없었어요. 하지만 어젯밤에 생각이 바뀌었죠. 당신처럼 아이를 다정하게 돌봐주는 여자가 그 아이에게 해 되는 짓을 할 리 없어요."

"모두들 간밤의 토사곽란이 내 탓이라고 믿잖아요."

"일족 모두는 아니에요."

그녀는 한숨을 쉬며 무거운 몸을 천천히 의자에 내려놓았다. 꽉 끼는 드레스가 말려 올라가 퉁퉁 부은 발목과 발이 드러났다. 그녀는 배 위에 두 손을 깍지끼고 그웬돌린을 차분하게 대했다.

"수장님은 그렇게 믿지 않아요. 아니라면 당신을 어젯밤 데이비드의 방에서 쫓아냈을 거예요. 그리고 내 생각도 수장님과 같아요. 그 아이는 이미 여러 달에 걸쳐 간밤과 비슷한 증상을 보여왔어요."

그웬돌린은 갈피를 못 잡았다. 이 여자는 진심처럼 보였지만 다른 사람의 사주를 받아 마녀의 신뢰를 산 다음 그걸 역이용할지도 모른다는 의혹을 떨쳐버릴 수 없었다.

"당신처럼 엘스페스에게 맞선 사람은 처음이었어요."

여자는 고운 입술을 당겨 방긋 웃었다.

"나도 그러고 싶은 마음은 굴뚝같았지만 용기가 없었죠."

"당신이?"

거리를 지키자는 결심과 달리 그웬돌린은 이 여자가 갑자기 좋아지기 시작했다.

"엘스페스는 명령하길 좋아해요. 병들었거나 무력한 입장에 처한 사람이 있을 때는 특히 더. 질병은 악마의 농간 아니면 천주의 처벌이니 고통을 통해 죄값을 치러야 몸이 좋아진다는 게 그녀의 믿음이에요. 아, 고통과 방혈을 통해서. 피를 뽑아 악마를 몰아내고 육신을 정화해야 한대요."

"흥, 그렇다면 데이비드는 지금쯤 완전 정화되어 병석에서 일어났어야 해요."

"피 뽑기가 효과를 내는 경우도 많아요. 하지만 병마의 독성과 불결함이 체내에 널리 퍼졌을 때는 아무리 피를 많이 뽑는다 해도 길 잃은 영혼을 구하지 못해요."

어떤 고통스런 기억을 떠올리듯이 반사적으로 배를 문지르는 모습을 봐선 경험에서 우러나온 말처럼 들렸다. 이 여자가 어떤 병을 앓았길래 엘스페스의 우악스런 치료를 받아야 했을까?

"그웬돌린 당신에게는 고통을 가라앉히는 힘이 있다면서요? 우리 남편이 그러더군요. 집으로 돌아오는 길에 당신이 정령들을 소환하여 우리 남편의 이마 상처가 아프지 않게 해주었댔어요. 정말이에요?"

그웬돌린은 놀란 눈으로 젊은 임산부를 다시 보았다.

"카메론이 당신 남편이란 말이에요?"

여자는 호호거리며 웃었다.

"우리 그이처럼 집채만한 남자는 필시 거인족 여자와 결혼했을 거라고 대부분이 넘겨짚죠. 난 클라린다라고 해요. 그리고 몸집은 작을지언정 성질과 고집만은 어떤 남자 못지 않아요. 또 우리 그이는 적 앞에선 용맹한 전사이지만 내게는 양처럼 순하답니다. 그런데 정말인가요, 당신에게 고통을 없애주는 힘이 있다는 게?"

그웬돌린은 우물쭈물 망설였다. 카메론의 아내로 밝혀진 이 임산부는 해산의 고통을 걱정하고 있을 텐데 공연히 말을 잘못하여 무통 분만이 가능하다는 식의 가당치 않은 기대를 심어 주고 싶지 않았다.

"음…… 고통의 정도에 달렸어요. 그러니까…… 내 주술이 항상 통하는 건 아니에요."

클라린다는 습관처럼 배를 문지르며 깊이 생각한 다음 입을 열었다.

"고통을 없애주는 능력이 있다니 참 훌륭해요. 어떤 치료사들은 고통만 더 일으키는 것 같거든요. 하지만 그 전부가 실은 주님의 뜻이겠죠. 주님이 보시기에 한 사람의 때가 다 되었으면 생명을 거두어 가시고 그것으로 끝이니까."

그녀의 어조는 기정사실을 말하듯 평이했지만 그웬돌린은 흐릿한 슬픔의 여운을 민감하게 포착했다. 그녀는 임산부의 두려움을 동정해 위로에 나섰다.

"옳은 말이에요. 하지만 그 사람이 살기 위해 끝까지 싸운다면 하늘이 생각을 바꾸시고 생명을 연장해 주실 수도 있죠."

클라린다는 허공의 한 점을 가만히 주시했다. 그러다가 갑자기 눈을 깜빡거리며 고개를 흔들어 우울한 생각들을 털어버렸다.

"이제 허기가 도나요?"

그웬돌린은 미심쩍은 표정으로 음식을 하나하나 살폈다. 냉육, 흑빵, 치즈, 모양내어 깎은 사과 한 접시는 아닌 게 아니라 군침이 돌도록 맛깔스럽게 보였다.

"래클런 영감님의 독약은 안 들어갔어요."

클라린다는 가벼운 농담조로 그웬돌린을 안심시키며 큼지막한 치즈 덩어리를 자기 입으로 가져갔다.

"자요, 정 미덥지 못하면 내가 먼저 먹어 볼게요."

"기다려요!"

놀란 클라린다는 치즈를 막 입에 넣으려다 멈추었다.

그웬돌린이 말리는 이유를 설명했다.

"누군가 당신이 모르는 사이에 독을 탔을지도 몰라요. 먹지 마세요."

"호호, 마녀라면 자기 식사를 앞서 확인해 주는 사람이 죽든 말든 상관하지 말아야 하는 거 아니에요? 아무 염려 말아요, 그웬돌린. 이 음식은 내가 손수 준비해서 곧장 가져온 것들이에요. 다 괜찮아요."

그웬돌린은 걱정스럽게 임산부를 지켜보며 만일 클라린다가 쓰러지거나 하면 어떻게 해야 할지 속으로 부지런히 대책을 모색했다. 하지만 클라린다는 음식을 꿀꺽 삼키고 다른 치즈 조각에 냉육 한 점까지 해치워 산부의 왕성한 식욕과 음식의 무독성을 증명했다. 그제서야 그웬돌린은 침대에 살짝 걸터앉아 사과 한 쪽을 들었다.

"아까 당신에게 무례하게 굴어서 미안해요, 클라린다. 옷이 소각된 걸 발견한 직후라 경황이 없었어요. 누가 그런 짓을 하고 쪽지를 남겼는지 짐작 가는 사람이라도 있나요?"

"한둘이 아니죠. 못된 마녀, 요정, 켈피2), 그밖의 악령 이야기가 우리 일족 사이에 대대로 이어져 내려왔어요. 게다가 수장님의 부인이 죽은 후로는 악을 멀리하기 위해 각별히 주의를 기울여 왔구요."

수장 부인에 대한 언급에 그웬돌린은 주목했다. 죽은 부인의 병력을 캐다 보면 데이비드의 어디가 잘못되었는지 단서가 잡힐지도 모른다.

"그분이 왜 돌아가셨죠?"

"원래 약골이라 죽었다는 말도 있어요. 하지만 수장님이 그녀를 아내로 맞이하여 이곳에 처음 데려왔을 때는 건강해 보였어요. 몸이 나빠지기 시작한 건 데이비드를 낳은 다음부터죠. 임신과 출산을 연이어 두 번이나 반복했지만 매번 그 어린것들은 태어난 지 일 분도 못 되어 죽었어요."

---

2) 말(馬)로 변신하여 사람을 유인, 익사시키는 물귀신

그녀는 부푼 배를 보호하듯 손으로 감쌌다.

"두 번째 사산 후에는 여기저기 아프다고 격심한 통증을 호소하더니 결국 앓아 누웠죠. 수장님의 걱정은 보통이 아니어서 이 나라에서 제일 가는 치료사까지 불러왔지만 그 작자들, 이름 값도 못하는 돌팔이들이었어요. 병든 사람에게 병이 없다는 진단이 될 법이나 해요? 그리고는 플로라의 피를 뽑고, 관장을 하고, 거머리를 붙이고, 갖가지 고약한 맛의 탕약을 들이부었죠. 하지만 다 소용없었어요. 그녀는 나날이 약해져 갔으니까."

그웬돌린은 죽은 여인에게 연민을 느꼈다. 그 플로라라는 부인의 참담한 시련은 가히 상상이 갔다.

"말할 나위 없이 엘스페스도 플로라를 치료했어요. 그녀는 악귀들이 부인의 건강을 훔쳐갔다고 굳세게 믿고 자기가 그 사악한 정령들을 몰아내는 데 우리 모두 도와야 한댔어요. 불쌍한 플로라는 일년 가까이 병고를 치르고 끝내 죽었어요. 두 번씩이나 어린것들을 잃은 슬픔을 못 이기고 병들어 죽었다는 추측도 있어요."

손바닥으로 배를 쓸며 클라린다는 뒷말을 이었다.

"그건 일리가 있는 추측이에요. 하지만 플로라는 남편과 데이비드를 사랑했어요. 어린 자식을 둔 엄마치고 삶과 죽음 가운데 선택권이 주어진다면 죽음을 택할 여자는 아무도 없을 거예요. 그리고 플로라는 자신이 죽을 경우 혼자 남겨질 남편에 대한 걱정이 이만저만이 아니었구요."

"뭘 걱정했다는 거죠?"

"세상에는 금슬 좋은 부부들이 많아요. 하지만 아내를 잃고 너무 실의에 빠진 나머지 재혼을 마다하는 남편들은 많지 않죠. 여자는 출산의 의무를 혼자 짊어지는 탓에 일찍 죽는 경우가 많잖아요. 그래서 남자들은 아내에게 너무 정을 주지 않으려고 무의식적으로 자신을 억제하는 것도 같아요."

그웬돌린은 잠시 생각해 보았다. 출산 도중이나 직후에 죽은 고향 여자들의 숫자는 꽤 많았다. 그 남편들이 홀아비가 된지 겨우 몇 달만에 재혼하는 사례는 부지기수였고 특히 갓난아이를 혼자 키워야 하는 경우 남자의 재혼은 당연하게 여겨졌다. 그토록 신속하게 이루어진 남녀의 결합은 사랑이 아니라 단순한 현실성에 의거한다. 아이에게는 어머니가, 남자에게는 아내가 필요하다는 현실.

"하지만 플로라에 대한 수장님의 감정은 매우 깊었어요. 투병이 길어질수록 수장님은 아내에게 더 집착했고 막판에는 일족의 우두머리로서의 책임마저 도외시했죠. 그리고 플로라가 죽자 거의 폐인이 되었어요. 목청이 터져라 악마와 주님 모두에게 욕설을 퍼붓고 온갖 살벌한 위협을 해댔어요. 어느 쪽이든 좋으니 자신을 데려가길 바랐던 거죠."

"그런 분노가 얼마나 지속되었나요?"

"지금까지 쭉이에요. 사람들이 눈치채지 못하도록 분노의 수위를 조절하는 것뿐이죠. 그러나 행동이 이상해졌기 때문에 우리는 수장이 예전 같지 않다는 걸 알았어요."

그웬돌린은 미간을 찌푸렸다.

"행동이 이상해지다니요?"

"근 일년 동안 밤마다 고주망태가 되었어요. 남자의 과음은 보편적이지만 생전 안 그러던 사람이 술을 찾으면 예사로운 일이 아니죠. 수장님은 자존심과 의무감이 강해요. 취한 남자는 전사로도, 남편으로도, 수장으로도 제 구실을 못한다는 걸 아세요. 그런 분이 만취하거나 방에 틀어박혀 꼼짝도 하지 않거나 한번 말을 타고 나가면 몇날 며칠씩 돌아오지 않으면서 일족에 대한 의무를 외면하고 아들에게는 한마디도 하지 않았죠. 그러다가 플로라의 사후 일 주기가 될 무렵 무슨 일이 생겼는지 하루 아침에 과음을 딱 끊더군요. 그러나……."

"그러나?"

"이번에는 플로라와 말하기 시작했어요. 밤낮을 가리지 않고 중얼중얼거렸죠. 우리는 그게 슬픔을 배출하기 위한 일종의 방편이고 과도기적 현상이기만 바랐어요. 하지만 그렇지 않더군요. 누가 무슨 일로 상의를 드리려고 찾아가면 아내와 대화중이니 방해하지 말라고 퇴짜놓기 일쑤였으니까요."

클라린다의 표정이 침울하게 가라앉았다.

"그때야 우리는 수장님이 광기에 사로잡혔음을 깨달았어요. 그 소문은 널리 퍼져 <미치광이 수장>이라는 별명이 붙여졌죠."

"여러분은 여전히 수장님이 미쳤다고 생각해요?"

"글쎄…… 술버릇은 고쳤고 플로라에게 계속 말은 하지만 다른 면에서는 나무랄 데가 없어요. 오히려 전보다 훨씬 수장다운 면모를 갖추었기 때문에 아내와 대화를 하든 말든 아무도 상관하지 않아요. 그녀가 정말로 수장님의 주위를 맴돌며 대답하는 건지도 모르구요. 아무튼 근래 몇 년간은 옛날과 달라지긴 했지만 아주 멀쩡했어요. 그런데 올해 들어 데이비드에게 탈이 난 거예요. 저러다가 아이가 죽기라도 하면 수장님이 견디지 못할까 봐 우리는 노심초사예요."

"아들의 병을 고치려고 마녀를 데려온 지금은 수장의 정신상태에 대한 의혹이 다시 고개를 들었겠군요."

"사람이란 원래 자신의 이해 범위를 벗어난 걸 두려워하는 법."

발음이 명료하고 흥겨운 기운이 감도는 목소리였다.

그웬돌린은 방문 쪽으로 고개를 돌렸다. 현자 모랙이 사파이어색의 푹신한 벨벳 로브 차림에 긴 머리칼을 은빛 강줄기처럼 한쪽 어깨에 늘어뜨리고 있었다. 한 손에는 우아하게 조각된 지팡이를 짚고 다른 손으로는 푸른색과 금색과 자주색의 천뭉치를 가슴에 안고 있었다.

현자는 초록 바다색의 눈을 빛내며 안으로 들어와 천뭉치를 침대에 내려놓았다.

"자네에게 옷이 필요할 듯해서 내가 소싯적에 즐겨 입던 걸 몇 벌

골라왔지.”

그웬돌린은 의심이 들어 눈썹을 세웠다.

“저에게 옷이 필요한 줄 어떻게 아셨죠?”

“육감으로. 어때, 이 옷들이 마음에 드나?”

“…아름답네요.”

그녀는 정교하게 수가 놓인 부드러운 옷감을 살며시 만져 보았다. 이 늙은 현자가 젊을 때 입던 옷이라면 벌써 60년도 더 묵었을 텐데 바로 어제 지은 것처럼 천이며 바느질, 색깔까지 낡거나 바랜 구석이 없었다.

현자 모랙이 그웬돌린의 생각을 읽은 것처럼 설명했다.

“난 언제나 신경 써서 옷 간수를 해왔어.”

“감사합니다만 받을 수 없어요. 너무 과분해요.”

그웬돌린은 못내 아쉬워 황금빛 실크 드레스를 자꾸 어루만지며 벽난로 장작 위에 까맣게 눌어붙은 옷 흔적을 향해 일별을 던졌다.

“그리고 현자님이 오랫동안 간직해 오신 이 소중한 것들이…… 잘못될까 두려워요.”

“저건 안타깝게 되었어.”

모랙은 벽난로 쪽은 쳐다보지도 않고 다 아는 것처럼 말했다.

“자네에게 선홍색이 아주 잘 어울렸는데 말이야. 내가 그 비슷한 걸 한번 찾아보지. 그때까지는 이것들로 참게.”

그웬돌린은 다시 거절해야 한다고 생각했다. 수장의 선물은 그에게 그녀의 회색 드레스가 보기 흉하게 된 일말의 책임이 있기 때문에 비교적 흔쾌히 받았다. 하지만 현자의 선물은 우정의 몸짓이었다. 그웬돌린은 타인의 관대함에 익숙지 않아 부담부터 들었다.

“보답을 바라지 않고 베푸는 것이 진정한 선물인 법.”

현자가 연이어 그녀의 속마음을 읽자 그웬돌린은 놀라움과 경계심이 솟았다.

"오늘은 이 푸른색 드레스를 입게. 모직으로 된 것이라 나중에 외출할 때 선선한 외풍을 막아줄 거야."

"그웬돌린은 오늘 외출할 수 없어요, 현자님."

클라린다가 지적했다.

"어젯밤부터 비가 억수로 퍼붓는 걸요."

현자 모랙은 의미심장하게 미소를 지었다.

"그건 마녀의 기분이 나빠서야. 마녀의 기분이 좋아지면 비도 그쳐."

그웬돌린은 웃음을 참았다. 그녀가 '마법 시범'을 보였을 때의 급작스런 기상 변화에 대해 브로딕과 카메론이 허풍친 결과 맥던 일족은 그녀에게 날씨를 좌우하는 힘도 있다고 믿나 보다.

"난 비를 좋아해요."

악천후에 대한 책임이 자기에게 있다는 식의 어조였다.

현자는 가볍게 말을 받았다.

"비는 묵은 때를 씻어주고 산뜻하게 새출발을 하게 해주지. 하지만, 뭐 금방 알게 되겠지만, 나를 제외한 우리 일족은 비를 그닥 좋아하지 않아."

그리고 노래처럼 맑은 웃음소리와 함께 퇴장했다.


"치명적인 악이 우리 일족의 내부로 침투했어."

래클런 노인이 비장하게 선언하자 맥던 일족은 침통한 표정으로 고개를 주억거렸다.

열혈노인 레지널드가 열을 올리며 성토했다.

"내 이럴 줄 알고 수장을 극구 말렸던 거야. 마녀를 데려와 봤자 재난만 생길 거라고 경고했건만 결국…… 아이구, 속 터져."

"향로가 날아다니는 정도의 재난은 괜찮죠. 그게 계속 둥실둥실 떠 있기만 한다면."

개릭이 아직 어린 티를 벗지 못하고 철딱서니 없는 소리를 하자 그 사건의 피해자가 얼굴이 벌개져서 쏘아붙였다.

"남의 일이라고 쉽게 말하긴! 입장을 바꾸어 놓고 네 녀석이 유유히 앞마당을 가로지르는데 난데없이 하늘에서 뚝 떨어진 향로에 머리를 맞아 봐! 내가 살아남은 것도 기적이라구."

"이런 말은 미안하지만, 먼로, 향로를 떨어뜨려 사람을 죽이려 한다는 건 어쩐지 마녀답지 않아."

백발노인 오웬이 은근히 마녀를 비호했다.

"그냥 자네와 한번 놀아보자는 뜻이 아니었을까?"

"제 다리를 돌기둥으로 바꾸어 놓아 도망가지 못하게 했는데 놀이는 무슨 놀이입니까! 그건 고의적인 살해 시도였어요, 의심할 여지없이!"

레지널드 노인이 꼬장꼬장하게 지적했다.

"그런데 왜 하필이면 자네를 찍었지?"

"제가 그녀의 본색을 꿰뚫어볼 수 있기 때문이죠."

오웬의 눈이 휘둥그레졌다.

"그 아가씨의 생김새가 겉보기와 다르다는 뜻인가?"

"그녀는 구부러진 발가락만큼이나 못생기고 늙어빠졌어요. 얼굴 전체에 뭐가 나서 우둘투둘하구요!"

"옳거니!"

래클런이 좋아라하며 뼈마디가 앙상한 양손을 싹싹 비볐다.

"그 사악한 마녀의 본색을 만천하에 드러나게 하는 새로운 약을 오늘밤 당장 만들어야겠군! 잠깐, 그녀가 쪼그라든 발가락처럼 생겼다고 했지?"

"암만 그래도 이상해. 마녀가 누군가를 죽이려고 작정했다면 그 사람은 죽었어야 해. 하지만 먼로 자네는 팔팔하잖아."

레지널드가 끝까지 이치를 따졌다.

땅딸보 먼로는 가슴을 쓱 내밀고 큰소리를 쳤다.

"그야 제가 자랑스런 맥던 일족의 사나이니까요. 그깟 마녀에게 호락호락하게 당할 인물이 아니라, 이겁니다. 게다가 반석처럼 단단한 이 머리통의 덕을 톡톡히 봤죠."

그러면서 살집이 많은 손으로 머리를 문지르다 혹을 건드려 상을 찡그렸다.

"진짜 문제는, 수장이 맥스윈 일족과의 한판 전쟁을 불사하고 마녀를 이곳으로 데려왔다는 거야! 잠든 우리를 도륙내기 위해 지금쯤 적들이 달려오고 있을 텐데 내가 어떻게 잠을 자겠어!"

래클런 노인이 비관적으로 개탄했다.

레지널드가 코웃음을 쳤다.

"그 겁쟁이 녀석들은 우리 상대도 안 돼. 맥스윈 수장은 무골충 얼간이라구. 어디, 오기만 해봐라! 내 칼맛을 보여줄 테다!"

호전적인 노인은 검의 손자루를 찾아 허리띠 근처를 더듬었지만 아무것도 손에 잡히지 않자 찡그린 얼굴을 숙이고 마치 무기에 발이 달려 플래드 속의 어딘가에 숨었다는 듯이 이리저리 찾았다.

"참 이상하다. 내 분명히 검을 차고 나왔는데."

"진짜 문제는, 데이비드예요."

치료사 엘스페스가 참다 못해 끼어들었다.

"어젯밤 발작으로 마녀의 음흉한 의도가 증명되었잖아요. 그 아이는 곧 죽을 거예요."

"하긴 날씨가 심상치 않아졌어."

오웬 노인은 빗물이 끊임없이 흘러내리는 창문을 바라보며 흰 수염을 쓰다듬었다.

"그 아가씨가 오기 전에는 화창했는데 말이야. 아니, 그건 작년 여름이었던가?"

예쁘장하게 생긴 여자가 덧붙였다.

"그 마녀가 온 다음부터 생긴 이상한 일이라면 궂은 날씨만이 아니에요. 우리 꼬마만 해도 그래요. 평소에는 생쥐처럼 조용한 아이가 어젯밤에는 통 자려 하질 않더라구요."

"맙소사, 여보, 그럼 지난 주 내내 밤이면 밤마다 새벽까지 악을 써대며 울어댄 녀석은 대체 누구네 아이지? 난 귀머거리가 되기 직전이야."

남편의 반박에 앳된 아내 레티가 자식을 싸고돌았다.

"이완, 자기 아들에게 어쩜 그렇게 박정한 소리를 해요? 지난 주에는 이가 나느라고 그랬죠. 하지만 어젯밤에는 밤새 울고 보챌 이유가 없었다구요."

"이웃을 잠 못 자게 들들 볶으려는 이유만 빼고."

젊은 부부의 옆집에 사는 퀜틴이 툴툴거렸다.

개릭도 고백했다.

"실은 간밤에 저도 소름끼치는 곡(哭)소리를 들었어요."

"그게 바로 이완네 갓난쟁이 소리야."

퀜틴의 농담에 일족이 웃음을 터뜨렸다.

최연소 전사 개릭이 열렬하게 반박했다.

"이 세상의 소리가 아니었단 말이에요. 저는 우리집 개를 찾으러 비바람 속으로 나갔다가 간담이 서늘해지는 그 곡소리에 얼른 집으로 뛰어 돌아와 문을 잠그고 주님에게 기도를 올렸어요."

"그래서?"

레지널드 노인이 결국 검 찾기를 포기하고 뒷말을 재촉했다.

개릭이 어깨를 으쓱거렸다.

"에일을 한 동이 마시고 잠들었죠, 뭐."

"개를 찾으러 나가기 전에는 몇 동이나 마셨지?"

"두 동이…… 음, 세 동이요."

"개는 찾았나?"

"아뇨. 마녀가 잡아간 모양이에요."

모두들 혀를 차며 동정을 금치 못했다.

"퉷, 술맛이 갔잖아. 도무지 마실 수가 없네 그려."

파르콰르가 소맷자락으로 입을 쓱 닦으며 투덜거려 놓고 다시 술동이를 들어 에일을 잔에 넘치도록 따랐다.

"그제부터 술맛이 엉망이야. 고기도 바짝 탔구."

입빠른 퀜틴의 동의에 요리사가 발끈했다.

"다 탄 건 아니라구!"

"당신 잘못이라는 게 아냐. 마녀가 온 다음부터 고기가 좀 강하게 그슬렸으니까 마녀 탓이지. 절대로 당신 탓이 아니라구."

"흥, 그렇게 맛없는 걸 왜 어젯밤에는 볼이 미어져라 꾸역꾸역 먹었누?"

싸움으로 번지기 전에 래클런 노인이 독극물처럼 씁쓸한 어조로 단정지었다.

"결론은 마녀가 온 후부터 해괴한 일이 벌어지고 있다는 거야."

"알렉스의 행동도 이상해졌어요."

로베나가 한마디 더했고 치료사 엘스페스도 장단을 맞추었다.

"수장님은 마녀의 주술에 걸렸어요. 그래서 어젯밤 그 요물에게 데이비드의 치료를 맡긴 거죠. 지하 감방에 가두는 대신!"

열혈노인 레지널드가 깐깐하게 지적했다.

"수장의 행동은 항상 이상했어."

"맞아. 플로라가 죽은 다음부터 정상은 아니었지."

래클런이 보기 드물게 긍정했다.

백발노인 오웬은 한숨을 내쉬었다.

"상심해서 그래. 쯧쯧, 딱한 젊은이 같으니."

"죽은 아내와의 대화에 또 빠지기 시작한 건 아니겠지?"

"아닙니다."

나지막하고 험악한 목소리가 대답했다.

맥던 수장은 어색한 침묵이 내려앉은 홀로 들어섰다. 그 뒤를 카메론과 브로딕과 네드가 못마땅한 얼굴로 따랐다. 알렉스 맥던은 겸연쩍어하는 사람들을 한 바퀴 둘러보았다.

"일족의 안위와 관련된 문제라면 나와 공개적으로 논의해 주기 바라오."

오웬 노인이 흰 수염을 만지작거리며 고개를 마구 끄덕거렸다.

"그렇지, 옳은 지적이야. 실은 우리도 그러려던 참이었네."

"해서 이 자리에 모인 거야. 자네와 논의하려고."

래클런이 시치미 뗀 얼굴로 덧붙였다.

레지널드가 끝맺음을 했다.

"때맞추어 잘 왔네, 수장."

알렉스는 가슴에 팔짱을 꼈다.

"그래서요?"

백발노인 오웬이 머뭇거리며 입을 열었다.

"에헴, 그러니까 자네가 데려온 그 고운 아가씨 말인데……."

"그녀가 말라붙은 발가락처럼 추하다고 먼로가 폭로했어."

"이봐 래클런, 수장이 마녀의 생김새에 신경 쓸 리 없잖아!"

"그거야 레지널드 자네 생각이지! 내가 수장이라면 마녀의 변신술에 우리 모두가 속아넘어가기 전에 진실을 알고 싶을 거야."

"그 정도로 추하게 생겼다면,"

알렉스는 인내심을 쥐어짰다.

"변신술을 써주어서 고마울 따름입니다. 덕분에 우리 눈이 혹사당할 필요가 없으니까요. 그밖에 또 다른 문제라면?"

"마녀가 아이를 죽일 거예요. 이곳에 온 목적이 바로 그거라구요."

"잘못 알았소, 엘스페스. 그웬돌린 맥스원이 여기에 온 이유는 내가 그녀를 화형대에서 구출한 다음 이곳 방문을 요청했기 때문이오."

최대한 확대 해석한 진실이었다. 하지만 마녀가 본인 의지에 반하여 이곳까지 끌려왔다고 사실대로 고백하면 일족의 두려움이 줄어들지 심히 의심스러웠다.

"그녀는 데이비드를 살리려고 이곳에 왔소."

다시 한 번 목소리에 힘을 실어 강조했다.

"내 아들을 죽이려고 온 것이 아니오."

"마녀는 믿지 못할 존재예요, 알렉스."

로베나가 소리높여 반박했다.

"우선 그 여자는 다른 사람들도 아닌, 자기 일족에게 화형 선고를 받았잖아요. 그렇게 가혹한 처벌을 받을 만한 짓……, 아마 살인을 저질렀던 게 틀림없어요!"

"그녀의 죄목은 흑마술 유포죄였어, 로베나."

알렉스는 그게 유일한 죄목이며 또 그다지 심각한 중죄도 아닌 것처럼 설명했다. 일족을 속이기는 싫고 로베나처럼 꾸준하게 우정을 이어온 친구에게 거짓말하는 건 죄책감마저 들었다. 하지만 아들이 죽어가고 있지 않은가. 마녀가 백마술을 쓰든 흑마술을 쓰든 그의 마지막 희망인 지금으로서는 데이비드가 회복할 때까지 일족에게 그녀의 존재를 받아들이게 할 필요가 있다.

"내가 봐도 그 참한 아가씨는 남을 죽일 악녀가 아냐. 실수로 살인했다면 또 몰라도 의도적으로는 어림없지."

백발노인 오웬이 초지일관 마녀의 편을 들었다.

"눈먼 늙은이 같으니!"

래클런이 양팔을 걷어붙이고 비난했다.

"내 탕약을 한 방울만 마시면 자네는 아침 먹은 걸 게워내지 않고선 그 쭈그렁바가지 노파에게 시선조차 두지 못할걸!"

"내가 왜 그런 탕약을 마셔야 하지?"

"누가 자네보고 먹으래! 그 마녀가 마신다는 거지!"

"그녀에게 데이비드를 죽일 뜻이 없다면 왜 찬바람과 냉수욕을 처방했겠어요?”

치료사 엘스페스가 수장에게 도전적으로 따지고 나섰다.

“왜 향로를 치우거나 아이에게 얇은 담요 한 장만 달랑 덮어 덜덜 떨게 만들었죠? 왜 어젯밤 병마의 독성으로 오염된 아이의 피를 뽑지 못하게 했겠어요?”

“그녀의 치료법이 우리에게 익숙한 것과 다르기 때문이오.”

알렉스가 설명했다.

“여러분 모두 그녀를 두려워하는 건 익히 알지만, 그웬돌린 맥스윈은 유능하며 노련한 치료사로서 자신의 특별한 힘을 이용하여 죽을 병에 걸렸던 수십 명의 생명을 구한 바요. 게다가 내 아들의 병을 고치겠노라 영혼을 걸고 맹세했소.”

물론 새빨간 거짓말이었다. 그녀가 실질적으로 몇 명을 치료했는지 알지도 못하는데다, 데이비드를 한번 치료해 보겠다고 그의 포로로써 마지못해 응했을 뿐이다. 하지만 일족은 그의 설명에 의심을 품지 않았다. 오히려 솔깃해진 눈치들이었다. 이런 예상치 못한 분위기 변화에 편승하여 알렉스는 대담하게 말을 이었다.

“병마가 주술 한 마디로 하루 아침에 물러가진 않는 바, 여러분 모두의 인내심과 지원을 당부하겠소. 그웬돌린 맥스윈은 마녀일지언정 그 초자연적인 힘을 좋은 데 쓰는 보기 드물게 유능한 치료사이고 더 나아가…….”

그는 엄숙하게 말을 맺었다.

“내 아들이 건강해질 수 있는 마지막 희망이오.”

“대단히 부담스런 일이에요,”

여자의 목소리가 차분하게 논평했다.

“누군가의 마지막 희망이 된다는 건.”

알렉스는 바로 등뒤에 서 있는 마녀를 발견했다. 저 무표정한 얼굴만 봐서는 어떤 기분인지 가늠하기 어려웠다. 하지만 그를 강렬하게 응시하는 잿빛 눈망울은 그의 뻔뻔스런 거짓말을 들을 만큼 들었음을 말해 주고 있었다. 순간적으로 알렉스의 심장이 덜컥 내려앉았다. 마녀는 떠나고 싶어하고, 일족은 그녀를 보내고 싶어한다. 그녀가 데이비드의 병을 고칠 수 없다고 한마디만 하면 일족은 웃는 낯으로 마녀를 배웅하리라. 이어 수장의 정신상태에 의문을 제기하고 병든 아이와 일족 모두를 위한 최선책으로써 그에게 지도자로서의 모든 의무를 거두어들일 것이다.

*그리고 난 정말 미쳐버릴 거야.*

알렉스는 바윗덩어리처럼 굳은 침묵 속에서 마녀의 다음 말을 기다렸다. 지금처럼 자신의 어리석음이 뼈저리게 실감될 때도 없었다. 주님이 자비를 베풀어 아들을 살려주실 거라고 악착같이 희망을 품어온 바보, 그게 바로 그였다.

주님은 그를 미워하고 철저히 짓밟을 결심이신데 말이다.

"아드님의 상태가 호전되었어요."

마녀의 보고였다.

"지금은 자고 있지만 깨어나면 암죽을 조금 먹여볼까 해요. 나중에 봐서 결정하겠습니다."

알렉스는 혼란스러웠다. 이곳에 계속 남아 있겠다는 뜻일까?

그웬돌린은 수장보다 더 혼란스러웠다. 아버지 이외에는 어떤 누구도 떨치고 일어나 그녀를 편들어 주거나 친절 비슷한 변호 한마디 해준 적이 없었다. 어떤 누구도 그녀에게 무력한 아이의 생명을 구하는 것 같은 선한 일을 행할 능력이 있다고 믿어준 적도 없었다.

지금 이 순간까지는.

"고무적인 소식이오, 내 아들의 병세가 호전되었다니."

알렉스는 그녀와 눈을 맞추고 있노라니 어떤 내밀한 비밀이 폭로된 것처럼 수세에 몰린 기분이 들었다. 왠지 심란스러워 그는 강렬한 잿빛 눈에서 슬그머니 시선을 돌려 마녀의 다른 부분에 초점을 맞추려 했다. 매끄러운 곡선을 그린 뺨이나 먹물 같은 머리칼에, 혹은 고전적인 스타일의 녹색 드레스에…….

그는 미간을 찌푸렸다.

"그 옷은 내가 주었던 게 아니로군."

일족 사이에서 일어난 동요는 극히 미미했지만 그웬돌린은 그것을 예리하게 감지했다. 그녀는 수장에게 일족의 비열한 소행을 밝히려고 홀에 내려온 터였다. 더 이상은 어떤 괴롭힘도 참을 생각이 없었고 누가 범인인지는 몰라도 엄중한 처벌을 받게 되길 남몰래 바랐다. 하지만 불안해하는 사람들을 보자 갑자기 입이 떨어지지 않았다. 맥던 수장은 사실을 알면 불같이 화를 낼 것이다. 범인을 색출하여 단죄하는 건 물론이거니와 사건의 주동자가 자발적으로 나오지 않으면 일족 전체에게 벌을 내릴지도 모른다.

알렉스는 수상쩍은 낌새를 알아차리고 캐물었다.

"그웬돌린, 내 선물을 어떻게 했소?"

몇몇 사람들이 헛기침을 했다. 상당수는 자기들 발에 지대한 관심을 쏟았다. 그리고 대부분이 몸둘 바를 몰라 쩔쩔맸다.

"저기…… 수장님……."

개릭이 무언의 압력에 요령있게 저항하지 못하고 어렵사리 입을 열었다. 역시 나이 어린 전사다웠다.

"저희가 고백해야 할 게……."

"내가 태웠어요."

그웬돌린이 버럭 외쳤다. 알렉스는 제 귀를 의심했다.

"당신이 뭐?"

"실수였어요. 벽난로에 너무 가까이 서 있어 불티가 튀었던 거예요. 옷에 불이 붙었다는 걸 깨달았을 때는 이미 늦었죠. 현자님이 친절하게도 요즘 입지 않는 옷을 몇 벌 주셨고 이게 그 가운데 하나예요."

알렉스는 눈을 좁혀 뜨고 그녀와 사람들을 번갈아 보았다. 일족의

전전긍긍하는 표정은 마녀의 고백에 뒷이야기가 숨겨져 있음을 암시
했다.

"누구 이실직고할 사람 없소?"

"내가 실수로 옷을 태웠다니까요."

그웬돌린은 제발 이 문제가 조용히 매듭지어지길 기도하며 끈질기
게 자신의 실수임을 주장했다.

"알았소."

수장은 포기했지만 일족에게 에둘러 엄중하게 경고했다.

"차후에는 당신이나 당신 옷에 더 이상의 <사고>가 없기를 바라오.
그렇지 않을 시에는 내 불쾌함이 극에 달할 것이오."

"새 옷이 아주 잘 어울리는구려, 아가씨."

백발노인 오웬이 눈치 빠르게 화제를 바꾸었다.

"내가 가장 좋아하는 색이 녹색이라오."

"잘 어울리는 것처럼 <보이는> 거겠지."

래클런이 눈을 부릅뜨고 그녀를 뚫어지게 응시하며 정정했다.

그웬돌린은 늙은 독약애호가의 발언을 어떻게 해석해야 할지 갈피를
못 잡다가 그냥 흘려버리기로 했다. 그녀는 수장에게 고개를 돌렸다.

"오늘은 숲에 가서 데이비드의 약으로 쓸 약초와 식물 뿌리를 캐올
계획이에요. 수장님께서 나 혼자 외출하지 말라고 이미 말씀하셨으니
동행인을 붙여 주시기 바랍니다."

알렉스는 일족을 애매하게 둘러보았다. 모두 마녀에게 적개심을 지
녔는데 누구를 뽑아 그웬돌린과 동행시켜야 할지 난감했다.

"카메론이랑 가세요."

클라린다가 수장 대신 결정했다.

"그렇게 할 거죠, 여보?"

"그럼."

불곰전사 카메론이 흔쾌히 대답했다.

아무 말 없이 요정전사 네드도 앞으로 나섰다.

"외출할 생각 말아요, 아가씨."

오웬 노인이 말렸다.

"왜요?"

"폭우가 쏟아지고 있잖수."

"거진 그칠 때가 되었어요."

그웬돌린은 창문 쪽을 가리켰다.

"보세요, 태양이 얼굴을 내밀잖아요."

유리창을 사정없이 두들기던 빗방울이 뚝 그치고 반짝거리는 햇살이 쏟아져 들어오는 광경에 일족은 입을 다물지 못했다.

"맙소사…… 저 아가씨가 해를 불러냈어!"

"그게 아냐, 이 어리숙한 늙은이야."

래클런이 경외심에 사로잡힌 오웬을 신랄하게 비난했다.

"우리 모두가 저 아가씨의 마법에 걸려 비가 그쳤다고 <생각>하는 거야."

"눈속임이 아니에요."

그웬돌린은 똑 부러지게 정정하고 카메론과 네드 두 전사와 함께 홀을 가로질렀다.

카메론이 육중한 문을 열고 조심스럽게 밖으로 나갔다. 정말 해가 나왔는지 확신하지 못하는 몸짓이었다. 그웬돌린은 찬란한 햇살 속으로 나가 눈을 깜박거리며 왜 아무도 비가 그칠 때가 된 걸 알아차리지 못했는지 이상하게 여겼다. 맥던 일족은 다른 곳에 완전히 정신이 팔려 있었던 게 분명하다. 그녀는 숲에서 '마법 시범'을 보일 때 뜬금없이 일었던 태풍을 떠올리며 미소를 지었다.

요즘 들어 날씨가 기막히게 협조적이다.

# 7

"…그렇게 용감하게 외치고 <천하장사 토발드>가 검을 확 휘두르자 멍고의 머리통이 날아가고 뜨거운 피가 확 뿜어져 토발드는 눈을 감아야 했어."

"그 다음에는요?"

데이비드가 이야기에 흠뻑 빠져 물었다.

"멍고가 머리 없이 계속 싸웠어요?"

"그러려고 했지. 하지만 그가 떨어진 무기를 찾아 더듬거리는 동안 <천하장사 토발드>는 녀석의 배에 칼을 깊숙이 찔러넣고 한 번의 힘찬 동작으로 검을 위로 끌어올려 멍고를 썩은 수박처럼 쫙 갈라놓았던 거야."

"세상에, 그웬돌린……."

젊은 임산부가 속이 불편해진 표정으로 말했다.

"너무 잔인해요!"

"피, 이건 별거 아니에요. 호수에 사는 괴물 이야기야말로 끝내준다구요. 그 괴물은 사람을 씹지도 않고 꿀꺽 삼켜 시꺼멓고 미끄덩거리는 뱃속에서 천천히 소화시켰대요. 어떨 때는 먹힌 사람들이 일년도 넘게 괴물의 뱃속에 있으면서 살이 흐물흐물 녹고……."

"데이비드, 제발 그만! 그렇게 섬뜩한 이야기는 이 아줌마가 어린애를 낳은 다음에 해줘. 지금처럼 내가 어린애를 삼켜 뱃속에 넣고 다니는 기분이 아닐 때."

소년은 귀가 번쩍 뜨였는지 꼬치꼬치 캐물었다.

"정말 어린애를 삼킨 괴물이 된 기분이에요?"

클라린다가 웃음을 터뜨렸다.

"그럴 때도 있어. 하지만 뱃속의 아기가 나를 잡아먹으면서 점점 커가는 기분이 더 강하단다. 얘가 대체 얼마나 더 크고 나오려는지!"

"해산날이 언제죠?"

그웬돌린이 물었다.

클라린다는 짓고 있던 아이 옷을 내려놓고 배를 살살 문질렀다.

"이삼 주일 후가 될 거예요. 하지만 그건 누구도 장담 못해요. 어떤 아이는 세상 구경을 굉장히 서두르는가 하면, 다른 아이는 영원히 엄마 뱃속에 있을 것처럼 늦장을 부리죠."

"아줌마, 많이 아파요, 어린애를 뱃속에 담고 있는 게?"

"아니. 너도 아이가 노는 걸 느껴볼래?"

그녀는 의자에서 일어나 침대로 다가와선 소년의 작은 손을 잡아 부푼 배에 대고 꼭 눌렀다.

소년은 얼굴을 찌푸렸다.

"아무것도 안 느껴지는데요."

"참고 기다려 봐."

데이비드가 그녀의 배를 시험 삼아 꼭꼭 눌렀다.

"아줌마 배, 굉장히 딱딱하다! 요리사 아줌마처럼 물컹물컹하고 폭신폭신할 줄 알았는데."

“요리사 아줌마의 뱃속에는 아이가 없잖니. 그 아줌마는 먹는 걸 좋아하는 거야.”

별안간 데이비드가 작은 비명을 지르며 손을 뒤로 뺐다.

“거기에서 뭔가 꿈틀거려요!”

“아기가 움직인 거야.”

클라린다는 웃음을 참으며 소년의 손을 다시 잡아당겼다.

“자, 느껴지니? 아기가 발차기를 하고 있지?”

데이비드는 충격으로 휘둥그레진 눈을 한 채 그녀의 배에 가만히 손을 얹고 진동을 느꼈다.

“안 아파요?”

“아프진 않고 기분만 조금 이상해. 그웬돌린, 당신도 느껴봐요.”

그웬돌린은 깜짝 놀랐다. 임산부의 배를 만져 보기는커녕 다른 여자와 신체 접촉조차 해본 적이 없는 그녀였다. 맥스윈 일족은 자식들에게 그녀와 놀지 못하게 했기 때문에 함께 웃거나 비밀을 공유할 또래 친구들이 없었다. 그래도 상관없다고 그웬돌린은 스스로에게 다짐해 왔다. 하지만 가끔 잠을 이루지 못할 때, 외롭고 쓸쓸할 때마다 왜 자신은 다른 사람들과 차단된 채 평생을 살도록 저주받았는지 고민하고 하늘도 원망했다. 그래서 더욱 클라린다의 초대가 충격과 혼란으로 다가왔다. 태내의 소중한 생명을 느껴보라는 임산부의 초대를 받다니, 이건 일생일대의 사건이었다.

클라린다가 웃으며 재차 불렀다.

“어서요, 그웬돌린. 아기가 <빨리 만져 주세요>하고 마구 걷어차고 있어요.”

대인 관계에서는 소심한 그웬돌린이었지만 이번에는 자기도 모르는 사이에 다가가 침대 가장자리에 걸터앉았다. 젊은 임산부는 머뭇거리는 그웬돌린의 손을 잡아 자신의 몸으로 가져갔다.

데이비드의 말처럼 클라린다의 배는 예상보다 굉장히 딱딱해서 마

치 안쪽에서 커다란 압력에 의해 팽창된 거대하고 둥그스름한 지붕을
만지는 것 같았다.

"어머나!"

그웬돌린은 손바닥 정중앙에 갑자기 쿵하는 충격이 오자 화들짝 놀
랐다.

"지금 내 손을 친 게 뭐죠?"

"호호호, 주먹이 아니면 발이겠죠."

"아기가 힘이 세네요."

감탄하며 그녀는 임산부의 배에 약간 힘주어 손바닥을 댔다.

클라린다는 흐뭇한 미소를 지었다.

"제 아빠를 닮아 힘이 세요. 얘가 이 세상에 무사히 나올 수 있도록
내가 잘 해내야 할 텐데."

"당신은 아주 잘 해낼 거예요, 클라린다."

"그래야죠."

"아기가 뱃속에서 어떻게 숨을 쉬어요?"

데이비드가 연신 하품을 하면서도 신기해서 자꾸 물었다.

"아줌마 배에 구멍이 뚫렸어요?"

"엄마 뱃속에서는 물고기처럼 숨을 쉬기 때문에 공기가 없어도 돼."

"그럼 아기에게 아가미가 달렸겠네요?"

"안 달렸길 바라. 그렇지 않으면 아기 아버지가 혹시 물고기가 아니
냐고 카메론이 따질 테니까!"

세 사람은 깔깔거리며 웃었다.

"이제는 좀 쉬렴, 데이비드."

그웬돌린은 소년에게 이불을 잘 여며 주었다.

"내가 아래층에 내려가서 저녁으로 특제 암죽을 쑤어 올게."

"안 졸려요."

소년은 하품을 참으며 반항했다.

그웬돌린은 침대에서 일어나 의자로 돌아갔다.

"그렇다면 네가 거기에 가만히 누워 있는 조건으로 다른 이야기를 하나 더 해줄 수도 있어."

클라린다가 손으로 허리를 받치고 뒤뚱거리며 문으로 향했다.

"난 이만 사라져 줄 테니까 둘이서 치 떨리게 무서운 이야기를 마음껏 해봐요."

"대가리가 둘 달린 구렁이 이야기를 해주세요."

데이비드가 스르르 눈을 감고 청했다.

"두 명의 아가씨를 동시에 삼켰다가 목에 걸렸던 그 구렁이요."

"좋아."

그웬돌린은 이야기가 중간도 되기 전에 소년이 잠들 거라고 확신하며 이야기 보따리를 풀었다.

"옛날 옛적 아주 먼 나라에 커다란 구렁이가 살았는데 그놈은 보통 구렁이가 아니었어. 왜냐하면 대가리가 하나가 아니라 둘이었거든. 거기에다가 온몸을 덮은 초록색 비늘은 딱딱하기가 갑옷과도 같았고 네 개의 눈은 불처럼 노랗게 빛났고 두 개의 미끌거리는 혀는 갈퀴처럼 갈라져서 사람을 잡아먹을 때는 각각 머리와 다리를 칭칭 감고 반으로 뚝 잘라서……."

목소리를 낮추어 조분조분하게 그 소름끼치는 이야기를 풀어나가 말의 내용이 아니라 어조로 데이비드를 수면으로 이끌었다. 소년은 아직 깨어 있다는 걸 보여주려는 것처럼 자꾸 감기는 무거운 눈꺼풀을 억지로 들어올리고 가물가물해진 눈을 부릅떴는데 그 모습이 어찌나 사랑스러운지 그녀의 입가에 미소가 저절로 어렸다. 하지만 구렁이가 비명을 지르는 아가씨에게 혀를 감았을 무렵 데이비드는 잠들고 말았다.

그웬돌린은 핏기 없는 창백한 얼굴에서 붉은 머리칼을 다정하게 넘겨주고 의자에 물러앉아 아이를 가만히 지켜보았다.

'드레스 소각 사건' 이후 일주일이 조용히 지나갔다. 그 동안 그녀는 아이를 돌보지 않을 때면 숲에서 다양한 종류의 약초, 식물 뿌리, 나무껍질, 잎사귀 등등을 채집해 와 그걸 갈고 말리고 찧고 혼합하여 어머니의 비법대로 가루약과 환약을 만들었다.

그 조제약 가운데 몇 가지를 데이비드에게 처방해 봤으나 결과는 신통치 않았다. 소년은 몇 시간에서 길면 하루 종일 괜찮다가도 별안간에 토사곽란을 일으켰고 벌써 두 번씩이나 두드러기가 났다. 맨 처음 아이의 피부 전체에 작은 뾰루지 같은 것이 붉게 돋고 가려워했을 때 그웬돌린은 조제약의 부작용인 줄 알고 공포에 질렸지만 전에도 아이가 이와 똑같은 이상한 증상을 보였고 하루 이틀이면 없어진다고 클라린다가 안심시켜 주었다. 그래서 데이비드를 찬물로 씻긴 후 풀처럼 끈끈하게 쑨 오트밀을 피부에 발라주어 가려움증과 붉은 반점을 일단 가라앉혔다.

데이비드는 맑은 공기를 호흡하고 밤낮으로 방혈과 관장을 하지 않자 병세가 조금은 호전된 양상을 보였다. 그러나 여전히 바싹 마르고 약한데다 하루 세 끼를 제대로 소화시키는 날이 없었다. 영양가 있는 음식의 충분한 섭취가 건강의 기본이라고 강조한 어머니의 기록에 따라 그웬돌린은 우유, 치즈, 달걀, 고기, 생선 등 좋은 것만 골라 먹이려 했고 데이비드는 식욕이 없으면서도 그녀를 기쁘게 해주려는 노력에서 용감하게 먹으려 했다. 하지만 식사한 다음이면 그냥 넘어갈 때보다 탈이 날 때가 많았기 때문에 그녀는 음식을 먹이는 게 진정으로 아이를 돕는 길인지 아닌지 회의에 빠졌다.

그나마 고무적인 일이라면 일족의 비난이 쑥 들어갔다는 점이었다. 속으로는 어떻게 생각하는지 몰라도 공공연한 성토는 자제하고 단순히 마녀를 피하는 길을 선택해, 그녀가 어떤 방에 들어가거나 다가가면 맥던 일족은 얼른 그 방에서 나가거나 저만큼 도망갔고 특히 날씨가 궂어 마녀의 기분이 흐리다고 판단되는 날은 그녀 근처에 얼씬도

하지 않았다. 그웬돌린을 여전히 두려워하지만 '필요불가결한 악'으로 받아들였다고나 할까.

마녀의 심술궂은 주술에 걸릴까 봐 걱정하지 않고 그녀를 대해 주는 사람은 클라린다와 현자 모랙뿐이었다. 현자 모랙이야 천리안을 지녔다고 자처하는 만큼 그웬돌린에게 해를 당하는 미래를 보지 못했기 때문에 스스럼없이 대하는 건지도 모른다. 하지만 클라린다의 우호적인 태도는 불가사의했다.

그 젊은 임산부는 그웬돌린을 하나 겁내지 않을 뿐더러 그녀와의 교제를 진심으로 즐기는 것처럼 보이는 유일한 사람으로 매일 오후 데이비드의 침실을 찾아와 손바닥만한 작은 옷을 공들여 지으며 잡담을 나누었다. 이런 시간을 즐기고 클라린다를 좋아하면서도 그웬돌린은 드디어 진정한 친구가 생겼다는 식의 어리석은 생각은 하지 않았다. 마녀와 친구가 되는 사람은 없다. 마녀란 원래 못되게 태어났고 결코 믿을 수 없는 존재이니까. 하지만 클라린다의 다정함과 따뜻함은 음울한 성 안을 비추는 한 줄기 햇살과도 같았고 그웬돌린은 데이비드와 클라린다를 벗삼아 하루를 함께 할 수 있는 내일이 어서 오기를 밤마다 기다렸다.

한편, 맥던 수장은 또 다른 문제였다.

그가 홀에서 마녀를 편들어 일장연설을 했던 날 이후 그웬돌린은 수장을 좀처럼 보지 못했다. 천만다행이었다. 그의 강한 품에 안겨 입맞춤을 받았던 기억에 여전히 몸이 떨려왔고, 둘만 있을 때면 창녀처럼 대담하게 반응하는 스스로를 도무지 이해할 수 없으니까. 지금까지 남자들은 괜히 마녀를 건드려 두꺼비가 되거나 가장 소중한 부위가 오그라들까 봐 그녀에게 손가락 하나 대려 하지 않았다.

고립과 고독으로 점철된 어린 시절은 언젠가 결혼해서 가정을 꾸밀 날이 오리란 환상을 철저하게 짓밟았다. 어떤 남자가 마녀로 낙인찍힌 여자를 아내로 원하겠는가. 또한 죄 없는 어린 자식이 그녀처럼 사탄의 씨앗으로 손가락질 당하며 평생을 괴로워하리란 생각만으로도 그웬돌린은 소름이 끼쳤다. 차라리 혼자 외롭게 살다가 삶을 마감하는 편이 낫다. 예전에는 자신이 잘못되면 아버지는 어떻게 될지 고뇌했지만 이제는 그녀의 죽음을 슬퍼할 사람도, 눈물을 흘려줄 사람도 없다. 처량하기 짝이 없는 인생이지만 달리 보면 홀가분하기도 했다.

책임질 사람이 없다는 것. 그건 일종의 자유였다.

그녀와 대조적으로 맥던 수장은 일족 전체를 책임지고 있었다. 그는 사람들 사이의 분쟁을 중재하고, 농작물과 가축을 시찰하고, 성의 새로운 방어시설 공사를 감독하고, 무기 생산량 및 보존용 음식량을 결정하고, 군사 훈련을 시키는 등 일족을 위해 하루 종일 동분서주했다. 또한 전사들을 이끌고 정기적으로 성채를 가상 공격하여 요새와 방어력의 허술한 맹점을 찾고 그걸 보완해 나갔다. 그웬돌린은 그 전부가 정규 훈련의 일부인 줄 알았지만 두 명의 전사가 불평하는 소리를 듣고 실은 그녀 자신으로 인한 것임을 깨달았다.

그건 언젠가 로버트가 나타나리란 싸늘한 전망을 의미했다.

처음에 그웬돌린은 일족 전체의 요구에 부응해야 하는 무거운 의무와 책임 때문에 맥던 수장이 아들에게 많은 시간을 할애하지 못한다고 믿었다. 그는 하루에 딱 한 번 데이비드를 찾았는데 아주 짧고 매우 공식적인 분위기를 풍기는 방문이었다.

우선 아들의 상태에 대해 그웬돌린에게 묻고, 그녀의 대답을 믿지 못하는 것처럼 직접 소년을 살펴 오늘밤 당장 죽지 않으리라는 걸 확인한 다음, 더 중요한 문제가 산적했다는 듯이 방에서 급히 나가버렸다. 그웬돌린은 아들을 처음 소개할 당시의 그늘지고 고통스러워하는 눈빛에서 깊이를 잴 수 없는 부성애를 똑똑히 목격했던 터라 수장의 이런 무뚝뚝한 태도에 어리둥절할 뿐이었다. 게다가 아들에 대해서도 거의 아는 게 없는 눈치였다. 그래서 시간이 흐를수록 수장의 방문이 점차 틀에 박혀 딱딱해지자 아들을 살리겠다는 결의가 사랑 때문이

아니라 차대의 수장을 확보해야 할 필요성에서 비롯된 것이 아닌가
하는 생각마저 들었다.

"안녕하세요, 그웬돌린."

로베나가 식사 쟁반을 들고 침실로 들어섰다.

"데이비드가 어떤지 보러 왔어요."

맥던 수장처럼 로베나도 하루에 한 번씩 데이비드를 방문하는 습관
을 들였다. 그녀는 소년을 좋아하고 걱정하는 것 같았다. 비록 그웬돌
린의 치료법에 반대한다고 딱 부러지게 밝히긴 했지만 이 마녀가 아
들의 전담 치료사라는 수장의 단언을 받아들였는지 요즘에는 눈에 띄
게 예의 바르게 대했다.

"지금은 자고 있어요."

그웬돌린이 목소리를 낮추어 중얼거렸다.

로베나는 식사 쟁반을 침대 옆 협탁에 내려놓았다.

"아이 상태는 어때요?"

"현재로서는 괜찮아요. 나중에 깨어나면 음식을 먹여볼 생각이에요."

"그런데 데이비드의 안색이 지나치게 창백하군요."

"벌써 여러 달째 앓았고 이른 봄부터 외출하지 못했으니까요. 혈색
이 나쁜 것도 당연하죠."

"그건 그러네요."

로베나는 잠든 소년의 코 아래까지 이불을 당겨 덮어주고 식사 쟁
반 쪽으로 돌아섰다.

"당신이 점심을 걸렀다는 소리를 클라린다에게 듣고 이렇게 빵과
과일을 좀 가져왔어요."

그웬돌린은 적잖이 놀랐다. 마녀의 식사를 로베나가 챙겨주다니 해
가 서쪽에서 뜰 일이다.

"이 빵은 오늘 아침에 구운 것이라 아직 말랑말랑해요."

"정말 고맙습니다. 사려가 깊으시네요."

로베나는 생긋 미소를 지으며 포도주잔을 내밀었다. 하지만 그웬돌린이 잔을 채 잡기도 전에 술잔이 떨어져 무릎에 포도주가 쏟아졌다.

"어머나! 그웬돌린, 이 일을 미안해서 어쩌죠?"

그웬돌린은 자리에서 일어나 금빛 비단 드레스에 커다랗게 묻은 선홍색의 얼룩을 유감스럽게 내려다보았다.

"당장 옷을 벗어 찬물에 헹구면 얼룩이 남지 않을 거예요."

로베나의 실용적인 충고였다.

"현자님께서 고이 간직해 오셨던 드레스인데 망치면 죄송하잖아요. 어서 침실로 가서 갈아입고 와요. 그 동안 내가 데이비드를 봐줄게요."

"하지만 데이비드가 깨면……."

"애가 깨서 뭘 필요로 하면 당신을 부르겠어요. 그 옷에 얼룩이 배기 전에 서두르세요. 이렇게 미적거리다가는 때를 놓쳐요."

"알았어요."

그웬돌린은 아이를 로베나에게 맡기기가 께름칙했지만 지금은 드레스의 얼룩을 지우는 일이 더 급하다고 판단했다. 그녀는 침대로 다가가 데이비드의 얼굴에서 다시 이불을 걷어 신선한 공기를 마실 수 있도록 하고 문으로 향했다.

"고마워요, 로베나. 금방 돌아올게요."

"천천히 하세요."

그웬돌린은 옷의 얼룩이 과연 빠질지 걱정하며 서둘러 탑방으로 향했다. 방문을 열고 침실로 들어서자마자 바닥에 놓여진 양피지 조각이 눈에 들어왔다. 순간, 저번의 경고장이 떠올라 불길한 예감이 드는 속에서 그녀는 떨리는 손으로 양피지를 주웠다.


　　내 방으로 와주길. 그웬돌린 자네의 미래를 보았어.　　모랙


그웬돌린은 미소를 지었다. 현자 모랙을 처음 봤을 때는 천리안을 지

닌 척하는 노인이라고만 생각했다. 그건 해롭지 않은 속임수로 여겨졌고, 게다가 그웬돌린이 강력한 힘을 지닌 마녀라고 현자가 맥던 일족에게 보증했던 터라 노파의 능력이 거짓임을 밝힐 이유가 없었다. 하지만 날이 갈수록 모랙이 자신의 예지력을 진심으로 믿고 있다는 게 확실해져 갔다.

그 양피지 전갈을 탁자에 내려놓고 그웬돌린은 옷을 벗어 세숫대야의 찬물에 담갔다. 삽시간에 맑은 물이 불그스름하게 변하고 옷의 얼룩이 약간 흐려졌다. 로베나의 충고가 옳았던 것이다. 그웬돌린은 천을 힘주어 비벼 새로 따른 물에 담근 뒤 초록색 드레스로 갈아입었다. 현자 모랙에게 다녀온 다음에 다시 물을 갈아 빨아보자.

구수한 고기와 채소 요리 냄새가 풍겨와 그웬돌린의 허기를 일깨웠다. 어서 데이비드의 방으로 돌아가 아이를 돌보고 식사를 해야겠다는 조바심으로 그녀는 발걸음을 재촉하여 어두컴컴한 복도를 가로질렀다. 2층 계단참의 등불이 아직 밝혀지지 않아 좁은 계단은 커다랗고 어두운 동굴과도 같은 아래층으로 향한 모습을 감추고 있었다. 그녀는 치맛자락을 들고 서둘러 계단을 내려갔다. 어휴, 현자님이 무슨 얼토당토않은 이야기를 하려고 불렀을까?

갑자기 그녀는 붕 날아올라 어둠 속으로 곤두박질쳤다. 놀란 비명은 머리가 돌바닥과 충돌하는 순간 침묵으로 사라졌다.


맥던 수장이 의자에 앉아 그 근육질의 긴 다리를 쭉 뻗은 채 곤히 자고 있었다. 은근한 촛불빛은 이목구비가 뚜렷한 얼굴에 고랑처럼 깊이 파인 근심 주름을 강조하여 나이보다 훨씬 겉늙어 보이게 했다. 그의 머리칼은 헝클어진 금실 타래처럼 어깨를 뒤덮고 그 어깨는 다시 꼬깃꼬깃하고 붉은 얼룩이 묻은 셔츠로 감싸여 있었다.

그웬돌린은 셔츠의 붉은 얼룩을 뚫어지게 바라보며 수장의 어깨 자상(刺傷)이 터져 피가 난 건가 생각했다. 이 성에 도착했을 때 그의 상처를 진짜 실로 다시 꿰매어 줄걸……. 그녀는 창문으로 시선을 돌렸다. 밤이 된지 얼마나 되었을까? 데이비드가 오래 전에 깨어나 그녀를 찾고 있으리라.

어렵게 일어나 앉자마자 그웬돌린은 눈을 꾹 감았다. 예리한 고통이 머리에서 목과 어깨까지 쫙 가로질러 눈앞에서 별똥별이 반짝거리고 속이 울렁거렸기 때문이다. 그녀가 눈을 다시 떴을 때 맥던 수장이 잠에서 깨어나 이쪽을 보고 있었다. 그의 험악한 표정은 안도감인 듯한 감정으로 실낱만큼 약간 풀어져 있었다.

“데이비드…… 아이는 괜찮은가요?”

메마르고 녹슨 목소리로 그녀가 물었다.

“데이비드는 괜찮소, 그웬돌린.”

그녀는 수장을 미심쩍게 응시했다. 아무래도 거짓말 같았다. 아이가 괜찮다면 수장이 저렇게 굳은 얼굴을 하고 있을 리 없다. 그녀는 이불을 젖혔다.

“내가 아이를 봐야겠어요. 지금 당장.”

현기증을 동반한 아픔이 물결처럼 밀어닥쳐 그녀는 동작을 멈추고 관자놀이를 문질렀다.

맥던 수장이 그녀의 어깨를 잡고 뒤로 밀어 베개에 기대게 했다.

“데이비드는 지금 자고 있소.”

그리고는 물잔을 그녀의 입술에 대주었다. 그녀가 물을 다 마시자 세숫대야에서 수건을 빨아 그녀의 이마에 얹어주었다.

그웬돌린은 왜 수장이 성격에 없는 친절함을 기울이는지 괴이할 따름이었다.

“난 병든 게 아니에요.”

“맞아, 당신은 병들지 않았소.”

그녀는 고개를 끄덕거렸다. 그 순간 다시 머리가 쪼개지는 듯한 아픔이 일었다. 고통을 달래려고 손을 머리로 가져갔더니 머리카락이 딱딱하게 뭉쳐 있고 두피에서 촉촉한 액체가 만져졌다. 그녀는 손을 응시했다. 피!

"당신은 일층 계단참에 쓰러진 채 발견되었소."

알렉스가 설명했다.

"계단에서 굴러 떨어져 머리를 다친 거요. 바닥에 피가 흥건하게 고여 있었소."

그래서 아팠구나. 그녀는 카메론의 이마를 꿰맸던 밤을 상기하며 중얼거렸다.

"머리 상처는 출혈이 심하죠."

"그렇기 때문에 부상 정도를 가늠하기 어렵기도 하지. 특히 환자가 의식을 찾지 못할 경우에는 더."

"내가 휴식을 좀 취했기로서니 비난하는 건 부당해요."

그웬돌린은 방어적으로 볼멘 소리를 냈다.

알렉스가 흔쾌히 인정했다.

"맞는 말이오. 하지만 머리를 다친 환자가 깨어나지 못하면 주위 사람들은……."

그는 적당한 표현을 찾았다. 미칠 지경이 된다? 돌아버린다? 죽도록 겁에 질린다? 이 표현 모두가 그에게 해당되었다. 그는 수장의 광기가 다시 발동했다고 일족이 생각하지 않도록 이런 감정들을 감추려 젖 먹던 힘까지 짜내었지만 혼수상태에 빠진 그웬돌린을 어떤 누구에게도, 심지어는 그가 자신의 생명을 걸고 믿을 수 있는 브로딕과 카메론과 네드에게도 맡기려 하지 않았다. 이 마녀에게 데이비드의 회복이 걸려 있다고 알렉스는 일족에게 말했다. 그래서 자신이 직접 그녀의 곁을 지키고 싶은 거라고.

순전히 거짓말이었다.

"주위 사람들은 걱정하게 되오, 환자가 깨어나지 않으면."

알렉스는 가까스로 말을 맺었다. '걱정'이란 단어가 그중 두리뭉실하게 통하는 표현 같았다.

마녀의 행방불명을 처음 알았을 때 알렉스는 분노로 활활 타올랐다. 그녀가 도망쳤다고 믿었기 때문이다. 그 자신과의 약속을 저버린 행위에 대한 배신감은 둘째치고 어린아이를 저버린 무정함에 치를 떨며 성 안팎을 샅샅이 뒤지라고 명령했을 뿐더러, 자신도 수색대에 가담했다. 그녀를 세상 끝까지라도 쫓아가서 도로 끌고 올 결심이었다.

하지만 그녀가 어두운 일층 계단참에 의식을 잃고 피를 흘린 채 쓰러져 있는 모습으로 발견되자 그는 공포로 얼어붙었다. 심지어 그녀의 맥박을 확인할 정신조차 없을 만큼.

"당신은 어제 오후부터 깊은 잠에 빠져 있었소. 벌써 새날이 밝기 시작했소."

그는 고갯짓으로 창문을 가리키며 덧붙였다.

그웬돌린은 연한 햇살 속에서 한층 황금빛으로 그을려 보이는 수장의 얼굴을 주시했다. 병든 친자식에게조차 좀처럼 시간을 내지 못할 만큼 바쁜 수장이 왜 보모처럼 그녀를 돌보고 있는 걸까?

"어디를 가다 사고를 당했소, 그웬돌린?"

그녀의 머릿속은 고통으로 구름이 껴 집중하기 어려웠다. 그녀는 눈을 감고 기억을 되살렸다.

"음…… 현자님에게 가던 중이었어요. 내 미래를 봤으니 빨리 와달라는 쪽지가 내 방에 있었거든요."

건조한 어조로 농담을 시도했다.

"아마 현자님께선 그 계단에 대해 경고하려 하셨나 봐요."

"그 쪽지를 어디에 놨소?"

"탁자에 놓았던 것 같아요."

알렉스는 의자에서 일어나 쪽지를 찾았다. 그는 탁자와 침대 발치의 옷궤, 바닥까지 철저하게 둘러보았다.

"아무 데도 없소."

"그렇다면 내가 쥐고 가다가 복도에 떨어뜨린 모양이죠."

현자의 쪽지가 사라진 걸 대수롭지 않게 여기는 어조였다.

"계단을 내려갈 때 주위에 당신 혼자였소?"

"예, 아마도. 주위가 아주 어두웠어요. 등불이 켜져 있지 않았거든요."

작게 하품을 했다.

"그 때문에 내가 발을 헛디디고 굴러 떨어졌던 게 틀림없어요."

알렉스는 실족 가능성을 곰곰이 따져본 다음 입을 열었다.

"이만 쉬도록 하시오."

"데이비드를 보러 가야 해요."

하지만 그녀의 목소리는 이미 잠에 취해 나지막했다.

"나중에 보러 가시오. 당신 몸이 한결 좋아졌을 때."

엄습해 오는 노곤함으로 그웬돌린은 더 이상 반항하지 못하고 베개에 얼굴을 깊이 묻었다. 알렉스는 그녀가 빠르게 잠드는 모습을 지켜보았다. 지치고 피에 물들고 아픔에 시달리지만 죽지는 않았다. 깨우면 언제든 일어날 것이다.

그는 파리한 얼굴에서 검은 머리칼을 뒤로 넘겨주고 섬세한 턱선을 가볍게 어루만졌다. 전투에서 머리를 다친 전사들을 많이 보았기 때문에 그녀의 상처가 경미하다는 건 알 수 있었다. 하지만 이렇게 작고 약하고 무력하게 누워 있는 모습을 대하자 플로라의 기억이 떠올랐다.

*이 여자는 중병에 걸린 환자가 아냐.*

그녀는 사고를 당했을 뿐이고, 이 사고의 책임 소재를 철저하게 규명해내겠노라 알렉스는 다짐했다.


등불이 이층 계단참의 돌벽에 볼록하게 튀어나온 등잔에서 기름을 먹으며 펄럭거리는 빛으로 석조 계단을 밝히고 있었다.

알렉스는 이 정도의 불빛 세기가 적당한지 자문을 거듭했다. 그는 지난 4년 동안 헤아릴 수 없이 많은 밤을 하얗게 새거나, 플로라와 대화를 하며 텅 빈 복도들을 헤매었던지라 어둠에 익숙했다. 하지만 등불이 꺼져 있고 이 성의 때묻어 미끄러운 계단에 익숙하지 않은 사람이라면 서두르다 실족했을 수도 있다. 만일 그웬돌린이 마녀가 아니고 현자 모랙의 쪽지가 사라지지 않았다면, 계단을 문질러 닦게 하고 계단참에 등불을 더 밝히는 것으로 일을 매듭지었을 것이다. 대신 알렉스는 천천히 계단을 내려갔다가 다시 오르며 계단 하나하나를 자세히 조사했다.

위에서 다섯 번째 계단에 거무죽죽한 때 말고 다른 게 있었다.

여러 겹으로 꼬아놓은 검정색 실이 더러운 퇴비 발자국에 찍힌 채 발견된 것이다. 그 실은 돌벽 사이의 회반죽에 박힌 못에 단단히 묶여 있었고 반대쪽 벽에도 딱 통행인의 발목 높이로 다른 못이 박혀 있었다. 누가 이런 짓을 했는지 몰라도 그웬돌린이 여기에 걸려 낙상한 다음 범행 증거를 치우지 않았다. 이건 범인이 칠칠치 못하거나 마녀의 사고가 실은 사고가 아니라는 걸 알리고 싶어했다는 뜻이다.

알렉스는 화가 북받쳐 맨손으로 벽에서 두 개의 못을 뽑고 쿵쾅거리며 미끄러운 계단을 내려갔다. 이어 복도를 재빨리 가로질러 어느 방문을 확 열었다.

"좋은 밤이야. 단꿈 꾸게, 알렉스."

현자 모랙이 그의 기습적인 출현에 하나 동요하지 않고 명랑하게 인사했다.

"아니, 잘 잤느냐고 물어봐야겠군."

그녀는 다양한 크기의 단지와 그릇이 쭉 늘어선 탁자 앞에 서서 초록색의 천으로 입구가 봉해진 항아리에 걸쭉한 갈색 액체를 붓고 있었다. 하얀 눈썹을 가운데로 모은 채 그 갈색 액체가 천을 통과하자마자 크림색으로 변하는 과정을 진지하게 지켜보았다. 때문에 수장은 기다리는 도리밖에 없었다.

"다 알고 있어."

현자는 여전히 그 작업에서 눈을 떼지 않았다.

"실과 못에 대하여."

"범인이 누구입니까?"

현자 모랙은 갈색 액체가 든 병을 내려놓고 한숨을 쉬었다.

"그건 몰라. 예시가 선명하지 않고 많은 사람들이 보였어."

"그래서 쪽지를 그웬돌린의 방에 남겨두신 겁니까? 위험을 경고하려고?"

"내가 그러지 않았다는 건 자네도 잘 알 텐데. 난 글을 몰라."

그는 고개를 끄덕거렸다.

"대필을 시키셨는 줄 알았습니다."

"아냐."

알렉스는 성난 몸짓으로 머리칼을 긁어올렸다.

"일족의 누군가 그웬돌린이 사라지길 바라고 있어요."

"일족의 대다수가 그걸 바라고 있지."

현자 모랙은 태연하게 수장의 말을 정정한 후 크림색 액체가 담긴 항아리를 들고 벽난로 쪽으로 향했다.

"그래도 일족이 그녀의 존재를 참아주길 바랐습니다. 내 아들을 위하여."

"데이비드를 위해서만?"

"아이의 병을 고치려고 그녀를 이곳으로 데려왔으니까요. 그게 전부입니다."

현자는 김이 모락모락 피어오르는 솥에 크림색 액체를 붓고 나무 주걱으로 천천히 젓기 시작했다. 방 안이 자극적인 향으로 가득 찼다.

"수장 자네가 마녀를 이곳으로 데려온 이유는 데이비드 때문일지도 모르지. 하지만 그녀가 이곳에 머물러 주길 원하는 이유는 전적으로 아들 때문만이 아냐."

"내 아들이 다 나으면 떠나도 좋다고 그녀에게 말해 두었습니다."

"그거야 자네에게 선택의 여지가 없었기 때문이지. 말은 그렇게 했지만 진심은 아니었어."

알렉스가 참다 못해 큰 소리를 냈다.

"지금 내 감정을 논하자고 찾아온 게 아닙니다! 그웬돌린을 몰아내려는 사람이 누군지 아십니까, 모르십니까?"

"그걸 알고 싶으면 마녀의 주위를 잘 감시해. 그녀는 누구와도 비교할 수 없는 크나큰 힘을 지녔어. 그 힘을 파괴하려는 자도, 그 힘을 자신의 것으로 만들려는 자도 많아."

이보다 더한 경고는 없었다. 알렉스는 그웬돌린을 혼자 남겨두고 온 자신의 부주의를 탓하며 빠른 걸음으로 방을 가로질렀다. 하지만 문지방을 넘기에 앞서 어깨 너머를 돌아보았다.

"마녀의 힘이 그토록 크다면 왜 내 아들을 아직 못 고치죠?"

현자 모랙은 빙그레 웃었다.

"어떤 일은 하룻밤 사이에 이루어지지 않는 법. 치료에는 시간이 걸려."

"죽어가는 것에도 시간은 걸립니다."

알렉스는 반박했다. 죽어가는 사람이 아들인지, 그 자신인지 확신하지 못한 채.

아내의 병실을 출입하면서 익혔던 습관대로 잠든 환자가 깨지 않도록 조용히 문을 열었다.

그웬돌린이 사라지고 없었다.

알렉스는 공포에 사로잡혔다. 그는 획 돌아서 탑의 계단을 한 번에 두 개씩 뛰어내려가며 머릿속으로 갖가지 가능성을 열거했다. 그녀가 맑지 않은 정신으로 돌아다니다 또 실족했으면 어쩌지? 한 번 사고를 위장하여 마녀를 없애려 했던 범인이 이번에는 대담무쌍하게 침실까지 침입해 그녀를 데려갔다면? 이 전부가 알렉스의 잘못이다. 그웬돌린의 안전을 지켜주겠다고 맹세했건만 자신의 성 안에서조차 가녀린 여자 한 명을 보호하는 데 실패한 것이다.

"카메론! 브로딕! 네드!"

그는 복도를 폭풍처럼 질주하며 전사들을 소리쳐 불렀다.

네드가 그늘진 벽감에서 이른 아침의 희미한 빛 속으로 소리 없이 나타났다.

알렉스는 두려움이 역력한 거친 어조로 입을 열었다.

"그웬돌린이 다시 실종되었다."

"지금 데이비드와 함께 있습니다. 제가 그곳까지 뒤를 밟았어요."

알렉스는 그럴 줄 알았다는 듯이 무뚝뚝하게 고개를 끄덕거렸다.

"수장님, 여기 계셨군요."

브로딕이 카메론과 허겁지겁 복도를 가로질러 다가왔다.

"수장님을 찾아 온 성을 뒤졌습니다."

"무슨 일이지?"

이번에는 카메론이 양피지 두루마리를 내밀었다.

"맥스윈 수장의 서신입니다. 심부름꾼이 몇 분 전에 당도해서 답장을 기다리고 있습니다."

알렉스는 초조하게 선홍색 봉인을 뜯고 두루마리를 펼쳤다. 서신 내용의 정중하다 못해 애원에 가까운 표현으로 보아하건대 맥스윈 수장이 직접 작성한 모양이다. 만일 로버트의 손을 거쳤다면 공공연한 비난과 협박으로 점철되었으리라. 알렉스는 금화 한 궤와 사과 편지를 보내긴 했지만 그 선에서 평화적으로 해결되리라고는 기대하지 않았다.

한 일족의 손님으로 초대받아 머무르면서 그 일족의 일원을 납치하고, 사법 집행을 방해하고, 수십 명의 장정을 죽이는 짓은 상식 밖의 행동이다. 맥스윈 수장은 알렉스가 미치광이라 자신의 행동에 전적으로 책임지지 못한다고 개인적으로 이해는 했을지언정 공인으로서 그냥 넘어갈 수는 없는 입장이다.

"우리 선물에 대한 감사 편지입니까?"

미남 브로딕이 임박한 재난을 눈치챘으면서도 은근하게 운을 뗐다.

알렉스는 담담하게 대답했다.

"사려 깊은 선물은 기꺼이 받겠지만 마녀는 돌려보내라는군."

불곰전사 카메론의 얼굴이 밝아졌다.

"그렇다면 전쟁이로군요?"

"전쟁은 피할 수 없지만 되도록 늦추어 봐야지. 우리 사람들이 그웬돌린으로 인한 전쟁을 좋아할 리 없어. 지금도 눈에 가시처럼 여기는데. 어제 사고로 인하여 그녀를 맥스원 일족에게 자발적으로 넘겨줄 사람이 우리 일족 가운데 있다는 사실이 증명되었어."

브로딕이 잘생긴 얼굴을 찌푸리고 수장의 눈치를 살폈다.

"설마 우리 일족이 그녀를 고의로 해쳤다는 뜻입니까?"

"누군가 계단에 장난을 쳤다."

"에잇, 천하의 나쁜 놈!"

카메론은 주먹을 불끈 쥐었다.

"그 비겁한 개자식을 박살내 줄 테다!"

"그러려면 우선 잡아야 해. 누군지 몰라도 범인은 그녀의 주변을 맴돌며 또 해치려 들 거야. 네드, 자네부터 그웬돌린을 밀착 감시하도록. 그 다음 감시자의 순서는 카메론 그리고 브로딕이다."

네드가 문제점을 제기했다.

"그웬돌린 아가씨는 밀착 감시를 좋아하지 않을 텐데요."

"그녀도, 범인도 눈치채지 못하게 해. 그래야 녀석이 제2의 기회를 노리면서 정체를 드러내지."

"맥스원 일족 문제는요?"

카메론이 물었다.

"심부름꾼을 고이 보내실 겁니까?"

"일단은 발을 묶어둔다. 브로딕, 내 건강이 좋지 않아 지금 당장은 답장을 쓰지 못할 거라고 심부름꾼에게 말해. 미쳐서 발작을 일으켰다는 식으로 암시를 해두고 식사에 초대하여 술을 먹여. 그 자는 될 수 있는 한 오래 잡아둔다. 그리고 우리가 어떤 대가를 지불해서라도 전쟁을 피하려 하며 그웬돌린도 돌려보낼 의향이 있다고 맥스윈 수장이 착각할 만한 서신을 보내는 거야."

"설마 우리가 전쟁에서 질까 봐 우려하는 건 아니시겠죠?"

"우리의 재산과 영역을 지킨다는 일족의 각오는 의심하지 않아. 그러나 마녀 한 명 때문에 목숨 걸고 싸울지는 의문이야. 전쟁 개시는 가능한 지연해야 해. 그게 최선이다."

"그렇다면 심부름꾼은 오늘 어디에도 가지 못할 겁니다."

브로딕이 씨익 미소지으며 보장했다.

"내일도. 그리고 모레도."

"좋아. 카메론, 자네는 무기고 상황을 점검해. 화살을 충분히 준비시키고 검과 단도와 창날을 갈게 하도록. 그리고 모든 장정들을 즉각 집결시켜. 곧 오전 군사 훈련에 들어간다."

브로딕과 카메론이 수장의 명령을 하달받고 복도를 달려간 반면 네드는 어두운 벽감 속으로 다시 미끄러지듯 사라졌다.

알렉스는 아들의 방 앞에서 언제나 그러하듯이 숨을 크게 들이쉬어 마음의 준비를 하고 벌컥 문을 열었다.

"…그래서 난 멍고의 머리통처럼 계단을 떼굴떼굴 굴러 떨어졌단다."

그웬돌린은 젖은 물수건으로 소년의 얼굴을 살살 닦아주며 어제 사고 경위를 가능한 재미있게 이야기해 주었다.

"아주 볼 만한 광경이었을 거야!"

"피도 났어요?"

"핏물로 웅덩이가 고였는걸. 거기에 빠져죽을 뻔했어."

데이비드의 파란 눈이 순수한 공포로 동그래졌다.

그녀는 소년이 진짜 피와 육체적인 고통을 두려워한다는 걸 깨닫고 얼른 말을 바꾸었다.

"실은 그 정도는 아냐. 이마가 살짝 깨졌을 뿐이야."

아이는 의심을 쉽게 풀지 않았다.

"그렇다면 머리에 묻은 그 흉한 건 뭐예요?"

그웬돌린은 피가 묻어 딱딱하게 굳은 앞머리를 만지작거렸다.

"이건…… 음…… 그러니까 당시 바닥에는 퇴비 한 움큼이 떨어져 있었는데 내가 거기에 정통으로 얼굴을 박았어. 수장님은 나를 발견하고 침실로 옮겨야 할지, 아니면 벽에 내다 꽂아야 할지 망설이셨단다!"

"뒤늦은 후회지만 벽에 내던질 걸 잘못했군."

그웬돌린은 허리까지 흘러내린 담요를 후다닥 당겨 어깨를 가렸다. 그녀는 부모의 명령을 어긴 아이처럼 죄스런 얼굴로 수장을 대하며 방어적으로 변명했다.

"몸이 많이 좋아져서 데이비드를 보러 왔어요."

보기 드물게 평정을 잃은 마녀의 태도는 다른 눈요기에 더하여 알렉스의 즐거움을 배가시켰다. 그녀는 얇은 속치마 차림에 맨발을 삐죽 드러내고 선명한 색조의 담요로 비단결 같은 피부의 어깨를 대충 덮은 터였다. 뺨을 보라색으로 물들인 끔찍한 멍 때문에 투명하리 만치 창백한 피부가 한층 도드라졌다.

이제 그녀는 물수건을 내려놓고 소년의 비쭉 솟은 옆머리를 납작 누르기도 하고 뒤로 넘기기도 했다. 마치 아버지에게 아들의 더 예쁜 모습을 보여주려는 듯한 그 몸짓에, 그리고 사고를 당한 후 정신을 차리자마자 그의 아들부터 걱정했던 그녀의 마음씀씀이에 알렉스는 가슴이 뭉클했다. 플로라도 침대에 옴짝달싹 못하고 갇혀 있기 전에는 그랬었는데…….

그는 아내에 대한 아픈 기억을 의식의 깊은 곳에 도로 밀어 넣었다.

“그렇게 옷을 얇게 입고 돌아다니면 한기가 들 거요.”

알렉스는 퉁명스럽게 면박을 주었다.

“당장 침실로 돌아가서 자리에 누우시오. 당신에게는 휴식이 필요하오.”

“그거 피예요?”

데이비드가 아버지의 얼룩진 셔츠를 빤히 응시했다.

그웬돌린은 서둘러 소년을 안심시켰다.

“아냐, 저건…… 저건 포도주 자국이야.”

이어서 그녀는 자신을 갓난아이처럼 다루는 수장에게 고개를 돌리고 오만하게 선언했다.

“휴식은 취하고 싶지 않습니다. 게다가 나를 필요로 하는 데이비드도 있구요.”

“당신이 병들어 앓아 눕거나 쓰러지면 데이비드에게 도움이 될 것 같소? 오늘은 푹 쉬시오. 그리고 내일 몸 상태를 봐서 괜찮다 싶으면 일을 재개하시오.”

“난 보기만큼 약하지 않아요. 뜨거운 목욕만 하면 가뿐하게…….”

침대에서 일어나려는 순간 머리를 쪼개는 듯한 격통에 그웬돌린은 신음을 내뱉으며 맥없이 주저앉았다.

알렉스가 단 두 걸음으로 방을 가로질러 그녀의 앞에 무릎을 꿇고 작은 얼굴을 양손으로 감쌌다.

“무슨 일이오? 괜찮소?”

“괘, 괜찮아요. 머리가 조금 아파서.”

그녀는 눈을 감고 통증을 이기려 애썼다.

“네드!”

알렉스가 부르자마자 요정전사가 방에 나타났다.

“그웬돌린을 부축해 방으로 데려가 나오지 못하게 해.”

“난 누구의 부축도 필요 없어요, 수장님.”

그녀가 여전히 아파하면서도 고집을 피웠다.

수장의 목소리가 강경해졌다.

"네드의 부축을 받지 않겠다면 내가 당신을 안고 가겠소. 둘 중에 하나를 선택하시오."

그웬돌린은 넌더리난다는 표정으로 수장을 흘겨보았다. 하지만 선택의 여지가 없음을 깨닫고 그녀는 아이에게 고개를 돌려 간신히 미소를 지어 보였다.

"오늘 오후에 다시 올게. 그때까지 클라린다에게 봐달라고 부탁할 테니까 아줌마 말씀 잘 들어. 알았지?"

데이비드가 불안을 감추지 못하고 그녀를 말끄러미 바라보았다.

"정말 괜찮아요?"

"괜찮고 말구. 조금 피곤해서 그래."

"이따 오면 내가 전사들의 눈알을 뽑아 귀리케이크에 즙을 뿌려 먹은 거인 이야기를 해줄게요. 난 그 이야기를 들으면 기분이 항상 좋아졌어요."

"이 아이에게 도대체 어떤 이야기를 들려주는 거요?"

알렉스가 물었다.

그웬돌린은 조심스럽게 자리에서 일어나 네드의 팔을 잡았다.

"데이비드는 유혈이 가미된 이야기를 좋아해요. 뭐, 굳이 말씀드리지 않아도 아시겠지만."

알렉스는 미간을 찌푸렸다. 그는 아들의 옛날 이야기 취향에 대해 아는 바가 전혀 없었다.

"클라린다가 올라올 때까지 여기에 계시면서 데이비드의 이야기를 들어 보는 게 어떠시겠어요?"

그녀가 제안하자 소년이 열렬하게 나섰다.

"아버지, <천하장사 토발드> 이야기를 해드릴게요. 토발드는 아버지처럼 용감무쌍한 전사인데 아주 먼 나라인……."

"난 옛날 이야기에 쓸 시간이 없다."

알렉스가 초조하게 아들의 말을 가로막았다.

"아침나절이 절반이나 지나갔어. 군사훈련을 해야 해."

"그럼 다음 기회로 미루죠."

그웬돌린의 어조는 고드름처럼 싸늘했다.

"수장님께서 덜 중요한 문제에도 할애할 시간이 날 때."

알렉스는 마녀와 아들의 안전한 현 상태에 만족하고 이미 생각을 맥스윈 일족의 침공에 대한 방어책으로 돌려 방을 빠져나갔다.

하지만 오전 내내 그는 어쩌다가 그렇게 되었는지, 또 그게 왜 문제가 되어야 하는지 이유도 모르는 채 그녀를 실망시켰다는 이상한 낭패감에 시달려야 했다.


"누가 그토록 비열한 짓을 저질렀을까?"

백발노인 오윈이 의문을 제기했다.

아직 신혼부부나 다름없는 이완과 레티의 오두막에 모인 사람들은 너도나도 뒤숭숭한 얼굴로 서로를 애매하게 둘러보았다.

"드레스를 태운 사건은 그렇다고 쳐."

레지널드가 특유의 호전적인 논리를 펼쳤다.

"왜냐하면 그 일로 다친 사람은 아무도 없으니까. 하지만 누가 고의적으로 아가씨를 습격했다면 문제의 차원이 달라져."

래클런이 반박했다.

"습격인지 사고인지는 아직 몰라. 어쩌면 마녀가 잠든 우리를 몰살하려고 불경스런 힘을 모으는 데 집중하다가 발을 헛디뎠을 수도 있잖아."

"그 상냥한 아가씨가 우리를 죽이고 싶어할 리 없어."

"오윈 이 늙은이야, 대체 몇 번을 말해야 알아듣겠어? 그녀는 상냥하지 않아. 예쁘지도 않고 젊지도 않다구. 실은 쭈글쭈글한 발가락처럼 생겼다고 먼로가 이미 말해 주었잖아.”

백발노인 오웬은 흰 수염을 쓰다듬으며 생각에 빠졌다.

“우리는 못 보는 걸 먼로만 볼 수 있다……. 어떻게 그럴 수 있을까?”

먼로가 어깨를 으쓱거리며 자랑했다.

“그야 주님에게 받은 재능 덕분이죠.”

“재능이 아니라 저주겠죠.”

가장 나이가 어린 개릭이 비꼬았다.

“그렇게 못생긴 마녀의 본색을 혼자만 견디어야 하니까!”

사람들이 일제히 웃음을 터뜨렸다.

애주가 파르콰르가 에일을 시원하게 들이키고 손등으로 입을 닦으며 새로운 가설을 제시했다.

“혹시 술에 취해 계단에서 떨어진 건 아닐까?”

“난 당신보다 그녀와 더 오랜 시간을 함께 했지만 포도주 한 잔 이상 마시는 걸 보질 못했어요.”

클라린다가 야멸차게 반박했다.

“일층 계단들은 미끄러워요.”

로베나의 지적이었다.

“누구든 굴러 떨어질 수 있어요. 특히 등불이 꺼져 있을 때는.”

입빠른 퀜틴이 전에 없이 인상을 썼다.

“내가 어제 성 안의 모든 등불을 빠짐없이 확인했어! 밤새 꺼지지 않도록 기름도 넉넉히 채워넣고 심지도 다 갈았다구.”

“바람이 불어 꺼졌을지도 모르죠.”

“웬 바람? 그 계단참에는 창문이 없어요.”

집주인 이완이 로베나의 가설에 반박했다. 그러자 예쁘장한 부인 레티가 같은 여자 편을 들고 나섰다.

“마녀 주위에 이는 바람으로 등불이 꺼진 거예요.”

열혈노인 레지널드가 코웃음을 쳤다.

"빗방울을 뿌렸다 해를 불러냈다 하는 건 그렇다고 쳐. 하지만 마녀가 지나가는 것만으로 등불이 꺼지는 건 못 봤어."

"그건 그렇고……."

후덕해 보이는 중년 부인이 끼어들었다. 마저리는 생김새와 달리 호들갑스럽게 엉뚱한 화제를 꺼냈다.

"수장님이 마녀를 발견하고 동요하는 모습, 다들 봤죠? 꼭 반한 남자처럼 그녀의 침대 옆에 찰싹 붙어 앉아선 아무도 가까이 오지 못하게 했잖아요."

래클런 노인이 때를 놓치지 않고 비관했다.

"마녀에게 반한 게야. 그게 마녀의 <맥던 일족 멸망 종합계획>의 일부라구!"

"광기가 돋 거예요."

클라린다는 한숨을 쉬며 안타깝게 고개를 저었다.

"그녀가 의식을 잃고 쓰러져 있는 모습에서 플로라를 연상하신 거죠. 쯧쯧, 불쌍한 수장님."

"그 마녀는 플로라와 닮은 구석이 하나도 없어요."

로베나가 매섭게 쏘아붙였다.

"알렉스는 초조했을 뿐이에요. 왜냐하면 가엾은 데이비드에 대한 마지막 희망을 마녀에게 걸고 있으니까."

치료사 엘스페스의 생각은 또 달랐다.

"하지만 수장님이 제정신이라면 마녀가 데이비드를 죽이고 있다는 사실을 알아차렸어야죠. 아이의 온몸에 끔찍한 반점이 돋았는데도 그냥 넘어갔잖아요."

"그 아이는 전에도 그랬어요."

중년 부인 마저리가 상기시켰다.

"엘스페스 당신이 아이를 맡았을 때도 말이에요."

"그때 적절하게 피 뽑기를 했던 덕분에 지금까지 아이가 살아 있는 거라구욧! 하지만 마녀가 온 이후 한 번도 피를 뽑지 않았으니……아, 그 아이의 육신이 얼마나 오염되었을지 생각조차 하기 싫어."

클라린다가 용감하게 항변했다.

"데이비드는 전보다 조금 건강해졌어요."

"홍, 아이가 정말 건강해졌다면 그 목적은 딱 하나야. 마녀가 그 아이를 악마의 제물로 바치기 위해 일부러 튼튼하게 만드는 거지. 그게 마녀의 <종합계획>이라구."

"그런데 맥스윈 일족의 사자(使者)가 오늘 왜 왔는지 아는 사람 있나?"

백발노인 오웬이 화제를 바꾸자 입빠른 퀜틴이 얼른 보고했다.

"그 자가 브로딕과 홀에서 술잔을 주거니 받거니 대작하고 있는 모습을 봤어요."

"선전 포고를 하러 온 게 틀림없어. 내일 아침에 우리는 갈기갈기 찢어진 모습이 되어 깨어날 거야!"

"래클런, 갈기갈기 찢어지면 아침에 깨어나지 못해."

오웬이 점잖게 꼬집었다.

집주인 이완도 논리적으로 추리했다.

"브로딕이 우리의 적과 술을 마실 리 없죠. 오히려 우리 수장님의 선물에 대해 맥스윈 수장이 감사인사를 전하려고 심부름꾼을 보냈을 공산이 더 높아요. 그렇지 않으면 왜 브로딕이 그 자를 손님 대접하겠어요?"

"그 자가 손님이라면 왜 우리에게는 소개를 안 시켜 주었을까?"

최연소 전사 개릭이 고개를 갸웃거렸다.

이 집의 안주인 레티는 이번에 남편 이완을 편들었다.

"수장님께서 깜박 잊으셨겠죠. 오늘은 생각할 거리가 아주 많으신 표정이었어요."

"우리에게 전쟁을 어떻게 알리나 고민했던 게 분명해. 목 씻고 죽을 준비를 하라는 이야기를 어떻게 쉽게 꺼낼 수 있겠어!"

"래클런 영감님, 수장님은 원래 고민이 많아 보여요."

클라린다가 지적했다.

"플로라의 말에 귀를 기울이다 보니까 그런 표정이 되는 거죠."

"맥스윈 일족이 쳐들어오면 싸우면 돼. 그보다 더 간단한 이야기가 어디에 있어?"

레지널드 노인의 호기있는 선언에 래클런이 다시 반박했다.

"마녀를 넘겨주고 싸우지 않는 편이 더 간단해. 어차피 우리를 죽이려고 작정한 마녀 때문에 목숨 걸고 싸울 필요가 없다구."

중년 부인 마저리가 반대했다.

"수장님이 가만히 있지 않으실 거예요. 마녀가 아이의 병을 치료할 수 있다고 아직은 믿고 계시니까."

클라린다도 덧붙였다.

"사실 어떨 때 보면 데이비드는 점점 낫는 것 같아요."

백발노인 오웬이 열광적으로 외쳤다.

"경사로다!"

"그리고 어떨 때 보면 죽어가는 게 분명하죠."

치료사가 찬물을 끼얹자 노인의 표정이 금방 어두워졌다.

"통탄스런 노릇이야."

"아이 문제는 인내심을 가지고 지켜볼 필요가 있어."

레지널드가 공격적인 성격과 달리 온건한 주장을 냈다.

"그 아가씨가 아이의 병을 고치면 수장은 아이에게 탈이 났을 때부터 빠졌던 우울한 기분에서 벗어날 거야."

"수장의 우울한 기분은 벌써 4년째야. 플로라가 죽은 다음부터 계속."

"그 동안 행복해할 때도 있었어요."

로베나가 쏘아붙였다.

백발노인 오웬이 이맛살을 찌푸리고 반문했다.

"행복? 수장은 조각난 정신을 그럭저럭 도로 맞추어 헌신적이고 열심히 의무를 수행해 오긴 했지. 하지만 그 청년의 출생과 성장을 지켜본 내 보기에는 지난 4년 동안 행복해한 적은 없었어."

레지널드가 동의했다.

"맞아, 수장의 상태는 아슬아슬해. 아들이 죽으면 정신적으로 무너질 거야. 우리는 수장마저 영원히 잃을 거라구."

"그렇다면 그웬돌린이 데이비드를 살리는 데 총력을 다하도록 놔두어야 해요."

클라린다가 단호하게 결론을 내렸다.

"그녀나 그녀의 옷에 더 이상의 사고가 생기지 않도록 우리가 만전을 기해야 한다구요."

오웬 노인이 뜨겁게 지지했다.

"옳은 말이야. 우리는 좀더 시간을 갖고 판단해야 해, 수장과 아이를 위하여."

"그러다가 아이가 죽으면요?"

치료사 엘스페스가 다그쳤다.

늙은 독극물 애호가가 단정적으로 선언했다.

"마녀를 맥스윈 일족에게 돌려보내 화형에 처하라고 해야지."

# 8

"나 아파요."

그웬돌린은 옛날 이야기를 멈추고 걱정스럽게 데이비드의 안색을 살폈다.

"그게 무슨 뜻이니?"

소년이 꼼지락거리며 일어나 베개에 기대어 쉴없이 몸을 비틀고 꼬았다.

"아프다니까요."

"어디가?"

그녀는 애매한 답변을 좀더 확실하게 이해하려고 캐물었다.

아이의 작은 이마에 주름이 잡혔다.

"몸 전체가요."

자기 딴에는 너무 당연한 사실을 상대가 몰라주자 짜증이 나는지 짧게 대답했다.

"등, 다리, 팔…… 전부 다 아프다구요."

그웬돌린은 이불을 젖히고 소년의 쭉정이 같은 팔을 위아래로 천천히 올렸다 내렸다.

"이러면 아프니?"

"아뇨."

이번에는 아이의 팔을 접었다 폈다.

"이건 어때?"

"안 아파요."

다음에는 소년을 엎드려 눕히고 어깻죽지 부근을 가볍게 문질렀다.

"등을 만지니까 아프니?"

"아아니오."

아이는 베개에 얼굴을 묻고 폭 한숨을 쉬었다.

"시원해요."

그웬돌린이 고작 손바닥 한 뼘 넓이의 좁은 등을 좀더 힘주어 골고루 누르기 시작하자, 살점이라곤 거의 붙어 있지 않은 앙상한 골격 사이에서 딴딴하게 뭉친 근육이 지압력에 저항했다. 천천히 아이의 어깨와 목과 팔에 이어 다리까지 범위를 넓혀나갔지만 데이비드는 아프다고 불평을 하긴커녕 힘을 완전히 빼고 몸을 맡겼다.

아이의 전신이 쑤실 만도 하다. 여러 달에 걸쳐 꼼짝도 못하고 침대에만 누워 있었기 때문에 근육과 팔다리가 약화되면서 통증을 유발했던 것이다. 어머니의 기록에 의하면, 신선한 공기와 햇빛은 필수적이고 환자가 어느 정도 회복한 경우에는 적절한 양의 운동도 필요하다고 강조되어 있다. 지나치게 운동량이 부족하면 영양 결핍만큼이나 육신이 쇠약해진다고도 했다.

"몸이 아픈 거 빼고 오늘 기분은 어떠니, 데이비드?"

그웬돌린은 꼬챙이처럼 가느다란 종아리를 안마해 주며 물었다.

데이비드는 그냥 어깨만 으쓱거렸다.

"속은 어때? 울렁거리니?"

“아뇨.”

“가슴이 답답하고 아프게 죄어드니?”

“아뇨.”

“노곤하고 지치는 기분이니?”

“침대에 누워만 있는 데 지쳤어요. 아무것도 안 하는 데 지쳤어요.”

소년의 불평불만은 좋은 징조로 여겨졌다. 그웬돌린은 계속 안마하며 이리저리 생각한 다음 이렇게 물었다.

“밖에 나가면 어떨 것 같니?”

아이는 바로 누워 혼란스런 표정으로 그녀를 대했다.

“침실 밖이요, 아니면 성 밖이요?”

“당연히 성 밖이지. 날도 화창하고 나 역시 계단에서 굴러 떨어진 다음부터 실내에만 있었더니 몸이 찌뿌드드한걸. 우리, 옷을 따뜻하게 껴입고 카메론에게 밖으로 나가자고 부탁해 보자. 내가 음식 바구니를 준비할 테니까 우리 셋이서 마당 풀밭에 앉아 점심을 먹는 거야. 어때?”

기쁨의 빛으로 눈을 반짝거리면서도 소년은 여전히 유보적인 태도를 버리지 않았다. 심지어 그녀에게 경고까지 했다.

“우리 아버지가 좋아하지 않으실 거예요.”

“수장님은 나에게 너를 맡기셨어. 아무 걱정하지 마.”

그녀는 침대 발치의 옷궤를 뒤져 데이비드가 입고 나갈 만한 옷을 찾았다. 오늘 외출에 대하여 수장이 과연 찬성표를 던질지는 솔직히 자신 없었지만 아이의 상태만 좋다면 자식에게 야외 생활의 즐거움을 막을 아버지는 없다고 여겨졌다.

반 시간 후 데이비드는 두툼한 모직 담요로 둘둘 말리고 카메론의 강한 품에 편히 안겨 계단을 내려갔다. 그 뒤를 따르는 그웬돌린의 손에는 커다란 바구니가 들려 있었다. 거기에는 갓 짜낸 우유, 여러 조각의 치즈, 상당량의 냉육과 생선, 삶은 계란 등등이 한아름이었는데

그만큼 신선한 공기와 적당한 운동이 데이비드의 식욕을 자극해 주길
바라는 그녀의 기대도 컸다.

그들을 처음 발견한 백발노인 오웬이 침을 튀겨가며 다다닥 질문
공세를 벌였다.

"이런 질문은 미안하지만 아가씨, 이 아픈 아이를 데리고 뭘 하려는
거요? 왜 데리고 나왔소? 이게 어찌된 영문이오?"

"바깥 바람을 쐬러 나가는 길이에요, 오웬 영감님. 저희와 함께 가
시겠어요?"

"안 돼!"

레지널드 노인이 경악을 금치 못했다.

"수장이 외출 따위를 허락할 리 없어."

"이미 허락하셨는 걸요."

거짓말은 아니었다. 그녀에게 부여된 권한을 확대 해석했을 뿐이다.
아들을 전적으로 맡긴 사람은 수장이었고, 전담 치료사로서 그녀는
환자의 환경을 바꾸어 줄 필요가 있다고 판단했다.

또 다른 원로 래클런은 눈을 가늘게 뜨고 음식 바구니를 주시했다.

"꽤나 묵직하게 보이는군. 그 안에 든 것으로 아이에게 무슨 짓을
하려는 거요?"

"아이를 배불리 먹일 계획입니다, 래클런 영감님."

"수장이 남쪽 경계를 둘러보고 올 때까지 기다리는 게 좋지 않을
까?"

오웬 노인은 어찌할 줄 몰라 갈고리처럼 굽은 양손을 문지르며 스
스로 묻고 스스로 대답했다.

"맞아, 그게 최선책이야."

"하지만 수장님이 돌아오셨을 때 햇빛이 지금처럼 좋으리란 보장이
없잖아요."

그웬돌린이 사실을 지적하며 육중한 문을 열자 찬란한 햇살이 어두

운 성 안으로 쏟아져 들어왔다.

세 명의 원로들은 제각기 비명을 지르며 손으로 눈을 가렸다.

"마녀가 나를 소경으로 만들었어!"

래클런이 큰 소리로 울부짖었다.

"내 눈이 마녀의 주술에 걸려 타오르고 있어!"

열혈노인 레지널드도 외쳤다.

"나도 마찬가지야! 내 눈은 녹아내려!"

"햇빛 때문에 일시적으로 그런 거예요. 해롭지 않아요."

그녀가 안심시켰다. 이 분들이 언제 마지막으로 바깥출입을 했을까?

원로들은 머뭇거리다가 천천히 손을 내리고 눈을 깜빡거렸다. 레지널드 노인이 안도의 한숨을 내쉬었다.

"저 아가씨의 말대로야. 내 눈이 보여!"

"그런데 세상이 땡땡이 무늬 천지가 되었어."

오웬이 황홀해하는 표정으로 뭔가를 잡으려는 듯 허공을 헛손질했다.

"저봐, 알록달록한 공이 둥실둥실 떠다니잖아."

"마녀가 우리에게 주술을 걸은 거야. 난 다 알아!"

독약애호가 노인이 주먹으로 눈을 비비며 고집스럽게 주장했다.

그웬돌린은 쓴웃음을 지었다.

"곧 괜찮아지실 거예요, 래클런 영감님."

그리고 카메론과 데이비드에 앞서 밖으로 나갔다.

매캐한 연기가 고기 훈제용 건물에서 피어올랐지만 이 순간 성마당을 지배하는 냄새는 역한 구린내였다. 이 악취의 진원지는 두 군데로 마구간지기 소년 에릭이 부지런히 마구간을 들락날락하며 마당 한쪽에 산처럼 쌓아올리는 중인 말의 배설물 묻은 건초가 그 하나였고, 성벽을 따라 위치한 공동변소가 또 다른 하나였다.

"여기는 안 되겠어요."

그웬돌린이 카메론에게 말했다.

"저기 들꽃이 만발한 언덕에서 식사를 즐기기로 해요."

"아이가 성채를 벗어나면 수장님이 싫어하실 겁니다."

데이비드가 작은 콧잔등을 찡그리고 불평했다.

"나 여기 싫어요. 용의 썩은 창자 속 같은 냄새가 나는걸."

"네 말이 절대적으로 옳아."

그웬돌린은 성채의 문으로 단호하게 걸음을 옮겼다.

"우리 이 끔찍한 냄새를 잘 기억해 두었다가 옛날 이야기를 할 때 떠올리자꾸나, 데이비드. 어서 오세요, 카메론. 바로 성채 밖인 걸요 뭐."

불곰전사가 아이를 안은 채 마지못해 성채를 넘자 맥던 일족은 들일을 멈추고 놀란 눈으로 그들을 지켜보았다.

"막아요! 저 마녀의 앞을 막아!"

그웬돌린은 이쪽을 향해 전속력으로 달려오는 엘스페스를 발견했다. 치료사의 여윈 얼굴은 분노로 한층 일그러져 있었다.

"아이를 당장 방으로 데려가지 못해, 이 마녀야!"

"카메론, 데이비드를 데리고 언덕으로 먼저 가주시겠어요? 내가 곧 뒤따라갈게요."

그웬돌린의 요청에 따라 두 사람이 가청 범위에서 벗어나자 그녀는 냉정하고 당당하게 엘스페스와 맞섰다.

"아이의 치료사는 이제 나예요."

"너처럼 아이를 잡으려고 작정한 마녀의 짓거리는 용납 못해, 수장님께서 뭐라고 하셨든!"

"난 아이의 병을 고치려는 거예요. 햇빛 속에서 바람을 좀 쐬는 게 어떻게 해로울 수 있겠어요?"

"한기가 들어 죽을 테니까 해롭지! 제 엄마처럼 약해빠진 아이라는 건 눈 달린 사람이면 다 알아!"

"죽은 어머니의 생김새를 닮았다고 체질까지 똑같다는 건 아니에요. 데이비드는 수장님의 혈육이기도 해요. 수장님은 건강하고 튼튼하시잖아요."

"그 요사스런 말솜씨로 수장님은 속여넘겼을지 몰라도 나는 못 속여. 네 사악함이 빤히 보인다구!"

그웬돌린은 속으로 진저리를 쳤다. 엘스페스의 증오는 절대적이어서 어떤 논리와 설명으로도 바뀌지 않는다. 물보다 진하다는 한핏줄의 일족에게도 경원당해 왔던 긴 세월을 통하여 그웬돌린은 본능과 감정에 의거한 타인의 선입견을 변화시키기란 불가능하다는 걸 이미 배웠다. 그건 자신의 힘으로는 어쩔 수 없는 영역에 속한다.

"당신이 믿고 싶은 대로 믿으세요, 엘스페스. 그런다고 아이에 대한 내 진의가 달라지진 않으니까."

그 말을 마지막으로 그웬돌린은 돌아서, 치료사의 거친 비난으로 상처받은 마음이 더 이상 흔들리지 않도록 애쓰며 의연하게 걸음을 옮겼다.


"…그리고 저기 저 구름은 배가 불룩 튀어나온 작달만한 사람처럼 생겼지?"

그웬돌린은 손을 눈 위에 대고 햇빛을 가리며 하늘을 계속 올려다보았다.

"먼로를 많이 닮은 것 같구나. 네 생각은 어떠니, 데이비드?"

소년의 대답이 나오지 않았다. 그녀는 고개를 돌려 이미 잠든 아이를 발견했다.

"내가 보기에도 먼로처럼 생긴 구름이에요."

카메론이 대신 말했다.

"하지만 배불뚝이 우리 마누라를 더 많이 닮았군요."

"참 다정하기도 한 발언이네요. 클라린다에게 일러주어야지."

"우리 집사람은 웃어넘길 걸요. 다시 아이를 가져 너무 행복한 나머지 몸매야 어찌 되건 관심도 없어요."

그웬돌린은 순간적으로 어리둥절했다. 이번이 클라린다의 초산이라고 쭉 생각해 왔기 때문이다.

"다시 아이를 가지다뇨? 그럼……?"

불곰전사가 고개를 끄덕거렸다.

"이 년 전에도 한 번 아이가 생겼었습니다. 여자아이였죠. 하지만 집사람이 힘들여 낳았을 때는 죽어 있었어요, 탯줄이 목에 감겨서."

그래서 클라린다가 배를 어루만질 때 자주 심란한 얼굴이 되었구나. '이 아이가 세상에 무사히 나올 수 있도록 내가 잘 해내야 할 텐데'라던 말도 초산을 앞둔 임산부의 막연한 불안이 아니라 실은 경험에 입각한 근거 있는 걱정이었다. 전에도 태내에서 아이가 노는 움직임을 흐뭇하게 느끼며 사랑하는 자식을 품에 안는 날이 어서 오기를 기다려봤던 것이다.

하지만 대신 생명이 없는 아이를 낳았다.

"클라린다가 많이 힘들었겠어요."

그웬돌린은 혼잣말처럼 중얼거렸다.

카메론도 서글픈 어조로 동의했다.

"예, 아주 많이 힘들어했어요. 아내가 아이를 한 번만이라도 안아보게 해달라고 떼를 쓰더래요. 여러 달 동안 자신의 몸 속에서 자라고 노는 걸 느껴온 다음이라 그 아이가 정말 죽었다는 걸 실감하지 못한 거죠. 하지만 엘스페스가 마구 꾸짖더랍니다. 이브의 원죄3)를 타고 태어난 어미의 죄로 인하여 죽은 아이를 보고 싶어하다니 뻔뻔스럽다구요."

---

3) 교회의 가르침에 의하면 여자는 모든 악의 근원이었다. 이브의 죄로 말미암아 남자마저 천국에서 추방되었고 여자란 그 자체가 죄에 빠진 '약한 그릇'이었다.(베드로 전서 3:7 '남편된 사람도 이와 같이 자기 아내가 약한 그릇임을 잘 이해하여……') 심지어 성모 마리아조차 인격화된 건 13세기에 들어와서이며 약 백년 후에야 성모가 예수를 안고 슬퍼하는 피에타상이 제작되기 시작했을 정도이다.

그의 입술이 자조적인 모멸감으로 팽팽하게 당겨졌다.

"난 수장님과 브로딕과 함께 있으면서 아이의 탄생을 기다렸습니다. 다들 그렇게 하라고 권하더군요. 아내도 다 끝날 때까지 다른 곳에 가 있으라고 종용했구요. 하지만 실은 내가 겁쟁이라 피했던 겁니다. 집사람의 고통스러워하는 비명을 도저히 견딜 수 없어서요. 내가 그때 그곳에 있었다면 엘스페스에게 아가리 닥치고 우리 아이를 아내의 품에 안겨 주라고 말해 주었을 텐데."

그는 우울하게 하늘을 응시하다가 고개를 흔들었다.

"차라리 잘된 일인지도 모르죠. 죽은 아이를 봐서 뭐합니까, 클라린다의 마음만 더 찢어지지."

그웬돌린은 해줄 말이 없었다. 그녀가 클라린다의 입장이라면 사산한 아이를 보여달라고 할 용기가 과연 있었을까? 아무리 생각해도 그럴 용기를 낼 수 있을 것 같지 않았다.

"내가 돌아갔을 때는 사람들이 이미 아이를 데려가고 클라린다는 슬픔으로 반쯤 미쳐 있었어요. 어린애를 품에 안지도, 보지도 못했다는 사실 때문에 그 후로도 종종 눈물지었죠. 심지어 죽은 딸아이에게 캐서린이라고 이름까지 지어주었어요. 세례를 못 받아 천국으로 갈 수 없는 모든 갓난아이들의 영혼 틈에서 엄마의 작별 키스도 받지 못한 우리 딸이 완전히 버림받은 기분이 들지 않도록 우리라도 예쁜 이름으로 불러주어야 한다면서."

카메론은 잠시 말을 멈추고 눈두덩이를 문질렀다.

"아내와 나, 모두에게 힘든 시기였습니다. 집사람이 종종 밤새도록 눈물만 하염없이 흘리는데…… 정말이지 내 가슴이 터져 버릴 것만 같더군요. 그 핏덩어리를 그냥 거두어 가신 게 주님의 뜻이라고는 알고 있지만 출산 당시 내가 아내의 옆에 없었기 때문에 그렇게 되었다는 자책감이 문득문득 들어요."

"당신 잘못이 아니에요, 카메론. 클라린다도 알고 있을 거예요."

그는 묵묵히 하늘만 올려다보았다.

"이번에는 다를 겁니다."

결연한 맹세였다.

"출산은 여자 일이니 남자들은 멀찌감치 피해 있으라고들 하죠. 어쩌면 그 말이 옳을지도 모르지만 이번만큼은 절대로 아내의 곁을 떠나지 않겠어요."

바로 그때 데이비드가 갑자기 눈을 떴다. 소년은 작고 떨리는 목소리로 입을 열었다.

"나…… 속이 이상……."

그 짧은 경고조차 끝맺지 못하고 격렬하게 토하기 시작했다.


죽으면 안 돼.

그녀는 아이를 들쳐업은 카메론의 뒤를 따라 맥던 일족의 비난에 찬 시선과 경악한 원로들과 이럴 줄 알았다는 듯이 만족해하는 로베나와 엘스페스를 모두 무시한 채 성의 침실로 돌아와 소년을 씻기고, 옷을 갈아입히고, 수분을 보충시키고, 벽난로의 불을 높이고, 기진맥진하여 늘어진 아이에게 여러 겹의 이불을 덮어주며 죽으면 안 된다고 기도문처럼 거듭거듭 되뇌었다.

"끝내 죽는 거요?"

나지막하고 이상하게 초연한 목소리였다. 데이비드의 손을 놓지 않고 그웬돌린은 의자에서 일어나 맥던 수장에게 돌아섰다.

"죽지 않아요. 그렇게는 내가 놔두지 않을 거예요."

수장은 깊은 고랑 같은 주름이 영원히 각인된 듯한 얼굴을 하고 문가에서 움직이지 않았다. 마침내 느린 걸음을 떼어 침대로 다가왔지만 견딜 수 없는 비극과 마주하려는 사람처럼 커다란 손을 주먹 쥔 채 옆구리에 늘어뜨리고 있었다. 고통으로 어두워진 그의 시선이 아들에게 닿았다. 백랍처럼 파리한 안색, 붉은 반점이 돋은 얼굴, 눈 아래의 시꺼먼 그늘, 수척하게 움푹 파인 뺨 등 사랑하는 자식의 무엇 하나 놓치지 않았다.

알렉스는 아들을 아주 오랫동안 응시하며 아이에게 몸을 던지고 오열하고픈 충동과 힘겨운 싸움을 벌여야 했다. 이 싸움에서 지면 정신이 산산조각나 그 파편들을 두 번 다시 결합시키지 못하리란 걸 이미 알기 때문이다. 다시 한 번 숨을 깊이 쉬었다. 그리고 가슴을 좀먹어 드는 이 넌더리나는 두려움 이외의 다른 것에 초점을 맞추려 했다. 압도적인 비통함 가운데 작게 자리잡고 있는 분노를 가까스로 찾아내 그 감정에 매달렸다, 마치 물에 빠진 사람이 지푸라기라도 잡듯 그렇게 결사적으로.

예전에 절망의 심연으로 추락했던 경험을 통하여 그는 운명이나 신 (神)처럼 무형의 모호한 대상에게 분통을 터뜨리는 짓이 얼마나 소모적인가를 익히 배웠다. 하지만 이번에는 경우가 다르다. 그는 플로라를 잃은 이후 아내를 쏙 빼닮아 스코틀랜드의 가혹한 자연조건 속에서 살아남기엔 너무 약한 아들마저 잃을까 봐 되도록 밖에도 나가지 못하게 하고 격렬한 놀이도 금지시켜 왔다. 그런데도 데이비드는 결국 탈이 나고야 말았다. 그 정도로 허약한 아이가 오늘 안전한 방에서 거친 야외로 무모하게 끌려나갔으니 죽을 뻔했던 게 당연하다.

이 가공할 행위에 대하여 마녀는 처벌을 받아야 한다.

"내 방으로 따라오시오. 지금 당장."

그웬돌린은 눈 깜박할 사이에 험악해진 수장의 태도에 동요하여 말을 더듬었다.

"지, 지금은 데이비드의 곁을 떠날 수 없어요."

"이 이상 내 아들에게 할 짓이 남아 있소? 오늘부로 전담 치료사 자리에서 물러나시오."

엘스페스가 기다렸다는 듯이 방으로 들어왔다. 사실 그녀는 복도에서 이 순간만을 바라며 대기해 왔던 터였고, 이미 한 팔에 지저분한 수건을 늘어뜨린 채 말라붙은 핏자국으로 얼룩진 작은 칼을 쥐고 있었다.

"안 돼!"

그웬돌린은 아이의 작은 손을 한층 힘주어 잡고 외쳤다.

"방혈은 안 돼요, 엘스페스. 데이비드는 몸의 수분을 전부 잃다시피 했는데 지금 피를 뽑으면 몸이 더 약해져요."

"이 아이는 체내의 나쁜 독기에 저항하기 위해 신물까지 게워낸 거야. 내가 피를 뽑아 육신을 정화시켜 주지 않으면 이 아이는 죽어."

치료사가 거침없이 침대로 다가왔다.

그웬돌린은 절망적으로 맥던 수장을 바라보며 애원했다.

"제발 말려 주세요, 제발! 수장님이 화가 나신 것도, 아드님이 잘못될까 봐 두려워하시는 것도 알아요. 모두 아이를 밖으로 데리고 나간 내 잘못이에요. 어떤 벌도 달게 받겠으니, 제발 피 뽑기를 저지해 주세요! 아이에게 해만 될 뿐이에요!"

"거짓말에 속지 마세요!"

엘스페스가 반박했다.

"저건 아이를 죽이려는 마녀의 농간입니다!"

"수장님과 이 일족이 나를 어떻게 생각하시든 좋아요."

그웬돌린의 항변이 북받친 감정으로 떨려나왔다.

"하지만 내가 이렇게 아름다운 아이를 일부러 괴롭힌다는 오해만은 말아 주세요."

알렉스는 망설였다. 빠르게 스러져 가는 아들의 건강에 무엇이 좋은지 다시 한 번 결정해야 하는 입장이 된 것이다. 플로라가 죽어갈 때도 이와 똑같이 난해하기만 한 결정을 내려야 했다. 그리고 다른 선택을 내렸더라면 다른 결과가 나오지 않았을까 수없이 고민하고 번뇌해야 했었다. 소위 치료사들이 끊임없이 플로라의 피를 뽑고 상상을 초월한 독한 약을 먹여 아내를 구토와 통증으로 신음하게 하거나, 친

자식은 물론이거니와 그녀를 목숨보다 사랑하는 남편조차 알아보지 못하는 상태로 몰아넣을 뿐이었던 처치를 막았더라면 어떻게 되었을까?

마른침과 함께 목까지 올라온 슬픔 한 조각을 꿀꺽 삼켰다.

그웬돌린과 엘스페스는 둘 다 그에게만 시선을 못박은 채 수장이자 환자 아버지의 결정을 초조하게 기다리고 있었다.

알렉스는 눈을 감았다. 이 순간에서, 이 침실에서, 이 고달픈 삶에서, 이 끔찍하고 무거운 책임에서 도망가고만 싶었다.

*난 정말 모르겠어. 당신이라면 어떻게 하겠어, 플로라?*

일순 그는 자신이 내려야 할 결정의 무게에 깔리는 기분이었다. 하지만 마침내 눈을 떴을 때 대답은 명약관화하게 나와 있었다.

"엘스페스,"

그는 천천히 똑똑하게 천명했다.

"당신에게 내 아들을 맡기겠소."

그웬돌린은 경악에 찬 신음을 작게 내뱉고 아이에게 더 가까이 다가섰다. 반면 중년의 치료사는 의기양양한 미소를 지었다.

"하지만 내가 이 문제를 좀더 생각하고 결정할 때까지 방혈은 금지요."

치료사 엘스페스의 표정이 불신으로 일그러졌다.

"아이에게 깃든 불결함이……."

"내 아들의 피를 뽑지 마시오. 이건 명령이오."

강경한 어조로 반복하고 그는 손을 내밀었다.

"그걸 이리 주시오."

엘스페스는 머뭇거리다가 결국 칼을 수장에게 건넸다. 차가운 금속의 감촉. 알렉스는 이게 아내와 아들에게 얼마나 많이 사용되었는지 생각을 안 하려 노력하며 손가락을 오므려 핏방울이 말라붙은 작은 칼을 지그시 쥐었다.

"그리고 그웬돌린, 당신은 나를 따라오시오."

그는 마녀에게 일별조차 주지 않고 방에서 나갔다.

"네가 이겼다고 착각하지 마."

엘스페스가 증오로 격앙되어 마녀를 죽일 듯이 노려보았다.

"수장님께선 네 기만을 꿰뚫어보고 나에게 아들을 맡기셨어. 이제 넌 처벌받고 너희 일족에게 넘겨져 마침내 화형을 당하겠지. 그리고 난 이 아이의 연약한 육신에서 네 독기를 뽑아낼 거야. 정화되어 깨끗해진 영혼이 천국으로 들어갈 수 있도록."

치료사의 으스스한 맹세에 내몰리듯 그웬돌린이 방에서 나왔을 때 카메론과 브로딕과 네드가 침통한 얼굴로 기다리고 있었다. 그녀를 처벌하라는 수장의 명령을 받들기 위해 이 자리에 있는 것이다. 비록 그녀는 수장을 향한 이 전사들의 충성심을 익히 알고 있었지만 그래도 와락 치솟는 배신감을 금할 길이 없었다. 그녀는 일부러 고개를 꼿꼿하게 쳐들었다.

"드릴 말씀이 있습니다, 수장님."

불곰전사 카메론이 앞을 가로막았다.

알렉스는 짖듯이 쏘아붙였다.

"나중에 해. 내가 그웬돌린 문제를 처리한 다음."

"하지만 아이를 안고 성채 밖으로 나간 사람은 바로 접니다. 그러니 벌을 받아야 할 사람도 접니다."

"카메론의 협조가 없었다면 그웬돌린이 어떻게 아이를 밖으로 데리고 나갔겠습니까?"

브로딕이 친구의 옆에 붙어 서서 덧붙였다.

"그녀에게 모든 책임을 지우는 건 부당합니다."

네드도 앞으로 나섰다.

"벌은 카메론에게 내리십시오."

맥던 수장은 충격에 사로잡혀 전사들을 바라보았다. 그에게 절대적으로 충성하는 이들이 지금 마녀를 두둔하고 나서다니!

"자네가 그토록 처벌받길 열망한다면 그 소원쯤은 쉽게 풀어줄 수 있어, 카메론."

그는 건조한 목소리로 뒷말을 이었다.

"하지만 아이에 대해 총체적인 책임을 지녔던 쪽은 그웬돌린이고 자네의 행위는 그녀의 것과 비교하면 약소하다. 이제 옆으로 비켜."

전사들은 그웬돌린에게 안타까운 시선을 던졌지만 어쩔 수 없이 수장 앞에서 물러났다. 그들의 예상치 못한 지원에 그녀는 마음이 따뜻해져 목소리를 낮추어 속삭였다.

"난 괜찮을 거예요. 너무 걱정하지 마세요."

저 침통한 표정들은 그녀의 불안을 조금도 덜어주지 못했다.

알렉스는 문을 열고 침실로 들어서자마자 손에 쥐고 있던 작은 칼을 냅다 던졌다. 칼이 힘찬 기세로 맞은편 석조 벽에 부딪쳐 돌조각의 파편을 만들고 쨍그랑거리며 바닥에 떨어졌다. 그는 뒤따라 들어온 그웬돌린에게 신랄하게 명령했다.

"문 닫아."

그는 탁자로 다가가 포도주를 따랐다. 한 모금에 술을 마셔버린 다음 또 술잔을 채워 단숨에 들이켰다. 터질 듯이 격앙되어 있던 감정이 실낱만큼 가라앉자 그는 마지막으로 포도주를 따라 잔을 쥐고 그웬돌린을 노려보았다.

"도대체 어쩔 심산으로 죽어가는 내 아들을 성채 밖으로 끌고 나갔소?"

그의 목소리는 그녀에게 내리쳐지는 채찍과도 같았다.

그웬돌린은 말을 더듬었다.

"아, 아이에게 바깥 바람과 운동이 효과적일 것 같아서…… 오늘 아침에는 상태도 좋았구요."

"효과적? 괜찮은 것처럼 보이다가도 다음 순간에는 별안간 토사곽란을 일으키는 아이에게 바깥 바람과 운동이 어떻게 효과적일 수 있다는 거요? 정신이 있소, 없소!"

"침대에 내내 묶여 있는 생활에 아이가 갑갑해하는 눈치였어요."

횡설수설에 가까운 변명이 물밀듯이 쏟아졌다.

"나도 답답한 실내에서만 머물러야 했던 겨우 며칠 동안에조차 얼굴에 와닿는 햇살의 느낌과 코끝을 스치는 흙냄새 풀냄새가 못 견딜 정도로 그리웠는데 몇 달씩이나 외부 세상과 단절된 아이의 심정이 어땠겠어요? 수장님은 매일 누리니까 자연의 고마움을 몰라요. 그리고 데이비드의 상태는 정말 좋았어요. 점심을 먹기 전까지는 멀쩡했어요."

뇌리를 스친 어떤 생각에 말을 멈추었다. 혹시 상한 음식 때문에 아이가 탈이 난 게 아닐까? 그웬돌린은 미간을 찌푸리고 점심 식단을 하나씩 따져보았다. 하지만 그녀 자신과 카메론도 아이와 똑같은 걸 먹었지만 무사하지 않은가. 그렇다면 음식이 변질되거나 독성분이 첨가되었던 건 아니다. 대신 그 종류와 데이비드의 심각한 반응 사이에 어떤 상관 관계가 있을지도 모른다.

"당신의 의도가 아무리 선한 것이었을지언정 내 아들이 하마터면 죽을 뻔했다는 사실은 엄연히 남아 있소."

알렉스는 쓰게 단언을 내렸다.

"내 아들은 이 일족의 차대 수장이 될 몸, 반드시 살아야 하는 아이요. 그렇게 중요한 생명을 당신이 또 위험에 빠뜨리도록 맡겨둘 순 없소. 내 아들의 치료에서 완전히 손 떼시오."

그리고 고개를 젖혀 술잔을 훌쩍 비웠다.

나를 돌려보내겠다는 뜻이로구나, 그웬돌린의 전신에서 맥이 탁 풀렸다. 수장은 아들의 병을 고치는 데 실패한 마녀를 고향으로 돌려보내려는 것이다. 그웬돌린은 고향에 발을 들여놓자마자 화형당하리란 사실보다 아이가 엘스페스에게 맡겨지리란 전망이 더 소름끼쳤다.

'난 이 아이의 연약한 육신에서 네 독기를 뽑아낼 거야. 정화되어 깨끗해진 영혼이 천국으로 들어갈 수 있도록.'

저 중년의 치료사는 오염된 육신에서 악령을 쫓아내겠다는 명목으로 거머리처럼 마음껏 아이의 생기를 쥐어짜내리라. 데이비드는 또 무덤 같은 방에 갇혀 끊임없이 피를 뽑히고 관장을 당하고 불결하며 후텁지근한 공기 속에서 숨막혀하리라.

그러다 결국 죽고 말 것이다.

"안 돼요!"

그웬돌린은 절망적으로 호소했다.

"아이를 그 끔찍한 여자에게 도로 맡기지 마세요."

알렉스가 눈을 가늘게 치떴다. 그리고 위험하리 만큼 나지막한 저음으로 물었다.

"지금 나보고 내 아들을 이렇게 해라 저렇게 해라 명령하는 거요?"

"엘스페스는 아드님의 영혼을 정화시키기로 작정했어요, 그 과정에서 아이가 죽는 한이 있어도! 난 어떻게 되어도 좋아요. 오늘 일에 대해 어떠한 처벌이라도 받겠습니다. 하지만 데이비드가 그토록 가혹한 치료를 받도록 놔두진 않겠어요. 나를 고향으로 돌려보내면 반드시 탈출해 이곳으로 돌아오고야 말 거예요. 그 아이에겐 내가 필요해요!"

알렉스는 어안이 벙벙하여 순간적으로 말문을 잃었다. 그는 그웬돌린을 맥스윈 일족에게 돌려보낼 생각은 꿈에도 해보지 않았다. 아들의 전담 치료사 자격을 박탈하긴 했지만 그 이상 뭘 어쩔 마음도, 계획도 없었다. 왜냐하면 그녀는 이곳에서 벗어나자마자 로버트 일당에게 잡혀 고향으로 끌려가 화형을 당할 테니까. 물론 그는 아들의 병을 치료하지 못한 마녀에게 이루 형용할 수 없이 실망했지만 죽음을 언도할 정도까진 아니다.

이제 마녀는 창백하지만 결의로 팽팽해진 얼굴을 하고 작은 주먹을 꽉 움켜쥐고 있었다. 먹물 같이 까만 머리칼은 리본에서 빠져나와 부스스하게 어깨를 덮고 초록색 드레스의 소매는 팔꿈치까지 아무렇게나 걷어붙였으며 옷 앞판은 주름과 얼룩투성이였다.

하지만 알렉스에게는 저 헝클어진 차림이 좋게만 보였다. 환자 방에서 나올 때도 처음 들어갔을 때와 똑같이 말쑥하기만 한 로베나와 달리 그웬돌린은 자신의 매무새 따윈 도외시하고 그의 아들에게 헌신했다는 증거니까. 그렇다, 이 여자는 그런 여자다. 체포와 수감과 화형의 시련을 견디고 이곳까지 말 달려온 사흘 동안 군소리 한 번 하지 않은 여자. 그의 성 계단에서 떨어져 피를 철철 흘리고도 의식을 차리자마자 아이에게 달려가 사고 경험을 재미있게 꾸며서 해주는 여자.

이 가냘프고 작은 몸의 어디에 그토록 탄력적인 회복력이 숨어 있는 걸까?

마녀는 죽음을 각오한 자의 눈빛이었다. 울거나 용서를 애걸하지도 않았다. 되려 그에게 복종할 뜻이 없음을 냉정하게 밝혔고 어디 한번 해볼 테면 해보라는 식으로 당당하게 맞섰다. 이 의지의 힘에 알렉스는 매혹당했다. 그리고 이 두려움 없는 자세에 화가 치밀었다.

그는 위압감을 주는 체구와 수장이라는 위치로 인하여 남녀노소를 불문하고 다른 사람의 거리감 있는 존경을 받는 데 익숙해져 있었다. 그런데 이 미천한 마녀, 한 주먹거리밖에 안 되는 이 여자는 왜 그를 두려워하지 않는 걸까? 그가 정신적인 결함이 겉으로 현저하게 드러나는 미치광이이기 때문에? 그가 자신보다 더 많은 두려움을 안고 사는 한낱 소인배임을 꿰뚫어보았기 때문에?

그건 사실이다, 알렉스는 많은 것들이 두려웠다. 플로라 없이 평생을 홀로 보내야 하는 시간이 두려웠다. 아내와의 유일한 끈인 아들마저 죽을까 봐 두려웠다. 끝내 제정신을 잃고 진짜 미치광이가 될까 봐 두려웠다. 일족에 대한 책임과 의무를 다하지 못할까 봐 두려웠다. 고역과도 같은 삶 자체가 두려웠다.

그래서 어떤 것도 두려워하지 않는 이 여자에게 감탄한 동시에 분노가 치밀었다. 이 여자에게도 두려움을 아주 조금이나마 심어 주고 싶은 욕구가 압도적으로 끓어올랐다.

그웬돌린은 뭐라 식별할 수 없는 감정으로 푸른 눈을 빛내며 이쪽으로 다가오는 수장을 지켜보았다. 마음 한 구석으로는 도망가고 싶었지만 데이비드의 곁에 머물러야 한다는 결의가 겁쟁이 짓을 용납하지 않았다. 이미 평생을 위협받고 괴롭힘 당하며 살아오지 않았느냐고 그녀는 자신을 일깨웠다. 앞으로 어떤 처벌을 받든 이미 경험했던 수난보다 더 심하진 못할 거라고 마음을 다져먹은 순간, 수장이 그녀의 어깨를 으스러져라 움켜잡았다. 그게 전부였다. 그웬돌린은 단 하나 자신있게 내세울 수 있는 의연함으로 수장의 시선을 되돌렸다. 두려움을 내비치면 끝이다.

알렉스는 여자를 노려보았다. 길고 긴 영원으로 정지된 듯한 순간 속에서 가느다란 어깨가 그에게 잡혀 산산이 으스러질 듯했다. 그는 이 여자를 마구 흔들어 맑은 잿빛 눈에서 싸늘한 초연함 이외의 다른 감정을 보고 싶었다. 언제나 폭발할 때만 기다리며 응축되어 있던 분노가 이제 경계 수위에 이르렀다.

하지만 진실로 누구에게 혹은 무엇을 향해 화를 내야 옳단 말인가. 플로라는 이미 죽었고, 아들은 죽어가고 있고, 이 마녀는 그의 기대를 저버렸다. 그를 플로라와, 그리고 삶과 연결해 온 유일한 끈인 아들이 죽을 거라는 현실은 버겁기만 했다. 영혼을 가르는 이 통한은 견딜 수 있는 이상이고 그의 사고력을 빼앗아 어두운 절망의 구덩이로 몰아넣었다.

알렉스는 절규하며 손에 닿는 것마다 닥치는 대로 파괴하고 싶었다. 한편으로는 자리에 누워 한없이 울고만 싶었다. 하지만 그는 그 어떤 것도 하지 않았다. 그저 여자를 붙잡고 그대로 서 있을 따름이었다. 상실감과 분노와 무력감에 시달린 채. 이 지긋지긋한 삶을 일 초도 참을 수 없는 막바지까지 몰린 채.

　돌연 그는 고개를 숙여 여자의 입술을 짓뭉개듯 눌러댔다.

　그웬돌린은 놀란 숨을 터뜨리며 벗어나려 했다. 하지만 수장이 그녀를 안은 팔에 더 힘을 주고 자신의 품에 가두었다. 작은 주먹으로 전력을 다하여 수장을 때렸지만 그의 단단한 가슴은 마치 갑옷을 입은 것과도 같아서 오히려 주먹질을 하는 사람만 아팠다. 수장의 정강이를 걸어차면서 힘차게 밀어도 보았지만 산을 미는 꼴이었다. 이건 안 되겠다 싶어 다른 정강이를 차려는 순간…….

　알렉스는 그녀를 갓난아이처럼 가뿐하게 안아올렸다.

　그웬돌린의 비명은 그의 입술에 막혀 침묵으로 봉해졌다. 수장은 혀로 그녀를 유린하며 침대로 데려갔다. 그웬돌린은 그를 멈추게 하고 싶었다, 진심으로 원했다. 하지만 푹신푹신한 침대에 눕혀져 수장의 육중한 체중으로 온몸이 짓눌려지자 나른한 체념이 찾아들었다. 그녀의 일부는 언제나 이 순간이 오리라는 걸 이미 알고 있었던 것처럼 더 이상 싸울 수 없었다.

　알렉스는 고운 뺨에서 섬세한 턱과 매끄러운 목을 따라 정성스럽게 키스하며 허기를 채웠다. 영원히 이대로 그녀와 함께 머물고 싶었다. 햇빛과 초원의 신선한 체취를 영혼 깊이 들이켜 병마와 죽음의 향기를 몰아내고 싶었다. 다시 한 번 진짜 사는 것처럼 살고 싶었다.

　그웬돌린이 맨가슴에 와닿는 차가운 공기를 문득 의식한 순간, 뜨거운 입술이 젖꼭지를 덥석 물었다. 환희가 몰려와 그녀의 피를 달구어놓고 손발에서 힘을 빼앗았다. 그녀는 어둡고 금지된 흥분에 사로잡혀 파리한 금색 머리칼을 움켜쥔 채 자신의 장밋빛 봉우리를 입술로, 혀로 애무하는 수장을 열에 들뜬 눈으로 지켜보았다.

　알렉스는 거칠거칠한 뺨을 젖무덤과 그 사이의 계곡에 문질렀다가 다른 젖가슴을 본격적으로 맛보기 시작했다. 익숙지 않은 아픔 같은 감각이 그녀의 속 깊은 곳에서 급박하고 기묘하게 일어났다. 그의 손이 드레스와 속치마를 헤집어 벨벳 같은 속살을 어루만졌고 그녀가 저항하기도 전에 허벅지 사이의 촉촉해진 돌기를 찾았다.

그웬돌린은 돌연 얼어붙었다. 아버지, 로버트, 증오에 찬 사람들의 얼굴이 눈앞을 휙휙 지나갔다. 동네 아이들의 돌멩이에 맞아 울며 집으로 도망가는 어린 소녀의 모습도 보였다. 지금 이 선을 넘으면 사슬보다 질긴 인연의 끈으로 맥던 수장에게 꽁꽁 묶이리란 본능적인 깨달음이 뇌리를 스쳤다. 정에 이끌려 주저앉으면 안 된다. 그녀에게는 할 일이 있다. 고향으로 돌아가 어머니의 보석을 회수하여 로버트에게 아버지의 원수를 갚아야 한다. 그웬돌린은 아랫입술을 꼭 깨물었다. 있는 힘껏 수장을 밀어내고 침대에서 일어나 미친 듯이 옷매무새를 가다듬었다.

알렉스는 찬물을 뒤집어쓴 것처럼 정신이 번쩍 났다. 방금 무슨 짓을 저질렀지? 플로라 이외의 다른 여자는 취하지 않겠다는 맹세를 깼다. 거기에다가 보호해 주기로 약속했던 젊은 아가씨에게 짐승처럼 덤벼들었다. 도저히 있을 수 없는 짓, 수치스런 짓이다. 육체의 기본적인 욕구마저 통제하지 못할 만큼 광기가 진행된 게 틀림없다.

그는 침대에서 일어났다. 어떤 말이든 하고 싶고 무슨 설명이든 하려 했지만 방금 일어난 일을 자신조차 이해할 수 없었다. 그래서 어색한 몸짓으로 플래드의 주름을 꼼꼼히 펴는 척하며 그웬돌린이 먼저 입을 열길 기다렸다. 하지만 그녀는 침묵만 지켰다. 결국 더 이상 플래드를 펴고 자시고 할 것도 없어지자 알렉스는 고개를 들어 그녀를 보았다.

그웬돌린은 그를 바라보고 있었다. 눈물이 그렁그렁 맺힌 눈을 하고 키스로 부은 입술을 바르르 떠는 그녀는 어린 소녀로만 보였다. 그의 죄책감이 천 배나 더 커졌다.

"이럴 뜻은 아니었는데…… 다시는 이런 일이 없을 거요."

한바탕 진저리가 그녀를 휩쓸고 지나갔다. 그웬돌린은 의지할 것을 찾는 사람처럼 치맛자락을 움켜잡았다. 알렉스는 비참한 심정으로 그녀의 손가락 관절이 하얗게 변해가는 모습을 응시했다.

그는 그녀를 보듬어 안고 다정하게 안심시켜 주고 싶었다. 하지만 그의 육체는 이미 욕망으로 단단해져 그녀와 접촉을 했다간 또 짐승처럼 덤벼들고 말 것이다.

*따뜻한 말 한마디조차 할 수 없는 천치 같으니.*

"내 아들의 치료사로서 다시 일하도록 하시오."

형식적이고 딱딱한 어조가 두 사람 사이에 오간 정열을 부인했다.

그웬돌린은 어리둥절한 표정이었다.

알렉스는 참다 못해 뒤로 돌아섰다.

"할 말은 그게 전부요."

"나, 난 오직 데이비드의 병이 낫기만 바랄 뿐이에요."

나지막하고 절박한 목소리였다.

그는 아무 말도 하지 않은 채 창문 너머로 밤하늘만 뚫어져라 응시했다.

더 이상 무슨 말을 해야 할지 몰라 그웬돌린은 조용히 방에서 나갔다.

마침내 혼자가 되자 알렉스는 무릎을 꿇었다. 그는 반짝거리는 '플로라의 별'을 바라보며 아내에게 간절히 용서를 빌었다.

# 9

꽝, 꽝, 꽝. 망치가 그의 머리를 신나게 내리치고 있었다.

알렉스는 신음하며 옆으로 돌아누웠다. 머릿속에서 이는 망치질이 얄미울 만큼 꾸준히 계속되었다. 그는 베개 아래에 머리를 박고 다시 한 번 잠으로 빠져들려고 안간힘을 썼다.

"수장님! 수장님!"

여자의 찢어지는 목소리가 가수면 상태의 몽롱한 아지랑이를 단칼에 베듯 가르고 알렉스의 의식에 도달했다. 에잇, 그는 짜증스럽게 베개를 바닥에 내던지고 한쪽 눈을 빠끔 떴다. 침실은 아직 어둑어둑하여 동트기 직전임을 말해 주었다. 그는 지끈거리는 이마를 세게 누르며 천천히 일어나 앉았다.

"일어나 보세요, 수장님!"

비명에 가까운 엘스페스의 목소리와 방문을 두들기는 소음이 점점 요란해져 그의 머리가 터지기 일보 직전이었다.

"망할, 그만두지 못해!"

알렉스는 버럭 소리를 질렀다. 성난 몸짓으로 이불을 젖히고 방을 가로지르는데 빈 술병에 걸려 삐끗했다. 그는 마구 저주를 퍼부으며 애꿎은 술병을 차버리고 문을 열었다.

"웬 소란이오?"

그의 표정이 사람 잡아먹을 것처럼 살벌했는지 치료사 엘스페스도, 요리사 앨리스도 말문을 잃었다. 둘 다 눈이 술잔만큼 동그래졌고 요리사의 쇠국자는 방문을 두들기던 동작 그대로 공중에 얼어붙었다.

"무슨 일인지 말을 해!"

"아, 아이……."

엘스페스가 마침내 더듬거리며 입을 뗐다.

"내 아들이 뭘?"

"마녀가 아이를 굶겨 죽이려 해요."

요리사 앨리스가 간신히 문장을 끝맺었다.

알렉스는 물어뜯듯이 질타를 퍼부었다.

"이 한밤중에 어떻게 그 여자가 내 아들을 굶겨 죽일 수 있단 말이오!"

"무슨 일인가?"

백발노인 오웬이 잠에 취해 비칠비칠 침실에서 나왔다. 그는 수장을 한참 보고 주먹으로 눈을 비빈 다음 또 봤다.

"마녀의 주술에 걸려 눈이 상한 후로 예전 같지 않구먼."

"난 준비 완료야!"

옆방 문이 벌컥 열리고 레지널드가 장검을 질질 끌며 뛰어나왔다. 수장을 보자 열혈노인은 우뚝 멈추어서 입을 떡 벌렸다.

"이 사람아, 그런 꼴로는 싸움터에 못 나가!"

"저는 침대 말고 어디에도 갈 생각이 없습니다."

"하지만 우리가 공격을 당했잖아!"

레지널드는 장검을 높이 들었지만 곧 도로 내리고 사람들을 둘러보왔다.

"공격당한 게 아냐?"

"잠 좀 자자!"

잔뜩 짜증난 얼굴을 한 래클런이 등장했다.

"사람에게는 잠깐이나마 눈을 붙여야 할 필요가 있는데 이렇게 와글와글 떠들면 어떻게 나보고……. 아니, 수장, 춥지도 않나? 벌거벗고 돌아다니게?"

알렉스는 자신을 내려다보고 입속으로 욕설을 중얼거리며 방 안으로 들어갔다. 그는 킬트를 허리에 두르며 나와 명령했다.

"이제 무슨 일인지 말해 보시오."

"마녀가 부엌으로 내려와 여기 요리사에게 말하길, 앞으로 아이 식사로 빵과 물만 준비하래요."

치료사가 말했다.

"빵과 물 이외에는 아무것도 안 된대요."

"계란 하나도, 고기 한 점도, 치즈 한 조각도, 우유 한 방울도, 생선 한 점도, 딸기 한 알도……."

요리사의 장황한 부연설명을 알렉스가 중간에서 잘랐다.

"알아들었소. 그래, 내 아들에게 빵과 물만 먹이라는 이유는?"

"보나마나 아이를 굶겨 죽이려는 거죠!"

엘스페스가 큰 소리로 주장했다.

요리사 앨리스도 질세라 덧붙였다.

"저는 마녀에게 생각을 돌리라고 간청했어요. 그렇게 약한 아이에게 빵과 물만 먹였다간 짧으면 하루, 길면 이틀밖에 못 산다고 설득했죠. 제 토끼고기 스튜는 둘이 먹다 한 명이 죽어도 모를 정도로 맛있으니 아이의 입맛도 살아날 거라고 장담했지만 마녀 왈…… 아이에게 빵과 물 말고 다른 걸 먹였다간 수장님의 분노를 살 거랬어요!"

"내 분노?"

"수장님이 마녀에게 아이의 치료를 다시 맡겼을 뿐 아니라, 그녀의 지시를 어긴 사람에겐 중벌을 내릴 거라고 언약하셨대요."

알렉스는 그런 말을 언제 했는지 헛되이 기억을 되짚어 보았지만 그웬돌린의 모습만 봇물 터지듯 연이어 떠올랐다. 가느다란 손가락을 그의 머리에 박고 하이얀 젖가슴으로 끌어당기던 그녀, 우아한 목덜미에서 정신없이 뛰던 맥박, 목 깊은 곳에서부터 터져 나오던 신음…….

"…여보게, 수장?"

소리를 높인 오웬 노인의 부름이 어렴풋이 들려왔다. 알렉스는 급히 숨을 들이키며 고개를 흔들어 어지러운 욕망을 털어버렸다.

"예?"

"정말 마녀에게 그런 언약을 했나?"

모두 심각한 얼굴을 하고 그를 주시하고 있었다. 알렉스의 두통이 한층 심해졌다. 그가 그웬돌린에게 그런 언약을 했던가? 기억나지 않았다. 그녀를 방으로 데려와 짐승 같이 덮쳤고 그 후에 정신을 잃을 때까지 포도주를 마셔 지금 이 고약한 숙취에 시달리게 되었다는 것밖에는 떠오르는 게 없었다. 그는 관자놀이를 문지르며 기억을 더듬었다.

'나를 고향으로 돌려보내면 반드시 탈출해 이곳으로 돌아오고야 말 거예요. 그 아이에겐 내가 필요해요!'

그웬돌린은 결의에 차 그렇게 선언했었다. 그 순간에는 이곳에 머물며 아이의 병을 치료하고 싶어했다. 하지만 다음 순간 그에게 만행을 당했으므로 이곳에서 도망갔다 해도 놀랍지 않을 텐데 오히려 첫 동이 트기도 전에 새롭고 희한한 치료법을 개시하여 성을 발칵 뒤집어 놓았다. 아이에게 빵과 물만 먹여 뭘 어쩌자는 건지 알렉스는 상상조차 되지 않았다. 이게 주술을 걸기 위한 일종의 준비 단계일까? 그럴지도. 중요한 것은 그녀가 진실만을 말했다는 점이다.

그가 무슨 짓을 하건, 그의 아들을 버리지 않겠다는 진실.

“그웬돌린의 지시에 따르도록 하시오.”

알렉스는 잘못된 결정이 아니길 기도하며 명령했다.

“내 아들에게 빵과 물만 먹이라고 그녀가 지시했다면 빵과 물만 먹이시오. 간섭하거나 몰래 아이에게 다른 음식을 먹여선 안 되오. 알아들었소?”

“아이가 굶어죽을 거예요!”

엘스페스가 경악에 사로잡혀 반대했다.

“혹은 병이 나을지도 모르지.”

알렉스는 반박했지만 빵과 물만 먹고 어떻게 병이 나을지는 그 자신도 의문이었다.

“우리로서는 일단 지켜보는 수밖에 없소.”


“…그리고 식인 거인은 입가에 피를 뚝뚝 흘리며 전사들을 오도독오도독 씹어먹었어.”

데이비드는 기형적으로 부푼 사람 모양의 빵을 보며 입술을 삐쭉거렸다.

“피, 이렇게 뚱뚱한 전사가 어디 있어요?”

“굽는 과정에서 조금 부풀어오르긴 했지. 하지만 식인 거인은 삐삐마른 전사보단 통통한 쪽을 더 좋아해.”

그웬돌린이 자신의 실수를 얼버무리며 빵을 권하자, 데이비드는 전사빵의 한쪽 다리를 뜯어 입에 쏙 집어넣었다.

“근데 왜 이 전사들은 벌거벗었죠?”

“처음에는 플래드 차림의 전사들을 만들었는데 오븐 속에서 옷만 부풀어오르는 바람에 바다거북처럼 되어 버렸어.”

“좀 보여주세요.”

“으음…… 사실은 쬐끔 타기도 해서 버렸어. 하지만 이것 봐, 내가 너를 위해 맛있는 붕어 한 접시를 준비했단다.”

소년의 푸른 눈이 기대감으로 반짝거렸다.

"진짜 붕어요?"

"붕어빵."

데이비드는 콧잔등에 주름을 잡으며 얼굴을 찡그렸다. 그는 전사빵의 거대한 머리를 잡아떼 엄지와 검지손가락으로 찌부러뜨려 화풀이를 했다.

"빵이라면 진력이 나요."

"내일 봐서 암죽을 줄게."

소년은 눈동자를 빙글빙글 굴렸다.

"암죽은 죽이지 음식이 아니라구요. 난 씹을 수 있는 진짜 음식을 먹고 싶단 말이에요."

"좋아."

그웬돌린은 아이의 식욕 증진에 고무되어 흔쾌히 타협안을 제시했다.

"그럼 암죽에 씹을 수 있는 건더기도 넣어줄게. 자, 이제 남은 빵이나 마저 먹어."

데이비드는 아무리 빵이라지만 전사들을 잔인하게 고문한 다음에 천천히 먹어치웠다. 아이가 좌절감에 사로잡힌 것도 무리가 아니다. 벌써 닷새째 빵과 물로만 연명했으니까. 첫날은 너무 아픈 통에 주는 대로 순순히 받아먹었지만 이튿날부터 살 만해지자 불평불만을 늘어놓기 시작했다. 그러나 그웬돌린은 음식 제한을 포기하기엔 이르다고 결정, 대신 빵을 다양한 모양으로 구워 아이의 식사를 좀더 재미있게 해주기로 하고 매일 아침마다 요리사에게 빵반죽을 받아 데이비드가 좋아할 만한 모양으로 빚었지만 불행하게도 오븐에서 꺼낸 빵은 처음 의도했던 것에서 한참 벗어난 실패작의 연속이었다.

첫날 그녀의 야심은 늘씬하게 빠진 야생마 무리였다. 그런데 오븐을 거치자 배가 불룩하게 늘어지고 다리는 그만큼 짜리몽땅해지는 바람에 멧돼지떼라고 둘러댔지만 데이비드가 영악하게도 무슨 멧돼지가 이렇게 꼬리가 기냐고 지적했다. 다음 날에는 수장 이하 일족의 모습을 오밀조밀하게 새겨넣은 멋진 성(城)에 도전했으나 빵반죽이 어마어마하게 부풀어 그 안의 거주민들은 자취도 없이 사라져 버렸다. 연거푸 실패를 거듭하자 그웬돌린은 좀더 간단한 모양에 집중하기로 결심했다. 하지만 별이나 달, 혹은 꽃처럼 무해한 존재를 가지고는 거창하고 무서운 이야기를 지어내기가 어렵다는 문제점이 돌출됐다. 이 즈음 데이비드가 괴물을 만드는 게 어떠냐고 제안했다. 그래서 날카로운 이빨과 발톱에 긴 목과 무시무시한 대가리를 지닌 괴수들을 염두에 두고 땀을 뻘뻘 흘렸건만 뭉툭한 발과 머리만 큰 우스꽝스런 기형 동물들로 끝났다. 그웬돌린이 '원래는 이런저런 모습이었어'라고 설명해 주자 데이비드는 배를 잡고 웃음을 터뜨렸지만 그녀의 창피한 심정을 알아차리고 정말 무섭게 생긴 괴물들이라고 예의 바르게 위로해 주었다.

그웬돌린의 빵굽기는 연일 참담한 실패만 거듭한 반면, 음식 제한은 괄목할 만한 성공을 기약했다. 소년의 얼굴과 목에 돋았던 붉은 반점이 사라졌을 뿐 아니라 토사곽란도 멈추었다. 이건 아이의 뱃속이 텅 비어 더 이상 토하고 자시고 할 게 없기 때문이라고 치료사 엘스페스는 비아냥거렸다. 하지만 아이가 하루에 섭취하는 빵의 양은 몸에 맞지 않는다면 탈을 일으키기에 충분했다. 그런데도 벌써 닷새째 무사히 지나간 것이다. 그렇다고 애초 발병의 원인을 섭취한 음식 탓으로 보긴 어려우나 아이의 어딘가 잘못되어서 특정 음식에 거부 반응을 일으켰을 가능성이 높고, 그게 사실이라면 식사 조절을 통하여 데이비드가 다시 건강을 되찾을지도 모른다. 그웬돌린은 추후의 상태를 잘 살펴 하루에 한 가지씩 새로운 음식을 먹이고 아이의 반응을 지켜볼 계획이었다.

"우리, 언제 또 밖에 나갈 수 있어요?"

데이비드가 전사빵의 토실토실한 팔을 맛없이 씹으며 물었다.

그웬돌린은 조심스럽게 대답했다.

"네가 좀 좋아지면."

"난 벌써 좋아졌잖아요. 그리고 맨날맨날 침대에만 있는 거 너무 지겨워요."

"알아. 하지만 수장님이 네 무단 외출을 금지시키셨어. 그러니 외출하고 싶으면 네가 아버님께 직접 부탁드리렴."

"얼굴을 봐야 부탁드리든 말든 하죠. 아버지가 어디 멀리 가셨나요?"

"아니."

"그런데 왜 나를 보러 안 와요?"

"많이 바쁘신 모양이지. 오늘밤에는 오실지도 모르니까 한번 말씀드려 봐."

"오늘밤에도 안 오시면 나 대신 말해 줄래요?"

"그건 안 돼."

"왜요?"

*너희 아버지를 보기가 두려우니까.*

그날 밤 이후 그웬돌린은 맥던 수장을 보지 못했다. 수장은 그녀에게 벌을 내리고 싶어했고 처벌에 성공했다. 채찍질이나 구타를 하는 대신 그녀에게 정욕이라는 이름의 주술을 걸어 그를 원하게 만든 것이다. 굶주린 듯 입술과 젖가슴을 탐하고, 다정한 손길로 전신을 어루만지고, 그 탄탄한 몸을 포개어 어떤 사슬보다 강력한 끈으로 그녀를 자신에게 묶어놓았다. 그날 밤 그녀의 속에서 불붙은 세찬 화염은 꺼질 줄 몰랐다. 수장을 생각하는 것만으로도 온몸이 뜨겁게 달아올라 그 열기와 수치심으로 밤잠을 이루지 못하고 뒤척거려야 했다.

고향 사람들의 비난처럼 그녀는…… 더러운 창녀였다.

그웬돌린이 결사적으로 그를 피해다니는 것과 똑같이 수장 역시 그녀와의 만남을 피했다. 아들에 대한 해괴한 처치를 전해 들었을 텐데도 감감무소식이었다. 하지만 첫날 그녀가 아이를 굶어 죽이려 한다고 비난하며 수장에게 일러바치겠다고 협박했던 엘스페스와 요리사마저 잠잠해진 걸 보면 그에게서 모종의 명령이 떨어진 게 틀림없다. 결국, 수장은 아들이나 마녀를 볼 마음은 없지만 그녀에게 데이비드의 병을 고칠 수 있는 기회를 한 번 더 주었다는 뜻이다.

"외출은 못하지만 창가에 앉아서 바깥 구경은 해도 되죠?"

데이비드의 질문이 그웬돌린을 깊은 생각에서 끌어냈다.

"밖에 무슨 일이 생겼나 봐요. 굉장히 시끌벅적하잖아요."

그녀는 자리에서 일어나 창가로 갔다. 안마당에서는 상당수의 맥던 일족이 전사 개릭과 퀜틴의 손에 이끌려 이제 막 성채 문을 통과하고 있는 한 여인을 구경하며 웅성거렸다. 여자는 잘생긴 백마를 타고 있었지만 갈색 머리칼은 지저분하게 엉겨 늘어지고 주황색의 우아한 망토는 흙투성이였다. 그 초라한 행색과 달리, 여자의 태도에는 서릿발 같은 위엄이 감돌고 있었다.

"어머! 저 여자는……."

그웬돌린은 탄성을 발했다.

"이사벨라잖아!"

데이비드가 즉시 이불을 젖히고 넓은 침대를 쪼르르 가로질러 창문 너머로 고개를 내밀었다.

"저 아줌마랑 아는 사이예요? 친구예요?"

"저 아줌마는 맥스윈 수장의 따님이야."

이사벨라가 대체 이곳에서 뭘 하고 있는 거지?

"원래 저렇게 화난 얼굴이에요?"

"가끔은 그래."

"와, 저기 래클런 할아버지가 다가가고 있어요."

데이비드가 손가락질을 했다.

"저 아줌마에게 줄 환영 음료수를 준비했나 봐요."
그웬돌린은 놀란 숨을 들이마시고 방에서 뛰어나갔다.


"더러운 손, 치우지 못해!"
이사벨라가 개릭의 손을 찰싹 쳐내며 호령했다.
나이 어린 전사는 무안하여 혼잣말처럼 구시렁거렸다.
"말에서 내리는 걸 도와주려는 것뿐이었는데."
"저 여자도 마녀가 틀림없어! 우리에게 악을 퍼뜨리려고 나타난 거야!"
땅딸보 먼로의 겁먹은 외침에 이사벨라가 발끈했다.
"누구더러 마녀라는 거야! 난 맥스윈 수장의 딸이라구!"
"쳇, 살다살다 별 웃기는 얘기를 다 듣겠네."
젊은 가장 이완이 코웃음을 쳤다.
"딸 혼자 들판을 쏘다니게 놔두는 수장이 세상 천지에 어디 있어."
"옳아요. 수장의 딸이라면 수행원이 있어야죠."
레티가 남편의 말에 맞장구를 쳤다.
애주가 파르콰르도 한마디 보탰다.
"수장의 딸이 뭐 저렇게 지저분하지?"
그때 원로 한 명이 술잔을 들고 사람들 사이를 헤치고 나왔다.
"자, 아가씨, 피곤하고 목마를 텐데 이걸 마시구려. 기분이 거뜬해질 거야."
"지체 높은 손님을 알아보는 사람이 드디어 나타났군."
이사벨라는 오만하게 거드름을 피우며 술잔을 향해 손을 내밀었다.
"마시면 안 돼!"
모두 깜짝 놀라 그웬돌린에게 고개를 돌렸다.
"그웬돌린! 너 살아 있었구나!"
이사벨라의 눈이 휘둥그레졌다. 마녀가 아직 죽지 않았다는 데 충격을 받은 건지, 아니면 뜻하지 않게 아는 얼굴을 만난 반가움에 찬 놀람인지는 가늠하기 어려웠다.

그웬돌린은 못마땅한 목소리로 입을 열었다.

"래클런 영감님, 손님에게 그토록 강한 음료수를 대접하면 안 돼요."

"이건 포도주야."

원로는 햇빛이 눈부셔 상을 찡그린 채 시치미를 뗐다.

그웬돌린이 아무 말도 없이 엄히 노려보자, 독약애호가 노인은 제 발이 저려 변명했다.

"마셔도 괜찮은 음료수라구. 무엇보다 저 아가씨는 마녀잖아."

"아니, 이 아가씨는 맥스윈 수장의 따님이에요."

맥던 일족 모두가 불신에 찬 시선으로 이사벨라를 살폈다.

사람들이 의심할 만도 했다. 이사벨라의 얼굴은 땟국물이 흐르는 가운데 햇빛에 붉게 익은 콧등과 눈 아래의 푸르죽죽한 그림자가 선명한 대조를 빚어 꾀죄죄하기 이를 데 없었으니까. 비록 몸에 익은 위엄은 여전했지만 눈빛에선 절망감이 감돌았다.

래클런 노인이 다시 확인했다.

"정말 마녀가 아닌 거 맞아?"

"예. 확실해요."

원로는 실망한 나머지 한숨을 쉬며 술잔을 내렸다.

수장의 딸다운 당당함으로 이사벨라가 명령했다.

"나를 미치광이 수장에게 안내해 줘, 그웬돌린."

그웬돌린의 속에서 불안감이 고개를 들었다. 이사벨라가 이곳에 왜 왔을까?

"수장님은 이곳에 안 계십니다."

요정전사 네드가 앞으로 나서 그웬돌린의 옆에 섰다.

"전사들과 사냥을 나가셨어요."

"언제 돌아오시죠?"

그웬돌린의 질문에 네드는 어깨를 으쓱거렸다.

"오늘밤 늦게 오시겠죠."

"더 일찍 오실 수도, 내일 돌아오실 수도 있구요."

최연소 전사 개릭이 덧붙였다.

"수장님 일은 아무도 장담 못해요."

그웬돌린이 생각을 가다듬은 다음 입을 열었다.

"우선 성 안으로 들어가자, 이사벨라. 먼길을 오느라고 지쳤을 테니 쉬면서 차근차근 일을 풀어나가는 편이 좋겠어."

"노인장은 목욕 준비를 해주세요."

이사벨라가 말에서 내리며 대머리 원로에게 지시했다.

"이곳에서 가장 좋은 장미유를 따뜻한 물에 타서 올려보내요. 장미유는 딱 네 숟가락, 그 이상도 그 이하도 안 돼요. 그리고 새 옷도 필요해요. 가급적이면 붉은 색으로 목선과 소맷단과 치맛단 자수가 정교해야 하고 옷 감촉이 좋아야 해요. 그렇지 않으면 안 입겠어요."

래클런 노인이 잠시 말문을 잇지 못했다.

"지금 나보고 그걸 가져오란 소리요?"

"당연히 아니죠. 비칠거리는 노인네 혼자 어떻게 욕조를 운반할 수 있겠어요? 저기 두 명의 힘센 짐승들의 도움을 받아도 좋아요."

이사벨라는 개릭과 퀸틴을 가리켰다.

"그웬돌린 너는 내가 쓸 방으로 안내해 줘. 파삭파삭하게 구운 닭고기, 갓 구워낸 따끈따끈한 빵, 예쁘게 깎은 사과 한 접시, 크림 없은 잘 익은 딸기도 준비하고. 음료수는 에일로 해."

그녀는 독약애호가 노인이 들고 있는 술잔 속의 거품이 인 액체를 비판적으로 살폈다.

"숙성도 안 된 포도주를 내놓다니 손님 대접이 형편없군."

맥스윈 수장의 딸이 흙투성이의 망토 자락을 새침하게 여미고 자기 집처럼 당당하게 사람들 사이를 가로지르는 뒤에서 래클런 노인은 얼이 빠진 채 멍하니 서 있었다.

"도망을 쳤다구?"
그웬돌린이 외쳤다.
"하지만 왜?"
"내 인생이 끝났으니까!"
이사벨라는 그웬돌린의 침대에 엎어져 극적인 눈물을 터뜨렸다.
"난 두 번 다시 우리 일족의 품으로 돌아갈 수 없어!"
"무슨 일이 있었니?"
"맥던 수장에게 잔인하게 버림받고 얼마 지나지 않아 로버트 삼촌이 나를 찾아냈어."
"넌 버림받은 게 아냐. 맥던 수장님은 너희 아버지와 약속했던 대로 너를 풀어준 거지. 그리고 로버트가 곧 찾아오리라는 것도 알고 있었구."
"그 미치광이 수장은 나를 버렸어! 숲에 혼자 내버렸다구! 굶어죽든 얼어죽든 상관도 하지 않고!"
그웬돌린은 충분한 양의 음식과 물과 모닥불을 남겨주지 않았냐고 지적하려다가 참았다.
"로버트 삼촌은 화가 머리끝까지 나 있었어. 내 고초에 대해서는 들으려 하지도 않고 내 탓만 했어. 네 도주와 전사들의 죽음이 모두 내 잘못이라는 거야! 마치 내가 원해서 그 건달 브로딕의 인질로 잡혔고 죽을 뻔했다는 식으로!"
말을 멈추고 이사벨라는 손수건에 코를 풀었다.
"삼촌과 달리 아버지는 내가 몸 성히 돌아온 것만으로도 주님께 감사드리고 모든 걸 없었던 일로 돌리기로 했어. 그러나 삼촌이 나처럼 신세 망친 여자를 어떤 남자가 데려가겠느냐, 혹시 맥던 일족의 씨앗을 뱄을지도 모르니 멀리 보내야 한다, 그래야 아이를 낳은 후에 몰래 죽일 수 있다는 거야. 난 깨끗한 몸이라고 입이 닳도록 주장했지만 소용없었어. 오히려 거짓말쟁이로 몰렸단다. 결국 아버지는 나를 멀리 보내는 대신 후한 지참금을 딸려 시집보내기로 결정하셨어. 그러자 삼촌이 휘하의 전사들 가운데 가장 거칠고 성질 더러운 데릭을 추천했어, 내 지참금을 자기들 둘이서 나누어 갖기로 하고!”

“물론 너희 아버지가 거절하셨겠지?”

이사벨라가 또 목놓아 울었다.

“난 제발 거절하라고 손이 발이 되도록 빌었어. 하지만 아버지는 일이 이렇게 되어 안타깝지만 어떻게 하겠느냐며, 세월이 흐르면 나도 아버지의 입장을 이해하고 고마워할 날이 올 거래. 그리고 로버트 삼촌은 한술 더 떴어. 나와 데릭이 결혼식을 올리자마자 군사를 총동원하여 맥던 일족을 궤멸시키고 내 불명예에 대한 복수를 해주겠다나!”

핑계도 좋다고 그웬돌린은 속으로 혀를 내둘렀다. 로버트는 맥던 일족을 공격하여 그녀와 보석을 손에 넣기 위해 이사벨라의 멀쩡한 순결을 명분으로 내세운 것이다.

이사벨라는 비참하게 이야기를 이었다.

“난 데릭과 결혼하느니 차라리 죽는 편이 낫을 것 같아서 도망쳤어.”

“하지만 왜 이곳으로 왔지? 따지고 보면 맥던 수장과 그의 전사들이 너를 곤경으로 밀어 넣은 원흉들이잖아.”

“마음 같아서는 그들을 갈가리 찢어발겨 살 한 점까지 썩어 문드러지는 꼴을 보고 싶어!”

맹렬하게 외치곤 꼬깃꼬깃해진 손수건으로 콧물을 닦았다.

“하지만 내가 갓 태어난 아이처럼 순결하다는 걸 아는 사람은 그들밖에 없잖니. 게다가 여기 이외에는 갈 곳도 없고.”

“여기까지 어떻게 찾아왔니?”

“전에 납치당할 때 길을 눈여겨 봐두었어. 숲을 지나선 한 방향으로

만 쭉 달렸구. 늑대밥이 될까 봐 무서워 죽을 뻔했지만 데릭과 결혼하는 것보다 낫겠지 싶더라. 오늘 아침에야 그 두 명의 짐승들을 만났어. 내가 미치광이 수장을 찾는다고 하자·이곳으로 데려와 주더구나.”

“이젠 그 두 명의 짐승들이 당신을 집까지 바래다 줄 거요.”

험악한 목소리가 말꼬리를 질질 끌며 비아냥거렸다.

그웬돌린은 숨막히는 기분 속에서 고개를 돌려 맥던 수장이 불곰전사와 미남전사를 대동하고 침실로 들어서는 모습을 바라보았다.

“이사벨라!”

잘생긴 브로딕이 걱정스런 얼굴을 하고 성큼 다가왔다.

“어쩌다 그렇게 쑥대밭 같은 모습이 되었지? 무슨 일이야?”

“내 옆에 오지도 마!”

이사벨라가 엎드려 대성통곡을 하기 시작했다.

브로딕은 침대에 살짝 걸터앉아 구슬렸다.

“그만 울어, 이사벨라. 어찌된 영문인지 말을 해주어야 우리가 대책을 세우지.”

“내 인생은 끝장이야…… 대책이 없다구…….”

그녀는 자기 설움에 겨워 흐느껴 울며 한탄했다.

“이게 다 당신, 바로 당신 때문이야! 예쁘고 순결한 여자를 망쳐놓은 이 비열한 자식 같으니!”

그리고는 벌떡 일어나 베개로 브로딕을 사정없이 때리고 또 엎어져 한바탕 눈물을 쏟았다.

불곰전사 카메론이 관전평을 했다.

“아직 극복하지 못했군, 이 아가씨.”

“여전히 브로딕을 좋아하나 봐.”

네드도 덧붙였다.

맥던 수장은 이사벨라의 악쓰는 울음소리에 얼굴을 찡그리며 물었다.

"저 여자가 대체 여기에서 뭘 하는 거요, 그웬돌린?"
"집에서 도망쳐 수장님의 보호를 찾아왔어요."
수장의 표정은 황당함 그 자체였다.
"정신 나간 거 아니오, 저 여자?"
"이사벨라가 여러분 모두에게 몸을 망쳤다는 오명을 뒤집어썼대요."
"씨알도 안 먹히는 헛소리!"
불곰전사 카메론이 분개했다.
"우리는 저 아가씨에게 손끝도 대지 않았는데 뭔 소리야!"
그웬돌린이 한숨을 쉬고 말을 이었다.
"로버트는 더럽혀진 질녀의 인생을 구제하는 방편으로 선심 쓰듯 휘하의 가장 거친 전사와의 결혼을 추진하고 그 대가로 신부 지참금을 나누어 갖기로 했대요. 그래서 재가 도망친 거예요."
이사벨라의 곡소리가 한층 요란해졌다.
브로딕이 그녀의 등을 쓰다듬으며 달랬다.
"자자, 울지 마, 상냥한 이사벨라. 여기에 있으면 안전해."
"저 여자는 돌려보내야 해."
수장의 단호한 선언이었다.
"로버트가 호시탐탐 싸울 기회만 노리는 걸 맥스윈 수장이 지금까지 막아주었어. 방금 심부름꾼에게 사과 편지와 금화 한 자루를 들려 보냈는데 수장의 딸까지 이곳에 데리고 있다가는 전쟁을 피할 길이 없다. 당장 돌려보내."
"안 돼요!"
이사벨라가 울음을 뚝 멈추고 대신 비명을 질렀다.
브로딕도 항의했다.
"너무하십니다, 수장님."
"아버지가 고른 정혼자가 이사벨라의 마음에 들지 않는다고 우리 일족의 안전을 위험에 빠뜨릴 순 없어.”

“하지만 이사벨라가 이렇게 된 데에는 수장님의 책임도 커요.”

그웬돌린의 지적에 맥던 수장이 즉각 반박했다.

“무골충 아버지와 음흉한 삼촌을 둔 게 어떻게 내 책임이지?”

“처음에 납치해 달라고 부탁했던 사람이 이사벨라였나요? 그건 아니잖아요. 수장님이 부하들과 나를 데리고 도망치기 위해 그녀를 볼모로 이용한 거죠. 한 여자의 평판을 더럽혀 곤경에 처하게 했으니 좋든 싫든 그에 대한 책임을 지셔야 해요.”

“맞아요, 수장님.”

카메론이 동의했다.

“우리가 저 아가씨에게 잘못한 겁니다.”

“지금 이건 전쟁에 대한 이야기야!”

“전쟁에 대한 위험 부담은 우리가 그웬돌린을 화형장에서 납치하기로 결정했을 때부터 감수한 거잖습니까.”

브로딕이 조목조목 따졌다.

“한 여자 때문에 싸우든, 두 여자 때문에 싸우든 뭐가 다르죠?”

“그웬돌린 문제는 달라.”

“어떻게요?”

네드가 물었다.

병든 아들을 살리기 위해 마녀가 꼭 필요했으니까 다르다는 말을 하려다 알렉스는 불현듯 그게 얼마나 이기적인 논리인지를 깨달았다. 그는 한 일족의 수장으로서 차대 수장감을 지켜야 할 의무 때문에 전쟁 위험을 감수했던 게 아니다. 단지 아버지로서 자식의 고통과 죽음을 견딜 수 없어서였다.

그리고 그웬돌린을 본 순간 그녀가 불에 타 죽도록 내버려둘 수도 없었다.

이제 모두의 반항적인 시선이 그에게 집중된 채 무언의 압력을 가하고 있었다.

"좋아."

알렉스는 이를 갈며 내뱉었다.

"저 여자보고 여기 있으라고 해."

이사벨라는 순간적으로 이해를 못하고 눈만 깜박거렸다. 그리곤 또 다시 귀청이 떨어져라 꺼이꺼이 울기 시작했다.

그는 메마른 어조로 빈정거렸다.

"저토록 좋아하는 모습을 보니 기쁘군. 아무튼 저 여자의 등장으로 우리 성채의 외벽을 둘러봐야 할 필요성이 대두되었어. 카메론, 네드, 따라와."

두 전사는 이 방에서 벗어날 수 있는 기회에 좋아라 반색을 했다. 수장에게 호명되지 못한 미남전사도 자진하여 나섰다.

"저도 가겠습니다."

"자네는 제발 여기에 남아 있게."

"그러나……."

"잘해 봐, 브로딕."

카메론이 놀리며 방에서 나갔다.

한층 높아져 최고 음량에 도달한 여자의 곡소리는 알렉스에게 심각한 두통을 일으켰다. 그는 이사벨라의 정혼자가 로버트와 함께 나타나면 그 자를 꽁꽁 묶어 저 울음소리를 듣게 해주겠다고 속으로 다짐했다.

누군지 모르겠지만 그 불쌍한 녀석은 한 시간도 못 되어 결혼을 포기하고 줄행랑을 치고 싶어질 것이다.


"목을 겨눠! 옳지, 이제 옆구리의 빈틈을 놓치지 말고 칼을 앞으로 밀어 넣어!"

카메론이 지시에 따라 검을 휘둘렀다.

"조심해요, 브로딕!"

이사벨라의 비명에 놀라 브로딕은 한 박자 늦게 뒤로 피했고 결국 땅바닥에 나뒹구는 신세가 되었다.

카메론은 검끝을 친구의 배에 겨눈 채 히죽거렸다.

"오늘은 굼벵이처럼 느리군. 마음이 다른 데 가 있나 보지?"

"실은 제수씨에게서 눈을 떼지 못하겠어. 생명을 잉태한 아름다운 여인에게는 뭔가 특별한 것이 있거든."

"형수님이지 어떻게 제수씨냐?"

친구에게 타박을 놓고 자랑스럽게 미소지으며 카메론은 아내를 향해 고개를 돌렸다. 그 순간 브로딕이 검을 들어 불곰전사의 무기를 하늘로 날려버렸다.

맥던 수장이 호통을 쳤다.

"카메론! 적에게 집중해!"

"싸움이 끝난 줄 알았죠."

카메론이 겸연쩍게 변명하자 브로딕이 친구를 놀렸다.

"좀 봐주세요, 수장님. 이 친구는 아내와 대책 없는 사랑에 빠졌거든요."

"배가 갈리면 대책 없는 사랑도 아내에게 별 도움이 안 돼."

"내 어디를 가를 정도로 접근할 수 있는 녀석이 있으면 어디 나와 보라지."

카메론이 아내에게 한쪽 눈을 찡긋거리며 큰소리를 쳤다.

"나에게 상채기를 내는 순간 누구든 죽은 목숨이야!"

클라린다가 남편에게 함박웃음을 지어 보이고 다시 고개를 숙여 화살대에 깃털을 달았다. 부부 사이에 오간 애정 어린 눈빛을 옆에서 목격한 그웬돌린은 일순 가슴이 뭉클해졌다.

맥던 수장이 점잖게 빈정거렸다.

"아내 앞에서 자기 자랑이 끝났으면 훈련을 계속해도 되겠나?"

“물론입니다.”

카메론은 여전히 싱글벙글이었다.

“좋아. 브로딕은 일흔다섯 명의 전사와 함께 서쪽 벽으로 가서 창술을 연마해. 카메론, 자네는 이들에게 검술을 지도하도록. 네드는 궁수들에게 벽 외곽을 조준하는 연습을 시키고 나는 근거리 육박전의 시범을 보이겠다. 모두 실시!”

이사벨라는 엉성하게 깃털을 단 화살대를 내려놓고 한숨을 포옥 내쉬었다.

“하루 종일 일만 했더니 손가락이 아프네. 잠시 산책이나 하면서 쉬어야겠어.”

그리고 재빨리 브로딕 일행의 뒤를 따라 서쪽 벽으로 종종걸음을 옮겼다.

클라린다가 혀를 찼다.

“브로딕의 추종자가 또 한 명 늘었군. 그를 보자마자 반했겠지.”

그웬돌린은 이사벨라가 조잡하게 완성한 화살대의 깃털을 고쳐 달았다.

“예, 첫눈에 반한 모양이에요. 그가 이사벨라의 목에 단도를 들이대며 죽이겠다고 협박했거든요.”

옆에서 듣고 있던 데이비드가 ‘단도’와 ‘협박’이란 단어에 귀가 솔깃해졌다. 아이는 사방에서 허공을 찔러대는 창끝을 요령있게 피해 브로딕에게 접근하는 이사벨라를 흥미진진하게 구경했다.

“자기를 죽이려 했던 사람에게 어떻게 반할 수 있죠?”

“그게 남녀관계의 오묘함이란다.”

클라린다가 미소를 지으며 설명했다.

“저 사람은 영 아니라고 확신했는데 마음이 끌리는 경우가 종종 있어.”

“이사벨라, 조심해야지!”

브로딕이 창을 휘두르는 전사들 사이를 쏜살같이 가로질러 이사벨라를 붙들었다.

"우리가 훈련할 때는 가까이 오면 안 돼."

"홍, 내 신세를 망쳐놓은 주제에 내가 창꽂이가 되어 죽든 말든 왜 신경 쓰죠? 오히려 내가 피를 철철 흘리며 땅에 쓰러져 저 짐승 같은 작자들에게 뼈가 가루가 되도록 짓밟히길 원하면서."

"제발 끔찍한 소리는 하지 말아 줘. 당신을 위해서라면 난 하늘의 별이라도 따고……."

미남전사는 그녀의 손을 잡고 슬며시 안전한 곳으로 이끌었다.

그웬돌린은 남몰래 고개를 저었다. 브로딕이 버릇없는 이사벨라에게 어쩜 저렇게 처음부터 끝까지 다정할 수 있는지 불가사의다. 그녀는 데이비드에게 관심을 돌리고 소년의 담요를 잘 여며 주었다.

"춥지 않니? 바람이 점점 세지고 있는데."

"괜찮아요."

"그만 들어가자. 수장님이 너에게 군사 훈련을 구경해도 좋다고 허락은 하셨지만 잠깐만이라고 토를 달았잖니."

"하지만 이제 막 본격적인 훈련에 들어갔는 걸요. 조금만 더 있으면 안 돼요?"

소년이 푸른 눈을 빛내며 애원했다. 어제 이사벨라의 도착과 더불어 전쟁 가능성이 현실로 다가오자 일상의 흐름이 깨지고 몇 배나 분주하게 돌아가기 시작했다. 그 들썩들썩하는 분위기에 데이비드도 영향을 받아 아버지에게 외출을 허락해 달라고 졸랐다. 안마당에 나가 군사 훈련을 보고 싶다는 아들의 청에 맥던 수장은 침실 창문으로 구경하라고 권유했지만 소년은 놀랄 만큼 끈질기게 매달려 결국 소원을 이루고야 말았다.

"난 조금 추운 것 같아."

그웬돌린은 소름이 돋은 양팔을 문질렀다.

"아무래도 덮을 걸 가져와야겠다. 클라린다, 내가 방에 갔다오는 동안 데이비드를 봐주겠어요?"

"여기는 걱정 말고 어서 다녀와요. 저봐, 데이비드, 수장님께서 맨손 격투를 시작하셨어!"

"우리 아버지는 <천하장사 토발드>와 똑같아요."

소년은 어깨를 으쓱거리며 자랑했다.

"토발드가 바다 괴물과 싸울 때 우리 아버지처럼 저렇게……."


텅 빈 홀을 바삐 가로질러 그웬돌린은 탑의 계단을 올랐다. 맥스윈 일족의 공격이 임박하자 여기 사람들도 불청객 마녀와 가출한 맥스윈 수장 딸에 대한 감정은 일단 접어두고 전쟁 준비에 착수한 터였다. 맥던 수장은 각자의 능력에 따라 일족 모두에게 임무를 할당했다. 건장한 남자는 군사 훈련에 참가했고 연장자는 성의 보수 및 무기 준비에 나섰으며 연소자는 성벽을 오르려는 적에게 투하할 바위를 인근 지역에서 부지런히 주워 날랐다. 여자들은 장기 포위 공격에 대비하여 엄청난 양의 보존 식량을 저장하고 수천 대의 화살을 만드는 일도 거들었다. 심지어 어린 소녀들까지 수도 없이 물양동이를 길어 날라 성채 문에 설치된 거대한 솥을 채웠다. 적들이 문을 부수려 하면 펄펄 끓는 물세례부터 받게 될 것이다.

그웬돌린은 방문을 열자마자 미간을 찌푸렸다. 두 개의 창문 가리개가 모두 내려져 방 안이 어두컴컴했기 때문이다. 누가 또 마녀 퇴치용 향로를 피워 놓았다는 생각이 제일 먼저 떠올랐지만 그 자극적인 냄새가 나질 않았다. 그웬돌린은 고개를 갸웃거리며 창문 가리개를 열려 했다. 그런데 꼼짝도 하지 않았다. 다른 창문도 마찬가지였다. 그녀는 허리를 숙이고 좀처럼 말을 듣지 않는 가리개의 걸쇠와 씨름을 했다. 바로 그때 뒤에서 인기척이 희미하게 들려 돌아서려는 순간…….

머리가 터지는 듯한 아픔과 함께 눈앞에서 번개가 일었다.

그리고 세상이 암흑으로 변했다.


"정말 브로딕이 아줌마 목에 단도를 들이댔어요?"

데이비드가 물었다.

"흥, 단도만 들이댄 줄 아니?"

이사벨라는 창술 훈련장에서 쫓겨난 분이 아직 가시질 않아 씨근덕거렸다.

"내가 숨만 크게 쉬어도 목을 따선 흙 묻은 말발굽으로 짓밟아 주겠다고 위협했어."

소년은 진지하게 심사숙고했다.

"단도로 목을 따는 건 굉장히 힘들어요. 그래서 옛날 이야기 속의 전사들은 주로 장검이나 도끼를 사용하죠."

"아마 단도로는 목을 긋기만 하고 내가 땅바닥에 쓰러지면 장검을 뽑을 심산이었을 거야. 아냐, 저 야비한 짐승이 그렇게 쉽게 나를 죽였을 리 없어. 필시 내가 피를 시뻘건 강물처럼 흘리고 죽음의 고통으로 사지를 뒤튼 채 숨이 넘어갈락 말락할 때까지 악마의 미소를 지으며 말등에서 구경하다가 장검을 썼을걸."

"근사하다! 아줌마도 옛날 이야기를 할 줄 알아요?"

이사벨라는 아이의 질문을 모욕으로 받아들였다.

"전혀 아냐. 내 이야기는 다 실화라구."

"그러면 한번 해보세요. 아줌마의 옛날 이야기, 정말 끝내줄 거예요. 그웬돌린의 것처럼."

이사벨라는 갈팡질팡하는 표정으로 소년의 눈치를 살폈다.

"너 진심이니?"

"당신의 묘사는 아주 생생해요."

클라린다가 깔끔하게 깃털이 달린 화살대를 옆에 산처럼 쌓인 완성품에 더하며 노골적으로 칭찬했다.

이사벨라는 기쁜 낯빛이 되었다.

"상냥한 말, 고마워요. 두 사람 다."

"오늘밤 내 방에 와서 이야기를 해줄래요?"

소년이 열렬하게 제안했다.

"아줌마는 우리 그웬돌린의 고향친구잖아요."

이사벨라의 얼굴에 놀람이 떠올랐다.

"나를 친구라고 하던? 그웬돌린이?"

"그럼요."

데이비드는 당시 그웬돌린의 표현까진 정확하게 기억하지 못하면서 자신만만하게 대답했다.

"우리가 내 방 창문으로 아줌마의 도착을 봤을 때 고향에서 친구가 왔댔어요. 하지만 난 아줌마를 맞으러 밖에 나갈 수 없었죠. 왜냐하면 아프거든요."

"오늘은 아프지 않니?"

"단식한 다음부터 몸이 좋아졌어요."

"그웬돌린이 너를 굶긴단 말야?"

"그게 내 병을 고치는 주술의 일부예요."

"완전히 곡기를 끊은 건 아니에요."

클라린다가 얼른 설명했다.

"얘에게 음식을 먹이긴 먹이되 양을 제한하고 있어요."

"배 안 고프니?"

이사벨라의 질문에 소년은 순순히 인정했다.

"가끔은 배고파요. 하지만 오늘은 빵이랑 물에다 암죽까지 조금 먹었어요. 그리고 내일은 사과도 한 쪽 먹게 될지 몰라요."

"음식 이야기를 했더니 배가 고파진다."

이사벨라는 킁킁거리며 냄새를 맡더니 이맛살을 찌푸렸다.

"데이비드, 요리사에게 한마디 하라고 너희 아버지에게 말씀드리렴.

빵을 숯덩어리가 되도록 태우는구나.”

“불이 났다!”

카메론이 갑자기 장검으로 성을 가리키며 외쳤다.

“서쪽 탑에 불이야!”

알렉스는 탑방의 창문 가리개 틈으로 모락모락 새어나오는 시꺼먼 연기를 응시했다. 그는 아들이 있는 곳을 향해 고개를 돌렸다. 당연히 그웬돌린은 아이 옆에 있으리라.

그리고 다음 순간, 수장은 달리기 시작했다.


심장이 죄어드는 기분 속에서 알렉스는 문고리를 밀었다. 하지만 방문이 열리지 않았다. 그는 어금니를 악문 채 어깨에 온 체중을 싣고 문에 몸을 부딪쳤다. 쫘당, 단번에 방문이 열리며 매운 연기가 자욱하게 뿜어져 나왔다.

저기 그웬돌린이 있다, 어두운 방 안을 밝히며 맹렬하게 침대 주변을 날름거리는 불길 한가운데!

압도적인 두려움으로 알렉스는 망연자실해졌다. 실내 화형대로 변한 침대를 고작 주먹만을 움켜쥐고 무력하게 바라볼 뿐이었다. 그녀를 지키는 데 실패한 것이다. 한번은 먹이를 놓쳤던 화염이 끝끝내 제물을 집어삼킨 것이다. 그는 무릎을 꿇고 털썩 주저앉았다. 비탄의 신음이 저절로 흘러나오고 내면에서 들끓는 절망감으로 돌아버릴 것만 같았다.

그때 억눌린 기침소리가 들렸다.

소스라치게 놀라 알렉스는 자리에서 일어났다. 그리고 그웬돌린의 이름을 부르며 무작정 달려갔다. 앞을 가로막는 연기에 눈물을 줄줄 흘리며 그는 축 늘어진 그녀를 부둥켜안고 불붙은 침대에서 벗어났다.

“수장님!”

브로딕이 그웬돌린을 받으려고 앞으로 나섰다.

알렉스는 그녀를 더욱 힘주어 껴안으며 잠긴 목소리를 냈다.

"이 여자는 내가 데려간다."

"옆으로 물러서!"

카메론이 물양동이를 들고 앞다투어 계단을 오르는 사람들에게 손짓을 하며 외쳤다.

"길을 터!"

알렉스는 전속력으로 계단을 내려갔다. 품안의 이 소중한 무게가 너무나도 가볍고 작아 생명의 소중함과 죽음의 절대성을 끊임없이 상기시켰다. 그는 복도를 따라 달렸다. 이 여자만은 잃을 수 없다는 생각이 머릿속에서 휘몰아쳤다.

"맙소사…… 그녀가 죽었군요, 알렉스?"

로베나가 복도 어디선가 나타나 외쳤다. 그녀의 얼굴은 충격으로 창백하게 질려 있었다.

알렉스의 입에서 거친 대답이 터져 나왔다.

"죽지 않았어!"

로베나는 그의 광기가 도져 죽음을 받아들이지 못한다는 식의 딱한 표정으로 오랜 친구를 응시했다.

바로 그때 그웬돌린이 다시 기침을 했다.

"그녀를 내 방으로 데려가요."

로베나가 재빨리 평정을 되찾고 제안했다.

"내가 간호하겠어요."

하지만 그는 들은 척도 하지 않고 복도를 가로질렀다.

"알렉스, 마녀를 당신 방으로 데려가면 안 돼요! 사람들 이목을 생각해야죠!"

"이목 따윈 빌어먹으라고 해! 내 사람을 내가 돌본다는데 무슨 상관들이야?"

방문을 뻥 차서 열고 안으로 들어가 자신의 여자를 조심스럽게 침대에 눕혔다.

그웬돌린은 몸을 동그랗게 말고 캑캑거리며 폐에서 연기를 몰아내려 싸웠다. 가슴과 기도가 작게 오그라들어 공기를 한 번 들이쉬는 것조차 어려웠고 목까지 꾸역꾸역 올라온 쓴물로 금방이라도 숨이 넘어갈 것 같았다. 갑자기 울컥하고 그녀는 구토를 하기 시작했다.

"저 여자는 피를 뽑아야 해요."

로베나가 문간에서 옆으로 물러나 중년의 치료사를 방으로 들여보내며 선언했다. 엘스페스가 엄숙하게 고개를 끄덕거리고 침대로 다가갔다.

"그웬돌린에게 손대지 말아요! 엘스페스 당신은 그녀를 살리긴커녕 죽여놓을 거야!"

"감히 네가 나에게……!"

치료사가 눈에 불을 켜고 클라린다를 노려보았다.

"생명이 없는 자식을 힘들여 받아준 내 은공을 까맣게 잊다니!"

클라린다는 소리 높여 대들었다.

"은공? 흥, 내가 출산의 고통으로 몸부림칠 때 그게 천주의 처벌이니 잠자코 참으라고 구박했던 걸 고마워하라구? 아이가 탯줄에 목이 감겨 죽은 게 모두 내 죄악과 정욕에 대한 천주의 심판이라고 비난했던 것도 감사히 여기라구? 웃기지 말고 당장 꺼져요. 그웬돌린은 내가 돌볼 거예요."

"이 배은망덕한 여편네가 어디에서 뻔뻔스럽게……."

"나가!"

알렉스가 버럭 소리를 질렀다.

"모두 나가!"

여자들은 깜짝 놀라 일제히 수장을 바라보았다.

"나가라니까!"

그가 위협하듯 다가가자 여자들이 부랴부랴 방에서 도망쳤다. 알렉스는 복도에 모여선 일족의 호기심과 충격이 교차하는 얼굴에 대고 방문을 꽝 닫았다. 의심할 여지없이 저들은 수장이 또 미쳤는지 아닌지 공방전을 벌이며 반나절을 보내리라.

어쩌면 그가 정말 미쳤는지도.

그웬돌린은 구토를 멈추고 간간이 기침을 쿨럭거렸다. 알렉스는 물수건을 만들어 침대에 걸터앉았다. 그는 그녀의 더러워진 얼굴과 바짝 마른 입술을 찬 물수건으로 살살 닦아주며 차분하게 지시를 내렸다.

"숨을 천천히 들이쉬고…… 내뱉고…… 또 들이쉬고……."

다정한 어조의 지시가 반복됨에 따라 그녀의 호흡이 다소 편해지자 그는 물잔과 세숫대야를 가져왔다.

"자, 입안을 헹구어서 이 대야에 뱉으시오."

그는 그녀를 일으켜 검은 비단 같은 머리카락이 대야에 빠지지 않도록 뒤에서 머리채를 잡아주었다. 그웬돌린은 힘없이 그의 품에 기대어 고분고분하게 입을 헹구었다.

"물을 몇 모금 마셔 봐요. 목이 가라앉을 거요. 그렇지, 잘 했소. 이제 연기 검댕이 묻은 옷을 벗읍시다."

수줍어할 정신조차 없는지라 그웬돌린은 그가 머리 위로 옷을 끌어올리자 순순히 양팔을 들어 협조하고 속치마 바람이 되었다. 이어 알렉스는 재빨리 스타킹과 신발도 벗기고 토사물이 묻은 이불도 걷어버린 다음 그녀를 깨끗한 시트 위에 눕혔다.

"기분이 나아졌소?"

꼼꼼하게 담요를 덮어주며 물었다.

그웬돌린은 끄덕거리다가 머리를 가르는 통증에 움찔했다.

알렉스는 먹물 같은 머리칼 속에 손가락을 넣고 조심조심 어루만졌다. 손이 정수리의 커다란 혹에 닿자 그녀가 아픔으로 미간을 찡그렸다. 그는 힘들여 무표정한 얼굴을 유지한 채 피 묻은 자신의 손가락을 응시했다.

*내 일족 가운데 누군가 이 여자를 죽이려 했어.*

그는 분노를 가까스로 억누르며 의자를 침대 옆으로 끌어와 자리에 앉았다.

"그웬돌린, 처음부터 방에 불이 나 있었소?

"아뇨. 방은…… 어두웠어요."

마른침을 삼켜가며 그녀는 잠긴 목소리로 말을 이었다.

"그래서 이상했어요……. 난 창문을 닫아놓지 않았거든요."

방화범의 짓이다. 그웬돌린을 연기로 빨리 질식사시키고 싶어했거나, 화재가 초기단계에서 진압되길 원치 않아 창문을 닫아놓은 것이다. 알렉스의 분노가 한층 거세어졌다.

"그 다음에는 무슨 일이 있었소?"

"창문을 차례대로 열어보았지만…… 걸쇠가 걸려 있어서 그걸 푸는데……."

그녀는 입을 다물었다. 연기와 고통으로 혼미했던 정신이 번쩍 나며 닫힌 창문과 습격과 방화의 의미가 선명하게 다가왔다. 계획적인 살인 시도. 누군가 그녀를 주도면밀하게 죽이려 했다.

"누구에게 머리를 맞았소?"

그웬돌린이 흠칫 놀라자 알렉스는 설명했다.

"바닥에 쓰러지면서 정수리에 혹이 생길 수는 없소. 그리고 전에 당신이 계단에서 떨어진 사고도 실은 부주의한 사고가 아니었소. 계단에…… 낙상을 유도한 교묘한 장치가 되어 있었고, 모랙 현자님 역시 전갈을 보낸 적이 없다고 하셨소. 사실 현자님은 글을 모르시오."

이미 창백한 그녀의 얼굴에서 마지막 핏기마저 사라졌다. 그녀는 충격적인 사실을 받아들이고 차분하게 물었다.

"왜 지금까지 비밀에 붙여두셨죠?"

"당신이 떠날까 봐 두려웠소."

알렉스가 사과조로 털어놓았다.

"나에게는 당신이 필요했소……. 데이비드를 위하여. 그래서 카메론과 네드와 브로딕에게 당신을 지키라고 명령했소."

그 전사들이 돌아가며 항상 주변에 있었던 일이 이제야 설명이 되었다. 그녀의 탈출을 막기 위해 감시한다고 생각해 왔지만 실은 그녀를 보호해 온 것이다.

"일찍 말씀해 주셨어야 옳아요."

맞다, 그녀도 사실을 알았다면 좀더 주의를 기울여 왔을 것이다. 알렉스는 후회를 곱씹으며 강한 어조로 물었다.

"당신을 친 사람이 누구요?"

"못 봤어요. 뒤에서 얻어맞고 쓰러졌으니까요."

그웬돌린은 아랫입술을 깨물었다. 화형, 방화, 낙상. 이런 일들은 마녀라는 낙인이 찍혀 있는 한 영원히 따라다니며 반복되리라. 살아남기 위해 마녀 역할을 받아들였는데 끊임없이 살인 시도에 노출되어야 한다니, 이 얼마나 모순적인가. 그저 앞길이 막막하고 두려울 따름이었다.

알렉스는 일족의 고유색인 초록과 노랑으로 짜여진 담요를 움켜잡은 그녀의 작은 주먹을 바라보았다.

"진범은 반드시 밝혀내겠소. 그리고 그 자를 죽이리다."

"이 일족 전부가 공모했다면 어떻게 하시겠어요? 모두를 죽일 건가요? 쉽게 약속하지 마세요."

"일족 전체가 그랬을 리 없소. 정말 그렇다면 당신은 이미 오래 전에 죽었을 것이오."

"예, 래클런 영감님의 독약을 마셨다면 도착 첫날 죽었겠죠."

"독약 권유는 중단되었잖소."

"수장님의 분노를 저어하기 때문이지, 나에 대한 살의가 없어졌기 때문은 아니에요."

“혹은 당신에게 호감을 품기 시작했기 때문일지도 모르지.”

“그 영감님이 다른 사람에게 좋은 감정을 품으실 리 없어요.”

“아니. 그분은 단지 표현이 서투르신 거요.”

알렉스는 담요를 당겨 그녀에게 잘 덮어주었다.

“그만 쉬도록 해요. 내가 옆에 있으니 당신은 안전하오.”

이곳에 있는 한 안전은 없다고 그웬돌린은 속으로 비참하게 반박했다. 하지만 수장의 다정한 위로는 어린 시절 그녀의 잠자리를 돌봐주셨던 아버지의 걸걸한 목소리를 연상시키며 따뜻한 물에 몸을 담근 듯한 아늑함을 가져다 주었다. 그녀는 피로 앞에 무릎을 꿇고 눈을 감았다. 의자 끌리는 소리가 희미하게 일었다. 맥던 수장이 그녀를 지켜주기 위해 자세를 고친 것이다.

수면의 안개 속으로 스며들며 그녀는 자신의 손 위에 포개지는 크고 강한 남자의 손을 느꼈고, 그 짧은 순간 안전한 내 자리를 찾은 편안함이 깃들였다.

# 10

비바람에 맞선 성채는 암울한 하늘을 배경으로 까만 보석처럼 번들거렸다. 로버트는 말안장에 앉아 차가운 비를 고스란히 맞으며 공격목표를 노려보고 있었다. 저 성채를 함락시키기란 쉽지 않으리라. 그러나 난공불락처럼 보여도 인간의 힘으로 지어진 건축물에는 반드시약점이 있기 마련이다.

그는 미소를 지었다.

이사벨라가 하필이면 납치범 일당에게 보호를 구하다니 그야말로천재일우의 기회다. 멍청한 질녀도 쓸모가 있는 셈이다. 처음에 그 아이가 집으로 돌아왔을 때 어리석은 세드릭 형은 로버트에게 군사 행동을 허락하지 않았다. 맥던 수장이 약속을 지켜 이사벨라를 무사히놓아주었고 후에 금화와 사과 편지까지 보냈기 때문이다. 그 편지에서 맥던 수장은 근래 새 키우기에 취미를 붙였는데 인간보다 더 지적관심을 자극하는 새들과의 대화에 마녀가 꼭 필요하다고 역설해 미치광이라는 세간의 평판을 입증했다. 이것으로 세드릭 형에게는 문제

끝이었다. 오히려 형이자 수장인 자신의 말을 듣지 않고 추격에 나섰다가 전사들을 잃은 동생을 나무랐으며 그깟 마녀에겐 신경도 쓰지 않았다.

로버트는 광분하지 않을 수 없었다. 그는 맥던 일족에게 복수하는 것이 수장의 의무라고 형을 일깨우려 했지만 실패만 거듭하다 드디어 전술을 바꾸어 이사벨라의 임신설을 들먹였다. 그때서야 세드릭 형은 귀를 기울이기 시작했다. 뿐만 아니라 사생아 손자의 탄생 가능성에 기겁을 해선 아무나 좋으니 몸을 망친 딸만 데려가 준다면 막대한 지참금을 얹어주겠다고 결정했다. 이렇게 공돈이 생길 기회를 놓칠 로버트가 아니었다. 그는 휘하 전사 데릭을 구워삶아 질녀의 신랑감으로 내세우는 한편 지참금은 자신이 챙기기로 뒷거래를 했다. 여자를 험하게 다루기로 악명 높은 데릭에겐 반반하지만 성격이 드센 이사벨라의 버릇들이기 그 자체만으로도 구미가 당기는 일이었다.

하지만 세드릭 형은 전쟁만큼은 허락하지 않았다. 미치광이 수장이 이끄는 일족과 상대해 봤자 무엇이며, 화형을 선고받았던 마녀 때문에 싸울 이유가 어디 있냐는 논리였다. 로버트는 설득하고 또 설득했지만 모두 헛수고였다.

바로 그 즈음 이사벨라가 가출한 것이다.

어찌하여 딸이 납치범 일당에게 돌아갔는지는 아버지로서 추측조차 할 수 없었지만 결혼도 하지 않은 딸자식을 집으로 데려와야 한다는 데엔 의문의 여지가 없었다. 이리하여 로버트가 군사권을 넘겨받았다. 가급적 무력 행사를 자제하고 질녀를 평화롭게 데려오라는 형의 조건이 붙었지만 이제 칼자루를 쥔 쪽은 로버트였다. 사실 그는 이사벨라 따윈 어떻게 되든 관심도 없었다.

원하는 것은 오직 그웬돌린과 보석뿐이었다.

지난해 내내 로버트는 그웬돌린을 주목해 왔다. 모두에게 마녀라고 손가락질 당하던 말없고 이상한 계집아이가 어느 날 갑자기 활짝 핀 여자가 되었음을 문득 알아차렸지만 처음에는 멀리에서 지켜보기만 했다. 그녀에게 끌리는 자기 자신을 이해할 수가 없었기 때문이다. 로버트의 취향은 풍만하고 애교가 철철 넘치는 금발이었다. 그 미녀들의 비둘기처럼 순한 눈망울이 공포에 질려 휘둥그레지고 예쁜 입술이 일그러지는 모습처럼 각별한 즐거움을 주는 건 없으니까. 그가 건드린 여자들은 모두 철저하게 망가졌다.

아무튼 그웬돌린, 까만 망토처럼 머리칼을 핏기 없는 얼굴 주위에 늘어뜨리고 깡마른 그녀는 그의 취향과 거리가 멀었다. 그럼에도 그녀 생각이 머리에서 떠나질 않았다. 밤마다 로버트는 저 가느다란 몸에 사지를 칭칭 감은 채 그녀의 속으로 돌진하는 상상에 빠졌고 그 영상은 곧 강박 관념으로 변해 다른 여자를 안을 수조차 없게 되었다. 그러다 마침내 결단을 내렸다. 그웬돌린을 가져야 한다, 그래서 이 집착이 망상임을 스스로에게 증명해야 한다고.

로버트는 우선 그녀의 아버지에게 접근하기 시작했다. 존 맥스원은 마녀로 낙인찍힌 딸자식으로 말미암아 일족 사이에서 고립되어 외롭게 살아온 터라 수장 동생의 방문을 영광으로 여기고 반갑게 맞이하였다. 반면, 그웬돌린은 동석을 피하거나 밖으로 나가버리는 등 언제나 냉정하게 거리를 지켰다. 이렇듯 그에게 끌리지도 두려워하지도 않는 그녀의 태도는 이상하게도 로버트의 욕망을 한층 자극했다.

그는 방해물에 불과한 아비를 잠재우고 딸을 가질 욕심으로 이들 부녀를 방문할 때마다 포도주며 에일을 넉넉하게 챙겨갔는데 어느 날 밤 존 맥스원이 거나하게 취해 아내를 잔인하게 잃고 홀아비의 몸으로 비범한 딸자식을 키우는 어려움을 토로하며 울기 시작했다. 로버트는 위로삼아 당신 딸은 마녀가 아니라고 했다.

그러자 존 맥스원은 어깨까지 들썩거리며 울면서 보석에 대해 털어놓았다.

그 보석은 지금으로부터 약 350년 전 스코틀랜드의 주인이었던 픽

트족의 왕 케네스 매컬핀의 소유였다고 한다. 케네스 왕은 어떤 마법사에게 보석을 훔쳐 그 놀라운 힘으로 적군을 섬멸했지만 다음 번에는 실패했다. 왜냐하면 그 보석은 몇백 년에 딱 한 번만 주인의 소원을 이루어 주기 때문이다. 어찌어찌하여 마법의 보석은 그웬돌린의 몇 대조 할머니 손에 들어왔고 그뒤로 이 집안의 딸들은 보석의 힘이 여물 때까지 소중하게 지켜왔는데 마침 그웬돌린의 대가 그때라는 것이다.

로버트는 마법의 보석을 보여달라고 요구했다. 그러나 존 맥스윈이 너무 위험하다며 완강하게 거절했다. 로버트의 호기심은 이내 분노로 변했다. 그는 일족원의 소유물은 곧 수장의 재산이니 자신이 보석을 넘겨받아 형에게 바치겠다고 주장했지만 존 맥스윈은 그런 얄팍한 거짓말에 속지 않았다. 그는 보석을 찾아 온 집 안을 뒤지기 시작한 수장의 동생을 말리려고 옥신각신하다가 목이 부러져 죽었다. 사실 로버트에게는 사람을 죽일 생각까진 없었지만 술김에 이성을 잃은 것이다. 그리고 존 맥스윈의 숨이 끊어진 순간 공교롭게도 딸이 집으로 돌아왔다.

결국 로버트는 자신의 죄를 은폐하기 위해 그웬돌린을 살인자로 몰았다.

"오늘은 잠잠하군요."

눈가에 흉터가 난 검은 머리의 전사가 옆으로 다가와 말고삐를 잡았다. 데릭은 코웃음을 치며 빈정거렸다.

"가랑비에 젖기 싫어서 군사 훈련도 포기하는 약골들."

"훈련은 안 하지만 탑의 화살 구멍마다 궁수들이 배치되어 있고 외벽에는 열 걸음마다 전사들이 보초를 서고 있을걸."

"우리를 그토록 열렬하게 기다리는데 당장 쳐들어갑시다, 로버트 대장님."

다른 전사가 선동했다.

"벌써 사흘째 죽치고 기다렸잖습니까. 우리 전사들이 슬슬 좀이 쑤셔 안절부절못하고 있어요."

"이 악천후 속에서 공격하자고? 어둠과 쏟아지는 빗방울로 앞이 보이지도 않는데 따뜻하고 마른 성채 안의 적들과 싸워 이길 수 있을 것 같나?"

로버트가 호되게 핀잔을 주자 데릭이 초조한 어조로 다그쳤다.

"그럼 언제 공격하라는 겁니까?"

"내 명령이 떨어질 때. 모두 제자리로 돌아가!"

전사들은 시무룩하게 시선을 교환한 다음 말머리를 돌려 야영지로 향했다. 약혼녀를 되찾으려고 안달인 데릭만 제외하고 다른 전사들은 마녀를 납치한데다 동료를 죽인 미치광이 수장에 대한 증오로 달아올랐다. 그 복수를 하여 일족의 명예를 회복해야 한다는 명분에, 적의 여자들을 마음대로 취해도 좋다는 대장의 허락까지 떨어진 터였다. 하지만 마녀와 이사벨라는 건드리지 말라는 단서가 붙어 있었다.

보석을 손에 넣어 스코틀랜드의 통치자가 되는 것, 그게 로버트의 최종 목표였다. 그리고 그웬돌린은…… 무자비하게 망쳐놓은 다음 죽여버리리라.


"이 방에서는 슬픔이 느껴져요."

그웬돌린은 벽난로에 헛되이 손을 녹이며 말했다.

현자 모랙은 의자에 편히 기대어 앉아 주위를 둘러보았다.

"사물에는 보는 이의 마음이 반영되는 법. 자네가 슬프기 때문에 그렇게 느껴지는 거겠지. 이 침실은 사실상 탑방보다 넓고 채광도 좋아. 하지만 비바람이 저리 심하게 몰아치니 이곳의 진가를 모를 수밖에."

그리고 의미심장한 시선을 그웬돌린에게 던졌다.

"태풍을 부른 건 제가 아니에요, 현자님."

"물론 아니겠지."

　그웬돌린은 한숨을 내리쉬었다. 태풍이 벌써 이틀째 맹위를 떨쳤고 맥던 일족은 이게 마녀 탓이라고 확신했다. 그녀는 남들만큼 축축하고 음습한 날씨가 싫었지만 이 악천후가 그녀의 심경 그대로라는 점은 부인할 수 없었다. 그 동안 자신을 향한 맥던 일족의 증오를 정확하게 가늠하지 못하고 있었음이 방화 사건을 통해 밝혀졌다. 사람들이 그녀를 무서워한다는 건 알았지만 서서히 그녀의 존재를 받아들이기 시작했다고 감히 믿기 시작했던 터라 계단 낙상 및 방화 사건의 진상은 깊은 상처를 남겼다. 맥던 일족은 고향 사람들과 똑같이 그녀를 거부해 온 것이다. 그웬돌린은 내면의 혼란과 고독을 막아보려고 어깨를 감싼 플래드를 바싹 여몄다.

　"제 마음 때문이 아니에요. 이 침실에 들어온 순간 슬픔을 느꼈으니까. 이곳의 벽, 천장, 바닥, 심지어 공기에도 불행이 깊이 배어 있고 아무리 불을 때도 한기가 사라지질 않아요."

　그녀는 차가운 손을 문질렀다.

　"이곳은 전에 누구의 방이었죠?"

　"한때 수장 부인이 썼지. 플로라는 이곳에서 죽었어."

　이곳에서 맥던 수장의 부인은 남편과 자식을 남겨놓고 죽으리란 것을 알면서 병마의 고통에 시달렸으리라. 그녀의 비탄이 이 방의 곳곳에 스며든 것도 무리가 아니다.

　"수장님 내외가 각방을 썼단 말인가요?"

　"플로라가 병들기 전까지는 한 방을 썼지. 그녀는 자리에 누워 운신조차 못하게 되자 치료사들의 권고에 따라 햇빛과 외풍을 차단한 채 독한 향 치료요법을 받아야 했고, 그로 인해 남편까지 덩달아 고생하는 걸 보다 못해 옆방으로 옮기게 해달라고 간청했어. 하지만 수장은 아내의 반대를 무릅쓰고 이곳에서 밤을 지냈지. 아내 없이는 잠을 이룰 수 없다면서. 그게 사실인지 여부는 모르겠지만 플로라를 품에 안고 지켜주려 함으로써 수장의 기분이 한결 나아지긴 했을 거야. 그녀도 위안을 얻었을 테고."

현자는 담담하게 과거를 회상했다.

"투병 말기에 접어들어 죽음이 확실해지자 수장은 낮에도 아내의 곁을 떠나지 않았어. 언제 찾아올지 모르는 아내의 마지막 순간을 함께 맞고 싶었던 게지."

순간 그웬돌린은 짚이는 바가 있었다. 수장이 아픈 아들에게 좀처럼 시간을 할애하지 않았기 때문에 그가 환자를 가까이 대한 실질적인 경험이 없어 꺼리는 줄로만 알았다. 하지만 방화 사건 후 수장의 다정하고 침착한 간호를 받으며 그 생각이 틀렸음을 깨달았다. 맥던 수장은 아픈 이를 대하는 방법을 너무나 잘 알고 있었다.

그 모든 요령을 바로 이 방에서 배운 것이다.

"수장님의 부인이 저 침대에서 돌아가셨나요?"

그웬돌린은 우아한 선을 그리고 있는 기둥 침대를 새삼스럽게 살피며 물었다.

현자 모랙은 고개를 저었다.

"플로라의 침대에는 노랑색의 멋진 캐노피4)가 달려 있었어. 하루 종일 누워 있는 아내를 위해 수장이 산의 풍경이며 야생화, 작은 폭포가 수놓여진 캐노피를 특별히 만들도록 한 거야. 그러나 방 안이 어둡고 약초 연기가 자욱해 바로 코앞도 보이지 않았던 실정이었어. 하지만 플로라는 수장에게 그런 소리는 일절 안 했지."

주름진 얼굴에 서글픈 미소가 떠올랐다.

"대신 이곳의 풍경이 전부 뇌리에 생생하게 박혀 있어서 눈만 감으면 언제든 볼 수 있다고 말했다네. 참 다정했었어, 플로라는. 일족 모두의 사랑을 받았지."

"그 침대는 지금 어디에 있나요?"

---

4) 기둥 침대의 윗쪽에 닫집처럼 달려 있는 천

“플로라가 죽은 후 수장의 명령에 따라 소각되었어.”

“왜요? 아내의 병이 침대에 묻어 있을까 봐요?”

“침대를 보면 플로라의 고통이 떠올라 참을 수 없다더군.”

그웬돌린은 긴 침묵을 지킨 다음 말문을 열었다.

“아내에 대한 정이 굉장히 깊었군요.”

“그랬지. 플로라도 마찬가지였고. 그래서 서로에게 영원한 작별 인사를 하기가 어려운 거야.”

“수장님이 여전히 아내와 대화를 나누는 걸 말씀하시는 거죠?”

현자는 대답을 망설였다.

“그래.”

고개를 벽난로로 돌리며 중얼거렸다.

“내 말이 바로 그 말이었다네.”

“자리에서 일어났군요, 그웬돌린. 정말 다행이에요.”

젊은 임산부가 커다란 쟁반을 들고 방 안으로 들어서며 명랑하게 말했다.

“자, 내가 먹을 것을 좀 가져왔어요.”

“클라린다, 그렇게 무거운 걸 들고 다니면 안 돼요.”

그웬돌린은 가볍게 꾸짖으며 얼른 자리에서 일어나 쟁반을 받았다. 그녀는 엄청난 양의 음식을 놀란 눈으로 응시했다.

“이곳에서 누구 다른 사람이 저녁을 먹기로 되어 있나요?”

“나뿐이에요. 여기 현자님께서도 함께 드실지도 모르구요.”

“됐네.”

현자 모랙은 지팡이를 짚고 일어났다.

“난 주름 펴는 새 구리무를 만드느라 바빠. 그게 완성되면 자네들 둘에게도 나누어 주지. 피부 손질이란 언제 시작해도 결코 빠르지 않아.”

그리고 현자는 밖으로 나갔다.

“우리 둘이 먹기엔 음식이 너무 많아요! 장정 몇 명이 먹고도 남겠어요!”

클라린다는 자리에 앉아 잘 구워진 닭다리를 들었다.

“만삭이 된 임산부 한 명에겐 안성맞춤인 양이죠. 난 요즘 걸신이 들린 것처럼 보는 족족 먹어치우고 있거든요. 이런 식으로 나가다간 아이가 뱃속에서 있을 공간도 모자랄 거라고 카메론이 놀릴 정도예요.”

“보기 좋은 걸요, 뭐. 출산할 때가 가까워진 게 틀림없어요.”

클라린다는 손가락을 쭉쭉 빨았다.

“사실은 그래서 당신의 회복이 더 반가웠던 거예요. 이 아이가 태어날 때 나를 좀 도와주세요.”

“나, 나는 안 돼요.”

출산에 대한 경험도 없을 뿐더러 그건 아는 척할 수도 없는 지식이다. 게다가 그웬돌린은 가능한 빨리…… 내일쯤 이곳을 떠날 결심이었다.

“엘스페스가 내 입실을 허락할 리 없어요. 마녀의 존재로 말미암아 새 생명과 산모가 부정(不淨)을 탄다고 믿을 거예요.”

“자기 마음대로 믿으라죠. 어차피 내가 아이를 낳을 때 엘스페스는 옆에 없을 테니까.”

“하지만 그녀는 일족의 치료사잖아요. 지금까지 맥던 일족의 아이들을 거의 모두 받았을 걸요. 아닌가요?”

“예, 맞아요. 그러나 이 아이는 예외예요. 왜냐하면 당신이 받아줄 거니까.”

그웬돌린은 말문을 잃었다. 누구도 고치지 못한 병으로 죽어가는 아이를 치료하는 것과 새 생명을 받는 건 완전히 문제가 다르다.

“난 못해요, 클라린다.”

사과에 가까운 어조였다.

“한 번도 아이를 받아 본 적이 없어요.”

“괜찮아요.”

클라린다는 빵덩어리를 뜯어먹으며 태평하게 말했다.

"실질적으로 아이를 낳는 사람은 나예요. 당신은 그냥 옆에 있어주기만 하면 돼요. 그것만으로도 큰 도움이 될 거예요."

그웬돌린은 거의 겁에 질려 고개를 저었다.

클라린다는 빵을 내려놓고 부푼 배를 감싸안았다.

"당신 말고는 달리 도움을 청할 사람이 없어요. 모두 엘스페스의 분노를 사 정작 자신이나 주변 사람이 아플 때 치료사의 도움을 받지 못하면 어떻게 하나 두려워할 테니까요. 그리고 나 혼자 진통을 겪을 때 엘스페스가 나타나면 그녀를 쫓아버릴 수도 없어요. 난 천주의 처벌이니 뭐니 하는 소리를 들어가며 아이를 낳고 싶지 않고, 만일 이 아이도 잘못될 경우 또 보지도 못한 채 빼앗기는 건 정말이지……."

젊은 임산부는 더 이상 말을 잇지 못했다.

그웬돌린은 눈을 내리깔았다. 클라린다의 동요하는 모습을 견딜 수 없었기 때문이다.

"제발 도와줘요."

클라린다는 그렁그렁 맺힌 눈물을 닦았다.

"내가 내 자신을 지킬 수 없을 때 당신이 옆에 있어줘요, 나를 진정한 친구로 여긴다면."

나를 진정한 친구로 여긴다면?

친구라곤 한 명도 없었던 그웬돌린의 귀에는 이질적으로 들리는 말이었다. 그녀는 고립과 고독으로 점철된 삶을 통해 아버지를 제외한 누구와도 인간 관계를 맺지 못하리란 사실을 받아들였다. 그런데 클라린다가 나타났다. 오직 다정함과 선의만을 베풀었던 이…… '친구'가 지금 도움을 요청하고 있다. 자신과 아이의 생명을 모두 걸 만큼 크나큰 신뢰를 보여주고 있는 것이다.

갑자기 그웬돌린의 속에서 온기가 솟아올라 지난 이틀 동안 꽁꽁 얼어붙었던 마음을 따뜻하게 녹이기 시작했다. 그녀는 조용히 일어나

부들부들 떠는 친구에게 플래드를 둘러 주었다.

"우리 둘이서 이 아이에게 세상 구경을 시켜 주기로 해요, 클라린다. 난 절대로 당신 옆을 떠나지 않겠어요."

"진짜요?"

그웬돌린은 친구의 어깨를 감싸안고 암갈색 머리칼에 뺨을 댔다. 그리고 아이를 달래는 엄마처럼 부드럽게 속삭였다.

"맹세해요."


"날씨가 드디어 개었군. 마녀의 기분이 좋아진 모양이야."

백발노인 오웬이 만족스런 목소리로 선언했다.

"이번 태풍은 진짜 지독했어."

래클런은 최근에 제조한 탕약을 잔에 약간 따라 조심스럽게 냄새를 맡은 다음 콧등을 찌푸리며 넌더리를 쳤다.

"마녀가 노발대발하여 독이 올랐었나 봐."

"노발대발할 만도 하지. 하마터면 자기 방에서 불에 타죽을 뻔했잖아!"

"그날은 우리 일족의 영원한 수치야."

레지널드가 커다란 헝겊으로 검의 광을 내며 열을 올렸다.

"아녀자를 불난 방에 가두어 놓다니, 명예스런 구석이라곤 눈 씻고 찾아봐도 없는 만행이야. 아무리 마녀라 해도 그렇게 비열하게 사람을 죽이려 하면 못쓰지."

"기둥에 묶어 태워 죽이는 건 명예스런 구석이 있나요? 공개화형은 정당한 살인인가요?"

클라린다가 도전적으로 묻자, 오웬 노인이 질색을 했다.

"물론 아니지. 누구든 그렇게 참혹한 형을 받아선 안 돼."

"수장도 같은 생각이야."

현자 모랙이 덧붙였다.

"그래서 마녀를 맥스윈 일족으로부터 구해 준 거지."

"여기에서 문제는 말이죠,"

땅딸보 먼로가 화제를 바꾸었다.

"마녀를 때려 기절시키고 침실에 불을 지른 사람이 누구냐는 거예요."

"그걸 왜 우리에게 묻죠? 향로에 정수리를 맞은 다음부터 쭉 마녀를 미워해 온 사람은 바로 당신이잖아요."

로베나가 가시 돋친 어조로 매섭게 비난했다.

먼로의 눈이 넓적한 얼굴에서 튀어나올 만큼 휘둥그레졌다. 그는 손을 휘휘 저어가며 혐의를 부인했다.

"난 아냐! 내가 왜 그녀를 죽이려 했겠어?"

"자네는 그녀가 쭈글쭈글한 발가락처럼 보인다고 했어."

래클런 노인이 예리하게 지적했다.

"추한 모습을 보다 못해 살의마저 치솟았을지도 모르지."

먼로는 재빨리 의견을 번복했다.

"요즘은 예전만큼 못생겨 보이지 않더라구요. 예쁘다 싶을 때도 있어요."

"그래, 역시 내 눈이 정확했어. 난 그 아가씨가 처음부터 예뻐 보였거든."

백발노인 오웬이 자못 흐뭇해하며 고개를 끄덕거렸다.

파르콰르가 빈 술잔을 내려놓았다.

"그 악랄한 범인이 누군지 몰라도 수장님에게 걸리면 뼈도 못 추릴걸. 수장님의 분노가 보통이 아니었어."

"우리도 가만히 있어선 안 돼."

젊은 가장 이안이 나섰다.

"수장님 말씀처럼 다른 불상사가 벌어지지 않도록 마녀를 잘 지킬 필요가 있어. 이건 우리 일족의 명예가 달린 일이라구."

“옳거니!”

오웬 노인이 갈고리처럼 굽은 손을 활기차게 비비며 동의했다.

“그 아가씨를 지키는 일이라면 내 기꺼이 나서야지. 당장 시작해 볼까!”

몇 발자국 떼다 말고 노인은 돌아섰다.

“그런데 마녀가 지금 어디 있지?”

“데이비드와 밖으로 나갔어요.”

앳된 새댁 레티가 어린 자식을 고쳐 안으며 대답했다.

백발노인의 의욕이 눈에 띄게 줄어들었다.

“밖에? 그건 좀 문제가 있는데. 눈부신 햇살에다…….”

“밖에?”

레지널드 노인이 솔깃해져 외쳤다.

“맙소사, 맥스윈 일족이 언제 쳐들어올지 몰라!”

검을 닦던 헝겊을 내던지고 열혈노인은 장검을 질질 끌며 부랴부랴 문으로 향했다.


“정말 괜찮니, 데이비드?”

“아주 괜찮아요. 그러니까 제발 한 바퀴만 더 돌아요, 예?”

소년은 발그스름하게 상기된 얼굴을 하고 푸른 눈을 초롱초롱하게 빛내며 말(馬)의 기다란 목을 톡톡 두들겨 주었다. 그웬돌린은 승마가 아이에게 지나치게 과도한 운동은 아닌지 걱정했지만 난생 처음 말을 탄 흥분과 신선한 공기가 전에 보지 못한 그 나이 또래 특유의 활력을 불어넣었다.

“좋아. 하지만 이번이 마지막이다, 알았지? 한 바퀴만 더 돌고 저기 네드와 함께 풀밭에서 점심을 먹자.”

그녀는 군사 훈련중인 수장과 전사들의 시야에서 벗어난 뒷마당에서 작은 말의 고삐를 끌고 천천히 돌기 시작했다.

“너 진짜로 승마를 처음 해보는 거니? 아주 잘하는구나. 타고난 기수야.”

아이의 얼굴이 기쁨으로 환해졌다.

“진심이에요?”

“물론이지. 네드, 당신도 그렇게 생각하죠?”

“말안장에서 태어난 사람처럼 보여요.”

요정전사는 고개도 들지 않고 계속 나뭇가지를 다듬으며 대답했다.

그웬돌린이 소년의 의욕을 고취시켰다.

“우리, 정식으로 승마 교습을 받게 해달라고 수장님께 말씀드리자. 네 건강이 오늘만 같으면 내일 당장 시작할 수도 있을 거야.”

데이비드의 표정이 흐려졌다.

“아버지가 반대하실 거예요.”

“왜?”

“내가 승마하는 걸 원하지 않으시니까요.”

“그거야 네가 아팠기 때문이지. 세상의 모든 아버지들은 자식이 말을 잘 타길 바라.”

소년은 고개를 가로저었다.

“우리 아버지는 내가 아프기 전에도 말 타는 걸 허락하지 않으셨는걸요. 낙마해서 다치면 안 된대요.”

“낙마는 승마의 일부야. 말 타는 법을 배우는 과정에서 충분히 떨어져 봐야 나중에는 낙마하지 않고 잘 타지.”

“난 허약 체질이라 말에서 떨어지면 약한 뼈대가 모조리 부러질 거랬어요.”

“네 뼈대에는 잘못된 구석이 없어.”

그웬돌린은 사사건건 허약 체질을 들어 아이의 행동을 억압해 온 수장에게 다소 진절머리가 났다.

“그리고 네 체질에 대해 말하자면…….”

"거기 가만히 있어요, 아가씨! 내가 지금 가는 중이오!"

성의 모퉁이를 돌아 갑자기 열혈노인이 나타났다. 손을 눈썹에 대고 햇빛을 가린 채 이쪽으로 비칠거리며 다가오는 노인의 뒤를 따라 한 무리의 맥던 일족이 쫓아왔다.

그웬돌린은 가슴이 덜컥 내려앉았다.

"왜 그러세요, 레지널드 영감님? 무슨 일이라도?"

"무슨 일이 있지."

원로는 백태가 낀 갈색 눈을 단추처럼 가느다랗게 뜨고 말했다.

"햇빛이 너무 강해! 내 눈알이 타올라 앞이 안 보이는데 어떻게 아가씨를 보호하겠소?"

"아가씨의 기분이 좋아져서 무척 반갑구려."

백발노인 오웬도 눈을 거의 뜨지 못했다.

"하지만 날을 아주 약간만 흐리게 해주면 안 되겠소? 나처럼 외출을 삼가고 은거하는 사람에겐 빛이 좀 강한 듯한데."

"입만 산 늙은이 같으니. 박쥐처럼 성에만 틀어박혔으면서 말은 잘한다."

래클런이 친구에게 면박을 주더니 갑자기 대경실색을 했다.

"이럴 수가…… 아이가 저 집채만한 짐승의 등에! 빨리 끌어내려, 낙마하여 머리가 터져 죽기 전에!"

"설령 낙마한다 해도 말이 워낙 작기 때문에 멍드는 정도로 끝날 거예요, 래클런 영감님."

"멍드는 정도로 끝나?"

열혈노인 레지널드가 기막힌 표정으로 반문했다.

"저렇게 약한 아이는 말에서 떨어졌다간 모가지가 마른 가지처럼 똑 부러져!"

"저 정도 높이라면 아이가 현기증을 일으키고도 남지!"

"오늘 데이비드의 상태는 좋은 편이에요."

그웬돌린이 공손하게 원로들에게 알렸다.

"게다가 본인이 승마를 즐기고 있구요. 그렇지 않니, 데이비드?"

"예, 아주 기분 좋아요."

소년은 걱정하는 사람들에게 방긋 웃어 보이며 제안했다.

"내가 말 달리는 모습을 보여드릴까요?"

"아니!"

모두가 입을 모아 반대했다.

데이비드의 미소가 사라졌다.

그웬돌린은 한숨을 쉬며 소년을 말에서 내려주려고 손을 내밀었다.

"안 되겠다. 그만 타자."

"물론 우리는 네가 말 달리는 모습을 보고 싶어, 데이비드."

클라린다가 불쑥 말했다.

"오늘은 얼마나 배웠니?"

소년은 어떻게 할까요 하고 묻는 것처럼 그웬돌린에게 시선을 던졌다. 그녀는 고개를 작게 끄덕거렸다. 데이비드는 말안장에서 허리를 곧게 펴고 진지하게 입을 열었다.

"말을 탈 때는 자세를 똑바로 해야 해요. 무릎으로 말의 옆구리를 죄면서 달리는 율동에 집중해야 하죠. 그리고 자주 말을 다독거려 칭찬해 주는 것도 잊으면 안 돼요. 말이랑 친구가 되어야지, 말을 억지로 부리려고 하면 못써요."

맥던 일족은 어리벙벙한 표정으로 소년을 뚫어지게 바라보았다.

그웬돌린이 얼른 칭찬했다.

"잘했어, 데이비드. 이제 네가 승마를 얼마나 잘하는지 보여드리자꾸나."

그녀는 다시 말고삐를 잡고 천천히 이끌기 시작했다.

백발노인 오웬이 제일 먼저 침묵을 깼다.

"모두들 똑똑히 들었지? 저 애가 저렇게 말을 많이 하긴 처음이야."

"너무 소심해서 한두 마디밖에 못하는 아이였잖아."

래클런 노인 역시 놀람을 감추지 못했다.

레지널드는 장검에 기대어 고개를 절래절래 저었다.

"그런 아이가 어떻게 하룻밤 사이에 늙은 할망구처럼 재잘거리게 되었지?"

"그리고 며칠 전까지 다 죽어가던 병자가 어떻게 벌떡 일어나 승마까지 하게 되었을까요?"

이완이 신기해했고 땅딸보 먼로도 머리를 긁적거리며 덧붙였다.

"난 저 아이가 굶어죽어 간다고 들었어. 하지만 굶주린 아이 같지 않은데."

"주술 때문이에요!"

로베나가 성난 목소리로 외쳤다.

"사실은 시름시름 앓으며 죽어가고 있지만 마녀의 주술에 걸려 겉으로만 멀쩡해 보이는 거예요."

"말이 안 돼. 그렇다면 마녀가 왜 도착 첫날 아이에게 그 주술을 걸지 않았겠어?"

"며칠째 굶은 아이에게 승마할 힘이 있다는 건 말이 되나요?"

"데이비드는 굶지 않았어요. 단지 식사량과 음식 가짓수에 제한을 받았을 뿐이죠."

클라린다는 단호하게 지적한 다음 조리있게 설명했다.

"그리고 저 아이는 그웬돌린의 옛날 이야기를 들으며 시간을 보내는 동안 어휘력이 좋아지고 자기 표현력이 향상된 거예요."

일동은 입을 다문 채 말등에 앉아 희희낙락해 하는 소년을 응시했다.

"경사로다!"

갑자기 백발노인이 선언하고 아이와 마녀를 향해 다가갔다.

"이봐요, 아가씨, 내 병도 고쳐 주겠소?"

"예?"

그웬돌린이 멈춰서 고개를 갸웃거렸다.

오웬 노인은 앙상한 나뭇가지 다섯 개를 붙여놓은 것처럼 뻣뻣하게 굳고 반쯤 마비된 양손을 들어 보였다.

"내 손이 최근 들어 못 견디게 쑤신다오. 특히 날씨가 궂은 날에는 더. 하지만 아가씨를 탓하는 건 아냐. 끔찍하게 타죽을 뻔했는데 누군들 화나지 않겠소? 고로 햇살이 좀 눈부시긴 하지만 아가씨 기분이 풀려서 나도 기쁘다오. 그런데 내 손을 고칠 수 있겠소?"

"그, 글쎄요……."

이 분이 정말 도움을 청하고 있는 걸까? 혹시 내가 말을 잘못 알아들은 건 아닐까?

백발노인은 풀죽은 얼굴로 한숨을 내리쉬었다.

"아가씨가 저 아이의 병을 기적적으로 고쳤길래 이 늙은이의 손쯤이야 쉽게 고칠 줄 알았는데. 아, 하지만 괜찮소. 난 통증에 익숙해졌어. 이게 다 나이 들고 쓸모없어져 가는 과정의 일부지. 공연한 부탁을 해서 미안하구려."

그리고 힘없이 돌아섰다.

"오웬 영감님."

원로가 얼른 되돌아서 기대를 품은 눈으로 그녀를 대했다.

그웬돌린은 혈관이 파랗게 불거진 노인의 손을 바라보며 쭈빗쭈빗 입을 열었다.

"제가 연고를 만들어 드릴게요. 그걸 하루에 세 번씩 손에 문지르세요. 영감님만 괜찮으시다면…… 제가 기꺼이 대신 문질러 드릴게요."

"연고?"

실망한 기색이 역력한 목소리였다.

"주술은 안 걸어주고 연고만?"

"영감님이 원하시면 주술도 걸어드릴 수 있어요."

그웬돌린은 노인이 단순한 연고보다 더 극적인 처방을 원한다는 걸

감지하고 얼른 덧붙였다.

"하지만 연고를 바르지 않으면 주술이 듣지 않아요."

"최고야!"

원로는 좋아서 펄쩍펄쩍 뛰며 다른 사람들에게 외쳤다.

"이보게들, 마녀가 주술로 내 손을 고쳐준대!"

맥던 일족은 경외심에 사로잡혀 일제히 '오호' 하며 탄성을 발했다. 그리고 앞다투어 달려와 그웬돌린을 에워쌌다.

"난 식사만 했다 하면 속이 꼬인다오."

열혈노인 레지널드가 불평을 늘어놓았다.

"이 병도 고쳐줄 수 있소?"

그웬돌린은 얼떨떨했다. 마녀를 두려워하고 두 차례에 걸쳐 영원히 제거하려 했던 이 일족이 왜 갑자기 주술을 걸어달라고 할 만큼 그녀를 신뢰하게 되었을까?

그녀의 망설임에 약간 상처받았는지 레지널드 노인이 속상해하며 중얼거렸다.

"오웬 저 친구에게는 주술을 걸어주면서 왜 나는 안 된다는 건지 모르겠군."

"아녜요, 영감님에게도 한번 주술을 걸어 보겠어요."

어머니의 기록에서 본 단순 복통 처방이 문득 떠올랐다.

"하지만 제가 드리는 약도 복용하셔야 해요."

말이 끝나자마자 쿨럭쿨럭하며 가래 끓는 기침소리가 울려 퍼졌다. 젊은 나이에 벌써 가정을 꾸린 이완이 가슴을 텅텅 치며 자신의 증상을 털어놓았다.

"벌써 여러 주째 기침이 끊이질 않는데 이것도 주술로 고쳐질까요?"

"어쩌면요."

그웬돌린은 기침에 잘 듣는 어머니의 꿀 탕약을 염두에 두었다.

"주술과 뜨거운 탕약을 같이 처치해 드릴게요."

“해 떨어질 즈음이면 정신이 몽롱해져서 우리 집까지도 간신히 찾아갈 지경이에요, 나는.”

파르콰르가 가죽 수통을 입에 대고 에일을 한 모금 쭉 들이킨 다음 손등으로 입을 닦았다.

“나에게도 주술을 걸어주시겠수?”

백발노인 오웬이 서둘러 나섰다.

“자자, 이 아가씨를 여기에 마냥 세워둘 게 아니라 저기 풀밭에 편히 앉아 이야기를 하자구.”

“저 바구니 안에 먹을 게 들었나요? 배가 좀 고픈데.”

땅딸보 먼로의 질문에 그웬돌린이 선선히 대답했다.

“죄송해서 어쩌죠? 먹을 게 별로 없어요. 데이비드의 오늘 점심은 꿀빵과 사과가 전부거든요.”

클라린다가 손뼉을 쳤다.

“어머, 맛있겠다! 난 허기로 눈앞이 가물가물하던 참이에요.”

그녀가 앞장서서 바구니가 있을 쪽으로 향하자 나머지 사람들이 우르르 뒤따랐다.


“목표 조준!”

알렉스가 큰소리로 명령했다.

“하나, 둘, 셋…… 발사!”

헝겊으로 촉을 두툼하게 감싼 수십 대의 화살들이 공중으로 높이 날아올랐다가 느리고 우아한 포물선을 그리며 전사들의 앞으로 떨어졌다.

“젠장할!”

불곰전사가 장검을 내려놓고 화살에 맞은 머리를 문질렀다.

“솜씨 한번 죽여주는군!”

“이래서 큰바위 얼굴은 고생이라니까. 네가 뒤집어쓸 양동이를 하나 찾아줄까?"

브로딕의 악의 없는 놀림에 불곰전사가 지지 않고 쏘아붙였다.

"투구가 필요한 쪽은 너야. 그 곱상한 얼굴을 빼면 너에게 볼 게 뭐 있나?"

"이 형님은 얼굴에 흉터가 한두 개쯤 생겨야 해요."

가장 나이 어린 전사 개릭이 우스갯소리를 했다.

"그래야 이사벨라에게서 일 분이라도 벗어나죠."

"되려 그 아가씨, 브로딕을 붙잡고 대성통곡을 할걸. 곡하는 데 재주가 있잖아."

입빠른 퀜틴의 농담이었다.

카메론이 싱글벙글 웃으며 다른 전망을 내세웠다.

"아냐. 그녀는 펄펄 뛰며 욕설을 몇 바가지 퍼부어서 감히 브로딕을 건드린 불쌍한 녀석의 얼을 쏙 빼놓을 거야. 입이 얼마나 건지 몰라."

브로딕이 눈썹을 치켜올렸다. 그는 정말 놀란 눈치였다.

"응? 나는 왜 그걸 몰랐지?"

전사들이 배꼽을 잡고 웃었다.

"전쟁 준비를 즐기는 모습을 보니 기쁘군."

알렉스가 매섭게 비꼬았다.

"훈련이고 뭐고 다 때려치우고 아기자기하게 둘러앉아 한바탕 놀아 볼까? 맥스윈 일족이 공격을 하든 말든 내버려두고?"

수장의 전에 없던 독설에 전사들은 놀라고 어리둥절했다. 모두 표정이 굳은 가운데 브로딕이 대표로 딱딱하게 사과했다.

"죄송합니다, 수장님. 다시는 안 떠들겠습니다."

알렉스는 아차 싶었다. 자신의 지나친 태도가 후회스러웠지만 잘못을 시인하고 사과할 순 없었다. 맥스윈 일족의 공격을 앞둔 이 시점에서 약한 모습을 보이는 건 금물이다. 그는 자신을 향한 일족의 충성심은 알지만 그웬돌린과 이사벨라, 이 두 명의 불청객을 위해 일족이 과연 결사적으로 싸울지에 대해서는 자신이 없었다. 특히 마녀를 제거하려는 공작이 벌써 두 차례나 감행된 지금은 더 답답하기만 했다. 그웬돌린을 안전하게 지켜주겠노라 맹세했지만 혼자 적군을 물리치는 건 불가능하기 때문이다.

암담한 생각을 일단 접어두고 알렉스는 명령했다.

"이제 가상 공격을 재개한다. 로버트가 최소 이백 명의 군사를 이끌고 온다는 가정하에 우리는 한 조의 궁수를 서쪽 벽에 이 미터 간격으로 배치하여 일차 방어선을 구축하기로 한다. 적군이 사다리를 타고 적극적인 침투를 시도하면……."

어디선가 밝은 웃음소리가 터졌다.

"주의를 집중해!"

수장의 호통에 카메론이 어눌하게 변명했다.

"저, 우리가 웃은 게 아닙니다."

알렉스는 귀를 기울였다. 자지러지는 폭소의 진원지는 성의 안마당 쪽이었다. 이리 시끄러운 속에서 어떻게 군사 훈련을 하라는 거야? 그는 전사들에게 검술을 연습하라고 지시한 다음 노기충천한 걸음을 옮겼다. 하지만 놀랍게도 안마당은 텅 비어 있었다. 소리를 따라 성의 모퉁이를 돌자, 뒷마당의 풀밭에 서로 어깨가 닿을 정도로 빽빽하게 앉아 옛날 이야기를 듣고 있는 사람들이 보였다.

"<무기를 버려라. 그렇지 않으면 목숨은 없다>라며 토발드는 먹구름을 가르는 번개처럼 휙휙 장검을 휘둘러 보였어요. 그러자 악당 맥로리 왈 <피를 흘리며 간신히 서 있는 주제에 말은 호기있게 잘 하는구나. 각오해라, 오늘이 바로 네 제삿날이다. 우선 너부터 도륙을 내고 네 처자식도 죽여주마>. 이에 토발드가 큰 소리로 외쳤어요. <어림없다, 이 악당!> 목에서는 핏물이 강처럼 흐르고 왼팔은 겨우 몇 점의 살로만 연결되어 대롱대롱 매달린 몸을 하고도 토발드는 마지막 남은 힘을 쥐어짜 맥로리의 복부에 장검을 깊숙이 찔렀어요. 그리고 통구

이용 토끼처럼 녀석의 배를 쫙 갈라버렸죠."
맥던 일족은 넋을 잃고 그웬돌린을 바라보았다.
래클런 노인이 침묵을 깼다.
"그래서? <천하장사 토발드>도 죽었겠지?"
즉시 열혈노인 레지널드가 쏘아붙였다.
"주인공이 죽는 이야기가 세상천지에 어디 있어?"
"하지만 그런 치명상을 입고 살아나긴 힘들지."
오웬이 하얀 수염을 쓰다듬으며 끼어들었다.
"토발드는 피를 너무 많이 흘렸어."
"죽을 정도로 피를 많이 흘리진 않았다구요."
후덕하게 생긴 중년 부인 마저리가 쏘아붙였다.
"그 못된 악당을 해치우고 토발드는 비틀비틀 산을 내려가 노파의 집으로 가서 치료를 받았을 거예요. 분명해요."
"목이 찔리고 한 팔이 거의 떨어져 나갔는데 산을 내려간다는 건 말도 안 돼요."
이완의 반박에 그의 아내 레티가 다른 가능성을 제시했다.
"어쩌면 노파가 산으로 올라갔다가 토발드를 발견하고 집으로 데려 갔을지도 몰라요."
래클런 노인이 코웃음을 쳤다.
"흥, 노파의 집에 도착하기도 전에 죽었을걸."
"그럴 리 없습니다. 무엇보다 그는 <천하장사 토발드>인 걸요. 어떤 고난과 위험도 이겨낼 수 있는 강한 전사라구요."
땅딸보 먼로가 소리 높여 주장했다.
"하지만 목이 찔리고 팔이 떨어졌다며. 그렇게 당하고도 살아나면 인간이 아냐."
애주가 파르콰르의 지적이었다.
클라린다가 나섰다.

“빨리 도움을 받았다면 살아날 수도 있어요.”

늙은 독약애호가는 이제 악을 쓰다시피 했다.

“움막에 사는 노파들 중에서 그런 치명상을 치료할 수 있는 할망구가 있으면 나와보라고 해!”

“그 노파가 착한 마녀라면 가능하죠.”

네드가 차분하게 한 가지 가능성을 제안했다.

일동은 입을 다물고 저마다 심사숙고했다. 마침내 백발노인 오웬이 문제를 해결한 네드가 장하다는 듯이 어깨를 다독거렸다.

“맞아. 착한 마녀라면 토발드를 살려주고도 남지.”

맥던 수장은 자신의 눈을 의심했다. 계단 사건이며 방화 시도를 통하여 그웬돌린에 대한 적의를 노골적으로 보여주었던 그의 일족이 얼빠진 어린아이들처럼 그녀를 둘러싸고 옹기종기 모여 앉아 허튼 이야기에 귀를 기울이다니?

“아버지!”

데이비드가 제일 먼저 그의 존재를 알아차리고 해맑게 자랑했다.

“나 오늘 승마했어요.”

“뭐? 네가 뭘 해?”

“말을 탔다구요, 나 혼자서요.”

아이의 작은 얼굴이 자부심으로 반짝거렸다.

“그웬돌린이 태워주었어요.”

알렉스는 모닥불도 단숨에 사그라들 만큼 싸늘한 시선을 그웬돌린에게 던졌다. 그는 살벌하게 음절마다 힘을 주어 내뱉었다.

“당신이, 내 아들을, 말에, 태웠단 말이오?”

“아드님의 건강에 승마가 도움이……”

“뭐에 도움이 된다는 거요? 낙마해서 목이 부러지는 데?”

그웬돌린은 자리에서 일어났다.

“낙마 위험은 없었어요. 내가 말고삐를 잡고 있었고……”

"내 아들은 승마를 하기엔 너무 약해!"

천둥벼락조차 무색할 성난 고함이었다.

"눈 깜짝할 사이에 떨어져 머리가 깨져 죽거나, 전에 당신이 무모하게 아이를 밖으로 데려나갔을 때처럼 또 병이 도져 사경을 헤매지 않으리란 보장이 있소? 아니면 내 아들을 죽이기로 작정한 거요?"

그웬돌린은 무표정을 지켰다. 수장에게 공개적으로 비난받은 이 상처와 민망함을 내비치지 말자고 속으로 되뇌었다. 햇살이 내리쬐는 풀밭에 모두 둘러앉아 옛날 이야기를 하면서 그녀는 맥던 일족에게 받아들여진 듯한 짧고도 꿈 같은 순간을 만끽했다. 이토록 많은 사람들과 우호적으로 공감대를 쌓고 교감을 나누는 기분이란 기묘하며 새롭고 너무나도 멋졌다. 그런데 수장이 일 분도 못 되어 그 전부를 망쳐놓은 것이다. 이제 맥던 일족은 절대로 그녀를 받아들이지 않으리라. 수장이 실상은 그녀를 불신해 왔음을 여실하게 입증했으니까.

"안으로 들어가자, 데이비드."

그녀는 소년에게 손을 내밀며 침착하게 말했다.

"수장님께서는 네가 그만 쉬길 바라셔."

데이비드는 그녀의 손을 꼭 잡았다. 무언의 작은 몸짓에 불과했지만 그웬돌린에게 커다란 위안을 주었다. 맥던 일족의 시선을 피하며 그녀는 소년과 함께 성으로 향했다.


홀은 이례적으로 조용했다.

알렉스는 전투 계획서에 눈을 못박고 사방에서 쏟아지는 일족의 뻣딱한 시선을 무시하려 애썼다. 일족이 지금 무슨 생각을 하고 있는지는 자명했다. 오늘 오후 수장의 비이성적인 행동이 광기 탓은 아닌지, 만일 그렇다면 이번에는 광기라는 이름의 악마가 얼마나 맹위를 떨칠지 궁리하고들 있는 것이다.

그건 알렉스 본인도 궁금한 바였다.

그웬돌린을 화형장에서 구한 순간부터 광기가 날카로운 발톱을 세워 왔다. 아니, 솔직하게 인정하건대 그는 지난 4년간 광기의 마수에서 완전히 벗어난 적이 없었다. 하지만 그웬돌린을 만날 때까지는 으르렁거리는 늑대 같은 광기를 구석에 몰아넣어 왔는데 화형장을 기점으로 그 늑대가 슬금슬금 앞으로 나오기 시작해 두통이 잦아지고 잠을 설치는 밤이 늘어났다.

그 중 최악은 플로라와의 대화 단절이었다.

아내와 대화를 나누는 횟수가 그웬돌린이 이곳에 온 후로 큰 폭으로 줄어든 이유는 전적으로 피곤하기 때문이라고 자신에게 변명도 해보았다. 하지만 새빨간 거짓말이었다. 피곤하다면서 왜 잠을 이루지 못한단 말인가. 특히 그가 플로라와 사랑을 나누었던 그 침대에서 그웬돌린에게 짐승처럼 덤벼든 다음부터는 죄스럽고 부끄럽고 미안해서 차마 아내에게 말을 걸 엄두조차 나지 않았다. 입이 열 개가 있어도 할 말이 없었다. 죽는 날까지 정절을 지키겠다는 맹세를 깨고 아내를 배신한 죄는 어떤 변명으로도 무마되지 않는다.

"데이비드가 오늘 승마를 했다면서?"

현자 모랙이 홀에 무겁게 내려앉은 정적을 깼다.

"어떻던가?"

아무도 대답하지 않았다.

긴 침묵이 흐른 뒤 오웬 노인이 목소리를 가다듬었다.

"승마에 소질이 있더구먼. 용맹한 전사처럼 자세가 아주 곧았어."

"부전자전이로군. 그래, 말에서 떨어지진 않았고?"

"그럴 만큼 빨리 달리지도 않았어."

레지널드가 수장을 빤히 노려보며 은근히 비난했다.

"늙은 말 더피는 데이비드가 태어나기 전부터 달려본 역사가 없다구. 그웬돌린이 아이의 안전을 다 염두에 두고 현명하게 말을 선택한 거지. 게다가 말고삐를 내내 잡고 있었고."

로베나가 반기를 들었다.

"그래도 아이가 말에서 떨어져 죽을 수도 있었어요."

"설령 낙마했다 해도 멍만 들고 말았을 거야."

래클런 노인이 성마르게 쏘아붙였다. 그러자 요정전사 역시 그웬돌린의 말을 인용하여 덧붙였다.

"낙마는 승마의 일부죠."

"그래서 승마가 위험하다는 거예요. 마녀에게는 데이비드를 위험에 처하게 할 권리가 없어요."

"로베나의 말이 옳아요. 마녀는 처음부터 아이를 죽일 계획이었어요."

치료사 엘스페스가 기회를 놓치지 않고 그웬돌린의 험담을 했다.

불곰전사 카메론이 코웃음을 쳤다.

"아이를 죽이려고 말에 태웠다면, 여기 우리들 가운데 다수가 부모님에 의해 일찌감치 저세상으로 갔을걸."

수장은 고집스럽게 시선을 내리깐 채 아무 말도 하지 않았다. 마녀를 편드는 원로들과 일부 일족원의 태도에 놀랐지만 그의 아들은 말을 타기에 너무 허약하다. 그것으로 이야기 끝이다.

다시 홀에 침묵이 깔렸다.

"왜 이리 조용하죠?"

이사벨라가 공기에 짙게 감도는 긴장감을 알아차리지 못하고 쫑알거렸다. 그녀는 옆자리의 브로딕에게 고개를 돌렸다.

"여기에선 저녁 식사 중에 악사들이 음악을 연주하지 않나요?"

"수장님이 좋아하지 않으셔."

"전에는 우리도 풍류를 즐겼었지."

오웬 노인이 미소를 지으며 회상했다.

"몇 년 전까지만 해도 이곳에서 매일 밤 춤과 음악이 그치질 않았어. 난 당시 춤꾼으로 이름을 날렸다오."

"오소리가 뜨거운 석탄 위에서 이리 펄쩍, 저리 펄쩍 뛰는 것도 춤
이라고."

래클런의 비웃음에 오웬이 발끈했다.

"그건 원래 그런 춤이야! 양발을 빨리 번갈아가며 들었다 놨다 하
는 춤이라구. 하긴 가무에 일자 무식한 늙은이가 뭘 알겠어."

"어디 한번 추어 보세요. 나도 보고 싶어요."

이사벨라가 부추겼다.

백발노인은 안타까워하며 고개를 저었다.

"음악만 있다면 나도 보여주고 싶구려."

"흥, 없는 게 다행이지."

래클런이 숨죽여 중얼거렸다.

원로의 냉소를 듣지 못하고 이사벨라가 자리에서 벌떡 일어나 술잔
으로 식탁을 탕탕 쳐 일족의 관심을 불러모았다.

"누구 악기를 가진 사람 없어요?"

"내 백파이프는 벌써 몇 년째 처박혀 이제는 바람 빠지는 소리밖에
나지 않아요."

이완이 한탄하자마자 아내 레티가 픽 웃었다.

"언제는 다른 소리도 났었수?"

"다른 사람은요?"

이사벨라가 재차 물었다.

나서는 사람이 아무도 없었다.

"좋아요, 그럼 내가 노래를 부르죠."

이사벨라는 잠시 생각한 다음 뒷말을 이었다.

"반주가 없어 내 목소리가 제대로 살진 않겠지만 최선을 다하겠어
요. 이 노래는 일생일대의 사랑을 잃고 괴로워하는 전사에 관한 것인
데……."

"어째 우중충할 것 같은데."

열혈노인 레지널드가 끼어들었다.

"신나는 노래는 없소?"

"어디 보자…… 아, 있어요! 연인의 배신을 알고 자살하는 아가씨 노래예요."

"그게 신나는 노래, 확실하오?"

오웬 노인이 미심쩍은 표정으로 물었다.

"곡이 웬만큼 흥겹지 않으면 내 발이 떼어지질 않아."

"도입부는 느리지만 아가씨를 장사 지내는 대목에 이르면 아주 신바람이 나요."

"그럼 한 곡조 뽑아 보시구려."

이사벨라가 숨을 깊이 들이마셨다가 찢어지는 목소리로 노래를 부르기 시작했다.

맥던 수장은 움찔했다. 그는 어금니를 악물고 꾹 참았다. 하지만 얼마 지나지 않아 질그릇 깨지는 노랫소리가 고문으로 다가오자 전투 계획서를 주섬주섬 긁어모아 자리에서 일어났다.

바로 그때, 그웬돌린이 데이비드와 함께 나타났다.

그녀는 은실로 정교하게 수가 놓여진 새까만 드레스를 걸쳐 창백한 피부와 가냘픈 몸매가 한층 돋보였다. 흰 새틴 같은 어깨에 윤기가 자르르 흐르는 흑단처럼 까만 머리칼을 늘어뜨려 다른 세상에서 온 생명체인 양 신비로운 모습으로, 많은 사람들 앞에서 주눅이 든 듯한 소년의 손을 꼬옥 잡고 미소를 교환해 서로 용기와 힘을 북돋아가며 홀을 가로질렀다.

아들과 마녀 사이에 오간 그 작은 몸짓에 알렉스는 갑자기 눈시울이 뜨거워졌다. 죽은 아내도 갓난아이였던 데이비드의 손을 잡길 좋아했다. 옴폭옴폭 우물이 팬 통통하고 앙증맞은 손을 하염없이 만지작거리거나, 손가락 끝마다 콕콕 박힌 핑크색의 자그마한 조개껍질 같은 손톱이 마냥 신기해 감탄사를 연발했다. 그리고 알렉스를 불러 남편의 커다란 손과 아들의 고사리 같은 손을 대보곤 했다. 마치 보들보들하고 몽실몽실한 꽃망울의 내피가 굳은살 박힌 손바닥에 닿는 듯한 감촉에 알렉스는 전율했다. 이렇게 작고 완벽하며 예쁜 손이 훗날 자신의 것처럼 크고 거칠어지리라는 게 믿어지질 않았었다.

그 아들의 손을 잡아본 지도 벌써 여러 해가 되었다.

이사벨라의 돼지 멱따는 노랫소리가 마침내 끝났을 때 그웬돌린과 데이비드는 수장의 식탁에 이르렀다. 사람들의 따가운 시선 속에서 그녀는 고개를 높이 들었다. 저들은 각자의 병을 고쳐달라면서 그녀를 신뢰하는 척했지만 수장의 부당한 질타가 떨어지자 모두 침묵으로 일관했다. 하긴 그밖에 어떤 대접을 바라랴. 아버지를 살해한 죄로 고향에서 화형을 선고받았을 때 이미 사람들에게 어떤 것도 기대해선 안 된다는 걸 배우지 않았던가. 그녀는 마녀, 변호해 줄 가치가 없는 국외자일 뿐이다.

데이비드만 없었다면 이곳을 애저녁에 떠나버렸으리라.

아이는 오늘 오후의 일로 혼비백산한 나머지 홀에서 아버지와 저녁을 함께 먹으면 어떻겠냐는 제안을 듣는 것만으로도 벌벌 떨었다. 하지만 그웬돌린이 끈질기고 다정하게 설득하여 간신히 소년의 마음을 돌려놓았다. 맥던 수장도 친아들이 유리로 만들어진 게 아니라는 걸 깨달을 때가 되었다.

이제 그웬돌린은 소년의 좁은 어깨에 손을 올려놓고 똑바로 서서 수장의 굳은 얼굴을 직시했다. 그녀는 냉랭하게 입을 열었다.

"아드님의 상태가 좋아 모두와 함께 식사를 하려고 이렇게 내려왔습니다. 부디 허락해 주시기 바랍니다."

알렉스는 아들을 찬찬히 살폈다. 갓 목욕을 했는지 플로라와 똑같이 불꽃 같은 머리가 아직 젖은 채 이마와 목 부근에서 구불거렸다. 양볼과 콧등은 햇빛에 불그스름하게 그을린데다, 전에 없던 주근깨가 점점이 뿌려져 있었다. 샛노란 셔츠에 노랑과 초록의 킬트를 받쳐입고 소형 단도까지 허리춤에 찬 옷차림은 알렉스 자신의 축소판이었다. 저 소년은 지난 몇 달 동안 아비의 가슴을 찢어놓았던 병약한 아이와 닮은 구석이 전혀 없었다.

환희가 밀물처럼 몰려왔다.

"함께 식사해도 좋다."

알렉스는 벅찬 감정을 숨기려고 일부러 무뚝뚝하게 허락했지만 옆의 빈 의자를 손수 뒤로 빼주었다.

"자, 여기 앉거라."

데이비드가 질문하듯 그웬돌린을 올려다보았다. 그녀는 고개를 끄덕거렸다. 소년은 엉거주춤 단상을 올라가 아버지 옆에 앉았다.

"경사로다!"

백발노인 오웬이 탄성을 발했다.

"부자가 나란히 앉은 모습이 참으로 보기 좋구먼."

"아름다운 광경이야."

래클린이 뭐든 반대만 일삼는 성격과 달리 흔쾌히 동의했다.

래지널드가 고개를 기울여 소년을 자세히 살폈다.

"쯧쯧, 네 몰골이 반쯤 굶주린 것 같구나. 아, 그렇다고 저 아가씨가 아이를 굶겼다는 뜻은 아냐. 그웬돌린 당신 덕분에 아이가 죽다 살아났다는 건 우리 모두가 다 알고 있다오. 단지 아이의 뼈에 살이 좀 붙으면 좋겠다 이거지. 데이비드 아가, 너도 얼른 전사들 틈에 끼어서 훈련을 받고 싶지?"

"예, 할아버지."

소년의 푸른 눈이 반짝반짝 빛났다.

열혈노인은 기름진 고기 접시를 아이 앞으로 당겨주었다.

"그렇다면 옛다, 이거 먹고 빨리 커라."

데이비드는 고개를 가로저었다.

"오늘은 빵이랑 사과랑 암죽만 먹어야 해요. 다른 음식은 내일 먹기로 했어요.”

그리고 빵 바구니를 향해 손을 내밀었다.

그웬돌린은 살며시 미소를 지었다. 소년은 먹음직스런 진수성찬의 유혹에 넘어가 탈이 나는 것보다 아버지와 홀에서 식사하는 기쁨을 선택한 것이다.

“이따 데리러 올게, 데이비드. 맛있게 먹어.”

“당신은 어딜 가는 거요?”

알렉스가 그웬돌린에게 다그쳤다.

“내 방으로요.”

“식사는 했소?”

“생각 없습니다.”

“그래도 먹으시오. 끼니를 자주 거르면 병에 걸리오.”

“안 먹겠습니다.”

빈틈없는 어조의 싸늘한 선언이었다.

“난 이곳의 포로도, 이 일족의 일원도 아닙니다. 아드님 문제에 대해서는 수장님의 명령을 받겠지만 그 외의 일은 스스로 결정하겠습니다. 설령 병에 걸린다 해도 그건 전적으로 내 일이에요. 상관하지 말아 주세요.”

그녀는 돌아서 걸음을 옮기기 시작했다.

“그웬돌린.”

희미하게 애원이 섞인 부름에 그녀는 돌아섰다.

알렉스는 어떻게 말문을 떼야 할지 망설였다. 그는 적어도 일족 앞에서는 그녀를 항상 방어해 왔지만 오늘 오후에는 무고하게 비난했다. 그런 잘못을 반성도 했고 그녀의 노기도 풀어주고 싶었다. 하지만 일족이 보는 앞에서는 사과할 수 없었다. 체면 때문이 아니었다. 그가 감정을 통제하지 못한다는 시인은 수장이 또 미쳤을지도 모른다는 사람들의 의심을 부채질하기 때문이었다.

사실 감정조차 다스리지 못하는 미치광이 수장이지만 말이다.

이 상황에서 가능한 사과 방식은 하나뿐이었고 그는 온 마음을 강렬한 눈빛에 담아 전달했다.

*미안하오*

그웬돌린은 수장과 시선을 얽은 채 가만히 서 있었다. 다른 모두는 무시했다. 그리고는 단상을 올라 수장이 가리키는 자리에 앉았다.


알렉스는 어둠 속에 서서 듣고 있었다.

그웬돌린과 데이비드가 식사 후 다시 손을 잡고 물러가자 묘한 공허함이 엄습해 왔다. 뒤에 남아 일족에게 임박한 전쟁 위기를 설명하고 토론해야 하는 의무가 원망스럽기까지 했다. 그는 자리를 떠도 괜찮을 때가 되자 얼른 아들의 침실로 향했지만 또 다른 복병과 맞닥뜨렸다. 네드가 복도에 앉아 화살대를 깎으며 그웬돌린의 무서운 옛날 이야기를 엿듣고 있었던 것이다. 알렉스는 마녀를 보호하는 임무에서 요정전사를 풀어주었지만 네드가 극구 사양하는 통에 결국에는 물러가서 쉬라고 명령까지 해야 했다.

네드는 마지못해 명령에 복종하되, 그를 대신하여 옛날 이야기를 잘 들어두었다가 결말을 알려주기로 수장의 약속을 받아냈다.

"……그리하여 <천하장사 토발드>는 장검으로 햇빛을 반사했어. 괴물 뱀은 눈이 부셔 주춤했지. 그 틈을 놓치지 않고 토발드가 단도를 확 던져 괴물의 노란 눈을 명중시키자 뱀은 펄펄 끓는 뜨거운 피를 흘리면서 고통으로 똬리를 꼬았는데……."

알아듣기 힘든 의성어와 몇 마디 말이 이어졌다. 그리고 아이의 키득거리는 소리가 났다. 알렉스는 방문에 귀를 댔다. 안으로 들어가고 싶었지만 그가 문턱을 넘는 순간 침실의 오붓한 분위기는 깨지리라. 그웬돌린과 그의 아들 사이에 오가는 편안한 친근함, 그건 정작 부자 지간에는 한 번도 존재하지 않았던 종류의 정감이었다.

갑자기 방문이 열리고 그웬돌린이 나왔다. 그녀는 깜짝 놀라 주춤거렸다.

"데이비드에게 잘 자라는 인사를 하러 오셨군요."

손에 든 촛불의 은은한 빛이 그녀에게 이 세상의 존재가 아닌 듯한 후광을 더했다. 알렉스는 순간적으로 압도당하여 잠시 말문을 잇지 못했다.

"아, 아이가 잠들었소?"

"거의요."

그녀가 방문을 약간 더 열어 실내를 공개했다.

데이비드가 옆으로 누워 새근새근 자고 있었다. 침대가의 촛불 세 자루가 하얀 베갯잇과 붉은 머리칼의 대조를 극명하게 보여주는 가운데 아이가 잠결에 뺨을 문지르고는 왼손을 그대로 얼굴 옆에 놓았다. 느슨하게 주먹 쥔 그 손은 알렉스가 알던 갓난아이의 것과 달랐지만 여전히 부드러운 연약함을 간직하고 있었다. 언젠가는 저런 아이다움을 완전히 잃고 아비처럼 크고 거친 전사의 손으로 바뀌게 되리라.

그 전망은 뿌듯한 위안으로 다가왔다. 오직 살아 있는 자만이 변화의 축복을 누릴 수 있으니까.

알렉스는 그웬돌린에게 방문을 닫으라고 몸짓을 해보였다. 그녀는 순순히 따른 다음 복도를 두리번거렸다.

"네드는 어디에 있죠?"

"그만 쉬라고 보냈소."

괜히 속이 켕겨 불필요한 말을 한마디 더했다.

"지친 것 같아서."

그리고 앞장서서 어두운 복도를 가로질렀다.

그녀의 침실에 이르자 알렉스는 머뭇거렸다. 플로라가 숨을 거두었던 날 이후 그는 수천 가지의 고통스러운 기억에서 도망치듯 이곳을 피해 왔다. 다시 이 방에 들어가려니 심장이 거칠게 두근거리고 가슴이 빽빽하게 조여들어 숨쉬기가 어려웠다. 그렇다, 그는 겁쟁이인 것이다. 자신의 성 빈 방을 두려워하는 겁쟁이.

*문을 열어, 빌어먹을. 여긴 침실에 불과해.*

용기를 불러모아 알렉스는 문고리를 거칠게 잡고 깜깜한 어둠 속으로 들어섰다. 조심스럽게 숨을 들이켜 보았다. 히스와 초원의 싱싱한 내음이 감돌았다. 하지만 그는 후각에 속지 않았다. 플로라의 고통이 이곳에 스며들었고, 그 질병과 죽음의 향기는 성이 무너질 때까지 가시지 않으리라.

뒤따라 들어온 그웬돌린이 방 안의 촛불을 켜기 시작했다. 조금씩 어둠이 흐려지고 침실은 벌꿀색 같은 빛으로 밝혀졌다.

가구들이 바뀌었구나, 알렉스는 멍하니 주위를 둘러보며 생각했다. 당연히 바뀌었을 수밖에. 아내가 죽은 후 뼈아픈 기억을 액막이하듯 이 방의 집기 일체를 창고 깊은 곳으로 치우고 플로라의 침대는 소각하라고 명령했던 장본인이 바로 자신이었다. 하지만 기억은 가구처럼 그렇게 쉽게 사라지지 않았다, 불행하게도.

이제 그의 시선이 소박한 새 침대에 닿았다. 주름 없이 깔끔하게 펴진 이불 위에 허여멀건한 물체가 얌전히 놓여 있었다. 호기심이 솟아 알렉스는 가까이 다가갔다. 그건 두 뼘 길이의 제법 무겁고 매끄러운 뼈다귀였다.

"왜 이런 걸 가지고 있소? 일종의 주술 도구요?"

그웬돌린이 천천히 다가왔다. 그녀는 뼈를 들고 그 건조한 표면을 만지며 침착하게 대답했다.

"말의 다리뼈예요. 부적으로 쓰이죠."

"내 아들의 병마를 몰아내는 데 쓰이는 거요?"

"나를 몰아내기 위해 누군가 갖다놨겠죠. 켈트족의 신화에 따르면 말(馬)은 여신 에포나와 밀접한 관계가 있어서 악령을 막아주고……."

"어떻게 이리 담담할 수가 있지?"

알렉스는 격분한 목소리로 윽박질렀다.

"당신을 미워하는 무리들이 있는데 아무렇지도 않소?"

"그럼 나보고 어떻게 하란 말이죠?"

그웬돌린의 평정이 무너지기 시작했다.

"아주 어렸을 때부터 이런 부적들이 우리집 대문 앞에 놓여 있거나 창문으로 던져지곤 했어요. 밖으로 나가면 돌팔매질의 표적이 되었구요. 열한 살 때는 어떤 남자애가 던진 쇳조각에 이마를 맞은 적도 있어요."

머리칼을 뒤로 넘겨 이마 윗부분에 하얗게 도드라진 흉터를 보여주었다.

"난 울면서 집으로 돌아갔어요. 얼굴이며 드레스가 온통 피투성이가 된 채 세상 사람들이 밉고 모두 죽어버렸으면 좋겠다고 아버지에게 하소연했어요. 그러자 우리 아버지가 뭐라고 하셨는지 아세요?"

알렉스는 고개를 저었다. 하지만 자신이 그웬돌린의 아버지였다면 어떻게 했을지는 알았다. 그 못된 소년을 잡아 한 달 동안 의자에 앉지 못할 만큼 볼기를 쳐주었을 것이다.

"우리 아버지는 상처를 치료해 준 다음 나를 가만히 껴안아 주셨어요. 그리고는 울며 화내는 나에게 이렇게 말씀하셨죠. 적을 증오하기보다는 사랑하라고, 그러면 언젠가 그들이 잘못을 뉘우치고 잔인한 핍박을 멈출 거라고."

"하지만 그날은 오지 않았지."

쓸쓸한 웃음이 그녀의 입에서 새어나왔다.

"나에게 부적이 안 통한다는 걸 깨닫는 사람조차 없었어요. 마녀를 몰아내기로 똘똘 뭉친 사람들의 결의는 끈질기고 악착같고 포기를 모르더군요. 성수, 기도문, 향낭, 마가목 가지, 뼈다귀, 쇳조각, 붉은 천, 기타 등등의 온갖 부적이 동원되었죠."

그녀는 벽난로를 향해 말뼈를 있는 힘껏 던졌다. 뼈다귀가 가로막이 창살에 탕 부딪쳤다가 차가운 잿더미 위에 떨어졌다. 자꾸 치솟는 눈물과 싸우며 그웬돌린은 벽난로 선반을 움켜잡고 아랫입술을 깨물었다.

"산다는 게…… 지긋지긋해요."

떨리는 목소리가 한숨처럼 속삭였다.

"남들에게 거부당하는 운명은, 정말이지, 저주스러워요. 왜 나만 이래야 하는지 억울해요. 하지만…… 이런 삶에 너무 익숙해져 다르게 살 수도 없죠. 어떻게 살아야 될지를…… 모르겠어요."

그녀의 절망이 알렉스에게 그대로 와닿았다. 그는 그녀의 여린 어깨에 손을 얹고 이유도 모르는 채 상처입고 아파하는 사슴의 눈망울과도 같은 잿빛 눈을 가만히 들여다보았다. 그녀를 잔인한 세상으로부터 지켜주고 싶었다. 이 고통과 절절한 외로움의 흔적을 지워주고 싶었다. 자신만은 그녀를 두려워하지도, 미워하지도 않는다는 걸 알려주고 싶었다.

"그웬돌린……."

그는 그녀의 고운 얼굴을 감싸안았다.

"당신은 혼자가 아니오."

"난 혼자예요. 영원히."

"아니. 그렇지 않소."

서로의 숨결이 맞닿을 만큼 그녀를 향해 고개를 기울였다.

"내가 살아 있는 한은."

그 맹세와 함께 입술을 포개고 그녀를 세차게 당겨 안았다. 부드럽지는 않았다. 유일하게 원하는 여자를 안고 어루만지는 기쁨에 잠겨 자신의 모든 것을 잊고자 하는 거칠고도 굶주린 입맞춤이었다. 그웬돌린의 입술은 풍요하게 무르익은 과실, 그녀의 체취는 햇살과 바람을 담은 여름날의 초원과도 같았다. 따뜻하고 신선하며 살아 숨쉬고 있었다. 그녀는 생명이었다. 게다가 전처럼 그를 밀어내는 대신 넓고 강한 품으로 파고들어 위안을 찾았다.

　알렉스는 떨림을 멈출 수 없었다. 그저 그웬돌린을 부둥켜안은 채 비단결 같은 머리를 몇 번이고 쓰다듬어 주었다. 그의 육체는 아플 만큼 흥분해 있었지만 자신의 품속에서 그녀가 편히 기대어 가쁜 숨을 고르는 이 순간이 너무나도 소중하기에 차마 깨뜨릴 수 없었다. 그래서 구겨진 셔츠를 뚫고 가슴을 데우는 그녀의 뜨거운 숨결을 느끼며 서 있었다. 어떻게 이런 마법이 가능할 수 있을까? 아내의 죽음과 동시에 남자이길 포기해 왔는데 어떻게 이 여자가 그의 생애 어느 때보다 강렬한 욕망의 불꽃에 심지를 붙였을까? 이 여자와 함께라면 더 이상 삶이 두렵게 다가오지 않았다. 한편으로는 플로라가 오랫동안 병마에 시달렸던 이 방에서 다시 살아 있다는 벅찬 환희를 느낀다는 게 죄스러웠다.

　그는 눈을 감고 복잡한 감정들과 싸웠다.

　쾅쾅쾅…… 갑자기 문 두드리는 소리가 울려 퍼졌다.

　"수장님!"

　브로딕의 다급한 목소리였다.

　"어서 문을 여세요, 공격이 시작되었습니다!"

　즉각적으로 알렉스는 포옹을 풀고 문을 열었다.

　"뭐라구?"

　브로딕과 카메론이 이쪽으로 고개를 돌렸다. 그들은 저만큼 떨어진 수장의 방문을 두들기던 동작 그대로 얼어붙은 채 어리벙벙한 표정으로 수장의 헝클어진 머리와 옷매무새를 훑어보았다. 카메론이 먼저 평정을 되찾았다.

　"로버트가 전사들을 이끌고 성벽을 포위했습니다."

　"숫자는?"

　알렉스는 서둘러 플래드를 고쳐 입었다.

　이번에는 브로딕이 입을 열었다.

"이백 명 가량이에요. 하지만 숲에 지원군이 더 있을지도 모릅니다."

"마을 사람들은 모두 대피했나?"

"예."

불곰전사가 듬직하게 대답했다.

"개릭이 개를 찾으러 나갔다가 동쪽 언덕배기에 집결한 로버트의 군사들을 처음 발견했어요. 성으로 오는 길에 마을 사람들을 다 깨워 신속하게 대피시켰습니다."

"카메론, 여자들과 아이들을 지하 저장실에 숨기고 다섯 명의 전사들에게 지키게 해. 브로딕 자네는 각 탑의 방어력을 보강하고 서른 명씩 세 조를 짜서 안마당에 배치해. 그런 다음 둘 다 외벽 망루로 와라. 고지(高地) 방어전으로 적의 공격을 막는다. 실시!"

두 명의 전사가 명령을 하달받자마자 사라졌다.

알렉스는 돌아섰다. 그웬돌린이 벽난로 앞에 서서 잿속에 반쯤 파묻힌 말뼈를 망연하게 바라보고 있었다.

"드디어 로버트가 왔군요."

"데이비드를 데리고 지하 저장실로 내려가시오. 그곳이라면 안전하오."

"안전?"

그녀는 냉소적으로 반문했다.

"수장님의 일족은 나를 미워해요. 처음부터 내가 떠나버리거나 죽기를 바랐어요. 그리고 데이비드의 건강이 좋아진 지금 때맞추어 로버트가 나타났는데 과연 마녀를 지키기 위해 목숨을 희생하려 할까요?"

알렉스는 그녀의 어깨를 잡고 살짝 흔들었다.

"이러고 있을 시간 없소. 어서 내 아들을 데리고 지하실로 대피해!"

"싫어요."

고갯짓까지 곁들여 강조했다.

"난 숨지도 않고, 당신 일족의 억지 보호도 요청하지 않겠어요. 이건 내 전쟁이에요. 무고한 사람들이 끼어들어야 할 이유가 없어요."

"당신은 내 사람이오! 당신을 지키는 건 내 의무고!"

"난 당신 사람이 아니에요."

그웬돌린의 잿빛 눈에 불이 켜졌다.

"난 누구에게도, 어디에도 속하지 못해요!"

그녀의 이 떨림이 분노인지 두려움 때문인지는 가늠하기 어려웠다. 하지만 까만 옷과 까만 머리에 정열의 흔적이 섬세한 광대뼈 부근에 아직 발그스름하니 남아 있는 모습은 가슴이 저리도록 아름다웠다. 알렉스는 그녀를 와락 잡아당겨 진심이 담긴 솔직하고도 짧은 키스를 퍼부었다.

"당신은 나에게 속했소, 그웬돌린."

알렉스는 강경하게 뒷말을 이었다.

"내 아들과 함께 지하실에 숨어 있겠다고 맹세하시오."

그의 얼굴을 보는 것만으로도 마음이 아파 그웬돌린은 시선을 내리깔고 눈물 젖은 목소리를 냈다.

"수장님 사람들은 나 때문에 싸우고 싶어하지 않아요. 그리고 결국에는 로버트에게…… 몰살당할 거예요."

그는 그녀의 고개를 들어올려 눈을 맞추었다.

"믿음을 가지시오, 그웬돌린. 우리는 로버트와 맞설 수 있소. 바로 내가 훈련시킨 사람들이니까."

마지막으로 지그시 그녀를 응시한 다음 빠르게 방을 나갔다.

그웬돌린은 어쩔 줄 몰라하며 서 있기만 했다. 하지만 공방전의 첫 소음이 밤공기를 날카롭게 찢자 그녀는 데이비드의 침실을 향해 달리기 시작했다.

# 11

"알렉스! 이제 어떻게 할 참이죠?"

그는 외벽 망루를 향해 바쁜 걸음을 계속 옮기며 대답했다.

"싸워야지, 로베나. 별 수 없잖아."

"정신 나갔어요? 창녀 한 명 때문에 일족 전체를 죽음으로 몰아넣다뇨!"

알렉스는 우뚝 멈추어 섰다. 그리고 오랜 친구에게 돌아서서 지나치다 싶을 정도로 부드럽게 물었다.

"지금 뭐라고 했지? 창녀?"

로베나는 손수건을 만지작거리며 온순하게 말했다.

"그러니까…… 그 여자가 마녀라는 뜻이었어요. 당신이 그녀를 이곳에 데려온 이유는 아들의 병을 고치기 위해서였잖아요. 다행히 아이가 많이 좋아진 것 같으니 마녀를 자기 일족에게 돌려보내세요. 그게 모두에게 최선이에요."

"그웬돌린이 화형을 당할 텐데도?"

"그건 우리가 상관할 바 아니죠. 한 일족 내에는 죄인을 심판할 권리가 있어요. 당신이 다른 일족의 일에 개입해야 할 이유가 없다구요."

"그녀를 화형대에서 구해낸 순간부터 그웬돌린은 내 책임이 되었어. 난 내 일족처럼 그녀도 보호해야 해."

"하지만 그 여자는 이곳에 속하지 않았어요. 왜 그걸 고집스럽게 부인하나요, 예?"

"그녀가 이곳에 속하든 속하지 않았든 보호해 주겠어."

로베나의 눈이 가늘어졌다.

"그 마녀가 우리에게 불행과 죽음을 가져올 거라던 엘스페스의 말이 옳았어요. 당신은 마녀의 천박한 매력에 홀려 눈이 멀었어요! 그래서 진실을 보지 못해요!"

알렉스는 옛친구의 돌연한 변화에 충격을 받았다. 여인네다운 다소 우물쭈물하고도 은근한 태도를 허물처럼 벗어 던지고 앙심과 경멸의 빛으로 눈을 번쩍거리며 달려드는 이 여자는 너무나도 낯설었다. 그는 뻣뻣한 고자세로 쏘아붙였다.

"실망이야, 로베나. 다른 사람도 아닌 당신만은 나를 끝까지 믿어줄 줄 알았어."

"하지만 알렉스……."

그녀는 그의 어깨에 손을 얹으며 간청하는 분위기로 돌아갔다.

그는 냉정하게 그녀의 손을 뿌리쳤다.

"어서 지하실로 대피해. 난 싸우러 가야 해."

그리고는 돌아서 외벽 망루의 계단을 오르기 시작했다. 전적으로 그의 편이었던 로베나마저 이 전쟁에 대한 반감이 큰데 일족의 나머지는 어떨지 생각하는 것만으로도 심란했다.


"저리 비키지 못해, 이 구더기 같은 자식들아!"

땅딸보 먼로가 크게 외치며 바위를 툭 떨어뜨렸다.

파르콰르가 몸을 내밀고선 그 바위가 족히 18미터 지름의 외벽을 빙 둘러싼 맥스원 전사들을 한 명도 맞추지 못하고 땅에 떨어지는 광경을 지켜본 다음 에일을 쭉 들이키며 촌평을 했다.

"좀 잘해 봐. 깨끗하게 빗나갔잖아."

"제기랄, 되게 약삭빠른 놈들이네."

먼로는 소맷자락으로 이마의 땀을 닦고 구시렁거렸다.

파르콰르는 외벽 아래의 상황을 느긋하게 보고했다.

"이제 놈들이 사다리를 타고 올라오고 있어."

"몇 명이야?"

먼로는 높이 쌓인 투하용 바위들 중에서 가장 적당한 무기를 까다롭게 골랐다.

애주가 파르콰르는 다시 에일을 마셨다.

"어디 보자…… 하나, 둘, 셋 그리고 넷. 아냐, 저놈은 지레 떨어져 나갔으니까 도로 셋에다 또 두 명이 붙었네. 하지만 꼬라비에 올라오는 녀석은 어째 비실비실한 것이 신통치 않은걸. 그럼 넷 반으로 쳐야 하나……."

"도대체 몇 명이라는 거야?"

땅딸보 친구의 짜증에 파르콰르가 트림을 하며 대답했다.

"정확하게 다섯."

먼로는 마침내 큼지막한 바위를 골라 으라차차 들어올려선 힘껏 내던졌다.

"명중이오!"

맥스원 전사들이 사다리에서 우수수 떨어지자 파르콰르가 박수갈채를 보냈다.

먼로는 어깨를 으쓱거리며 의기양양하게 외쳤다.

"맛이 어떠냐, 이 썩을 자식들아! 어, 어, 어쭈……."

또 사다리를 외벽에 대고 올라오는 적의 무리를 향해 그가 눈을 부라렸다.

"너희들도 내 바위 맛을 보고 싶다 이거지? 좋아. 아주 호된 맛을 보여주마!"

"옆으로 물러서. 내가 처리할게."

네드가 둘 사이를 비집고 들어왔다.

땅딸보 먼로가 강력하게 항의했다.

"이봐 네드, 여기는 나와 파르콰르의 구역이야. 다른 곳에 가서 자리를 찾아보라구."

"어디든 발 디딜 틈 없이 붐빈단 말이야."

요정전사가 투덜거렸다.

먼로는 한숨을 내리쉬었다.

"별수 없군. 자, 여기 서. 하지만 벽을 타고 올라오는 놈들은 우리에게 맡기고 넌 멀리 있는 녀석들만 노려야 해, 알았지?"

순순히 네드는 이쪽을 향해 불화살을 겨누고 있는 궁수를 향해 활시위를 당겼다.

"식은 죽 먹기로군."

카메론이 어슬렁어슬렁 다가와 한마디 했다.

"어둠 속에서는 불화살이 좋은 과녁이 된다는 걸 저 녀석들은 모르나 봐."

네드가 활시위를 놓자 화살이 맥스윈 궁수의 가슴에 정확하게 꽂혔다. 요정전사는 과묵한 입을 뗐다.

"이제는 놈들도 알았겠지."

"여기 우리가 왔네!"

백발노인 오웬은 기세등등한 등장과 달리 눈을 찌푸려 뜨고 어둠 속을 더듬었다. 노인이 순간 비틀하여 허우적거리다가 카메론의 킬트를 잡아당기는 통에 불곰전사의 하의가 발목까지 쭉 내려갔다.

"아이구 이런…… 미안하이, 카메론. 너무 컴컴해서 그만."

"벗기려면 그 친구의 웃통을 벗기십쇼, 오웬 영감님. 그러면 넓은 등짝에 달빛이 반사되어 사방이 훤해질 걸요."

브로딕이 사다리를 타고 가까스로 올라온 맥스윈 일족의 전사를 슬쩍 밀어내며 희희낙락하게 농을 걸었다.

"좋은 생각이야!"

땅딸보 먼로가 박장대소를 했다.

"카메론, 이리 가까이 와서 투하용 바위들을 비추어 주겠어?"

"맥스윈 놈들아, 모두 물렀거라! 그렇지 않으면 너희들의 배를 갈라 더럽고 시꺼먼 오장육부를 개구리 먹이로 던져주리라!"

레지널드 노인이 장검의 무게를 이기지 못하고 부들부들 떨리는 팔로 무기를 어렵사리 휘둘렀다.

그 열혈노인의 뒤를 따라 래클런이 물동이를 소중하게 안은 채 조심조심 다가왔는데 걸음을 옮길 때마다 거품이 인 거무죽죽한 액체가 물동이 안에서 찰랑거렸다.

"역겨워서 못 들어주겠군. 자네는 이사벨라라는 아가씨의 영향을 너무 많이 받았어."

"그 아가씨에게 주워들은 게 아냐! 이건 <천하장사 토발드>가 건즈 일당과 싸울 때 했던 말이라구!"

"미안하지만, 레지널드, 개구리 먹이가 아니라 개 먹이라네."

오웬이 하얀 수염을 쓰다듬으며 점잖게 지적했다.

레지널드가 머쓱해져 장검을 내렸다.

"그래?"

"당연하지."

래클런이 코웃음을 쳤다.

"개구리 떼가 시체 한 구를 먹어치우려면 몇 년이 걸리겠나!"

"그러니까 더 소름끼치는 위협이지. 미끄덩거리는 초록색의 개구리 들이 폴짝폴짝 뛰어다니며 살을 뜯어먹는……."

"모두 엎드려!"

알렉스 맥던 수장의 긴박한 경고였다.

젊은 전사들이 몸을 던져 원로들을 감싸자마자 불화살이 밤하늘을 가르고 빗방울처럼 후드득 떨어졌다. 이어 적군이 거목으로 성채의 내리닫이 문을 쿵쿵 치며 본격적인 공세에 들어갔다.

"물 공격 준비!"

알렉스는 명령을 내렸다.

"잠깐!"

래클런 노인이 물동이를 소중하게 들고 비틀거리며 달려가 팔팔 끓는 대형 솥에 물동이의 내용물을 부었다. 원로는 손사래를 쳐, 솥을 기울이려는 개릭과 이완과 퀜틴을 말렸다.

"약이 퍼지려면 좀 기다려야 해."

"지금은 취미 생활을 하실 때가 아닙니다! 어서 물러서십시오!"

알렉스의 노성에 원로는 마지못해 뒤로 물러섰다.

"약 효과가 없어도 내 탓은 하지 말게."

젊은 전사들이 솥을 기울이자 뜨거운 물세례를 받은 적군이 깜짝 놀라 거목을 버리고 도망갔다. 여기저기에서 고통에 찬 비명과 원색적인 욕설이 튀어나왔지만 치명상을 입진 않았는지 재공격을 감행하기 위해 슬금슬금 앞으로 다시 전진해 왔다.

"저거 잘 봐!"

래클런은 벽 너머로 고개를 뽑고 손가락질을 했다.

물 공격을 당했던 적군들이 버려진 거목 근처에 미처 닿기도 전에 한 명씩 차례대로 배를 움켜잡고 엎어져선 왝왝거리며 구역질을 하기 시작했다.

"독이다!"

맥스윈 전사 가운데 누군가 겁먹은 목소리로 외쳤다.

"놈들이 독을 썼어!"

"이 악취…… 우리가 독을 뒤집어썼어!"

"사람 살려!"

"됐다! 성공이야!"

래클런 노인은 좋아서 덩실덩실 춤을 추었다. 그런 다음 대담하게 벽 너머로 몸을 내밀고 적에게 으름장을 놓았다.

"지금 당장 몸을 씻지 않으면 살에 불이 붙어 타죽을 거다!"

맥스윈 전사들은 기겁을 한 나머지 구역질조차 멈추고 경악한 눈으로 노인을 올려다보았다. 그리고는 앞다투어 냇물을 찾아 허둥지둥 도망갔다.

"정말 살에 불이 붙는 독약입니까, 래클런 영감님?"

알렉스가 벌어진 입을 다물지 못했다.

래클런 노인은 멋쩍게 웃었다.

"아니."

"그건 반칙이야."

레지널드가 장검에 기대어 서서 불평을 늘어놓았다.

"자네가 녀석들을 다 처리하면 난 실력 발휘를 할 수 없잖아. 누구를 개구리 먹이로 삼으라는 거야?"

"개 먹이라는 뜻이라네."

백발노인 오웬이 수장의 귀에 대고 해설했다.

"미치광이 수장, 내 말 들리나!"

험악한 목소리가 불온하게 울려 퍼졌다.

로버트가 횃불을 든 기마 전사들을 양옆에 거느리고 후방에서 앞으로 말 달려왔다. 그가 신호를 보내자 맥스윈 일족의 전사들이 일제히 공격을 중단하고 대장을 보호하는 대형을 이루었다. 로버트는 독물이 퍼진 성벽에서 약 2미터 가량 떨어진 곳에서 말고삐를 잡았다.

"다시 만나서 반갑네, 로버트."

알렉스가 명랑하게 말을 걸었다.

“그렇지 않아도 자네의 우정이 그립던 참이었어.”

“여자를 넘겨라. 넌 그녀를 억류할 권리가 없어.”

로버트가 냉정하게 요구했다.

알렉스는 고개를 주억거리며 동의했다.

“옳은 지적이야. 나에게는 그럴 권리가 없지. 하지만 말이야, 그녀가 자네에게 가고 싶어하질 않아.”

“그 년이 뭘 원하는지는 내 알 바 아니다! 고향으로 끌려가 화형을 당해야 할 년이야!”

“너무 심한걸.”

알렉스는 끌끌 혀를 찼다.

“정혼자를 싫어하는 젊은 처녀들이 모두 화형을 당한다면…….”

“이사벨라 이야기가 아냐!”

로버트의 성마른 외침에 알렉스는 어리둥절한 시늉을 했다.

“그럼 누구를 넘기라는 거지?”

“마녀를 넘겨, 아니면 너희 일족의 남녀노소를 모조리 피투성이 고깃덩어리로 만들어 주마.”

알렉스는 짐짓 이맛살을 찌푸렸다.

“이사벨라를 원하지 않는다는 뜻인가?”

“그 아이는 잊어버려!”

“말하긴 쉽지. 하지만 그 아가씨는 관심의 초점이 되길 좋아하기 때문에 잊을래야 잊을 수가 없다구. 아마 자네를 닮은 게 아닌가 싶어.”

“맥던 일족 여러분, 내 말을 똑똑히 들으시오!”

로버트는 딴청을 떠는 수장을 무시하고 적의 일족에게 직접 호소하기로 했다.

“저 미치광이 수장은 사악한 마녀이자 살인자를 납치해 와 여러분 모두를 위험에 처하게 했고…….”

“웃기지 마라! 그 아가씨가 사람을 해쳤을 리 없어!”

백발노인 오웬이 삿대질을 하며 쏘아붙였다.

로버트가 아랑곳하지 않고 뒷말을 맺었다.

"친아비에게 주술을 걸어 죽임으로써 한 가엾은 영혼을 악마에게 바친 넌이오."

"흥, 그렇다면 네 녀석에게도 같은 주술을 걸라고 우리가 부탁해야겠군."

레지널드 노인의 비아냥거림이었다.

로버트는 주춤했다. 저 무지렁이 늙은이들은 왜 그의 고향 사람들처럼 그웬돌린을 두려워하지 않을까?

"우리 일족에게 끔찍하고 막대한 해악을 끼친 마녀요!"

그는 극적으로 계속 말을 이었다.

"자신의 사악함에 종지부를 찍으려 했던 우리에게 앙심을 품은 나머지 저주를 걸었소. 마녀가 저 정신나간 수장과 함께 떠난 이후 우리 일족의 많은 사람들이 살이 썩고 고름을 흘리는 해괴한 병에 걸려 고통스럽게 죽어갔으며, 농작물은 시들고, 강한 비바람이 몇날 며칠 몰아닥쳐 집과 나무와 동물들을 쓸어갔으며……."

"전부 거짓말이에요!"

여자의 앙칼진 소리가 반박했다.

"그토록 뻔뻔스런 거짓말을 늘어놓다니 주님의 처벌이 두렵지도 않나요!"

깜짝 놀라 모두가 여자의 목소리를 향해 일제히 고개를 돌렸다.

"이사벨라!"

브로딕이 대경실색을 했다.

"당장 뒤로 물러서!"

"싫어요!"

이사벨라가 반항적으로 외치며 모두가 볼 수 있도록 성의 창문으로 몸을 더 내밀었다.

"로버트 삼촌이 저기 버젓이 서서 거짓된 이야기를 날조해대는 모습은 못 봐요! 내가 진실을 밝히겠어요!"

"어서 가서 저 여자를 말리게, 브로딕."

알렉스가 잇새로 명령했다.

"저러다 떨어져서 목이 부러지기 전에."

"내 손으로 저 예쁜 목을 부러뜨리고야 말겠습니다."

살벌하게 중얼거리고 브로딕이 전속력으로 달려갔다.

"이사벨라, 애야……."

로버트가 다정한 어조로 달래기 시작했다.

"네 무사한 모습을 대하니 내 마음이 놓이는구나. 너희 아버지의 심려가 얼마나 큰 줄 아니? 이리 오너라. 집으로 돌아가자."

"나에게 해괴한 질병이 창궐하고 무서운 태풍이 쓸고 지나간 곳으로 가서 다 함께 죽자구요? 흥, 눈물 나도록 고마운 제의네요."

"어째 두 사람의 말이 서로 앞뒤가 안 맞는구면."

오웬이 하얀 눈썹을 치켜올리고 관조적으로 평했다.

"그웬돌린이 떠난 후 우리 고향에는 전염병이 돌지 않았어요."

이사벨라가 외쳤다.

"태풍은 물론이거니와 어떤 종류의 천재지변도 일어난 적도 없어요. 전부 새빨간 거짓말이에요! 이곳에서 악인을 가리자면 저기 있는 저 사람, 로버트 삼촌…… 꺄악!"

그녀는 말을 끝내지 못하고 비명을 지르며 창가에서 사라졌다.


"이거 놔요! 왜 이래요!"

이사벨라는 발버둥을 치며 바락바락 대들었다.

브로딕이 좋게 타일렀다.

"또 이런 바보짓을 하면 한 달간 앉지도 못할 만큼 볼기를 맞을 줄 알아."

"바보짓? 이건 그웬돌린을 돕자는 거라구욧! 로버트 삼촌이 당신 일족의 머릿속에 거짓말을 채워넣지 못하게 해야 해요!"

"그만하면 됐어. 당신이 폭로한 덕분에 로버트의 주장이 거짓임이 드러났잖아. 그러니까 더 이상 창밖으로 떨어지거나, 적의 화살에 맞을 위험을 감수할 필요가 없다구."

"아냐! 난 그녀를 더 많이 도와야 해!"

"그만두라니까!"

버럭 소리를 지르며 브로딕은 그녀의 어깨를 잡고 흔들었다.

이사벨라는 미남전사의 분노를 처음 대하자 놀란 나머지 버둥거리길 멈추고 물기가 그렁그렁한 눈으로 그를 응시했다.

"미안해. 내가 잘못했어. 많이 아파?"

브로딕은 얼른 손을 떼고 사과했다.

그녀는 훌쩍거리며 가느다랗게 속삭였다.

"아파서가 아니에요."

"그런데 왜 울지?"

"모르겠어요, 나도."

"뭘 모른다는 거야?"

그는 그녀의 뺨을 타고 흘러내리는 은빛 물방울을 다정하게 닦아주었다.

"나에게 다 말해 봐."

"그웬돌린은 고향에서 잔인한 대접을 받았어요. 일족 전체가 걔를 적대시했죠. 왜냐하면…… 못된 마녀니까. 그건 너무나도 보편적인 상식이라 어떤 누구도 거기에 이의를 제기하지 않았어요. 누가 아프거나, 죽거나, 흉작이 들거나, 우유가 상하거나, 혹은 빵이 잘 부풀지 않아도 무조건 걔를 탓했어요."

브로딕은 입을 다문 채 이사벨라를 진지하게 바라보았다.

"하지만 그웬돌린이 아버지를 죽인 죄로 고발당했을 때 난 뭔가 잘못되었음을 알았어요."

그녀는 떨리는 입술을 깨물었다.

"난 가끔 혼자 있고 싶을 때면 언덕의 무성한 수풀 사이에 숨곤 했어요. 그럴 때마다 산책을 나온 그웬돌린과 아버지를 봤죠. 언제나 부녀 둘이서만 정답게 손을 맞잡고 있었어요. 딸의 손을 잡고 그분은 천천히 걸으면서 <천하장사 토발드>라는 위대한 전사에 대한 아주아주 재미있는 이야기를 해주셨죠. 옛날 이야기가 끝나면 나무에 기대앉아 딸이 알아야 할 것들…… 그러니까 새나 구름, 저만치 있는 바위 아래에서 꼬물거리며 살고 있는 생명들의 소중함을 일깨워 주셨어요."

목이 메어 뒷말이 자주 끊어졌다.

"내내 그웬돌린은…… 사랑에 찬 눈으로 아버지를 올려다보았죠."

그리고 눈물을 펑펑 쏟았다.

"울지 마, 이사벨라. 이제 다 괜찮아."

브로딕은 그녀를 보듬어 안고 달랬다.

"괜찮지 않아요. 왜냐하면 로버트 삼촌이 개를 살인죄로 몰아붙였을 때 난 침묵했으니까요. 그웬돌린이 화형을 당하도록 가만히 있었어요. 개가 세상에서 유일하게 사랑하는 사람을 죽일 수 없다는 걸 알면서도 말이에요."

"그랬구나."

"어차피 마녀니까 상관없다고 난 스스로를 위로했어요. 설령 그웬돌린이 아버지는 죽이지 않았을지언정 지난날 우리 일족에게 일어났던 모든 불상사에 대한 책임이 있으니 죽어 마땅하다고 생각했죠. 그리고 아예 신경을 끊었어요. 개가 불에 타 죽거나 말거나…… 난 예쁜 드레스를 골라 입고 당신과 노닥거리면서…… 흑흑."

"쉿, 그만 울어."

브로딕은 가만히 그녀의 머리를 쓰다듬었다.

"당신 혼자선 그웬돌린을 살릴 수 없었어. 일족 모두가 오랫동안 그

녀를 두려워하다 마침내 죽이기로 작정했는데 당신이 그런 대세를 무
슨 수로 바꾸었겠어?”

“그래도 노력은 했어야 해요. 그웬돌린을 변호하는 말이라도 한마
디 했어야 옳다구요. 대신 난 입을 다물었죠.”

그는 이사벨라의 얼굴을 들어올려 아름다운 눈망울을 지그시 바라
보았다.

“하지만 오늘밤에는 한창 전투중에 창밖으로 몸을 내밀고 로버트의
거짓 주장을 조목조목 지적했잖아. 당신의 입을 막기 위해 로버트가
화살을 쏘라고 명령하리란 생각은 못해 봤어?”

“생각은 했지만 개의치 않았어요. 적어도 당신 일족이 그웬돌린에
대한 진실은 알게 될 테니까.”

브로딕은 예상치 못한 그녀의 진면목에 압도당하여 이사벨라를 오
래도록 바라보았다.

그리고 고개를 숙여 그녀에게 입술을 포갰다.


“…그러므로 난 이 땅을 폐허로 만들고 너희들을 남김없이 죽일 수
밖에 없다.”

로버트의 위협이 마침내 끝났다.

긴긴 침묵이 이어졌다.

“내 말 들었나, 못 들었나!”

로버트가 고함을 쳤다.

알렉스가 성벽 너머로 고개를 삐죽 내밀고 예의 바르게 손으로 입
을 가린 채 하품을 했다.

“미안하게 됐네, 로버트.”

기지개까지 켜며 사과했다.

“하지만 자네의 말이 너무 장황해서 깜빡 졸았지 뭔가. 지금까지 뭐
라고 했지?”

로버트의 얼굴이 분노로 일그러졌다.

"활을 쏴라!"

헤아릴 수 없이 많은 불화살들이 검은 벨벳처럼 고운 밤하늘에 불꽃의 우아한 포물선을 그리며 공기를 날카롭게 갈랐다.

"아이쿠! 나 맞았어!"

비명과 함께 먼로가 어깨를 움켜쥐었다.

카메론이 재빨리 셔츠를 벗어 땅딸보 친구의 어깨에 박힌 화살의 불을 껐다.

"고마워."

먼로는 아픔으로 어금니를 깨물며 농을 걸었다.

"나를 위해 그 백옥 같은 맨살을 드러내다니, 자네는 정말 친구 중의 친구야."

"오늘밤 날씨가 따뜻한 걸 다행으로 알라구. 아니면 한 번 더 생각했을 거야. 자, 여기에 편히 누워."

불곰전사는 먼로를 부축해 돌바닥에 눕힌 다음 상처를 살폈다.

"화살이 깊이 박히지 않았군. 자네가 숨 한 번 크게 쉴 사이에 감쪽같이 뽑아줄게."

"이제 그 년을 넘길 결심이 섰느냐, 미치광이 수장?"

로버트가 다그쳤다.

알렉스는 장검을 뽑았다. 차가운 칼자루의 냉기가 열오른 손바닥을 식혀 주었다.

"어림없다!"

"그렇다면 죽을 준비나 해라!"

로버트가 불화살을 또 쏘라고 지시하려는 찰나…….

"멈춰!"

청 높고 절망적인 외침이었다.

알렉스는 목소리의 주인공을 향해 짜증스럽게 시선을 돌렸다. 브로딕이 여태 이사벨라를 요리하지 못한 모양이다.

다음 순간, 알렉스의 심장이 얼어붙었다.

그웬돌린이 화살 구멍이 규칙적으로 난 벽의 돌출부에 올라서 있었던 것이다. 그녀는 자신을 염려하여 이쪽을 향해 달려오는 맥던 전사들에게 경고했다.

"물러서세요! 한 발자국이라도 가까이 오면 뛰어내리겠어요!"

"아무도 움직이지 마!"

알렉스는 부하들의 움직임에 놀라 그웬돌린이 자칫 미끄러져 떨어질까 가슴이 콩알만해졌다. 그러나 불안을 감추고 평온하게 말문을 뗐다.

"그웬돌린, 이게 대체 무슨 짓이오?"

"참을 수가 없어요……."

바들바들 떨리는 목소리였다.

"나 때문에 여러분 중 누가 죽는 건 정말이지 못 참겠어요."

"우리는 행복하게 죽을 거외다!"

백발노인 오웬이 고상한 선언을 했다.

"저 못된 맥스원 무리들에게 우리가 <천하장사 토발드>처럼 쓴맛을 톡톡히 보여주어야 해!"

"내가 횡하니 가서 탕약을 한 동이 만들어 올 테니 아무 걱정 말아요, 아가씨."

래클런이 장담했다.

"이번에는 더 독하게 만들어서 놈들의 눈알이 튀어나오도록 구역질을 하게 만들어 주어야지."

"그 다음에 살과 뼈를 발라 개구리 먹이로 던져주고!"

레지널드가 열광적으로 덧붙였다.

원로들의 용감한 선언이 한 차례 또 이어지기 전에 알렉스가 입을 열었다.

“내려와요, 그웬돌린. 대화라면 나중에 적당한 때를 골라 하기로 합
시다. 어떤 이야기든 다 들어주겠소.”
그녀는 고개를 가로저으며 속삭였다.
“로버트는 절대로 나를 포기하지 않을 거예요.”
“그럴지도 모르지.”
알렉스는 그녀를 향해 아주 슬며시 다가갔다.
“하지만 당신을 화형대에서 구해낸 순간부터 난 내가 감수해야 할
위험을 익히 알고 있었소.”
“아니…….”
죄책감과 아픔이 서린 목소리였다.
“수장님은 내 생명을 구하는 데 따르는 위험을 하나도 모르고 있었
어요.”
그리고 급격하게 돌아서 알렉스의 심장을 공포로 오그라붙게 만들
었다.
“나를 쏘아 죽여라, 로버트!”
그웬돌린은 초대하듯 양팔을 활짝 펼쳤다.
“우리 둘이서 끝을 내자!”
로버트는 마녀를 향해 활을 겨누는 부하들에게 명령했다.
“동작 그만! 누구든 활시위를 놓는 자는 내 손에 죽는다!”
맥스윈 일족의 전사들은 활시위를 팽팽하게 당긴 채 어리둥절한 시
선을 대장에게 던졌다. 데릭이 모두를 대신하여 따졌다.
“주저하시는 이유가 뭡니까? 우리는 저 마녀를 죽이기 위해 이곳에
오지 않았습니까!”
“입 닥쳐.”
“왜 망설이지, 로버트?”
그웬돌린이 도전적으로 쏘아붙였다.
“어서 내 저주로 인한 불상사에서 맥스윈 일족을 구하고 아비를 죽

인 내 죄도 벌해 봐!"

"마녀는 반드시 화형에 처해져야 한다."

로버트가 그럴 듯한 이유를 가까스로 댔다.

"오로지 성스러운 불로만 네 사악한 힘을 멸할 수 있어."

"그럼 불화살을 쏴라. 내가 그걸 맞고 떨어지면 마른 나무를 내 시체에 던져 완전히 태워버려. 뼈조차 추리지 못하도록."

그웬돌린은 벽의 돌출부에 간들간들하게 서서 팔을 한층 위로 들어올렸다.

알렉스는 손가락 하나 움직이지 못했다. 매서운 바람 한줄기가 불어와 그녀의 검은 머리칼과 옷자락을 뒤로 날리자 마치 까만 날개가 펄럭거리는 것 같았다. 고아한 달빛과 적막한 어둠이 세상을 지배하는 이 순간 그녀는 절대적인 미를 발했다. 자신에게 배타적이었던 사람들을 위해 로버트의 군사와 혼자 맞서고 목숨마저 내놓을 수 있을 만큼 고결하고도 용감한 사람이 또 있을까. 알렉스는 그녀 앞에서 잠시 겸손하게 고개를 숙여 뜨거워진 눈시울을 감추었다.

"실수한 거야, 그웬돌린."

로버트가 입술을 꼬아올려 미소 비슷한 것을 지었다.

"스스로 약점을 드러낸 어리석은 년 같으니."

"난 잃을 게 없다! 바로 너에게 내 전부를 다 빼앗겼어."

"과연 그럴까? 그렇다면 내가 이렇게 해도 너는 눈 한 번 깜짝하지 않겠구나."

그는 산 중턱에 자리잡은 마을을 검으로 가리켰다.

"마을에 불을 질러라."

야비한 승리감에 가득 찬 명령이었다.

"집과 축사를 파괴하고, 사람이건 동물이건 닥치는 대로 죽여."

횃불을 든 채 대장을 에워쌌던 전사들이 진군 대형으로 바꾸어 산줄기를 따라 내려가기 시작했다.

"이 겁쟁이들아!"
백발노인 오웬이 공중을 향해 주먹질을 하며 외쳤다.
"이리 돌아와서 정정당당하게 싸우지 못할꼬!"
"우리 집은 할아버지가 지으신 건데……."
젊은 가장 이완이 발을 동동 굴렀다.
"내가 태어났고 아들을 본 곳이라구."
입빠른 퀜틴이 이웃의 어깨에 팔을 두르고 슬픔을 나누었다.
"집이야 또 지으면 돼."
맥스윈 일족의 전사들이 마을에 도착하여 가옥의 이엉 지붕에 횃불을 갖다댔다. 불길이 바짝 마른 지푸라기를 게걸스럽게 삼키며 날름거렸다. 숨을 몇 번 쉴 사이에 벌써 마을의 절반이 화염에 휩싸여 석탄처럼 어두운 밤을 배경으로 주황과 황금색 불꽃의 향연을 이루었다.
그웬돌린은 역겨운 공포에 사로잡혀 눈을 감고 말았다. 저 처절한 광경을 더 이상 지켜볼 엄두가 나지 않았다.
그때 어둠 속 어디선가 개 짖는 소리가 요란하게 들려왔다.
"우리 개 래디예요! 내가 집에 갇힌 줄 아나 봐요!"
나이 어린 전사 개릭의 얼굴에서 핏기가 가셨다.
로버트가 말안장 위에서 몸을 비틀어 뒤를 돌아보았다.
"저 시끄러운 개를 당장 처치해."
"달려, 래디!"
개릭이 외벽 너머로 몸을 내밀고 고함쳤다.
"도망가!"
개 짖는 소리가 뚝 그쳤다.
그리고 다시 시작되었는데 시시각각 더 크고 선명하게 들려왔다. 개가 주인을 찾아 이쪽으로 달려오는 눈치였다.
"이리 오면 안 돼!"
개릭은 목이 터져라 외쳤다.

"반대로 가! 도망가란 말이야, 이 멍청한 녀석아!"

"저기 보이는군."

로버트가 성마르게 명령했다.

"저 망할 짐승에게 화살을 쏴라."

그웬돌린은 까만 밤하늘을 만지려는 듯이 팔을 높이 쳐들었다. 깨갱거리며 개 짖는 소리를 비롯해 적군을 향해 각자 내뱉는 욕설과 명령이 한 덩어리가 되어 귓전에서 웅웅거렸다. 눈을 감자 소중한 집과 재산이 타는 광경을 지켜보는 맥던 일족의 절망적인 표정들이 망막 위로 주르르 스쳐갔다.

*로버트 네 행패는 용서 못해.*

번쩍, 별안간 번개가 치며 천둥소리와 함께 하늘이 열렸다. 얼음처럼 차갑고 바늘처럼 예리한 빗방울이 내리꽂혀 마을을 사르는 불길과 맥스윈 일족의 불화살 및 횃불마저 전부 꺼버렸다. 얼마나 세찬 기세의 폭우인지 눈조차 뜨고 있기 어려웠다. 다시 천둥이 밤하늘을 하얗게 밝히고 산을 연속적으로 뒤흔드는 천둥소리에 적의 군마들이 놀라 히힝거리며 앞다리를 높이 쳐들었다. 벌써 웅덩이가 고이고 땅은 미끄러운 진창으로 변해 버렸다.

"빌어먹을 미치광이 자식아!"

로버트가 이를 갈며 소리를 질렀다. 마치 폭우에 대한 책임이 알렉스에게 있다는 투였다.

"그건 내 것이다!"

그는 빗물이 줄줄 흐르는 얼굴을 무섭게 일그러뜨린 채 적을 노려보았다.

그리고 말머리를 돌려 어둠 속으로 사라졌다.

맥스윈 전사들도 퇴각한 대장의 뒤를 따라 고개를 가슴에 닿도록 숙여 비를 피하며 물러갔다.

맥던 일족은 무기를 높이 쳐들고 환호성을 질렀다.

"진짜 경사로다!"

오웬이 얼굴을 훔쳐내며 경탄했다.

"내 평생 이렇게 때를 잘 맞추는 태풍은 처음이야."

"저 아가씨, 날씨 다스리는 재주가 대단하구먼."

열혈노인 레지널드가 천둥소리에 지지 않고 악을 썼다.

"손가락 퉁기듯이 자유자재잖아."

"하지만 강약 조절을 연습할 필요가 있어. 이건 너무 세다구."

래클런이 쏟아지는 빗줄기 속에서 눈을 부릅뜨며 덧붙였다.

알렉스는 원로들의 감탄을 뒤로 하고 조심스럽게 그웬돌린에게 접근했다. 그녀는 맥스윈 일족의 후퇴도 의식하지 못한 채 마치 자살 절벽에 세워진 망부석인 양 여전히 눈을 감고 팔을 활짝 벌리고 있었다. 비에 흠뻑 젖은 드레스는 검정색 액체로 된 칼집마냥 몸에 착 달라붙어 여체의 곡선을 노골적으로 드러냈다. 알렉스는 그녀에게 시선을 못박고 둘 사이의 거리를 좁혔다.

"그웬돌린……."

그는 손을 내밀었다.

"이리 오시오."

그녀가 눈꺼풀을 바르르 떨며 드디어 들어올렸다. 길고 불편한 잠에서 방금 깬 사람의 초점 없는 잿빛 눈으로 그녀는 이 남자가 누구인지, 왜 이곳에 있는지 의아해하는 것처럼 그를 말끄러미 응시했다.

그리고 작게 한숨을 쉬며 어둠 속으로 추락했다.

알렉스는 몸을 앞으로 던졌다. 영원처럼 길게만 느껴지는 이 순간 존재하는 것이라곤 빗물과 어둠과 죽음뿐이었고 플로라가 그의 손닿는 곳에서 사라져 버린 그날 밤과 똑같이 정신이 아뜩해졌다.

*안 됩니다, 주님! 이번에는 안 돼요!*

그는 어둠을 향해 뼈와 관절과 근육을 감싼 피부가 허락하는 최대한도로 몸을 늘였다.

아…… 잡았다! 그와 한 손으로만 연결된 채 가녀린 여자의 몸이
공중에서 흔들렸다.

상처 입은 야수의 신음과도 같은 소리를 내며 알렉스는 그녀를 당
겨 올렸다. 다정하게 굴 여유 따윈 없었다. 그저 그웬돌린을 부둥켜안
은 채 무릎을 꿇고 두개골을 가르는 듯한 고통과 싸울 뿐이었다.

*이 여자는 살았어. 죽지 않을 거야.*

무정한 빗방울이 아프게 내리꽂혀 그들의 전신을 흠뻑 적셨다. 그
빗속에서 알렉스는 그녀를 품에 안고 빗방울로부터, 추위로부터, 밤으
로부터, 그에게서 이 여인을 훔쳐가거나 해를 끼치려는 운명의 비열
한 장난으로부터 보호하려 했다.

그렇게 시간이 얼마나 흘렀을까. 문득 브로딕의 목소리가 두통의 안
개로 혼미해진 머릿속을 뚫고 알렉스에게 전해졌다. 그는 고개를 들고
주위를 살폈다. 그 많던 사람들이 다 어디로 갔는지 보이지 않았다.

"안으로 들어가십시오, 수장님."

카메론이 수장의 어깨에 손을 얹고 차분하게 종용했다.

알렉스는 멍하니 물었다.

"전투는……?"

"다 끝났습니다."

브로딕이 대답했다.

"모두, 심지어 개력의 개까지 안전합니다. 이 폭우로 인해 로버트의
손이 묶이긴 했지만 만일의 경우를 대비하여 탑마다 보초를 세워 놓
았고 일족 전체가 성채 안에서 밤을 보내게 될 겁니다."

아찔할 정도로 마음이 놓였다. 알렉스는 그녀를 소중히 안고 비틀
거리며 자리에서 일어났다. 그웬돌린이 눈을 떴다. 그녀는 넋나간 표
정으로 그를 올려다보며 백랍처럼 창백한 입술로 속삭였다.

"추워요……."

알렉스는 그녀는 더욱 힘주어 껴안고 성으로 향했다. 수장의 뒤를

따라 카메론과 브로딕도 철퍼덕거리는 발소리만 내며 계단과 복도를 가로질렀다. 알렉스는 아내가 생을 마감했고 이제는 그웬돌린이 쓰는 침실을 무시한 채 곧장 자신의 방으로 걸음을 옮겼다. 그리고 안으로 들어서선 부하들의 혼란스런 얼굴에 대고 문을 닫았다. 그녀를 그의 침실로 데려온 것에 대해 남들이 어떻게 생각하고 무슨 말을 하든 상관없었다.

*이 여자는 내 사람이야.*

그는 의자에 그녀를 내려놓은 다음 방을 밝히고 있는 촛불 한 자루를 써서 벽난로에 불을 지폈다. 작은 불씨가 일어나 마른 나뭇가지를 사르기 시작하자 굵은 장작을 얹어 다음 몇 시간 동안 타게 하고는 그웬돌린에게 돌아섰다.

"병들기 전에 젖은 옷을 벗도록 해요."

그웬돌린은 자리에서 일어나 순순히 지시에 따랐다. 검정색 드레스와 속치마가 한 덩어리가 되어 툭 떨어지자 알렉스는 얼른 침대에서 담요를 낚아채 그녀의 몸을 감싸고 문질러 주었다.

"이제 덜 춥소?"

그녀는 조용히 그를 올려다보았다. 아직은 약한 장작불이 사내답게 준수한 이목구비에 빛과 그림자를 번갈아 던져 제 나이보다 늙어 보이게 했다. 물먹은 새틴처럼 어깨로 늘어진 백금색 머리칼과 차갑게 젖은 채로 피부와 밀착된 옷 때문인지 평상시의 자신만만하고 권위있는 수장이 아니라 그냥 힘겨운 시간을 겪은 보통 남자 같았다. 하지만 그녀의 언 살을 녹여 주는 다정하고도 능숙한 손길은 결코 보통 남자의 것이 아니었다. 환자에게 익숙한 사람만이 보일 수 있는 배려였다.

순간, 한 번도 보지 못했던 침대의 영상이 떠올랐다. 죽어가는 아내를 위로하려고 맺던 수장이 캐노피에 산과 꽃과 태양과 폭포를 수놓게 한 침대. 나중에는 그걸 보는 것만으로도 아내의 고통이 떠올라 불태워진 침대.

연민으로 그웬돌린의 가슴이 빡빡하게 조여들었다.

작은 신음과 함께 그녀는 수장의 품에 몸을 던졌다. 더 이상 감정을 억제하고 싶지 않았다. 고독하도록 예정되어진 자신의 숙명과 시시각각 조여드는 죽음의 그물을 오늘밤만은 잊고 싶었다. 눈앞을 빠르게 스쳐가는 맥던 일족의 얼굴들도 잊고 싶었다. 그녀가 이곳에 계속 머무르면 그들 모두에게 끔찍한 일이 생기리란 사실조차 잊어버리고 싶었다. 그래서 흠뻑 젖은 그의 단단한 가슴에 정신없이 입술을 찍어눌렀고…… 어느덧 담요가 바닥으로 스르르 떨어졌다.

알렉스는 그녀를 들어올려 달콤한 입속 깊은 곳까지 혀를 집어넣었다. 이럴 작정은 아니었지만 그의 전부를 달구어 놓는 이 정열에 저항하느니 차라리 창밖에서 몰아치는 저 비바람을 중단시키는 편이 수월하리라. 화형장에서 처음 본 순간부터 이 강렬한, 맹렬한 목마름이 시작되었다. 하지만 지금까지는 불안이 더 컸다. 초자연적인 마력에 대한 불안감이 아니라, 일상의 기본적인 노역마저 불가능해 보일 정도로 가녀린 용모에 대한 불안과 회의였다. 하지만 공연한 걱정이었다. 그웬돌린은 강한 전사들도 힘겨워 할 사람들의 집요한 냉담함을 꿋꿋하게 이기고 화형과 연이은 사고의 시련을 견디었잖은가. 뿐만 아니라, 병든 아이를 다정하고 끈질기게 치료해 회복시켰으며 그녀에게 적대적이기만 했던 그의 일족의 안전과 자신의 생명을 맞바꾸려 했다.

너무나도 고결하고 강인한 여인.

천천히 하얀 젖무덤의 붉은 꼭지를 차례차례 빨아 꿋꿋하게 세워 놓았다. 이어 평평한 복부를 맛보고 아래로, 더 아래로 내려가 허벅지 사이에 얼굴을 묻었다. 마녀라는 낙인에는 으레 방종한 행실의 창녀라는 의미도 내포되었지만 그는 숲에서 입맞춤을 나누었을 때부터 그웬돌린이 처녀임을 알았기 때문에 가급적이면 첫경험의 통증을 덜어주기 위해 강한 기쁨을 일깨우고 싶었다.

알렉스는 거뭇한 치모를 가르고 장밋빛 돌기에 입술을 댔다. 그녀가 놀란 신음을 내뱉었지만 다리를 좀더 벌려 자신의 가장 뜨겁고 은밀한 곳으로 그를 초대했다. 그리고 알렉스는 그 초대에 열렬하게 응해, 여성 특유의 자극적인 체취를 가슴 깊이 들이키며 그녀를 핥고 빨고 잘근거렸다.

그웬돌린은 그의 넓은 어깨를 짚고 속수무책으로 서 있었다. 심장이 너무 두근거려 팽창된 혈관을 타고 흐르는 피의 흐름까지 느껴질 정도였고 호흡은 끊어질 듯 말 듯 가빠졌다. 그래도 입술과, 혀와, 손으로 자신을 경배하는 그를 향하여 몸을 활짝 열고 이 순간이 영원으로 이어지길 소망했다.

아아…… 환희가 나래를 펴기 시작했다. 그녀는 정열적으로 자신을 탐하는 수장의 모습에 짜릿하고도 금지된 흥분을 느끼며 백금색 머리칼 속에 손가락을 박았다. 숨을 쉴 수가 없었다. 여기에 발 맞추듯 애무가 한층 빠르고 격해지자 그녀의 속에서 부풀어올랐던 찬란한 빛덩어리가 급기야 터져 버렸다. 그웬돌린은 비명을 질렀다. 이어 화끈한 기쁨으로 온몸을 물들인 채 그에게 기대어 흐느적거렸다.

알렉스는 사랑스런 마녀를 안아 침대에 조심스럽게 눕혔다. 그리고 젖은 셔츠를 벗은 다음 그녀와 몸을 포갰다. 하지만 더 이상의 행동은 하지 않았다. 그저 잿빛 눈을 응시할 뿐이었다. 길고 숨막히는 정적이 흐르고…… 그는 그녀의 손을 잡아 자신의 킬트 속으로 이끌었다. 뜨겁고 단단한 남성이 닿자 그녀가 저도 모르게 움찔하여 그를 피했다. 알렉스는 말리려 하지 않았다. 대신 강렬한 눈빛으로 물었다.

*나를 원하오?*

*예.*

그웬돌린도 눈으로 대답하며 살며시 그를 쥐었다.

알렉스는 화살에 관통당한 것처럼 펄쩍 뛰어올랐다. 이어 신음을 길게 흘리며 그녀의 손을 떼어내고 급히 킬트를 벗어 던졌다. 그리고는 그녀에게 익숙해질 시간을 주며 아주 조금씩 촉촉한 열기 속으로 들어갔다. 조금이라도 거부의 빛을 발견하면 즉각 중단하겠다고 스스로에게 맹세하며 알렉스는 검정에 가깝도록 진해지고 몽롱한 암회색 눈망울을 뚫어지게 응시하면서 뒤로 물러났다가 어금니를 악물어 자제력을 발휘해 다시 천천히 돌진했다.

그웬돌린이 그에게 팔다리를 감고 죄어왔다.

알렉스의 잇새로 신음이 새어나왔다. 천천히 한 몸이 되어 이 황홀한 순간을 가능한 길게 연장할 생각이었다. 하지만 근 5년만에 처음으로 여자와 살을 맞대는 것이라 이 거센 불길을 수습할 수 없었다. 결국 그는 정열 앞에 굴복했다. 그웬돌린의 입술과 뺨과 머리카락에 정신없이 입을 맞추며 빠르고 힘차게 움직이기 시작했다. 육체뿐 아니라 정신과 영혼을 다하여 이 여인을 갖고 싶었다. 곁에 단단히 묶어놓고 싶었다. 그녀의 속에서 영원히 머물고 싶었다. 무엇보다 오늘밤 그러했던 것처럼 그웬돌린이 그에겐 너무나도 소중한 그녀의 목숨을 가지고 도박을 걸지 못하게 하고 싶었다.

*당신은 내 여자야!*

소리내어 내뱉어진 선언이 아니었다. 그녀의 허벅지를 육중하게 누르는 압력으로, 단단해진 유두를 혀로 거칠게 쓰다듬는 애무로 말하는 선언이었다. 하얀 엉덩이를 움켜쥔 햇빛에 탄 구릿빛 손으로, 가슴 깊은 곳에서 흘러나온 신음으로 소리치는 선언이었다. 이에 대답하듯 그웬돌린이 넓은 어깨에 손톱을 박으며 열렬하게 매달려 왔다. 다시 또다시 그는 돌진해 이 여인의 아름다움과 힘과 용기를 더 많이 들이키며 그녀와 한 몸이 되어갔다. 자신이 어디까지이고 그녀가 어디부터인지 경계가 없어졌다.

그녀를 소유하려는 절망적인 시도와 몸짓이 거듭될수록 오히려 알렉스는 그녀에게 영원히 묶이는 기분이 들었다. 이제는 숨을 쉬지도, 생각을 하지도, 동작을 멈추지도 못한 채 이 달콤한 고문으로부터 해방을 원하는 육체의 긴박한 요구를 무시하고 오직 더 빨리 더 강하게 그녀에게 파고들었다. 하지만 기쁨의 절정을 마냥 피할 수는 없었다. 알렉스는 그녀의 이름을 소리쳐 부르며 극도의 환희 속으로 비상(飛上)해 자신의 육신과 영혼 한 조각까지 남김없이 그녀에게 주고 무너져 내렸다.

그웬돌린은 수장의 체중에 눌린 채 가만히 누워 있었다. 그의 심장 고동과 따뜻한 숨결을 몸으로 느끼고 이 아름다운 육체와 강한 의지에 방패처럼 둘러싸인 지금은 그가 그녀를 모든 해악으로부터 지켜줄 수 있으리란 믿음마저 솟았다. 밖에서는 여전히 비바람이 맹위를 떨쳐 맥스윈 일족의 또 다른 공격을 막아주는 가운데 훈훈한 침실에서 이렇게 수장의 품에 안겨 있는 지금은 그 어느 때보다 안전했다. 그웬돌린은 그를 힘주어 껴안았다. 운명에서 훔쳐낸 이 깨어지기 쉬운 순간을 두 번 다시 맛보지 못하리라.

그건 내 것이라고 로버트가 맹세했다. 그는 보석을 빼앗을 때까지 결코 포기하지 않을 결심이고 그웬돌린은 그걸 빼앗길 수 없는 입장이었다. 왜냐하면 소원을 이루어 주는 보석이 로버트의 손에 들어가면 그녀도 죽고, 그에게 반기를 들었던 사람들도 모두 몰살당할 테니까. 그렇다고 그녀가 언제까지 이 성에 숨어 있으면 맥던 수장과 이 일족이 재산을 전부 파괴당하고 결국은 목숨마저 잃게 될 심각한 위험에 처해진다.

겨우 그녀 한 사람 때문에.

그웬돌린은 씁쓸한 절망을 꿀꺽 삼켰다. 이곳을 당장 떠나야 한다는 데에는 의문의 여지가 없다. 하지만 초롱초롱하게 눈을 빛내며 옛날 이야기에 귀를 기울이는 데이비드, 상냥하게 미소를 지으며 자신의 커다란 배를 만져 보라고 제의하던 클라린다, 적들의 눈알이 빠질 때까지 구역질을 하게 하는 독약을 만들겠다고 장담했던 래클런 노인, 심지어는 버릇없고 제멋대로인 이사벨라까지 미련의 끈이 되어 떠올랐다. 그들과 헤어져야 한다니…… 특히 맥던 수장의 곁을 떠나야 한다는 생각만으로도 가슴이 아팠다. 그녀로선 상상조차 해보지 못했던 감정을 일깨워 준 이 남자, 지금 여전히 한 몸인 채로 거칠거칠한 턱을 그녀에게 비비고 있는 이 남자를 다시는 보지 못한다니! 전신을 찢어놓는 듯한 슬픔이 흐느낌 같은 한숨이 되어 그녀의 입에서 흘러나왔다.

알렉스는 팔꿈치에 체중을 받치고 몸을 일으켜 이맛살을 찌푸렸다. 그웬돌린이 그의 시선을 피해 고개를 돌렸다. 그는 섬세한 턱을 잡고 그녀에게 자신을 보게 했다. 연회색 눈은 막바지까지 몰린 절망으로 빛을 잃고 수정 같은 눈물방울이 파리한 뺨을 따라 흘러내리고 있었다.

"걱정할 거 없소, 그웬돌린."

그는 그녀의 눈물을 닦아주며 속삭였다.

"내가 당신을 안전하게 지켜주겠소."

그녀는 고개를 가로저었다. 그리고 비바람 소리에 묻혀버릴 만큼 가느다란 소리로 중얼거렸다.

"아니…… 수장님은 나를 안전하게 지켜줄 수 없어요."

"난 할 수 있소."

고집스럽게 쏘아붙이곤 진심을 다하여 맹세했다.

"그리고 난 당신을 지킬 것이오. 당신은 내 여자니까."

그웬돌린은 거친 키스를 받으며 자신의 속에서 다시 단단하게 일어나는 그를 느꼈다. 수장이 그녀를 채웠다 비우기를 반복하며 한 몸이 되어 가는 과정을 천천히 반복했다. 그웬돌린은 있는 힘껏 그에게 매달려 입술을 되돌렸다. 뜨거운 눈물을 줄줄 흘리며.

*사랑해요*

난생 처음 느껴보는 사랑을 침묵으로 고백했지만 그를 다시는 이렇게 가질 수 없으리란 사실이 그녀를 비애로 몰아넣었다.

*사랑해요사랑해요*

그녀는 백금색 머리칼을 움켜쥐고 등을 휘었다. 육체와 영혼을 요구하는 다정하면서도 사나운 돌진에, 끊임없이 거듭되는 커다란 두 손의 애무에, 탐욕스런 입술에 그녀는 순순히 항복했다. 어느덧 눈물이 멈추고 환희를 향한 날개짓이 다시금 시작되었다.

*사랑해요사랑해요사랑해요!*

그에게 거부당할까 두려워 감히 소리로 이루어지지 못한 고백이 그녀의 머리와 마음속에서 울려 퍼졌다. 이 침묵의 절규를 들은 것처럼 수장이 깊은 신음을 내뱉자 그웬돌린은 조용히 대답했다.

*당신을 내 목숨보다 더 사랑해요*

은빛의 조각으로 온몸이 산산이 부서지는 느낌 속에서 그녀가 비명을 지르자 그는 근육질의 육체 전부를 눌러 그녀를 부드러운 침대로 내리꽂았다. 환희의 전율이 물결처럼 이어졌다.

절정은 찾아왔을 때와 똑같이 빠르게 물러나고 대신 상실감을 남겼다. 알렉스는 결합을 풀었다. 그는 그녀를 품에 보듬어 안고 땀에 젖은 머리칼을 다정하게 쓰다듬었다.

"당신은 내 곁에 머물러야 하오."

나지막한 저음의 명령이었다. 그는 그녀의 손을 잡아 자신의 심장께로 가져갔다.

"내가 당신을 지켜주리다. 맹세하오."

그웬돌린은 강렬한 푸른 눈동자를 아주 오랫동안 가만히 응시했다. 그리고는 넓은 가슴에 얼굴을 묻고 눈을 감았다. 그녀의 손바닥 아래에서 세게 두근거리는 고동의 박자에 따라 눈물이 또 북받쳤다. 말은 필요 없었다. 아니, 말이 나오지 않았다.

사랑하는 남자.

그러나 내일이면 헤어져야 할 남자.

# 12

주근깨가 점점이 박힌 얼굴을 갸웃 기울이고 데이비드가 말똥말똥하게 보고 있었다.

"춥지 않아요?"

아이가 호기심 어린 표정으로 물었다.

아직 잠이 덜 깬 눈으로 그웬돌린은 자신을 내려다보았다. 몸을 덮은 것이라곤 담요 한 장! 소스라치게 놀라 부드러운 모직천을 목까지 끌어올리고 얼른 침대 옆자리를 살폈다. 휴우, 맥던 수장은 없었다. 그녀는 만신창이가 된 위엄을 끌어모으고 혼신의 힘을 기울여, 아이 아버지의 침대에 알몸으로 있는 게 하나 이상할 것 없다는 식으로 소년을 대했다.

"별일 없지?"

"성 안이 온통 어젯밤 이야기예요."

그웬돌린의 눈이 휘둥그레졌다. 그녀와 수장이 밤을 함께 보낸 걸 일족 모두가 알아차렸구나. 수치와 민망함으로 위축되어 그녀는 눈을 내리깔고 소심하게 물었다.

"너 많이 놀랐겠구나."

"아아뇨."

"정말이니?"

"로버트를 물리친 이야기는 최고의 무용담이었는 걸요! <천하장사 토발드>만큼 재미있었어요!"

"…뭐? 사람들이 한다는 이야기가 그거야?"

"그럼 또 무슨 이야기를 하겠어요?"

"그, 그렇지."

얼른 긍정하고 담요를 움켜쥔 채 일어나 앉았다.

"사람들이 정확히 뭐라고들 하디?"

소년은 침대로 올라와 그녀에게 몸을 바짝 붙이고 앉은 다음 열광적으로 재잘거리기 시작했다.

"오웬 할아버지는 <내 평생 만난 마녀들 가운데 그 아가씨처럼 고결하고 위대한 마녀는 처음이야> 하고 칭찬했어요. 그러자 래클런 할아버지가 코웃음을 쳤어요. <마녀라곤 평생 둘밖에 모르는 주제에 그 아가씨의 업적을 들먹여 모욕하지 마> 거기에 레지널드 할아버지는 이렇게 말했죠. <아아, 한스럽도다. 로버트의 머리를 베어 피와 뇌수가 줄줄 흐르는 그대로 아가씨에게 바쳐야 했는데> 그러니까 래클런 할아버지가 또 비웃었어요. <그따위 흉악한 기념품은 가져서 뭐해. 차라리 내 특별 음료수로 오늘밤 다 함께 아가씨의 명예를 위해 축배를 드는 편이 낫다구!>"

그웬돌린은 의외의 칭송에 얼떨떨함을 금치 못했다.

아이가 잔뜩 흥분한 얼굴로 다시 물었다.

"정말 벽에 올라가 <나에게 불화살을 쏘아라!> 하고 로버트에게 외쳤어요?"

그녀는 고개를 끄덕거렸다.

"카메론이 또 이런 이야기도 해주었어요. <로버트가 오두막에 불을 붙이자 그 아가씨는 지상에 떨어진 천사처럼 두 팔을 쫙 펼치고 비바람을 불러와 불길을 잡았어!>"

불곰전사가 했을 법한 이야기이다. 카메론뿐 아니라 맥던 일족은 그녀가 기상을 다스린다고 굳게 믿고 있으니까.

"네드는 이런 날씨가 계속되면 맥스윈 일족이 공격하지 못할 거래요. 하지만 비가 영원히 내리게 하진 말아 주세요. 난 승마를 또 하고 싶거든요."

"비가 영원히 내리진 않을 거야."

어젯밤부터 빗줄기가 가늘어질 줄 몰랐지만 그녀는 아이를 안심시켰다.

"아침으로 뭘 좀 먹었니?"

"방에서 기다리다 하도 배가 고파 나 혼자 부엌으로 내려갔어요. 그리고 빵이랑 오트밀을 달래서 먹었죠. 우유, 계란, 치즈, 훈제 청어에는 손도 안 댔어요."

"속은 어때?"

"괜찮아요."

정말 괜찮아 보였다. 그녀의 옆에 달라붙어 한시도 쉴새없이 꼼지락거리는 이 아이가 얼마 전까지 다 죽어가고 있었다는 사실이 믿어지질 않을 정도였다. 푸른 눈은 맑게 반짝거렸으며 주근깨가 난 뺨에는 연하게 혈색이 돌았다. 혼자 세수도 하고 머리도 빗어 깨끗한 얼굴은 해맑았으며, 빨강 고수머리는 여기저기 삐치긴 했지만 비교적 단정했다. 스스로 찾아 입은 셔츠의 뒷자락은 빠져나온데다 킬트는 홀쭉한 엉덩이를 어설프게 덮어 볼품이 없었다. 하지만 그녀의 눈에는 아이가 가상하고 예쁘게만 보였다.

"많이 피곤해요?"

데이비드가 동정조로 물었다.

“어젯밤에 태풍을 부르는 데 힘을 다 써서 아직 일어나지 못하는 거라고 아버지가 그러셨어요.”

“맞아. 그런데 수장님은 어디 계시니?”

“전사들이랑 외벽을 살피러 가셨어요. 비가 오는 동안에는 홀의 식탁이랑 의자를 벽으로 밀어놓고 실내에서 훈련을 할 거래요.”

그웬돌린은 정신이 번쩍 났다. 그렇다, 전쟁은 아직 끝나지 않았다. 게다가 그녀는 이 일족을 위하여 죽을 준비가 되어 있음을 행동으로 보여주어 치명적인 약점을 드러냈다. 이제 로버트로서는 빈 마을을 파괴하거나 맥던 일족의 누구든 한 명만 인질로 잡으면 그녀의 무조건 항복을 받아낼 수 있다. 그 악당은 보석의 힘을 악용하는 건 물론이거니와 이곳도 철저하게 짓밟으리라.

그런 불행을 막는 길은 딱 하나뿐이다. 그녀가 먼저 로버트를 이곳에서 멀리 유인하여 죽여버리는 것.

“데이비드, 클라린다 아줌마에게 가 있어.”

소년은 순순히 침대에서 내려갔지만 기대감으로 눈을 빛내며 물었다.

“이따 와서 어젯밤 이야기를 해줄 거죠?”

“오늘은 안 돼. 어서 가, 응?”

데이비드는 줄줄 흘러내리는 킬트의 허리춤을 어색하게 잡고 밖으로 나갔다.

그 뒷모습을 보고 있노라니 감정의 덩어리가 목까지 치받쳤다. 아이들이란 패거리를 지어 욕설과 돌팔매질을 하거나 그녀를 보면 도망가는 멍청하고 잔인한 존재라고만 여겨왔다. 하지만 이제는 생각이 바뀌었다. 아이들이 기존의 선입견과 편견에서 빨리 벗어나 자신의 시각으로 세상을 판단한다는 걸 데이비드가 가르쳐 준 것이다. 맥던 수장의 착하고 다정한 아들을 통하여 그웬돌린은 피가 섞이지 않은 다른 사람이 자신의 생명보다 더 소중해지는 사랑을 배웠다. 어떤 대가를 치르더라도 지켜주고 싶은 그런 사랑을.

"바로 그거야. 상처를 치료하기 위해 굳이 환부를 도려낼 필요는 없는 법."

현자 모랙의 맑고 카랑카랑한 목소리가 들려왔다. 현자는 지팡이를 짚고 방으로 들어와 깨끗한 속치마와 보라색 드레스를 침대에 내려놓았다.

"새 옷을 가져왔네. 그 담요만 두르고 성 안을 활보할 순 없잖은가. 아무리 그 차림이 보기 좋다 해도."

"가, 감사합니다."

그웬돌린은 수장의 침실에서 나신으로 발견된 부끄러움을 감추며 가까스로 인사했다. 그녀는 담요로 몸을 가린 채 꾸물거리며 속치마를 입기 시작했다.

현자는 벽난로 가의 의자에 앉아 너그러운 미소를 지었다.

"늙었다고 갈망과 젊음으로 가득 찼던 시절까지 잊은 건 아냐."

"저는 갈망으로 부풀지 않았어요."

"그럴까? 자네의 가슴은 너무나도 많은 갈망으로 부풀어 한번 마음의 문을 열면 그 노도와도 같은 기세에 익사하진 않을까 두려운 거야. 왜냐하면 뭔가 원하는 것 자체를 약점으로 보고 있으니까. 누군가를 향한 분노, 사랑, 우정처럼 기본적인 감정마저 억누르고 오직 강하게 살아야만 했던 사람에게 갈망이란 두려움이지. 하지만 옳은 생존 방식이었어, 서글프게도. 그렇지 않고 자네가 마음 가는 대로 살았더라면 일찌감치 화형대에서 생을 마감했을걸."

그웬돌린은 가타부타 아무 말도 하지 않고 계속 옷을 입었다.

"반면, 수장은 마음 가는 대로만 살아왔지. 온통 삶의 환희와 활력으로 가득 차 여자건 사냥이건 싸움이건 결과 따윈 도외시한 채 즐거움을 쫓아다녔어. 저렇게 무모한 젊은이가 수장 자리에 올랐을 때 직분을 다할 수 있을지 걱정스러울 때도 있었지. 그래서 플로라와 마침내 자리를 잡자 일족 모두가 한시름 놓았어. 그녀를 통해 수장은 여전히 정열을 간직한 채 듬직한 통솔자로 거듭났다네.”

현자는 한숨을 쉬었다.

“하지만 불행하게도 플로라는 저세상으로 가면서 남편의 일부분도 가져갔어. 수장은 광기와 힘겨운 고투를 겪으며 젊은 남자로서의 면모를 잃고 분노 이외에는 감정을 느낄 줄 모르는 껍데기가 되었지.”

그웬돌린은 눈을 질끈 감았다. 어젯밤 뜨겁게 타올랐던 정열을 떠올리는 것만으로 가슴이 아프도록 조여들었다.

“자네는 이곳에 남고 싶어해. 그렇지?”

현자 모랙이 관조적으로 정곡을 찔렀다.

그웬돌린은 눈을 뜨고 현자를 가만히 바라보았다. 이 노파가 예지력을 갖춘 진짜 현자라고는 여전히 믿지 않았지만 탁월한 직관력의 소유자임에는 틀림없다.

“저는 반드시 떠나야 해요.”

현자는 잠시 생각에 잠겼다.

“꼭 그래야 한다고 자네가 느끼는 것, 그게 가장 중요하겠지. 하지만 자신을 돌아보게. 눈이 아니라 마음으로. 그러면 모든 게 선명해져.”

“이곳에 머무를 순 없어요.”

안타까움이 짙게 묻어나는 목소리였다.

늙은 현자는 젊은 마녀를 오랫동안 응시한 다음 고개를 끄덕거렸다.

“좋아. 하지만 친구에게 한 약속은 지키고 떠나게.”

“클라린다를 돕겠다는 약속이라면 더 이상 지킬 수가 없게 되었어요. 비바람이 걷히기 전에 떠나지 않으면 로버트가……”

“그웬돌린, 큰일났어!”

이사벨라가 헉헉거리며 방으로 뛰어들어왔다.

"클라린다의 진통이 시작되었어! 그런데 돌팔이 치료사가 아이를 받겠다고 나타나 무슨 말을 해도 떠나질 않아!"

그웬돌린은 치맛자락을 들어올리고 뛰기 시작했다.


"꺼져!"

클라린다는 산통으로 몸을 비틀며 외쳤다.

"당신 도움은 필요 없어! 꺼지라구!"

하지만 엘스페스는 침대 기둥에 부지런히 밧줄을 매며 산모에게 면박을 주었다.

"내가 없으면 아이는 죽어. 그걸 원해, 이 어리석은 여편네야?"

"여보……."

클라린다가 흐느낌에 잠긴 목소리로 애원했다.

"제발 이 여자를 내보내요, 부탁이에요!"

카메론은 사랑하는 아내의 요청과 노련한 치료사의 권위 사이에서 어느 쪽을 택해야 할지 갈피를 못 잡고 애꿎은 머리칼만 긁어올렸다.

"내 몸에 손대지 마!"

치료사가 발을 잡으려 하자 클라린다는 버둥거리며 반항했다.

"감히 내 몸에 손대지 말란 말이야!"

"엘스페스, 꼭 침대에 동여맬 필요까진 없잖습니까……."

카메론의 항변을 치료사는 냉정하게 되받았다.

"이렇게 날뛰게 놔두었다간 갓난애가 심각한 손상을 입는다구. 내 보다보다 이토록 이기적인 애엄마는 처음이야. 아이를 살리고 싶거든 자네는 집사람이나 붙잡아."

"손 떼요."

머리끝까지 치솟은 분노로 전신을 부들부들 떨며 그웬돌린이 준엄하게 명령하고 방 안으로 성큼 들어섰다.

"지금 당장!"

엘스페스가 산모의 발을 밧줄로 묶었다.

"여기는 너 같은 마녀가 나설 곳이 아냐. 썩 꺼지지 못해!"

"그웬돌린, 제발 가지 말아요⋯⋯."

"걱정 말아요, 클라린다. 난 아무 데도 가지 않아요."

서둘러 침대로 다가가 그웬돌린은 친구의 축축한 손을 꼭 잡고 힘을 불어넣었다.

"우리 둘이서 아이에게 세상 구경을 시켜 주자고 약속했잖아요."

그 동안 엘스페스는 산모의 부풀어오른 다른 쪽 발목마저 침대 기둥에 고정했다.

"아직 태어나지 않은 이 아이마저 네 주인인 악마의 추종자로 만드는 꼴은 못 봐. 당장 꺼져, 이 마녀, 천주의 처벌이⋯⋯."

"여기에서 나가!"

그웬돌린이 친구의 손을 잡고 큰소리로 호령했다.

"그 밧줄과 악랄한 위협을 거두고 당장 나가지 않으면 그 독살스런 혀를 뱀으로 만들어 줄 테다!"

치료사는 충격과 공포에 질려 손으로 입을 가린 채 마녀를 한참 노려보았다. 그리고 허둥지둥 밖으로 나갔다.

"근사했어!"

이사벨라가 감탄했다.

"하지만 정말 저 여자의 혀가 뱀으로 변했으면 더 근사했을 거야. 그 여자가 뱀에게 코를 물리는 장면은 상상만 해도 짜릿해."

"애, 수고스럽겠지만 마저리 부인과 젊은 새댁 레티를 불러와 주겠니?"

재빨리 그웬돌린은 산모의 발목에서 밧줄을 풀며 짐짓 밝은 목소리로 말을 이었다.

"출산 경험과 지식을 지닌 사람의 도움이 절실하다고 부탁 좀 해줘. 또 뭐든 필요할 것 같은 물건도 가져와 달라고 해."

"그냥 마법을 써서 아이를 꺼내면 되잖아."

"어…… 새 생명은 자연스럽게 태어나는 편이 좋아. 하지만 난 아이를 받아본 적이 없으니까 마저리 부인과 새댁의 도움을 받고 싶어."

"나도 도와줄게."

나서기 좋아하는 성격답게 이사벨라가 흔쾌히 문으로 향했다.

"조금만 기다려. 둘 다 금방 데려올게."

이제 산모가 눈물이 글썽글썽하게 맺힌 얼굴로 친구를 대했다.

"고마워요. 어찌나 무서웠던지……."

"쉿. 이제는 괜찮아요."

그웬돌린은 진땀이 밴 친구의 이마에서 머리칼을 걷어 주었다.

"모든 게 다 잘될 거예요. 그런데 방 안이 너무 후텁지근하네요. 카메론, 창문 좀 열어줄래요?"

"밖에선 아직 비바람이 몰아치고 있는 걸요. 아이를 따뜻한 곳에서 낳아야 한다고 엘스페스가 말했습니다."

"아이 엄마나 갓난아이에게 답답한 공기가 좋을 리 없어요. 덥지 않아요, 클라린다?"

산모는 고개를 끄덕거렸다.

"실은 속이 울렁거려요."

"이 말 들었죠, 카메론? 어서 창문을 열고 저 벽난로의 화력도 약간 줄이세요. 사정을 모르는 사람이 보면 여기에서 통구이 준비를 한다고 여기겠어요."

카메론은 순순히 지시에 따랐다. 비가 콩 볶는 소리를 내며 성의 돌벽을 맹렬하게 강타했지만 이상하게도 열린 창문으로는 신선한 풀내음이 섞인 촉촉한 바람만 들어올 뿐, 비는 한 방울도 튀지 않았다.

그웬돌린이 숨을 크게 들이쉬었다.

"이제야 살 것 같네요. 당신은 어때요, 클라린다?"

"한결 좋아졌어요. 이제는 일어나고 싶어요."

순간적으로 그웬돌린은 어리둥절했다. 방금 전까지 몸을 배배 꼬며 아파했으면서 갑자기 멀쩡해지다니?

"진통이 잠깐 가라앉았어요."

클라린다가 혼란스러워하는 친구에게 설명하며 바둥거리며 일어나 앉았다.

"다음 진통이 올 때까지 잠깐 걸을래요."

카메론이 기겁을 했다.

"안 돼, 여보! 움직이면 안 된다고 엘스페스가 그랬잖아. 당신은 가만히 누워서 아이가 나올 때까지 기다려야 해."

"난 가만히 누워 있기 싫어요. 일어나고 싶다구요. 조금 걸으면 덜 아플 것 같단 말이에요."

출산을 앞둔 산모가 고집을 피우며 침대 밖으로 다리를 내놓았다.

카메론이 동지를 찾았다.

"그웬돌린, 내 아내에게 도로 누우라고 말 좀 해줘요."

"음…… 클라린다, 방 안을 달리거나 제자리 뛰기를 할 생각은 아니겠죠?"

"물론이에요. 난 그저 걷고 싶을 뿐이라구요."

"이 말 들었죠, 카메론? 조금 걷는다고 산모나 아이에게 나쁘진 않을 거예요."

"내 아내에게는 휴식이 필요해요."

카메론이 단호하게 뜻을 굽히지 않았다.

클라린다가 초조하게 반박했다.

"난 아직 지치지 않았어요."

"하지만 곧 지치게 될 거야. 앞으로 닥쳐올 길고 고통스런 진통에 대비하여 지금 힘을 비축해 놔야…… "

"기탄없는 의견은 고마워요."

그웬돌린이 예비 아빠의 말을 중간에서 잘랐다.

"그러나 아이를 낳을 사람은 클라린다예요. 본인이 일어나거나 걷거나 물구나무를 서고 싶다면 우리는 그 의견을 존중해 주어야 한다고 생각해요."

그녀는 클라린다를 부축해 일으키고 친구의 허리를 받쳐 천천히 방 안을 맴돌기 시작했다.

"이러면 안 돼, 여보!"

카메론이 펄쩍 뛰며 반대했다.

클라린다는 짜증스레 한숨을 쉬었다.

"당신이 전에 한 번 아이의 탄생을 기다리며 출산 전문가가 된 건 알아요. 그러니 홀에 내려가서 다른 남자들과 훈련이나 하세요."

불곰전사가 제 귀를 의심하며 붉은 눈썹을 치켜올렸다.

"지금 나보고 나가라는 거야?"

"당신 도움이 필요하면 부를게요. 그쵸, 그웬돌린?"

"그럼요."

분만 과정의 언제, 어떻게 아이 아버지가 필요하게 될지는 상상조차 되지 않았지만 그웬돌린은 굳게 약속했다.

카메론은 영 마음이 놓이지 않는지 뜨악한 표정으로 미적거렸다.

"정말 혼자서 괜찮겠어?"

"그웬돌린이 옆에 있잖아요. 아무 걱정하지 말아요."

"…하지만 내가 필요해지면 즉각 불러야 해. 알았지?"

대답을 기다리지 않고 그는 아내에게 길고 다정한 키스를 했다.

클라린다는 미소를 지으며 속삭였다.

"이번에는 모든 게 잘될 거예요, 여보. 감이 와요."

"그래야지."

카메론이 걸걸하게 잠긴 목소리로 말했다. 그는 아내의 커다란 배에 손을 얹고 암갈색 머리의 꼭대기에 입을 맞추었다.

"나도 그런 감이 와."

"어머나, 산모가 일어났네! 벌써 아이를 낳았어요?"

이사벨라가 방으로 들어서며 물정 모르는 질문을 던졌다.

젊은 새댁 레티가 세숫대야와 깔끔하게 접힌 흰 천뭉치를 가슴에 안고 방에 들어섰다.

"저 배를 봐선 아직 먼 것 같은데. 산모가 배녁5)을 과식한 게 아니라면 말이야!"

"가짜 진통이었나 보지?"

후덕하게 생긴 중년 부인 마저리는 작은 단도, 바늘, 실, 포대기용 천을 침대 옆 협탁에 하나씩 내려놓았다.

"우리집 셋째도 당장 나올 것처럼 난리를 치더니 결국 일주일이나 꾸물거렸었다우."

"가짜 진통이 아니에요. 내 아이는 오늘 나올 거지만 지금은 쉬고 있는 거예요."

"그런데 왜 침대에 누워 있지 않수?"

"내 아내가 누워 있기 싫어하니까요."

카메론이 반론을 허락하지 않는 어조로 강조했다.

"아이를 낳는 사람은 우리 클라린다인 만큼 그녀가 하고 싶은 대로 해야 합니다."

그는 떨어지지 않는 걸음을 억지로 떼어 문으로 향했다.

"하지만 물구나무를 서겠다고 고집을 피우면 나를 꼭 불러주십쇼. 그런 장관을 놓칠 수야 없죠!"

아내가 던진 베개를 슬쩍 피해 그가 등뒤로 방문을 닫았다.

젊은 새댁 레티가 사뭇 신난다는 표정으로 그웬돌린에게 말을 걸었다.

"당신이 엘스페스를 쫓아버렸다면서요?"

---

5) 보리 가루를 반죽, 철판 위에서 굽는 스코틀랜드·잉글랜드의 과자빵

그웬돌린은 친구를 부축해 방 안을 다시 돌기 시작했다.

"쫓을 수밖에 없었어요. 클라린다의 뜻도 있고, 치료사가 없는 편이 내 심신의 평정에도 좋아서요. 내가 이곳에 왔을 때 엘스페스가 산모를 침대에 꽁꽁 묶고 있지 뭐예요."

레티는 고개를 끄덕거리며 벽난로 앞의 의자에 앉았다.

"나도 아이를 낳을 때 같은 일을 당했어요. 엘스페스는 항상 그래요. 산모란 모름지기 죽은 듯 가만히 누워서 여자된 죄악에 대한 천주의 처벌을 고이 받아야 한다는 게 치료사의 믿음이죠."

"묶인 채 아이를 낳으면서 아무렇지도 않았어요?"

"아주 싫었죠. 포로처럼 무력해진 기분이었어요. 게다가 수족이 묶여 내가 원하는 편한 자세를 취할 수도 없었구요. 진통을 겪으면서 밧줄과 어찌나 씨름을 했던지 나중에는 손목이 벌겋게 붓고 살이 까져 갓난아이를 겨우 안아봤어요."

"나라도 밧줄에 꽁꽁 묶인 채 아이를 낳긴 싫었을 거야."

중년 부인 마저리가 침대에 걸터앉으며 동의했다.

"다행히 내 시절은 엘스페스가 일족의 치료사가 되기 전이었어. 난산파의 도움을 받으며 여섯 아이를 그냥 침대에 누워 낳았다우. 하지만 우리 어머니 때는 또 달랐던 것 같아. 어머니 말씀에 의하면 계속 일을 하다가 나를 낳을 때만 침대에 등을 붙였다는 거야. 그리고 나를 낳은 다음 포대기에 싸서 요람에 눕혀놓고 저녁을 지었다나. 우리 아버지는 어떤 경우에도 식사가 늦으면 질색팔색을 하셨대!"

여자들은 모두 웃음을 터뜨렸다.

"아이고!"

신음을 터뜨리며 클라린다가 갑자기 허리를 꺾었다. 그녀는 그웬돌린의 팔을 쥐어뜯다시피 움켜잡고 방바닥에 주저앉아 아파서 어쩔 줄을 몰라했다.

이사벨라가 겁에 질린 표정으로 다급하게 물었다.

"왜 저러는 거죠? 아이가 나오는 거예요?"

"클라린다, 괜찮아요?"

그웬돌린도 쪼그리고 앉았다.

"침대로 갈래요?"

산모는 진통과 싸우느라 입술을 꼭 깨물고 숨을 참았다.

"숨을 깊이 들이쉬어야 해."

마저리가 얼른 다가와 충고했다.

"자자, 어서 내 말에 따라. 숨을 들이쉬고…… 그렇지, 이제 내뱉어요. 옳지, 잘 했어. 조금만 참으면 진통이 물러갈 거야."

"우리는 뭘 해야 하죠?"

그웬돌린은 친구의 고통 앞에서 당혹스럽고 안타까워 마음이 급해졌다. 젊은 새댁 레티도 이곳으로 합류했다.

"우리가 할 일은 아무것도 없어요. 아이를 낳는 건 전적으로 산모의 몫인 걸요. 당장 죽을 것 같을 때까지 진통을 겪고 거기에서 한 고비 더 아파야 아이가 나와요. 하지만 품안에 새 생명을 안는 순간 모든 고생이 다 잊혀지죠."

"아……."

클라린다가 그웬돌린을 붙잡은 손에서 약간 힘을 풀며 지친 숨을 길게 내뱉었다.

"이번 진통은 강했어요."

"아이는 어디 있어요?"

이사벨라가 방 저편에서 꼼짝도 하지 않고 고개만 쭉 뽑아 기웃거리며 물었다.

"아직도 안 낳았어요?"

중년의 마저리가 미소를 지었다.

"까마득히 멀었수."

"아주 잘 했어요, 클라린다."

그웬돌린이 칭찬했다.

"머리 둘 달린 괴물에게 몸이 반쯤 찢긴 <천하장사 토발드>도 당신처럼 고통을 잘 인내하진 못했을 거예요."

"이 고생 끝에 받게 될 멋진 보상을 생각하며 끝까지 참아요."

레티도 응원하자 그웬돌린은 서둘러 덧붙였다.

"하지만 너무 참으려고만 애쓰지 말아요. 아프면 소리도 지르고 울기도 해야죠."

클라린다는 작게 미소를 지었다.

"모두들, 고마워요."

"방을 한 바퀴 더 돌래요?"

"이제는 눕고 싶어요. 힘이 쭉 빠진 거 있죠."

여자들이 달려들어 산모를 침대로 부축했다. 그웬돌린은 이불을 여며 주며 다시 물었다.

"춥진 않죠?"

"딱 좋아요."

"다들 자리를 잡고 기다리자구."

중년 부인 마저리가 침대 가장자리에 털썩 걸터앉았다.

"아이가 나오길 기다리는 건 아주 길고 고된 일이야."

이사벨라가 제안했다.

"우리, 그웬돌린의 옛날 이야기를 듣기로 해요. 그러면 시간이 훨씬 빨리 갈 거예요."

산모의 표정이 밝아졌다.

"토발드가 켈피를 무찌르러 갔던 이야기가 좋겠어요. 그 물귀신이 납치해 갔던 아가씨를 토발드가 구하러 갔는데……."

"…아가씨는 정작 호수 밑바닥의 궁전에서 공주처럼 호의호식하며 살고 있었다는 이야기 말이죠?"

이사벨라가 신바람을 내며 아는 척했다.

그웬돌린은 깜짝 놀랐다.

"너 어떻게 알았니? 난 클라린다와 데이비드 말고는 아무에게도 해준 적이 없는데."

"그러니까, 그러니까…… 다른 곳에서 들었어."

천하장사 토발드는 그웬돌린의 아버지가 부녀끼리 단 둘이서 숲을 산책할 때 딸을 위해서만 만들어낸 영웅적인 인물인데 어디에서 이사벨라가 그 무용담을 들었을까?

"어서 이야기를 해봐요, 그웬돌린."

레티가 벽난로 앞에서 의자를 끌어왔다.

"굉장히 재미있을 것 같아요."

"알았어요."

그웬돌린도 침대가에 살짝 앉았다.

"옛날 옛적 바다 건너 먼 나라에 용감하고 힘센 전사가 살았으니, 그 이름하여 <천하장사 토발드>였어요. 그는…….."

아침이 낮이 되고 낮이 깜깜한 밤이 되었지만 여자들은 시간 가는 줄 몰랐다. 그웬돌린은 상상력을 총동원하여 능력이 닿는 한 가장 멋지고 재미있는 이야기를 꾸며 산모의 관심을 진통에서 분산시켰다. 어느덧 진통 간격이 점점 빨라지고 고통이 극심해지자 클라린다는 몸부림을 치며 더 이상 못 참겠다고 흐느꼈다. 그웬돌린이 커다랗고 아픈 배를 살살 문지르는 동안 이사벨라는 물수건으로 산모의 얼굴을 닦아주었고 마저리와 레티는 갓난아이를 품에 안는 순간의 황홀한 기쁨을 강조했다. 촛불이 더 밝혀져 방 안의 어둠을 몰아내는 동안 밖에서는 비가 줄기차게 쏟아져 대기에는 히스와 솔잎의 상큼한 향기가 은은하게 감돌았다.

"…바로 그거예요, 아주아주 잘 하고 있어요."

그웬돌린은 아이를 몸밖으로 밀어내기 위해 가쁜 숨을 몰아쉬며 총력을 다하는 친구의 어깨를 부축하며 응원했다.

"머리가 보이기 시작했어!"

마저리가 소리쳤다.

"세상에, 머리숱이 많기도 하지!"

"어디 좀 봐요."

이사벨라도 덩달아 흥분하여 내내 자리를 지켰던 침대 머리맡에서 발치로 갔다. 하지만 아이의 까맣고 젖은 머리 부분을 힐끔 보자마자 기절해 버렸다.

"쟤가 자기 아이를 낳을 때는 어떨지 의문이에요."

그웬돌린이 한심해하며 고개를 저었다.

"거의 다 됐어요, 클라린다."

젊은 새댁 레티가 부추겼다.

"몇 번만 더 힘을 주면 아이가 쑥 나올 거예요."

"못하겠어…… 정말 못하겠어……."

산모가 고통과 피로에 압도당해 눈을 감고 울기 시작했다. 그웬돌린은 우려에 찬 표정의 중년 부인과 눈짓을 교환한 다음 친구의 어깨를 힘주어 안고 명령했다.

"눈을 떠요, 클라린다. 그리고 나를 봐요. 어서!"

클라린다가 힘없이 눈을 떴다.

"미안해요……. 하지만 난…… 안 돼."

"여태껏 잘 해왔는데 지금 포기하지 말아요. 자, 내 눈을 들여다보면서 있는 힘껏 밀어내요."

"못하겠어요."

"할 수 있어요. 해야 해요."

그웬돌린이 군사훈련 때 맥던 수장이 전사들에게 쓰던 어조로 산모를 몰아붙였다.

"조금만 더 하면 아이를 품에 안을 수 있어요. 일단 숨을 깊이 들이쉬고…… 예, 좋아요, 당신은 <천하장사 토발드>보다 더 강해요, 클라린다. 이제 목청껏 크게 비명을 지르면서 힘을 줘요. 지금 밀어내요!"

클라린다는 비명을 질렀다. 그리고 또 질렀다.

"됐어!"

마저리가 선언했다.

"아이가 나왔어! 축하하우, 클라린다, 공주님이야. 어유, 어쩜 이렇게 예쁠까."

새끼 고양이 울음처럼 작고 가느다란 새 생명의 소리가 터져 나올 즈음 방문을 벌컥 열리고 카메론이 뛰어들어왔다. 그의 얼굴은 최악의 상상으로 잔뜩 일그러진 터였다.

"딸이에요, 카메론."

그웬돌린이 산모의 어깨를 안은 채 의기양양하게 알렸다.

"작고 완벽한 딸."

카메론은 미끄덩거리는 물질로 뒤덮인 회색의 생명체를 경외심에 가득 찬 눈으로 한참 응시했다. 그의 시선이 울면서 웃고 있는 아내에게 이동했다가 아래로 내려가 산모 다리 사이의 피에 젖은 이불보에 꽂혔다.

다음 순간, 두려움을 모르는 이 대담무쌍한 전사는 눈을 하얗게 뒤집고 이사벨라의 옆으로 쿵 쓰러졌다.


그웬돌린은 촛불의 일렁거리는 빛 속에서 데이비드를 가만히 지켜보았다. 그녀의 등줄기와 어깨가 끊어질 듯이 쑤시고 양손은 클라린다에게 쥐어뜯겨 퍼렇게 멍들었다. 한도를 초과한 피로로 그녀는 눈을 감고 의자 등받이에 기대었다.

지금은 보초들을 제외한 일족 대부분이 잠든 깊은 밤. 다행스럽게도 비바람의 맹렬한 기세는 계속되어 로버트의 공격 위험에서 안전했다. 데이비드는 체온도 호흡도 모두 정상이었고 그웬돌린이 소년의 침실에서 미적거릴 이유가 없었다. 아니, 이유는 있었다. 새로운 생명의 탄생을 대하자 이 아이가 문득 미칠 듯이 보고 싶었고 이제는 발길이 떨어지지 않는다는 아주 특별한 이유가.

이곳에 처음 왔을 때는 마지못해 맡은 아이였다. 데이비드의 생명을 자신의 자유를 얻기 위한 일종의 방편으로밖에 보지 않았다. 그저 맥던 수장에게서 도망쳐 아버지의 원수를 갚겠다는 망상에 가까운 일념뿐이었는데, 정말 소년의 병이 나아 그녀가 떠나야 할 때가 온 것이다.

그래서 가슴이 찢어지는 것처럼 아팠다.

언제 이 예쁜 아이에 대한 정이 이토록 깊어졌을까? 어느 순간부터 이 어린 소년의 생명이 자신의 것보다 더 소중해졌을까? 데이비드를 향한 그녀의 사랑은 절대적이었다, 모성적이었다, 헌신적이었다. 병든 아이를 건강하고 튼튼하게 만들려고 오랫동안 열심히 보살피는 동안 마음 전부를 빼앗겼다. 비록 출산의 기쁨은 경험하지 못했고 이 아이는 친자식도 아니었지만 지금은 그녀의 일부처럼, 친자식처럼 사랑하게 되었다.

그웬돌린은 평생 하늘을 원망해 왔다. 왜 사람들에게 시달리고 외면받아야 하는지 몰랐다. 하지만 이제는 이해가 갔다. 바로 이 아이를 만나기 위해서였다. 그녀가 마녀로 낙인찍히지 않았더라면 맥던 수장은 병든 아들을 고치기 위해 그녀를 화형장에서 구하지 않았으리라. 데이비드를 만나지 못했더라면 한 남자와 한 어린아이를 생명 걸고 사랑한다는 것이 무엇인지를 영영 알지 못했으리라. 인간으로서 누릴 수 있는 이 최상의 기회, 살아 있음에 따른 이 벅찬 환희를 예정해 놓고 하늘은 그녀에게 모진 삶과 고달픈 시련을 주신 것이다.

*하느님, 정말 감사합니다.*

그녀의 숨이 자꾸 흐느낌이 되어 흘러나왔다. 그웬돌린은 소년의 얼굴을 마지막으로 어루만지고 서둘러 방에서 나왔다. 조금만 더 머물렀다가는 끝내 오열을 터뜨리고 영영 주저앉게 될까 봐 두려웠다.

"이곳에 있을 줄 알았소."

맥던 수장이 어두운 복도의 어디선가 불쑥 나타났다. 그는 얼굴을 찌푸렸다.

"왜 우는 거요? 어디 아프오?"

그웬돌린은 얼른 고개를 숙여 눈물을 닦았다.

"피곤해서 그래요."

"어제 오늘뿐 아니라 당신은 대체적으로 몸을 지나치게 혹사시키오. 자신도 소중히 여겨야지. 큰 병이 나기 전에 내일은 푹 쉬도록 하시오. 알았소?"

반박할 힘조차 없어 그웬돌린은 그저 고개를 끄덕거렸다. 그녀는 수장이 내민 팔에 손을 얹고 등불로 밝혀진 복도를 가로질렀다.

"클라린다가 딸 에반젤린을 낳는 데 당신이 맹활약을 했다고 들었소."

"맹활약을 한 사람은 산모였어요."

"출산시에는 그게 일반적이겠지."

알렉스는 미소를 감추며 아는 척했다.

"하지만 마저리 부인의 이야기에 따르면 당신이 거의 포기한 산모의 기운을 불러일으켜 순산하게 했다던데?"

"우리 인간에게는 스스로 아는 것보다 더 많은 힘이 있어요. 선택의 여지가 없을 때 그 힘을 발휘하게 되죠."

"지당한 말이오. 하지만 다른 사람의 숨겨진 힘을 끌어내는 능력은 아무나 지닌 게 아니오. 가장 유능한 지휘관만이 검을 버리고 죽고 싶어할 만큼 막바지에 몰린 전사들을 계속 싸우게 할 수 있소."

"혹시…… 내가 엘스페스를 분만 장소에서 쫓아냈다는 말도 들으셨나요?"

"엘스페스 본인에게 들었소. 당신이 그녀의 혀를 뱀으로 바꾸겠다고 위협했다는 소리까지."

그는 가볍게 책망하는 표정을 지어 보였다.

"마력을 내세워 다른 사람을 협박하다니, 당신답지 않소."

그녀는 눈을 내리깔고 입술을 비죽거렸다.

"협박이라기보다 대다수를 위한 선처라는 편이 옳아요. 엘스페스의 혀가 뱀으로 변하면 입을 여는 횟수가 줄어들 테니까."

"설령 그렇다 해도 앞으로는 그런 위협을 가하여 당신에 대한 치료사의 불신을 부채질하지 말도록 하시오. 우리 일족은 느리지만 확실하게 당신의 존재를 받아들이고 있잖소. 당신이 인내심을 베풀면 엘스페스의 생각도 바뀔 것이오."

그웬돌린은 속으로 고개를 저었다. 인내심을 발휘할 시간도 없고 그녀가 가버린 후에 다른 산모들이 엘스페스의 손에서 고초를 당하리란 생각만으로도 소름이 끼쳤다. 떠날 때 떠나더라도 이 문제는 어떻게든 매듭지어야 한다.

"엘스페스가 출산의 아픔으로 몸부림치는 산모들을 침대에 묶어 더한 고통을 불러일으킨다는 거, 아세요?"

조심스럽게 첫머리를 떼었지만 말을 할수록 비분강개한 성토가 되어갔다.

"수장님은 남자니까 그런 조치가 필요할지도 모른다고 생각하시겠죠. 하지만 마저리 부인은 자식을 여섯 명이나 낳으신 분으로서 그럴 필요가 없다고 딱 잘라 말씀하셨어요. 레티는 수족이 묶인 채 아이를 낳는 경험이 끔찍했대요. 포로가 된 것처럼 무력한 기분이었다고 했어요. 그뿐만이 아니에요! 엘스페스는 천주의 처벌 운운하며 산모들에게 비명조차 지르지 못하게 하고, 만일 갓난아이가 잘못되거나 죽으면 그게 모두 아이 엄마의 분만시 부적절한 행동 탓이라고 엄청난 죄책감을 일으켜 왔어요."

알렉스는 등줄기가 서늘해졌다. 출산에 대해서는 아는 바가 거의 없지만 방금 전해들은 이야기는 괴기담에 가까웠다. 플로라는 세 번

임신했었다. 그때마다 엘스페스의 손을 거쳤고 그중 두 아이가 죽었다. 왜 아내는 치료사의 행패에 대해 한 마디도 하지 않았을까? 아마도 워낙 다정하고 순수한 성품이었던지라, 엘스페스의 소행이 얼마나 가혹한 것인지 그 심각성을 제대로 인식하지 못했기 때문이리라. 아니면 사산의 충격으로 동물 같은 취급을 당했던 기억마저 흐지부지해졌거나, 자신이 잘못하여 아이가 죽었다는 자책에 휩싸였든지.

"난 몰랐소."

죽은 아내에 대한 죄책감과 동시에 두개골이 빠개지는 듯한 두통이 몰려왔다.

"그런 말을 해주는 사람은 아무도 없었소."

"대부분의 여자들은 그렇게 내밀한 문제를 남편에게조차 털어놓기 부끄러웠겠죠. 또한 엘스페스가 옳고 그녀의 지시에 따라야 한다고 믿었을 테구요. 그 이유 여하를 막론하고 지난 일은 돌이킬 수 없어요. 하지만 이제 사실을 아셨으니 그에 대한 조치를 취해야 해요. 수장님은 지금껏 불필요하게 고생해 왔고 앞으로 고통당할 모든 산모들의 수장님이기도 하잖아요. 야만스런 처치를 중단시켜 일족의 여자들을 보호해 주세요."

"내일 당장 엘스페스와 대화를 나누리다."

그는 그녀의 침실 앞에서 걸음을 멈추고 굳게 약속했다.

"그러한 처치를 즉각 중단시키겠소."

"고마워요."

잿빛 눈을 열렬하게 빛내며 아랫입술까지 바르르 떠는 모습은 그녀가 이 문제를 매우 중요시한다는 걸 말해 주었다. 알렉스는 자신의 일족을 위하는 그녀의 마음씀씀이에 감동했다. 한편으로는 어젯밤 기억이 떠올라 단숨에 피가 끓어올랐다. 그녀를 번쩍 안아올려 그의 침대로 데려가 세상만사가 모두 잊혀질 때까지 사랑해 주고 싶었다. 하지만 그웬돌린의 안색이 평소보다 창백한데다 애달픈 분위기가 한층 강하게 풍겨왔다. 기진맥진했기 때문이리라. 오늘 새벽까지 그의 탐욕에 시달려 잠을 이루지 못한 후 바로 힘겨운 하루를 보내느라 육체적으로, 감정적으로 탈진한 것이다.

"이 눈가의 그늘이 사라질 때까지 침실에서 나오는 건 금지요."

알렉스는 그녀의 눈 아래를 살짝 만졌다. 누구보다 아끼고 보살펴 주어야 할 여자를 되려 극한까지 밀어붙였으면서 또 그녀를 향한 굶주림부터 채우고 싶어하는 자신이 부끄러워 공연히 말이 퉁명스럽게 나왔다.

"그전에 나오면 나에게 끌려 침대로 돌아가게 될 거요. 알아들었소?"

그웬돌린은 그를 올려다보며 고개를 끄덕거렸다. 지금 이 순간이 지나면 다시는 그를 보지 못하리란 자각으로 가슴이 미어졌다. 갑자기 하고 싶은 말이 많아졌지만 입을 열면 눈물부터 쏟아져 그의 의심을 살까 봐 감히 시작조차 할 수 없었다. 그래서 비탄에 찬 침묵을 지킨 채 태양 같은 금빛 머리칼, 새파란 눈, 조각칼로 깎아 놓은 것처럼 반듯한 이목구비, 아들과 똑같이 가운데가 오목하게 들어간 턱을 머릿속에 새겨놓았다. 이 사람은 그녀를 지켜주겠노라 맹세했고 생명을 걸고라도 그 맹세를 지키고야 말 것이다. 하지만 그건 안 될 말이다. 친아들과 일족 전체가 필요로 하는 사람이니까. 그녀의 하찮고 하찮은 목숨을 연명하기 위해 다수를 희생시키는 건 턱없는 욕심이다.

"잘 자요, 그웬돌린."

그는 고개를 숙여 그녀의 이마에 키스했다. 입을 맞추었다간 활화산처럼 타오르는 이 욕망에 무릎을 꿇으리라.

그녀는 가만히 손을 들어 햇빛에 그을린 구릿빛 뺨과 턱을 쓰다듬었다.

*사랑해요 영원히.*

"무슨 일이 있는 거로군. 그렇지?"

심상치 않은 기색을 대번에 알아차리고 알렉스가 다그쳤다.

그웬돌린은 움찔하여 손을 내렸다.

"일은요……. 아무 일도 없어요. 안녕히 주무세요, 수장님."

미끄러지듯 방으로 들어와 문을 닫았다. 그리고 귀를 기울였다. 밖에서 그가 잠시 머뭇거린 후 멀어져가는 인기척이 들려왔다. 그녀는 어깨를 늘어뜨리고 터벅터벅 침대로 향하다가 베개에 놓인 뭔가를 알아차렸다. 또 악령을 쫓는 부적이겠지, 하고 대수롭지 않게 여기며 걸음을 옮겼지만 그건 쇳조각도, 말뼈도, 주술을 깨는 힘이 있다고 여겨지는 혈석(血石)도 아니었다. 단도 한 자루가 양피지 조각을 고정한 채 베개에 박혀 있었던 것이다. 그녀는 떨리는 손으로 단도를 뽑고 양피지를 들었다.


    나에게 포기란 없다, 그웬돌린. 동틀 녘까지 숲의 남쪽 입구로 와라. 아니면 맥던 일족의 씨는 남김없이 죽이고 미치광이의 목을 잘라 아들의 손에 쥐어 주리라.

    그들의 운명이 너에게 달렸다.               로버트


느글거리는 공포가 배 아래쪽에서 몰려왔다. 그녀는 숨을 몰아쉬어 아찔한 정신을 가다듬었다. 오늘밤 이 성을 떠나 적들을 먼 곳으로 유인하려는 계획은 물거품으로 돌아갔다. 보석을 손에 넣기 위해서라면 못할 짓이 없는 로버트에게 항복할 수밖에.

최후통첩을 한 쪽은 로버트였지만 최후에 웃는 자는 못 되리라.

# 13

"가버렸다니?"

네드가 잠자코 내민 구겨진 양피지를 알렉스는 낚아챘다.

맥던 수장님께

화형장에서 구해 이곳에 데려와 주신 은혜는 죽을 때까지 잊지 않겠습니다. 정말 고마워요. 짧은 순간이나마 나도 어딘가에 속해 있다는 단꿈에 잠겨 보았습니다.                    그웬돌린

알렉스는 군사 훈련중인 전사들을 남겨놓고 성으로 뛰어들어가 한 번에 세 계단씩 올라갔다. 그웬돌린이 침대에서 쉬고 있을 거라고 기도문처럼 되뇌며 방문을 꽈당 열어 젖혔다.

하지만 침실은 텅 비었고, 침대에는 사람이 누웠던 흔적조차 없는 이불 위에 깃털이 몇 개 흩어져 있었다. 이맛살을 찌푸리고 알렉스는 침대로 가까이 다가갔다. 베개 중앙에 구멍이 뚫려 깃털이 삐죽하게

빠져나온 터였다.

"이 쪽지를 어디에서 발견했나?"

그는 뒤따라온 네드와 카메론과 브로딕을 향해 거칠게 윽박질렀다.

네드가 침통하게 입을 열었다.

"그웬돌린이 저에게 주고 떠난 모양입니다."

카메론이 재빨리 양피지를 훑어보았다.

"그게 무슨 말이야? 이걸 받은 기억이 없어?"

"어젯밤 그녀가 검정색 망토를 입고 이 방에서 나오는 걸 봤어. 어디 가냐고 묻자, 클라린다의 고통을 덜어줄 약재를 찾으러 안마당으로 나간댔어. 난 아침이 될 때까지 기다리라고 했지만 그 약초는 밤에 뜯지 않으면 약효가 없다는 거야. 그래서 그녀와 동행했지. 하지만 안마당을 다 찾아도 헛수고로 끝나자 성채 너머의 언덕으로 가자더군. 당연히 난 거절했지. 그러자 그웬돌린이 말하길, 지금처럼 태풍이 심한 밤에 로버트가 성채 주변을 얼씬거릴 리 없고 내가 카메론 너라면 클라린다의 산후통을 덜어주기 위해 위험을 감수했을 거라나. 결국 나는 마음이 약해져서 개릭에게 성문을 열라고 지시했지."

자괴감으로 네드의 얼굴이 어두워졌다.

"제가 잘못했습니다, 수장님."

"그래서 어떻게 되었는지 계속 말해 봐."

알렉스는 초조하게 다그쳤다. 잘잘못을 따질 여유 따윈 없었다.

요정전사는 목소리를 가다듬고 다시 입을 열었다.

"성채 밖으로 나가자 그웬돌린이 망토 안에서 가죽 수통을 꺼내 저에게 주었습니다. 그 포도주를 마시면 몸이 훈훈해질 거라면서요. 저는 딱 한두 모금만 마셨습니다, 주님의 이름을 걸고 맹세해요! 하지만 눈을 뜨고 있을 수가 없더군요. 거기에 수면제가 들어 있었나 봅니다. 그녀는 약초를 뜯는 동안 저에게 나무 아래에 앉아 쉬라고 했습니다."

면목없이 어깨를 들었다 놓았다.

"다음에 일어난 일은…… 제가 얼굴에 햇빛을 받으며 잠에서 깼을 때 그웬돌린이 주위에 없었다는 겁니다. 그 쪽지는 제 셔츠 속에 끼워져 있었구요."

두통으로 알렉스의 머릿속은 거미집이 쳐진 것처럼 혼미하여 생각이 하나로 모아지질 않았다. 그웬돌린이 가버렸다. 어디로 갔을까? 왜 떠났을까? 그녀가 태풍이 몰아치는 밤에 갑자기 떠난 이유를 이해해 보려고 그는 관자놀이를 문지르며 쪽지의 글귀를 곱씹었다.

'짧은 순간이나마 나도 어딘가에 속해 있다는 단꿈에 잠겨 보았습니다.'

이 무슨 터무니없는 소리란 말인가? 데이비드와 클라린다는 그녀를 좋아하고, 처음에는 마녀를 몰아내려 했던 일족의 나머지조차 마음을 바꾸어 로버트와 맞서지 않았던가. 그녀는 이곳에 속했다. 그건 의문의 여지가 없는 당연한 사실이다.

"그웬돌린이 떠난 사실을 알면 우리 집사람의 낙담이 이만저만이 아닐 텐데."

카메론이 혼잣말처럼 중얼거렸다.

"친자매를 잃은 것처럼 슬퍼할 겁니다."

데이비드의 마음은 무너지리라……. 그리고 그웬돌린의 마음은 이미 찢어졌다.

맥던 수장은 어젯밤 아들의 방에서 나오던 그녀를 떠올렸다. 당시에는 우수에 젖은 그녀의 분위기를 피로 탓으로 돌렸다. 하지만 그 표정을 알아차렸어야만 했다. 플로라의 얼굴에도 자주 떠올랐던 그 표정은 사랑하는 사람들을 뒤에 남기고 떠나야 하는 여인의 고통스러워하는 그것이었으니까. 알렉스는 뺨을 쓰다듬던 그웬돌린의 손길을 떠올리며 눈을 감았다. 그게 바로 작별 인사였는데 그는 욕망에 눈이 멀어 알아보지 못한 것이다.

*천하의 얼간이.*

"이것 좀 보십시오!"

브로딕이 벽난로에서 양피지 조각을 찾아왔다.

그 조각은 양피지의 왼쪽 부분이 훼손되었지만 게걸스런 불길을 피해 차가운 재 속에 파묻힌 덕분에 사선으로 비스듬히 남은 터였다. 알렉스는 눈을 부릅뜨고 읽었다. 제대로 해독 가능한 부분은 '남김없이 죽이고', '미치광이의 목', '로버트'가 전부였지만 그것만으로도 원문 전부를 짐작하는 데는 부족함이 없었다.

"망할,"

알렉스는 씹듯이 욕설을 내뱉었다. 번개의 번쩍거림보다 더 빠르게 그를 꿰뚫은 분노로 전신이 부들부들 떨렸다.

"로버트가 우리 일족을 몰살하겠다고 협박해서 그녀를 끌어냈다."

양피지 조각을 벽난로 속에 던져버리고 방에서 뛰쳐나갔다.

"가자! 그 놈을 죽여버리겠어!"


"가다니? 어딜?"

백발노인 오웬이 멍하니 반문했다.

래클런도 아연실색하여 사실을 부인했다.

"그럴 리 없어. 내가 그 아가씨를 위해 특별 포도주를 만들었는데 떠났을 리 없다구."

알렉스는 단도를 허리춤에 밀어 넣었다.

"그 포도주는 고이 남겨두십시오, 래클런 영감님. 제가 그녀를 반드시 집으로 데려오겠습니다."

오웬의 주름투성이 얼굴이 상처받은 표정으로 어두워졌다.

"하지만 왜 떠났지? 우리와 아주 친해졌으면서."

"로버트의 협박 편지가 그웬돌린의 방에서 발견되었습니다. 자기에게 투항하지 않으면 우리 전부를 죽이겠다는 내용이었어요."

레지널드 노인이 장검을 뽑아들고 포효했다.

“성인들에게 맹세코, 그 악당의 살과 뼈를 곱게 다져 개구리 먹이로 던져주리라!”

“그럼…… 우리 삼촌이 이곳을 들락거렸단 뜻이잖아요?”

하얗게 질린 이사벨라가 예리하게 지적했다.

경악과 충격에 찬 침묵이 흘렀다.

“맥스윈 일족의 어떤 놈이 잠입했다 해도 정문으로는 아닙니다.”

나이 어린 전사 개릭이 소신있게 밝혔다.

“여기 퀜틴과 제가 한숨도 안 자고 쭉 경비를 섰어요. 어젯밤에는 네드와 그웬돌린밖에 정문을 통과한 사람이 없습니다. 정말이에요, 믿어주십쇼.”

잘생긴 브로딕이 물었다.

“밤에는 그렇다 치고 낮에는 어땠지? 우리가 외벽의 피해 상황을 살피는 동안 문을 열어두었잖아.”

“그건 그렇지만…… 낮에 출입한 사람 모두를 기억하라는 건 무리예요. 비바람이 몰아쳐 대부분 망토의 두건을 쓰고 있었는 걸요.”

“자네가 근무를 태만히 했다고는 생각하지 않는다, 개릭.”

알렉스는 어린 전사의 불안을 달래주고 일족에게 물었다.

“이 가운데 혹시 어제 그웬돌린의 방을 드나든 자를 목격한 사람 있나?”

사람들은 주위를 두리번거리며 서로 눈치를 살폈는데 처음부터 마녀를 쫓아내자고 주장해 왔던 엘스페스에게 특히 많은 시선이 모아졌다. 하지만 치료사는 제 발이 저린 것도, 시치미를 떼는 것도 아닌 멀뚱한 얼굴을 하고 있었다. 그때 한 사람의 얼굴에 뭔가 짚인다는 듯한 표정이 스쳤다.

“앨리스?”

요리사가 뜨끔해서 수장을 향해 퍼뜩 고개를 들었다.

“그웬돌린의 침실에 출입한 자를 봤소?”

"실은 어젯밤에 그녀의 방으로 식사를 가지고 올라갔어요."

신경질적으로 앞치마를 만지작거리며 한 고백이었다.

"그 아가씨가 하루 종일 아무것도 먹지 못하고 클라린다의 아이를 받았으니 많이 출출할 거라고 생각했죠."

"사려가 깊구려. 그래서 방으로 들어가 누구를 봤소?"

요리사는 고개를 저었다.

"그럼 음식을 문 앞에 두고 내려갔군?"

요리사가 또 고개를 가로저었다.

알렉스는 인내심을 긁어모아 잇새로 말을 내뱉었다.

"도대체 어떻게 했다는 거요?"

"로베나에게 식사 쟁반을 주었어요!"

통통한 요리사가 버럭 실토했다.

"그녀가 마침 방에서 나오다 저를 보고, 대신 방 안에 들여놓겠다고 자청했어요. 굉장히 사근사근하게요."

급한 숨을 들이키는 소리와 함께 모두의 시선이 수장 옆에 서 있는 로베나에게 꽂혔다. 그녀는 얼굴색 하나 변하지 않은 채 오히려 가벼운 어조로 수장을 꾸짖었다.

"설마 나를 의심하는 건 아니겠죠, 알렉스? 난 음식을 방 안에 놓고 나온 게 전부예요. 로버트의 협박문이 어떤 경로를 통해 베개에 놓여졌는지 아는 바가 없어요."

순간적으로 알렉스는 너무 놀란 나머지 말문을 잃었다. 어렸을 때부터 함께 자라온 로베나가 어떤 식으로든 이 일에 연루되었다고는 믿고 싶지 않았다. 하지만 냉철하고도 단순한 논리는 마음의 소리와 다른 말을 했다. 그는 오랜 친구를 새로운 눈으로 보았다.

"협박문이 베개에 놓여 있었다는 걸 어떻게 알았지?"

"그, 그거야…… 당신이 말했으니까 알았죠."

"난 그런 말 한 적 없어."

그를 응시하던 로베나의 푸른 눈이 덫에 걸린 동물의 것처럼 갑자기 휘둥그레진 채 얼어붙었다. 알렉스는 그녀에게 화를 내고 싶었지만 역겨움과 황폐함이 온몸으로 퍼지며 입안이 썼다. 플로라가 병마와 싸울 때 그를 끊임없이 위로하고 용기를 북돋아 준 친구가 바로 로베나였다. 아내가 죽은 후 그가 광기에 미쳐 날뛸 때 흔들림 없이 그의 편을 들어주고 조만간 정상을 되찾을 거라고 믿어주었던 친구도 로베나였다. 이제 눈에 절망의 빛을 담고 입술을 떠는 그녀를 보며 알렉스는 왜 이 친구가 그토록 오랜 세월 동안 그에게 헌신적인 우정을 주었는지 불현듯 깨달았다.

*로베나가 나를 사랑해 왔구나.*

알렉스는 생판 남을 대하듯 담담하게 물었다.

"로버트에게 건네 받은 편지요, 아니면 당신이 직접 썼소?"

"무슨 이, 이야기를 하는 건지 통 모르…….."

"진실을 듣고 싶소."

그녀의 시선이 아래로 떨어졌다.

"로버트에게 건네 받았어요."

나직하게 떨리는 음성이었다.

"그가 마을을 잿더미를 만들고 포위 공격으로 우리를 굶어죽게 할까봐 두려웠어요. 그래서 당신이 외벽을 살필 때 살짝 빠져나가 숲으로 갔어요. 로버트를 만나 어떻게 하면 우리를 가만히 놔두겠느냐고 물었죠. 그는 마녀를 손에 넣으면 즉시 떠날 테니 편지만 전해 달랬어요."

그리고 커다란 눈으로 그를 올려다보며 호소했다.

"그 여자는 우리 일족을 멸망시킬 거예요. 알렉스 당신이 사태를 명확하게 파악하지 못하는 게 망조라구요. 그게 바로 마녀의 주술에 걸렸다는 증거예요. 그 주술이 나날이 강해져 이제는 일족 대부분이 사로잡혔죠. 나로서는 일족을 살리기 위해 그녀를 떠나보낼 수밖에 없었어요."

알렉스는 그녀를 믿고 싶었지만 고개를 젓고 말았다. 그는 분노도 경멸도 섞이지 않은 어조로 말했다.

"당신은 그웬돌린이 이곳에 온 순간부터 그녀를 제거할 시도를 계속해 왔소. 계단에 실을 묶어 그녀의 실족을 유도한 사람도 당신이고, 그녀를 침실에 가둔 채 불을 질렀던 사람도 당신이오. 이래도 그 전부가 우리 일족을 보호하기 위한 것이었다고 감히 주장하겠소?"

"그녀는 마녀예요! 악을 퍼뜨리고 우리를 사탄의 추종자로 만들기 위해 이곳에 왔다구요!"

"그웬돌린이 이곳에 온 이유는 내가 억지로 끌고 왔기 때문이오. 그녀가 이곳에 머물렀던 이유는 내 아들의 병을 고치기 위함이었고. 그게 전부요."

로베나의 눈에 물기가 어렸다.

"당신은 정말 마녀의 주술에 걸렸군요. 사람이 변했어요. 하지만 주술이 풀리면 내가 옳은 일을 행했음을 알 거예요. 이제 마녀가 가버렸으니 예전의 당신으로 돌아올 거예요."

알렉스는 옛친구의 뺨에 가만히 손을 댔다.

"미안하오, 로베나."

속삭임에 가까운 다정한 중얼거림이었다.

"하지만 우리는…… 아니오."

"그렇지 않아요. 당신은 지금 나에게 화가 나서 바로 보지 못하는 것뿐이에요. 시간이 지나면……."

"아니. 당신이 바라는 <우리>는 없소."

로베나는 마치 따귀를 맞은 사람처럼 그를 응시했다. 그리고는 휙 돌아서 흐느껴 우는 소리로 어색한 정적을 깨며 홀에서 달려나갔다.

"쯧쯧쯧."

오웬 노인이 하얀 수염을 쓰다듬으며 혀를 찼다.

"이런 말을 할 때는 아니지만, 수장, 저 아가씨가 자네에게 홀딱 반했구먼.”

알렉스는 눈을 질끈 감고 관자놀이를 눌렀다. 이보다 더 머리가 아플 순 없으리라. 그는 크게 숨을 들이키고 일사천리로 명령을 내리기 시작했다.

“카메론과 브로딕, 전사들을 밖에 집결시켜 두 패로 나눠. 한 패는 이곳에 남아 일족을 지키고 나머지는 나를 따르도록. 출발은 십 분 후다. 일동 해산!”

“좋아.”

래클런 노인이 활기차게 양손을 문질렀다.

“그 정도 시간이면 내 탕약을 한 동이 만들고도 남지.”

레지널드가 장검을 톡톡 쳤다.

“난 출발 준비 완료야. 아차, 그웬돌린의 약을 챙겨야겠군. 그것만 먹으면 배앓이가 싹 가라앉는다니까. 이보게 수장, 자네도 머리 아픈데 그 약을 좀 먹어 보지 않겠나?”

“두통에 복통약을 먹어서 뭘 어쩌자는 거야? 그보다는 내 연고를 바르는 편이 낫지.”

오웬이 손을 들어 손가락의 유연성을 보여주며 자랑했다.

“그웬돌린의 연고를 나누어 줄 테니 머리에 문질러 보게, 수장.”

래클런이 코웃음을 쳤다.

“흥, 내 듣다듣다 그렇게 멍청한 이야기는 또 처음이네. 고약한 냄새를 풍기는 머리를 하고 어떻게 저 젊은이가 로버트와 대결할 수 있겠어? 오웬 자네가 그 연고를 처음 발랐을 때 난 한 방에 있기도 힘들었다구.”

오웬의 흰 눈썹이 가운데로 모아졌다.

“이런 말은 하기 싫지만, 고약한 악취에 절어 있는 자네에게는 냄새 운운할 자격이 없다고 보네.”

“전적으로 옳은 지적이야.”

레지널드가 고개를 끄덕거리며 덧붙였다.

"이 친구가 엉터리 약을 만든답시고 난리친 다음에 나타나면 그 고약한 냄새에 후각이 마비되거든."

래클런이 분개하여 파르르 떨었다.

"내 약은 치명적인 군사 무기야!"

알렉스는 옥신각신 설전을 벌이는 노인들을 어리둥절하니 지켜보았다. 이 3인조 원로는 언제 마지막으로 안전한 성채 밖으로 나갔었는지 기억조차 가물가물할 만큼 성에만 안주해 온 터였다.

"저기…… 지금 저와 함께 가시겠다는 말씀이신지요?"

원로들은 말다툼을 중지하고 일제히 고개를 돌렸다.

"걱정 말게, 수장."

백발노인 오웬이 젊은 수장의 어깨를 다독거렸다.

"당연히 우리가 따라가야지. 그렇지 않으면 누가 자네를 도와 우리의 마녀를 구하겠나?"

"맥스윈 일족에게는 그 아가씨를 억류할 권리가 없어. 그걸 우리 같이 세상 이치에 밝고 전투경험이 많은 전사들이 똑똑히 알려줘야 해."

레지널드의 열 올린 강변을 래클런이 맺었다.

"아무렴, 그 아가씨는 우리에게 속했고 말고. 내가 처음부터 그렇게 말해 왔잖아."

알렉스는 청각을 의심하며 눈을 끔벅거렸다. 그웬돌린이 어떻게 원로들의 마음을 사로잡았기에 이들이 기꺼이 안전을 버리고 전쟁터로 나서려 할까?

그를 사로잡은 것과 똑같은 방법이었다고 알렉스는 한 박자 늦게 자문자답했다. 그녀는 꿋꿋함, 솔직함, 다정함으로 그의 일족을 사로잡은 것이다. 존재 자체가 치유력인 여자이다. 오직 인내와 애정만으로 죽어가는 아이를 되살렸으며, 창문을 열고 빛을 들여 플로라의 죽음 이후 어두운 장막처럼 성 안에 드리웠던 우울하고 침체된 분위기를 거두었다. 그러한 과정에서 그녀는 의도하지 않았던 전투에서도 승리했다. 사람들로 하여금 마녀에 대한 의심과 두려움을 버리고 진정한 사람됨을 보게 만든 것이다.

끝없는 용기와 따뜻한 마음을 지닌 여인, 아끼는 사람들을 위해서라면 자신의 모든 것을 던지는 여인이다.

그웬돌린은 그를 비롯하여 어느 누구에게 속하기엔 너무나도 뛰어나고 보기 드문 존재이다. 그녀는 그와, 그리고 그녀를 위해 죽을 준비가 되어 있는 이 사람들과 나란히 이 세상에 속해 있다. 그 점을 그녀에게 이해시키고야 말겠다고 알렉스는 다짐했다. 일단 로버트의 손에서 구해낸 다음에.

하지만 이 말 많고 탈 많은 원로들과 함께 그녀를 구하러 갈 생각은 추호도 없었다.

"그웬돌린을 집으로 데려오겠다는 어르신들의 단합된 뜻에 감복했습니다. 젊고 튼튼한 전사들마저 장시간에 걸친 승마, 습하고 딱딱한 땅바닥에서의 짧은 휴식, 그 뒤에 이어질 거친 전투 앞에서는 주저하거든요."

원로들은 각자 흰 수염을 쓰다듬거나 대머리를 긁적거리거나 헛기침을 하며 난색을 표명했다.

"어르신들의 동행을 쌍수 들어 환영하는 바입니다. 아하, 그런데 이 일을 어쩌나…… 원래는 어르신 한 분이 이곳에 남아 일족을 지켜주시길 바랐는데 이제 그 공석을 누구에게 맡겨야 할지 참으로 난감……."

"내 기꺼이 그 자리를 맡겠네."

오웬 노인이 재빨리 나섰다.

"자네가 그토록 난처하다면 말일세."

레지널드가 뒤이어 선언했다.

"나도 남아주지. 이곳을 방어할 젊은이들이 못 미더워서가 아니라 전사의 모범을 보여주어야 하기 때문이야."

래클런도 슬그머니 몸을 사렸다.

"생각해 보니 내가 굳이 따라가서 독약 사용법을 가르쳐 줄 이유가 없겠군. 그냥 놈들에게 확 뿌리고 도망가면 돼."

알렉스가 짐짓 놀라는 표정을 지었다.

"정말 그런 희생을 해주시겠습니까?"

"물론이지."

백발노인이 장담하고 조건을 덧붙였다.

"단, 우리가 후방을 지켜야만 하는 이 상황을 그웬돌린에게 반드시 설명해 주어야 하네."

"옳거니! 우리가 그 악당에게 그녀를 내팽개쳤다는 식으로 오해하지 않도록 해."

레지널드가 못을 박았다.

알렉스는 진지하게 약속했다.

"어르신들의 진의를 잊지 않고 그녀에게 전하겠습니다."

그리고 문으로 향했다.

"참, 악당 로버트에게 그웬돌린은 물건이 아니니 두 번 다시 그따위 모욕적인 언사를 쓰지 말라고 하게!"

래클런이 수장의 등에 대고 외쳤다.

"요즘의 일부 젊은 전사들은 돼먹질 못했어. 아가씨를 향해 <그건 내 것이다>라니, 대체 어디에서 배워먹은 말버릇이야?"

노인의 불만스런 한탄이 뒤늦게 알렉스의 신경을 건드렸다. 그는 문지방을 넘으려다 말고 이맛살을 찌푸리며 돌아섰다.

"지금 뭐라고 하셨습니까, 래클런 영감님?"

"로버트는 행동거지만 못된 게 아니라 말버릇도……."

"그 자가 그웬돌린을 어떻게 불렀다구요?"

"<그것>이라고 했다니까. 내가 똑똑히 들었어. 그 악당이 부하들을 거느리고 태풍을 피해 후퇴하기 전에 <그건 내 것이다!>라고 외쳤다구. 마치 그웬돌린이 접시나 의자인 것처럼 말이야. 내 평생 그토록 무례한 말은 처음이었네.”

이제야 알렉스도 로버트의 마지막 말이 생생하게 떠올랐다.

‘빌어먹을 미치광이 자식아, 그건 내 것이다!’

당시에는 그웬돌린이 잘못될까 마음을 졸이느라 로버트의 어휘 선택에 관심을 기울이지 않았지만 갑자기 마음에 걸리기 시작했다. ‘그건 내 것이다’? 무슨 뜻으로 로버트가 그런 말을 했을까?

그 대답을 알고 있음직한 유일한 사람을 찾아 알렉스는 서둘러 걸음을 옮겼다.


“예상보다 늦게 찾아왔군.”

현자 모랙은 고개조차 돌리지 않은 채 펄펄 끓는 솥에 붉은 액체를 조심스럽게 부었다. 순간, 김이 확 일어나며 속이 느글거릴 만큼 달콤한 향기가 방 안을 가득 메웠다.

“그웬돌린이 자진하여 로버트에게 투항했습니다.”

알렉스가 싸움을 걸 듯이 험악하게 알리자 현자는 쇠국자로 솥의 내용물을 저으며 고개를 끄덕거렸다.

“때가 되었지.”

“무슨 때가 되었다는 겁니까!”

노인의 차분한 태도에 성질이 나 언성이 높아졌다.

“그녀는 우리 사람이에요.”

“무슨 근거로?”

현자가 처음으로 고개를 들고 호기심 어린 시선을 던졌다.

알렉스는 두통으로 지끈거리는 머리를 절레절레 흔들어 좌절감을 표시했다.

“말꼬리 잡기 놀이를 하자고 찾아온 게 아닙니다. 로버트가 왜 그웬돌린에게 집착하는지 그 이유를 아시는 대로 말씀해 주세요. 그 놈이 원하는 건 그녀의 죽음이 아닙니다. 그렇죠? 그녀의 힘을 자기 뜻대로 사용하려는 거, 맞습니까?"

현자 모랙은 국자를 내려놓고 아주 천천히 방을 가로질러 의자에 앉았다.

"남보다 조금이라도 많은 능력을 지니면 삶이 고달파지는 법. 그런 힘이 알려지면 사람들은 능력자를 이용하거나 파멸시키려고 들지. 로버트가 그웬돌린에게 하려는 건 그 두 가지 모두야."

그는 두려움을 억누르려 애썼다.

"그녀를 죽여서 그녀의 능력을 이용하려 든다는 겁니까? 앞뒤가 맞지 않아요."

"이용한 다음에 죽이면 앞뒤가 맞지. 하지만 로버트는 그녀를 이용할 수 없어. 왜냐하면 그 힘의 생리를 잘못 알고 있거든. 허나 불행하게도 그녀 역시 자신의 힘에 대해 몰라. 바로 그렇기 때문에 그웬돌린이 심각한 위험에 봉착했다는 거야."

"제발 부탁입니다, 현자님."

알렉스는 선문답 같이 알쏭달쏭한 말을 이해하길 포기했다.

"쉬운 말로 설명해 주십시오. 우선 '그건 내 것이다'라는 로버트의 말이 무슨 뜻입니까?"

"그 전에 자네부터 내 질문에 답해 보게. 그웬돌린에게 진심으로 마음을 빼앗겼나?"

대답할 필요가 없는 질문이었기 때문에 알렉스는 침묵을 지켰다. 그리고 그의 침묵은 현자에게 충분한 대답이 되었다.

"보석이 얽혀 있어."

현자 모랙이 드디어 털어놓기 시작했다.

"불을 뿜는 것처럼 화려하게 빛나는 크고 빨간 보석이라 누구든 그걸 한 번 보면 소유하고픈 욕망에 사로잡히지. 삼백 년 이상에 걸쳐 그웬돌린의 집안 여자들이 대대로 지켜온 유산이야."

"로버트가 원하는 게 그 빨간 보석입니까?"

"단순히 예쁘장한 돌이 아냐. 그웬돌린 집안에선 가끔 특별한 힘을 지닌 여자아이가 태어나. 그 보석은 축복받은 아이의 힘이 여물 때까지 아이를 보호해 준다네."

알렉스는 이맛살을 찌푸렸다.

"그게 로버트에게 무슨 소용이 있다는 겁니까?"

"아무 소용도 없지. 하지만 그 보석이 몇백 년에 한 번씩 주인의 한 가지 소망을 이루어 준다고 전설이 잘못 전해져 왔어. 로버트가 원하는 건 보석을 통해 소원을 이루는 거야. 그래서 그웬돌린의 아버지를 죽이고 그녀에게 무고한 혐의를 뒤집어 씌웠지. 하지만 그웬돌린이 보석을 잘 숨겨 놓았기 때문에 로버트 혼자 힘으로는 찾을 수 없었어. 보석의 은닉처를 아는 사람은 그녀뿐이야."

"일단 보석을 손에 넣으면 로버트는 그웬돌린을 죽일 작정이로군요."

현자는 고개를 끄덕거렸다.

"그 자는 보석뿐 아니라 그웬돌린에게도 반했어. 하지만 매혹이란 감정을 스스로에게 허용하는 남자가 아냐. 어떻게든 거기에서 벗어나려고 발버둥치다 못해 그녀를 죽이기로 한 거지."

알렉스는 문을 향해 돌아서 급한 걸음을 뗐다.

"자네가 알아야 할 게 또 있네, 수장."

모랙의 부름에 그는 멈추었다.

"그웬돌린은 어렸을 때 어머니를 잃었기 때문에 자신의 힘에 대해서도, 보석의 진정한 힘에 대해서도 몰라. 그래서 보석을 이용해 로버트를 죽이려 들 수도 있어. 하지만 그런 시도는 실패로 돌아갈 뿐만 아니라 로버트의 분노를 한층 자극해 놓을 거야."

알렉스는 방문을 열고 복도를 따라 달리기 시작했다. 그웬돌린이 그 쓸데기 없는 돌을 찾기 전에 그녀에게 가야 한다는 일념으로.

# 14

번쩍, 벼락의 은빛이 매끄러운 벨벳 같은 어둠을 가르고 어떤 신비
로운 조합에 따라 공들여 놓여진 거석들을 밝혔다. 엄숙함이 흐르다
못해 으스스한 분위기까지 풍겨 마치 최강의 정예 부대가 절대적인
침묵 속에서 고대의 신비를 수호하는 듯했다.

그야말로 로버트의 최후를 장식하기에 안성맞춤인 곳이다.

"여기가 맞나?"

로버트는 초조한 어조로 물었다.

그웬돌린은 잠자코 고개를 끄덕거렸다.

"그럼 당장 가져와."

"넌 보기보다 훨씬 어리석구나."

그녀가 원한에 사무친 시선을 던지며 조롱했다.

"보석의 아름다움을 보고 그냥 지나칠 자는 아무도 없어. 내가 이대
로 그걸 가져오면 넌 보석을 만져 보지도 못한 채 부하들에게 살해당
한다."

로버트의 입이 흉하게 일그러졌다. 그는 그녀의 머리칼을 세게 휘어잡고 눈을 맞추었다.

"우리 둘만 남으면 나를 죽일 기회가 더 많아질 것 같은가?"

"너를 죽이려고 내 손을 더럽힐 필요조차 없어. 어차피 넌 죽을 테니까. 내가 구사일생으로 모면했던 그 어떤 죽음보다 더 잔인하고 고통스럽게."

그는 그웬돌린이 피하지 못하도록 여전히 머리채를 휘어잡고서 뺨을 후려갈겼다.

"이제 와서 마녀 흉내는 내지 마. 네년이 그렇게 미래를 잘 안다면 왜 아비의 죽음을 막지 못했지?"

그웬돌린은 증오만이 가득한 눈으로 원수를 노려보며…… 미소지었다.

로버트가 진저리를 치며 그녀를 확 밀었다.

"데릭, 이리 와."

왼쪽 눈가에 긴 흉터가 난 검은 머리의 전사가 횃불을 들고 앞으로 말을 몰아 왔다.

"횃불을 내놔."

로버트가 명령했다.

"그리고 전사들과 함께 저 언덕 정상에서 대기해. 여기 일이 끝나면 신호를 보내겠다."

"마녀를 우리 성으로 끌고 가 태워 죽이려는 게 아니었습니까?"

"그 전에 매듭지어야 할 일이 있어."

"강간하실 생각이라면 우리에게 구경이라도 시켜 주셔야죠."

다른 전사가 뒤에서 투덜거렸다.

"애초의 약속과 달리 맥던 일족을 노략질하지도, 거기 여자들을 건드리지도 못했잖습니까."

"맞습니다."

데릭이 지지했다.

"특히 내 경우에는 이사벨라까지 포기해야 했으니 대장이 저 년을 건드린 다음에 나도 즐길 권리가 있다구요."

"주둥이 닥쳐!"

로버트가 검을 뽑아들고 호령했다.

"당장 저 언덕 정상으로 물러가지 못해! 그렇지 않으면 네 녀석들의 건방진 혀를 잘라주겠다!"

데릭은 불만스런 낯빛으로 로버트에게 횃불을 건넸다. 그는 마녀를 마지막으로 노려보고 거칠게 말머리를 돌려 벼락이 치고 있는 언덕을 향해 달리기 시작했다. 다른 전사들도 재빨리 뒤를 따랐다.

로버트는 검을 도로 칼집에 넣었다.

"네 소원대로 우리 둘만 남았다. 이제 됐나, 그웬돌린?"

그녀는 말에서 내려 망토 자락을 여민 후 느릿느릿하게 돌무덤의 둥근 원 안으로 들어가, 거석들의 중심을 차지한 거대한 바위에 손을 얹고 고대의 힘을 흡수하려 해보았다. 그녀의 아버지는 천하장사 토발드가 악당 맥로리를 해치운 기념으로 이 거석을 여기에 갖다 놓은 것이라고 말씀해 주셨다. 부녀끼리 이곳을 찾을 때마다 매번 다른 바위 앞에 앉았고 그게 토발드의 비밀 정원에 놓이게 된 사연을 담은 이야기가 하나씩 늘어났었다.

"지금 뭘 하는 거냐?"

로버트가 초조함을 참다 못해 말에서 훌쩍 뛰어내려 횃불을 들고 저벅저벅 다가왔다.

"보석을 파내."

그웬돌린은 순순히 무릎을 꿇고 손으로 땅을 팠다.

"이걸 써."

그가 허리춤에서 단도를 뽑아 탁 던졌다.

"하지만 칼을 가지고 허튼 수작을 하면 네가 구이용 생선처럼 다듬어지게 될 줄 알아.”

그녀는 단도로 아무렇게나 거석의 밑부분을 파기 시작했다. 자신이 천하장사 토발드여서 이 칼을 로버트의 가슴에 깊이 꽂을 힘이 있었으면 좋으련만. 하지만 로버트를 처치하기 위해 굳이 천하장사이기를 소망할 필요까진 없다고 그녀는 자신을 위로했다. 보석만 손에 넣어저 악마를 죽게 해달라고 빌면 끝이다. 아니, 고꾸라져 즉사하는 건 너무 품위있는 죽음이다. 로버트 같은 인간은 가장 처절하고 고통스럽고 느리게 죽어야 옳다. 그래, 불에 타서 죽게 해달라고 빌자. 살이 시꺼멓게 타들어가는 아픔으로 비명을 지르며 죽게 해달라고. 그러면 로버트의 전사들이 달려오겠지만 아무래도 상관없다. 맥던 수장과 데이비드, 맥던 일족 사람들은 안전할 테니까. 보석도 그녀의 소원을 이루어 주자마자 다시 땅 속에서 영원한 휴식을 취하게 될 테니까.

“아직 나오지 않았나? 젠장, 칼을 이리 줘.”

로버트가 참다 못해 단도를 빼앗고 그녀를 거칠게 밀어냈다.

“내가 직접 그 망할 것을 찾겠어.”

“안 돼!”

그웬돌린은 로버트에게 달려들었지만 장정의 힘을 당해낼 순 없었다. 그녀는 또 차가운 땅바닥을 구르는 신세가 되었다.

“멍청한 년, 네가 보석의 힘으로 나를 죽일 속셈이라는 건 이미 알아봤다. 막판에 속을 만큼 순진한 내가 아냐. 넌 이거나 들고 있어.”

그러면서 횃불을 내밀었다.

“순순히 내 말에 따르지 않으면 당장 요절을 내주겠다.”

그는 흙을 파헤쳤다. 한 번 단도를 내리꽂을 때마다 땅에 구멍이 쑥쑥 파였지만 얼마 지나지 않아 큼지막한 돌덩어리가 방해물로 나타났다. 로버트는 욕설을 씨부렁거리며 단도를 팽개치고 맨손으로 바위와 씨름하기 시작했다.

저 돌이 치워지면 끝이라고 생각하며 그웬돌린은 무력하게 지켜보기만 했다. 보석을 손에 넣는 순간 로버트는 스코틀랜드 역사상 최악의 폭군이 되고 맥던 일족을 무자비하게 학살하리라. 안 돼! 그녀는 아랫입술을 아프도록 깨문 채 횃불을 원수의 어깨에 갖다댔다.

로버트가 비명을 지르며 털썩 고꾸라져 자신이 파고 있던 구멍에 얼굴을 박았다. 그는 툇툇거리며 입에 들어간 흙을 뱉었다. 그리고는 비칠거리며 일어났다.

"죽여버리겠어!"

그웬돌린은 횃불을 무기 삼아 휘두르며 조심스럽게 뒤로 물러났다. 그가 살기등등하게 일그러진 얼굴로 이쪽으로 다가왔다.

"네가 상상조차 못해 본 식으로 죽여주마. 너에게는 치욕스럽게, 나에게는 즐겁게……."

위협은 미처 끝을 맺지 못한 채 비명이 되어버렸다. 그웬돌린이 그에게 또 횃불을 들이댄 것이다. 로버트는 머리칼에 붙은 불을 끄려고 허리를 꺾은 채 자신의 머리를 마구 때리며 펄쩍펄쩍 뛰었다.

그 사이에 그녀는 횃불을 내동댕이치고 거석 옆에 주저앉아 온힘을 다하여 구덩이 속의 돌멩이를 들어올렸다. 작게 입을 벌린 공간으로 손을 억지로 쑤셔넣어 더듬었다. 하지만 만져지는 것이라곤 흙밖에 없었다. 아, 대체 어딜 갔지? 그녀의 입에서 절망적인 흐느낌이 새어나온 순간, 축축한 천주머니가 손끝에 닿았다. 그웬돌린은 돌멩이 가장자리에 살이 긁히는 것도 무시한 채 그걸 움켜쥐고 손을 단번에 빼어선 주머니를 허겁지겁 풀었다. 드디어…… 핏덩어리처럼 붉은 보석 목걸이가 제 모습을 드러냈다.

"물러서!"

그녀는 보석을 성물(聖物)처럼 앞에 내세웠다.

"한 발자국이라도 가까이 오면 넌 죽는다!"

로버트가 멈칫했다. 이어 야수 같은 미소가 흙투성이 얼굴에 퍼졌다. 그는 천천히 그녀에게 다가가며 도전했다.

"죽여 봐. 그 보석이 정말 소원을 들어주는지 한번 보자."

"난 진심이다, 로버트. 거기 꼼짝 말고 서 있어!"

하지만 그는 걸음을 멈추지 않았다.

"너와 나는 되돌아가기엔 너무 멀리 왔어. 끝을 내자."

"이러지 마……."

명령이 어느덧 애원에 가까워지고 그녀는 주춤거리며 뒷걸음질을 치기 시작했다.

"나에게 이러지 마."

"내가 왜 처음에 너희 집을 방문했는지 아나?"

달콤한 추억을 회상하는 그런 어조였다.

"수장의 동생이라는 신분에도 불구하고, 마녀에게 홀렸다는 손가락질마저 무릅쓰고 네 아버지와 친분을 나누었던 이유를 말해 줄까? 그웬돌린, 바로 너 때문이었어. 어느 사이인가 너에 대한 마음이 커져 주체할 수가 없어졌어. 너를 더 많이 알고 싶었다."

"나에게 호감을 품었기 때문에 우리 아버지를 죽였다구? 거짓말하지 마!"

"그건 사고였어. 네 아버지가 그날 밤 과음한 나머지 발이 꼬여 엎어진 거야. 그렇게 내가 손쓸 틈도 없이 돌아가셨어."

"거짓말! 넌 보석을 내놓으라고 우리 아버지의 멱살을 잡고 흔들다 아버지를 죽였어. 네 죄를 나에게 덮어씌웠고."

"난 네 아버지의 죽음이 사고사라고 일족에게 해명했지만 아무도 믿질 않았어. 심지어 우리 형님과 말다툼까지 벌였다구. 그러나 일족 모두가 네 죽음을 바랐고 나로서는 막을 도리가 없었다."

그웬돌린은 보석을 움켜쥔 채 고개를 세차게 흔들었다.

"지하 감옥으로 나를 찾아와 보석을 내놓으면 목숨만은 살려주겠다고 했던 사람은 바로 너였어."

"내가 보석의 전설적인 힘에 현혹되어 공갈을 친 거야."

이번에는 사과하는 목소리였다.

"지난 일을 지금은 깊이 후회하고 있다. 하지만 믿어 줘, 그웬돌린…… 너에게 해를 끼칠 생각은 없었다는 걸."

그가 한 걸음 더 가까이 다가왔다.

그웬돌린은 한 걸음 물러났다.

"저리 가, 너를 태워 죽이라고 보석에 소원을 빌기 전에!"

"넌 그렇게 잔인한 짓은 못해. 내가 타죽는 광경을 지켜볼 만큼 모질지 않아."

그리고 다시 한번 거리를 좁혔다.

그웬돌린은 약해지는 마음을 애써 추스렸다.

"물러서라니까! 이게 마지막 경고야!"

로버트는 양손을 펴 보이며 호소했다.

"난 네 생각처럼 나쁜 놈이 아냐. 한 인간일 뿐이다. 너를 원하는 보통 남자야. 탐욕에 눈이 어두워 실수를 저지른 인간. 제발 용서해 줘."

눈물이 차올라 시야가 번지자 로버트의 모습마저 흐릿하게 보였다. 사실 얼굴은 흙먼지에 얼룩지고 머리카락은 불에 타 오그라든 채 후회하는 표정을 짓고 있는 그는 연민을 불러일으켰다. 먼저 죽이지 않으면 자신이 죽는다는 걸 알면서도 그웬돌린은 용서를 비는 한 인간의 생명을 차마 거둘 수가 없어 속수무책으로 뒷걸음질을 쳤다. 그리고 또 물러설 때 거석에 부딪쳐 비틀거렸다.

그 순간, 로버트가 앞으로 달려들어 보석을 빼앗고는 따귀를 갈겨 그녀를 저만큼 날려버렸다. 그는 홀린 듯한 눈빛으로 보석을 바라보며 환희에 찬 미소를 지었다.

"드디어 내 것이 되었어!"

땅바닥에 널브러진 그웬돌린의 머리에선 아픔이 일고 비릿한 금속성의 맛이 혀에 느껴졌다. 그녀는 망연자실한 채 입가를 만진 다음 피묻은 손가락을 응시했다. 그리고 로버트를 향해 고개를 들었다. 자신의 죄를 깊이 반성하던 남자는 연기처럼 사라지고 지금 그 자리에는 그녀가 익히 잘 아는 그 잔인하고 야비하고 무자비한 로버트 맥스윈이 있었다.

이제 그가 히죽거리며 비웃었다.

"너도 별 수 없는 여자로구나, 그웬돌린. 감상적이고 마음 약하고 어리숙한 족속 말이야. 내가 정말 눈물을 찔끔거리며 용서를 비는 바보도 될 수 있다고 믿었나?"

"그 시꺼먼 영혼의 깊은 곳에 인간다운 양심이 한 조각이나마 남아 있는 줄 알았다."

그웬돌린이 치를 떨며 대답했다.

"하지만 내 착각이었어."

"맞아, 착각한 거야. 하지만 절망하진 말아라. 내가 스코틀랜드의 왕이 되자마자 네 비참한 삶에 종지부부터 찍어줄 테니."

그는 다리를 넓게 벌리고 서서 불길하게 우르릉거리는 하늘을 향해 보석을 높이 들어올렸다.

"보석의 주인인 맥스윈 일족의 로버트가 소원하노니, 나를 이 땅의 가장 강력하고 절대적인 통치자로 만들어라!"

번개가 어두운 하늘을 하얗게 물들이는가 싶더니 힘찬 천둥소리가 천지를 갈랐다.

그웬돌린은 천천히 자리에서 일어나 로버트를 우두커니 바라보았다. 그는 보석을 한 손에 움켜쥔 채 두 팔을 활짝 펼치고 눈을 감고 서서 자신의 소원이 완전히 이루어지길 기다리고 있었다. 모든 게 끝났구나, 그녀가 완전히 실패했다. 이제 로버트는 천하무적이 되었다. 그웬돌린은 좌절감에 빠져 나직하게 흐느껴 울기 시작했다.

"진짜 장관이로군!"

명랑한 감탄이 어둠을 뚫고 울려 퍼졌다.

"로버트 자네는 장관을 연출하는 데 일가견이 있어. 이번 고함 때문에 내 고막이 며칠쯤 울리겠는걸.”

기수 한 사람이 나들이를 나온 것처럼 하나 서두르는 기색 없이 태평하게 말을 몰아 거석들 사이를 가로질렀다. 사내의 윤곽은 훤칠하고 당당했으며, 그의 말 또한 주인만큼이나 느긋하게 걸음을 옮겼다. 둥근 달이 먹구름 뒤에서 살짝 얼굴을 내밀어 고고한 빛으로 밤의 장막을 가르며 사내의 머리칼을 순은처럼 빛나게 하고, 미소 띤 잘생긴 얼굴을 비추었다.

맥던 수장이 이곳에 혼자 온 것이다. 로버트와 일대 일로 맞붙어 이길 수 있다는 저러한 믿음이 광기에서 비롯되었는지, 아니면 어리석은 순진함에서 나왔는지는 몰라도 결과는 이미 맥던 수장의 죽음으로 정해져 있다.

그웬돌린은 오열하는 소리조차 내지 못하고 눈물만 쏟았다. 로버트가 보석에 소원을 빌어 이제 천하무적이 되었다는 경고를 해보았자 무엇하랴. 이미 때를 놓친 것을. 그렇다고 이 마지막 순간에 그를 사랑한다는 고백도 할 수 없다. 그러면 로버트가 그녀에게 더한 고통을 주려는 심산에서 맥던 수장을 한층 가혹하게 죽일 테니까.

“때맞추어 잘 왔다, 이 미치광이야.”

로버트가 성마르게 쏘아붙였다.

“덕분에 너를 죽이기 위해 먼길을 달려갈 필요가 없어졌어. 이제 부하들만 보내어 네 일족의 갓난애부터 늙은이까지 모조리 죽이기만 하면 되겠군.”

“대단한 환영인사로군. 그건 그렇고…… 자네 머리가 왜 그 모양인가, 로버트?”

로버트는 자조적으로 머리를 만지며 그웬돌린을 노려보았다.

“저 마녀 때문이다. 이 대가는 톡톡히 치르게 해주겠어.”

알렉스는 어리둥절하여 눈을 깜박거렸다.

“그녀가 주술을 걸어 자네를 그토록 웃긴 모습으로 만들었단 말인가? 하지만 왜?"

"주술을 건 게 아냐! 횃불로 이래 놨지. 자, 딴청은 그만 피우고 이 제……."

"그웬돌린 당신이 정말 횃불로 로버트의 머리를 저렇게 만들었소?"

이번에는 불신에 찬 표정으로 알렉스가 확인했다.

그녀는 고개를 끄덕거렸다.

그가 상냥하게 충고했다.

"다음 번에는 가위를 사용하시오. 그 편이 훨씬 만족스런 결과가 나올 것이오."

"이 미치광이야, 난 스코틀랜드의 새로운 왕이 되었다. 넌 나에게 복종해야 해!"

로버트가 어깨를 으쓱거리며 으름장을 놓았다.

알렉스가 눈썹을 치켜올렸다.

"전대미문의 소식인걸. 윌리엄 왕도 그 사실을 알고 있나?"

로버트의 자신감이 약간 수그러들었다.

"그, 글쎄…… 아마 알고 있겠지. 지금쯤은."

"내가 알기로는 말이야, 현재의 왕을 물리쳐야 새롭게 왕위에 등극할 수 있는데 그런 대전투가 일어났다는 소리는 못 들었어."

로버트가 보석을 들어 보이며 야비하게 피식거렸다.

"전투? 난 굳이 싸울 필요도 없어. 보석에 소원을 비는 것만으로 역사상 가장 강력한 통치자가 되었다."

알렉스가 고개를 갸웃거렸다.

"이런 말은 미안하지만, 로버트, 자네는 그리 강력해 보이지 않는걸. 그 보석이 소원을 이루어 주는 돌이라면 차라리 머리를 빨리 자라게 해달라고 비는 게 어때? 아니면 흙투성이 얼굴을 깨끗하게 해달라고 빌거나."

"입 닥치지 못해!"

“좋아, 자네가 왕이 되었다고 쳐주지. 앞으로 뭘 할 건가?”

로버트가 미소를 지으며 장검을 뽑았다.

“왕위에 오른 기념으로 너부터 죽여주마.”

“안 돼요!”

그웬돌린이 외쳤다.

“제발 그러지 말아요, 로버트. 당신이 시키는 대로 다 할 테니까 저 이는 살려주세요!”

“넌 아무래도 내 명령에 따라야 해. 그리고 이 보석에 내 소원을 빈 이상 너 따윈 살려 둬야 할 이유도 없다.”

그리고는 알렉스를 향해 검을 휘둘러 보였다.

“말에서 내려 죽음을 맞이해라, 미치광이!”

“도망가세요!”

그웬돌린은 필사적으로 달려갔다. 눈물 젖은 얼굴로 그녀는 맥던 수장의 근육질 다리에 매달려 말에서 내리지 못하게 했다.

“제발 도망가세요, 수장님. 아직은 목숨을 부지할 기회가 있어요!”

알렉스의 표정은 흐뭇함과 황당함 사이를 오갔다. 그는 머리를 긁 적거렸다.

“내 여자가 나를 이토록 믿지 못하다니, 거참, 웃어야 할지 울어야 할지 모르겠군. 이건 모욕에 가깝소.”

“수장님이 몰라서 그래요.”

그웬돌린이 절망적으로 설득했다.

“로버트는 절대로 패배하지 않아요, 저 돌에서 그런 힘을 받았다구 요! 수장님이 아무리 용감하게 싸워도 지게 되어 있어요. 제발 아드님 과 일족을 생각하세요.”

그녀는 수장의 허벅지에 이마를 대고 흐느끼며 말을 맺었다.

“이렇게 간청하겠어요……. 저 같이 하찮은 존재를 위해 자신을 희 생해선 안 돼요…….”

알렉스가 그녀의 얼굴을 들어올려 시선을 맞추었다. 그의 새파란 눈에선 광기는 물론이거니와 로버트를 향했던 조롱의 기미마저 보이지 않았다. 그는 눈물로 얼룩진 그웬돌린의 뺨을 다정하게 어루만졌다.

"하찮은 존재? 그렇지 않소, 그웬돌린."

가슴이 메어지도록 나지막하고 경건한 어조였다.

"당신은 나의 모든 것이오. 나의 전부."

그녀는 깜짝 놀라 맥던 수장을 응시하기만 했다. 그 말뜻이, 진지하고 강렬한 시선이, 따뜻한 감촉이 서서히 그녀에게 스며들었다. 드디어 그의 진심이 전달되자 그녀는 고개를 흔들어 수장의 손에서 벗어나 한 발자국 물러났다. 지금 이 사랑을 받아들이면 둘 다 죽음으로 끝나리라.

"그런 말씀 마세요."

그녀는 애써 냉정한 목소리를 냈다.

"내가 어떻게 당신의 전부가 될 수 있죠? 나 같은 마녀가? 마녀에게는 아무도 필요하지 않아요. 어리석은 짓은 그만두고 어서 도망가세요, 로버트에게 죽기 전에!"

하지만 맥던 수장은 그녀를 지그시 바라볼 뿐이었다. 그웬돌린은 무심한 척하려고 젖 먹던 힘까지 짜냈지만 눈에 어린 공포를 지울 수도, 손가락 관절이 하얗게 불거질 정도로 움켜쥔 망토자락을 놓을 수도 없었다.

"이봐, 미치광이, 내가 언제까지 기다려야 하지?"

로버트가 한 손으로 장검을 휘두르며 지루해 했다.

"난 할 일이 많은 사람이야. 밤새도록 여기에 있을 수 없다."

다시 번개가 쳐 세상을 환하게 밝혔다.

"나를 믿어요, 그웬돌린."

알렉스는 로버트를 무시한 채 그녀를 부드럽게 안심시켰다.

"이미 맹세했듯이 당신을 지켜주리다. 당신이 나에게 속해서가 아니라…… 난 당신이 없으면 안 되기 때문이오.”

뜨거운 눈물이 그녀의 뺨을 타고 흘러내렸다.

“나를 아끼는 마음이 정말 조금이라도 있다면 지금 떠나세요.”

싱긋 미소를 지으며 알렉스가 말에서 훌쩍 뛰어내렸다.

“당신이야말로 나를 조금이라도 아낀다면 비가 오지 않도록 해요. 난 우중에 결투하는 건 딱 질색이거든.”

그는 그녀에게 한쪽 눈을 찡긋거리고 돌아서 로버트를 향해 다가갔다. 그리고는 칼을 뽑았다. 하지만 무기를 휘두르려 하기는커녕 장검을 땅에 세워 기대었다.

“로버트, 내가 봐온 바에 따르면 자네는 지나치게 호전적이야. 어렸을 때 무시만 받고 자랐나?”

“마음대로 지껄여 봐. 건방 떠는 것도 마지막이니까.”

그는 빈틈을 찾아 원을 그리며 접근했다.

“네 죽음으로 이 완벽한 순간의 처음을 열고, 다음에는 저 년을 단칼에 해치워 마지막을 장식해 주마.”

알렉스는 플래드의 주름을 여유있게 바로잡았다.

“혼자서도 흥겨워할 줄 아는 재능은 쉽게 만날 수 있는 게 아니지. 검 놀이 할 준비가 되면 알려주게.”

“놀이는 벌써 시작되었다, 이 미친 자식아! 임종 기도나 올려!”

그리고 공격에 나섰다. 알렉스는 최후의 순간까지 기다렸다가 아슬아슬하게 장검을 들어 적의 칼을 막았다.

검이 마주칠 때마다 금속음이 살벌하게 밤공기를 가르고 은빛의 섬광이 튀겼다. 둘의 실력은 막상막하여서 마치 군무를 추는 것처럼 서로 번갈아 밀리기와 밀어내기를 반복하는 동안 번개도 이 결전에 신바람이 났는지 쉼없이 어두운 하늘을 갈랐고 천둥은 전사들의 포효와 박자를 맞추듯 요란하게 천지를 뒤흔들었다.

“넌 어차피 지게 되어 있다, 이 미치광이야. 차라리 항복해서 고이 죽음을 맞이해라.”

로버트가 검을 아래로 힘껏 내리치자 칼끝이 알렉스의 가슴을 스쳤다. 셔츠가 맥없이 갈라지며 뜨거운 피가 흘러내리기 시작했다.

“자, 이제 알았겠지?”

의기양양한 미소를 지은 채 로버트가 우쭐거렸다.

“난 천하무적이야.”

“같은 말을 반복하는 게 지겹지도 않나?”

알렉스는 어금니를 악물어 아픔을 참고 비아냥거렸다.

“네가 정말 천하무적이라면 나를 죽이는 데 왜 이렇게 오래 걸리지? 스코틀랜드의 새로운 통치자로서 다른 볼일도 많은 텐데 말이야. 혹시 그 보석, 그냥 예쁘장한 목걸이 장식품 아냐?”

로버트가 성난 외침을 내지르며 무섭게 달려들었다. 알렉스는 장검을 낮게 들고 있다가 돌연 반원을 그리며 올려쳐 적의 무기를 막는가 싶더니 로버트의 팔뚝을 찔렀다. 로버트는 아픔과 충격으로 헉 소리를 내며 뒤로 물러나 자신의 팔을 타고 흘러내리는 선혈을 혼란스런 표정으로 응시했다.

알렉스가 관대하게 제안했다.

“잠시 놀이는 중단하고 그웬돌린에게 상처를 봐달라고 하는 게 어때? 그녀는 바늘과 머리카락 몇 가닥만으로 찢어진 살을 감쪽같이 꿰매어 주거든.”

“이 자식, 죽여버리겠어!”

“뭐, 소원이라면 계속 놀아볼까?”

그웬돌린은 겁에 질려 뼛속까지 얼어붙은 채 서로를 죽이려는 결의에 차 살기등등하게 덤벼드는 사내들을 구경할 뿐이었다. 알렉스는 용기와 뛰어난 검술에도 불구하고 가슴의 상처가 꽤 깊었던지 장검을 들어올릴 때마다 얼굴이 일그러지고 셔츠는 점점 검붉은 피에 젖어 축 늘어졌다. 하지만 그는 굴하지 않고 로버트의 검을 거듭 막아내며

적을 뒷걸음치게 만들었다. 이제는 천둥번개마저 휴식을 취하고 달빛
만이 고고하게 어둠을 갈라 거석들이 고대의 호위병들처럼 지켜보는
가운데 움직이는 두 전사의 형체가 섬뜩한 분위기까지 자아냈다.

"미치광이치곤 잘 버티는구나."

로버트가 가쁜 숨을 몰아쉬며 상대의 실력을 인정했다.

"하지만 네가 지적했듯이 난 이보다 더 중요한 일이 산적해 있다.
안타깝지만 이 정도에서 놀이는 끝내야겠어."

알렉스가 즉각 칼끝을 내리고 뒤로 물러났다.

"어서 끝내 보시지."

양손으로 검을 모아 잡고 로버트가 승리의 빛으로 눈을 번뜩거리며
앞으로 달려들었다.

그웬돌린의 심장이 뛰기를 멈추었다.

*하느님, 제발 저이를 살려주세요!*

알렉스는 마지막 순간까지 가만히 서서 기다렸다. 그리고는 비호같
이 옆으로 비껴 로버트의 복부에 검을 깊이 박아 넣었다.

"이럴 수가……."

로버트가 자신의 몸 속에 반쯤 박힌 채 차가운 금속성의 빛을 발하
는 장검을 한참 동안 응시하고는 적을 향해 시선을 들었다.

"이건 아냐. 이럴 수는 없어. 난 천하무적이란 말이야!"

"자네가 착각한 거야."

알렉스가 검을 뽑자 시뻘건 선혈이 벌컥벌컥 분출했다. 로버트는
배를 감싸고 털썩 주저앉아 잇새로 말을 내뱉었다.

"너야말로 이것으로 승리했다고 착각하지 말아라, 미치광이. 내 부
하들이 저 언덕에 포진해 있어. 금방 달려와 너를 천 갈래 만 갈래로
찢어발기고 저 년은 죽을 때까지 겁탈할 줄 알아."

그웬돌린은 가슴이 덜컥 내려앉아 언덕을 살폈다.

하지만 그곳엔 아무도 보이지 않았다.

알렉스가 한숨을 쉬며 짐짓 사과조로 말했다.

"이거 참 미안하게 됐네, 로버트. 실은 내가 이곳에 오기 전에 우리 전사들에게 자네 부하와 한판 뛰도록 지시해 놨어."

이미 고통으로 일그러진 로버트의 얼굴이 극도의 분노로 더 한층 우그러졌다. 그는 보석의 힘을 짜내려는 듯이 그걸 힘껏 움켜잡았다.

알렉스는 피 묻은 검을 칼집에 넣고 돌아섰다. 그리고 그웬돌린에게 손을 내밀며 다정하게 청했다.

"갑시다, 그웬돌린. 이제 집으로 돌아갈 시간이……."

"안 돼!"

그녀는 눈을 동그랗게 뜨며 비명을 질렀다.

알렉스가 움찔하여 돌아섰을 때는 이미 로버트가 자리에서 일어나 장검을 내리치려는 순간이었다. 알렉스는 본능적으로 칼자루를 잡았지만 검을 뽑기도 전에 두개골이 갈라질 판이었다.

*이리 와!*

그웬돌린은 땅바닥에 버려진 로버트의 단도에 눈을 못박고 마음속으로 명령했다.

*저 자의 등을 향해 날아와!*

번개가 하늘을 두 동강 낼 듯 거친 기세로 쳐 세상의 만물이 꼼짝 못하고 정지했다.

"너…… 이 마녀……."

로버트가 여전히 검을 높이 든 채 그웬돌린을 노려보았다. 그녀를 처음 본다는 듯한 표정이었다. 이어 검이 툭 떨어졌고 다음에는 그가 앞으로 푹 쓰러져…… 등에 박힌 단검이 만천하에 드러났다.

양손으로 입을 가리고 그웬돌린은 로버트의 시체를 한동안 응시했다. 그녀는 저 너머의 어둠을 뚫어지게 바라보며 단도를 던진 또 다른 전사를 찾았다.

하지만 거기에는 아무도 없었다.

그웬돌린은 경악한 채 다시 한 번 로버트를 내려다보았다. 셔츠의 검붉은 자국이 빠른 속도로 커지는 중이었다.

"죽일 뜻은 없었는데…… 그냥 생각만 했는데……."

"알고 있소."

알렉스가 침착하게 말을 받았다. 그는 웅크리고 앉아 로버트의 손에서 보석을 빼냈다.

방금 일어난 사건의 의미를 납득하길 거부하며 그웬돌린은 거칠게 고개를 가로저었다. 온몸이 주체하지 못할 정도로 떨려왔다.

"로버트가 수장님을 주, 죽이려 하길래 막아야만 했어요. 하지만 생각에 불과했는데…… 정말 일이 이렇게 될 줄은 몰랐어요."

알렉스는 그녀를 보듬어 안고 검은 머리칼을 쓰다듬었다.

"당신은 나를 살리기 위해 힘을 쓴 거요. 고맙소."

"힘? 아니에요! 나에게 힘 따윈 없어요!"

그녀는 도리질을 치며 오랫동안 숨겨왔던 진실을 고백했다.

"특별한 힘 같은 건 가져본 적이 없다구요. 이 사실을 알면 수장님이 나를 맥스윈 일족에게 돌려보낼까 두려워 그저 힘을 지닌 척했어요. 나, 나는 실은…… 마녀가 아니에요."

"당신은 진짜 마녀요, 내 사랑."

또 뺨을 타고 흘러내리는 그녀의 눈물을 가만히 닦아주었다.

"당신 집안 여자들은 드물지만 아주 특별한 힘을 가지고 태어나오. 마녀로 몰려 돌아가신 어머니와 달리 그웬돌린 당신은 그 힘을 타고났소."

그는 목걸이를 그녀에게 걸어주며 계속 설명했다.

"이 보석은 당신이나 로버트의 믿음처럼 소원을 이루어 주는 돌이 아니오. 당신 집안에서 축복받은 여아들의 힘이 만개할 때까지 지켜주는 수호석에 불과하오."

"아냐! 뭔가 잘못 안 거예요."

“당신에게 힘이 없다면 내가 마법 시범을 요구했을 때 어떻게 비바람을 불러올 수 있었겠소?”

“우연의 일치였어요.”

“로버트가 우리 마을에 불을 질렀을 때 폭우가 쏟아졌던 일도 우연의 일치일까?”

“마침 먹구름이 몰려오던 중이어서…….”

“그렇다면 로버트의 등에 꽂힌 저 단도는 어떻게 설명하겠소?”

“나도 몰라요!”

그웬돌린은 그의 가슴에 얼굴을 묻으며 울부짖었다.

“저건 그냥…… 저절로 일어났어요!”

“쉿, 울지 말아요.”

그는 그녀를 더욱 힘주어 안고 가녀린 등을 어루만졌다.

“이제 당신은 안전하오. 다 괜찮아.”

그녀는 수장의 품에서 오열했다. 평생 마녀라고 지탄받아 왔지만 세상 모두가 알아주지 않아도 자신만은 그런 비난이 거짓이라는 앎에서 위안을 얻어왔다. 하지만 로버트의 시체를 앞둔 지금은 기막힌 진실을 부인할 수 없었다.

오직 의지력만으로 그녀가 단도를 움직여 로버트를 죽인 것이다.

돌연 맥던 수장의 몸이 딱딱하게 굳었다.

그웬돌린도 따라 긴장하며 어깨 너머를 살폈다. 지축을 가르는 말발굽 소리가 가까워지고 언덕은 횃불의 물결로 훤하게 밝혀진 터였다. 그 횃불들이 점점 다가와 전사들의 선두에 선 카메론과 브로딕과 네드를 선명하게 비추었다.

“무사해서 다행이에요, 그웬돌린.”

불곰전사 카메론이 명랑하게 인사를 건네며 말고삐를 잡았다. 그가 검을 높이 들고 공중에 원을 그리자 전사들이 일사불란하게 수장과 그웬돌린의 주위를 겹겹이 에워쌌다.

"예상치 못한 손님 일행이 접근하길래 우리도 내려왔습니다."

브로딕이 눈짓으로 인근 숲을 가리킨 후 로버트의 시체를 말끄러미 응시했다.

"결국은 놈을 처치하셨군요, 수장님."

"내가 아니라 그웬돌린이 끝장냈어."

"맥스윈 수장의 원한을 살 거리가 또 늘었군요."

요정전사 네드가 그웬돌린을 보호하듯 바짝 말을 몰아왔다.

바로 그때, 50명 가량의 기수들이 숲에서 튀어나왔다. 그들은 맥던 전사들이 이루고 있는 횃불의 원을 보고 주춤하더니 무기를 뽑으려 하지 않은 채 사납게 노려보기만 했다.

"다시 만났구려, 맥던 수장."

맥스윈 수장이 말을 몰아 앞으로 나왔다. 그는 그웬돌린에게 일별을 준 다음 피를 흘리며 쓰러져 있는 동생에게 시선을 옮겼다. 단박에 수장의 얼굴이 어두워졌다.

"당신의 혈육이라는 건 알지만 죽어 마땅한 자였습니다."

알렉스가 단정적으로 못박았다.

"저자는 이기적인 탐욕에 눈이 멀어 그웬돌린의 아버지를 죽이고 그녀에게 죄를 덮어씌웠을 뿐 아니라, 흑마술 유포죄까지 더하여 수장님으로 하여금 화형을 언도하게 했습니다."

맥스윈 수장의 표정이 침통해졌다. 그는 솔직하게 자인했다.

"내 동생의 야욕은 오래 전부터 알고 있었소. 하지만 같은 일족에게 해를 끼칠 줄은 몰랐소."

"이 여인은 더 이상 당신의 일족이 아닙니다. 이제는 우리 사람이에요. 누구든 그녀를 다시 모략하고 음해하려는 자는 내 손에 죽을 것입니다."

알렉스의 선언에 이어 불곰전사가 검을 들었다.

"생명을 걸고 맹세하건대, 나 역시 우리 마녀를 지키겠습니다."

“나도 마찬가지요!”

브로딕도 외쳤다. 그 뒤를 따라 네드와 땅딸보 먼로도 똑같은 맹세를 하자 맥던 전사들이 각자 검이나 횃불을 높이 들고 차례대로 맹세해 번개와 천둥이 이는 하늘을 배경으로 금속의 은빛과 불꽃의 금빛이 수놓아졌다.

그웬돌린은 눈물을 감추려고 고개를 숙였다. 무어라 형용할 수 없는 감정부터 왈칵 치솟아 이 용감한 전사들이 왜 기꺼이 목숨을 걸고 그녀를 지켜주겠다고 나서는지 이유조차 가늠하기 힘들었다.

“로버트의 부하들은 저 언덕 너머에 포박당해 있습니다.”

알렉스가 침착하게 말을 이었다.

“만일 우리를 평화롭게 보내주시면 그들을 인도하겠습니다. 그리고 로버트의 시신도 장례차 거두어 가셔도 좋습니다.”

맥스윈 수장이 고개를 끄덕거리고 손짓을 하자 두 명의 전사들이 재빨리 시체와 로버트의 말을 치웠다. 그 일이 끝나자 중년의 수장은 어렵게 입을 열었다.

“면목 없지만 내 딸 이사벨라는 어떻게 지내는지 말해 주길 바라오.”

아버지로서의 염려가 배어 있는 탁한 목소리였다.

그웬돌린이 재빨리 나섰다.

“따님은 무사히 잘 있습니다. 맥던 일족의 손님으로 명예로운 대접을 받고 있어요.”

수장의 눈이 희망의 빛으로 반짝거렸다.

“내 딸을 돌려보내 준다는 뜻으로 받아들여도 무방하겠소?”

“그건 안 됩니다.”

브로딕의 퉁명스런 대답이었다. 알렉스가 기쁜 마음으로 따님을 돌려보내겠다는 말을 할 사이도 없었다.

모두가 놀라 미남전사를 돌아보았다.

“이사벨라는 저와 결혼하기로 약조했습니다.”

브로딕이 씩씩하게 발표한 후 덧붙였다.

"장인어른께서 우리 결혼을 축복해 주시면 따님이 좋아할 겁니다."

맥스윈 수장은 잘생긴 청년을 찬찬히 살폈다.

"그대는 내 딸의 목에 단도를 겨누고 그 아이를 죽이겠다고 협박했던 그 청년이 아닌가?"

"예."

"내 딸아이를 통해 이야기를 많이 들었네. 그대가 여전히 몸 성히 살아 있다는 게 신통하구먼. 좋아, 일이 이렇게 되었으니 내 딸을 데려가게. 앞으로도 꿋꿋하게 잘 살고."

브로딕이 씨익 웃었다.

"이사벨라를 데리고 일간 찾아 뵙겠습니다. 결혼한 다음에요."

"그날을 고대하겠네. 그리고 여러분 모두의 안전한 귀가를 바라겠소, 맥던 수장."

중년의 수장은 마지막으로 알렉스에게 고개를 끄덕여 목례하고 말머리를 돌려 언덕 너머로 로버트의 부하들을 거두러 갔다.

"숲에서 하룻밤 쉬어 가는 게 좋겠습니다, 수장님."

카메론이 하늘을 살피며 말했다.

"비바람이 금방이라도 몰아칠 것 같아요."

"우리 마녀에게 태풍을 막아달라고 부탁하면 되잖아."

브로딕의 제안에 네드가 반대했다.

"너 좋자고 그렇게 힘겨운 부탁을 할 때가 아냐. 무엇보다 그녀는 방금 로버트를 해치웠다구."

불곰전사가 고개를 끄덕거렸다.

"굉장히 지쳤을 거야."

"그깟 비 좀 맞지 뭐. 아가씨, 우리는 괜찮아요."

땅딸보 먼로가 활짝 웃으며 그웬돌린을 안심시키자 젊은 신랑 이완도 덧붙였다.

"나는 궂은 날씨가 좋아졌어요. 아가씨가 로버트의 공격 때 비를 불러온 다음부터."

"진짜 태풍다운 태풍이었죠!"

어린 전사 개릭이 열광적으로 회상했다.

입빠른 퀸틴도 빠지지 않았다.

"난 그녀가 날아가는 줄 알았어. 검은 머리칼을 휘날리며 비바람을 부르는 모습이란……."

전사들은 그웬돌린이 부른 태풍의 신통함에 대하여 두런두런 이야기를 나누며 숲으로 향했다.

그녀는 그 뒷모습을 오랫동안 지켜보았다. 마침내 그들의 목소리가 들리지 않고 횃불마저 나뭇가지에 가려 사라졌을 때야 맥던 수장을 향해 고개를 돌렸다.

그는 달빛으로 갈라진 어둠 속에서 흔들리지 않는 크고 강한 모습으로 서 있었다. 셔츠는 찢어지고 피에 물들었지만 자신의 부상을 잊어버렸는지 초연하게 그녀만을 바라보았다. 그늘진 광기도, 그녀의 피를 달구어놓는 욕망도 아닌 기묘하고도 강렬한 감정으로 새파란 눈을 빛내면서.

"왜 나를 구하러 오셨죠?"

가까스로 나온 그녀의 질문은 속삭임에 불과했다.

알렉스는 손을 내밀어 마녀의 얼굴을 다정하게 어루만졌다.

"지난 사 년은 나에게 힘겨운 싸움의 연속이었소. 아내가 죽은 직후에는 운명과 주님에 반발하고 나 역시 죽고만 싶었소. 제정신을 잃든 말든 개의치 않았지. 그러나 나를 필요로 하는 아들과 일족의 존재를 완전히 저버릴 수 없었기에 처절한 분노를 조절하여 멀쩡한 척해 왔소. 하지만 그건 전부 기만이었던 거요. 사실 난 광기에 서서히 침몰했고 어느 날 더 이상은 싸우게 되지 못할까 봐 두려움 속에서 목숨만 부지해 왔소."

고백이 계속될수록 감정이 격해져 목소리가 거칠어졌다.

"데이비드가 병들어 쓰러졌을 때 바로 그날이 왔음을 알았지."

"아드님은 이제 완쾌되었어요. 어떤 음식에 거부 반응을 일으키긴 해도 식사만 잘 조절하면 튼튼하게 자랄 거예요."

"알고 있소. 내 아들이 회복됨에 따라 나도 정상을 되찾아 광기에서 벗어났소. 하지만 당신이 떠나자 미칠 것만 같았다오."

그는 그녀의 손을 잡아 그 작은 손바닥에 입술을 힘주어 누른 다음 자신의 심장께로 가져갔다.

"결혼합시다, 그웬돌린. 숨이 붙어 있을 때까지 내 전부를 바치겠소. 당신이 없으면 난 정말 안 돼."

그웬돌린의 눈에서 하염없이 눈물이 흘러나왔다. 그녀는 간신히 작고 떨리는 목소리를 냈다.

"하지만 난…… 마녀예요."

"그리고 난 미치광이지."

알렉스가 미소를 지으며 어깨를 으쓱거렸다.

"마녀와 미치광이, 잘 어울리는 한 쌍 아니오?"

"당신 일족이 내 본모습을 알면 나를 몰아내고 싶어할 텐데……."

행복을 눈앞에 두고도 잡지 못하는 슬픔으로 목이 메어와 뒷말이 흐려졌다.

그가 다짐처럼 한 마디 한 마디 힘주어 설득했다.

"우리 일족은 처음부터 당신이 위대한 능력자라고 굳게 믿어왔소. 그럼에도 이제는 내 아들 녀석부터 시작해 모두가 당신을 좋아하기에 이르렀소. 그렇지 않은 사람은 오직 당신과 로베나뿐이오. 당신 스스로를 받아들이고 내 사랑도 받아주기 바라오, 부디. 그리고 로베나에 대해선…… 그녀가 당신을 쫓아내려던 시도는 일족을 보호하려는 고상한 동기에서 비롯된 게 아니었소. 이제는 안 그럴 거요."

그녀의 손바닥 아래에서 맥던 수장의 심장이 평생을 약속하는 그의 맹세처럼 강하고 규칙적으로 뛰는 동안 가슴의 상처에선 열렬한 애정을 증명하듯 뜨거운 피가 흘러나와 그녀를 적시며 닫힌 마음을 열라고 촉구했다. 이 남자를 사랑하고 사랑받을 용기를 내라고 재촉했다. 그녀가 없으면 안 된다는 이 남자를.

갑자기 환희가 그녀의 핏줄을 타고 돌며 찬가를 부르면서 천하장사 토발드조차 당해내지 못할 그런 힘이 불끈 솟았다.

*이 남자가 없으면 못 사는 쪽은 바로 나야.*

그웬돌린은 발뒤꿈치를 들고 그의 듬직한 어깨에 있는 힘껏 매달렸다. 입에서 울음과 웃음이 반씩 섞인 소리가 흘러나왔다.

"예, 결혼할게요. 당신의 아내가 되겠어요!"

알렉스는 가슴 깊은 곳에서부터 우러나오는 웃음을 터뜨리며 그녀를 저 둥근 달까지 올려놓을 듯 번쩍 들어올렸다. 그리고는 다시 품에 꼭 껴안다가 이맛살을 찌푸리고 팔에서 힘을 뺐다.

"왜 그러세요?"

그웬돌린이 걱정스럽게 물었다.

"상처가 많이 아프군요? 지금 당장 치료해 드릴까요?"

"상처 때문이 아니오."

그는 그녀의 목걸이 줄을 잡아당겨 영롱하게 반짝거리는 보석을 가만히 응시한 다음 별안간 껄껄거렸다.

"뭐가 그렇게 웃기죠?"

"내 미래를 생각해 봤소. 우리 딸이 생길 때를. 마녀 한 명만으로도 이렇게 행복해졌는데 두 명으로 늘어나면 어떻겠소?"

알렉스는 고개를 숙여 그녀에게 입을 맞추며 사랑이라는 이름의 치유력을 함께 나누었다. 그리고 힘차게 마녀를 다시 껴안은 채 웃고 또 웃으며 그 어느 때보다 맑은 제정신으로, 온전한 마음으로 고대 거석들의 정원에서 새롭고 경이적인 삶의 세상으로 나아갔다.

< 끝 >

더 이상 필적할 상대가 없는 로맨스의 거장
아만다 퀵의 2001년 최신작!

# *Slightly Shady*

## 그 남자는 그녀의 모든 것을 뒤흔들어 놓았다!

로마에 있는 자신의 골동품 상점에 그가 발을 디딘 순간부터
라비니아 레이크는 그 낯선 남자가 골칫거리가 되리라 짐작했다.
그 남자, 토비어스 마치는 살인자를 추적중에 있다면서
그녀에게조차 의심의 눈길을 던진다.
결국 쫓겨나다시피 영국으로 돌아오게 된 라비니아.
그러나 로마에서 있었던 사건을 사교계에 퍼뜨리겠다는
협박 편지를 받아 그 협박범을 추적하던 과정에서
우연히 다시 토비어스와 만나고
어쩔 수 없이 그와 손을 잡을 수밖에 없게 되는데……